Bettina Raddatz

Der Spitzenkandidat

Roman

Bettina Raddatz

Der Spitzenkandidat

Roman

braumüller
literaturverlag

Bibliografische Information der Deutschen Nationalbibliothek
Die Deutsche Nationalbibliothek verzeichnet diese Publikation in der Deutschen Nationalbibliografie; detaillierte bibliografische Daten sind im Internet über http://dnb.d-nb.de abrufbar.

Printed in Austria

1. Auflage 2011

Servitengasse 5, A-1090 Wien
www.braumueller.at

Druck: Ferdinand Berger & Söhne Ges.m.b.H., A-3580 Horn
ISBN 978-3-99200-045-6

Hinweis: Handlung und Personen sind frei erfunden. Jegliche Übereinstimmung mit lebenden Personen wird ausgeschlossen. Die Handlung könnte auch in jeder anderen größeren Stadt stattfinden.

1

Während der Wahlkampf in Thüringen bis zur Auszählung der Stimmen am Wahlabend spannend bleibt, scheinen die Landtagswahlen nach aktuellen Umfragen in Niedersachsen entschieden zu sein. Zu groß ist der Vorsprung, den der Spitzenkandidat der Bürgerpartei, Uwe Stein, für seine Partei herausgeholt hat. Der Politiker, der als unverbraucht und unabhängig gilt, genießt in der Bevölkerung hohes Ansehen. Offen ist allenfalls noch die Frage, ob es Stein gelingen wird, die absolute Mehrheit an Stimmen und Sitzen für seine Partei zu erreichen. Dies hätte eine Machtverschiebung im Bundesrat zur Folge. Noch vor einem Jahr sah es für die Bürgerpartei nicht gut aus. Der seit geraumer Zeit kränkelnde Ministerpräsident, der Anfang des Jahres seinen Rückzug aus der Politik angekündigt hat, wirkte zuletzt ebenso amtsmüde wie sein angeschlagenes Kabinett. Stein war es auf dem letzten Parteitag mit einer mitreißenden Rede gelungen, den langjährigen Parteivorsitzenden Alfred Bitter als Spitzenkandidat zu verdrängen. Seither hat die Partei in Niedersachsen an Profil gewonnen. Anders als der konservativ geprägte Bitter steht Stein für eine weltoffene, liberale Politik. So tritt er ganz im Gegensatz zu Bitter für ein modernes Zuwanderungsgesetz und eine moderne Familienpolitik ein. Der smarte Politiker hat als Quereinsteiger frischen Wind in die in Niedersachsen seit neun Jahren regierende Partei gebracht. Ihm ist es gelungen, neue Wählerschichten unter den berufstätigen Frauen und in den Großstädten anzusprechen. Sein Hundert-Tage-Programm sieht einen umfassenden Modernisierungskurs vor. Neben Innovationen in Wirtschaft und Verwaltung liegt dem angehenden Regierungschef insbesondere die Bildung am Herzen. Der vierzigjährige Anwalt ist verheiratet und hat eine siebenjährige Tochter.

Weltjournal, 24. August 2011

29. August 2011

Schon zwanzig Minuten vor neun und der Chef war immer noch nicht da. Bernd Wagner wurde unruhig. Stein war eigentlich nie unpünktlich und wenn doch, hatte er ihn stets angerufen und eine plausible Erklärung parat.

Auf dem runden Tisch war für zehn Personen gedeckt. Von den sieben Journalisten, die ihre Teilnahme am Frühstück mit Hintergrundgespräch fest zugesagt hatten, waren nur vier erschienen. Schlecht für Stein, noch schlechter für ihn. Stein würde ihn dafür verantwortlich machen, dass nicht mehr Journalisten gekommen waren.

Die anwesenden Journalisten wirkten lustlos und unausgeschlafen. Zwei schwiegen, zwei redeten über die Hitze und die Baggerseen der Umgebung, die nicht überlaufen waren. Einer gähnte, ohne sich die Hand vor den Mund zu halten. Für politische Redakteure war es zwei

Stunden zu früh. Da half es auch nichts, dass sie in eins der besten Vier-Sterne-Hotels der niedersächsischen Landeshauptstadt gebeten worden waren. Wagner hatte für elf Uhr plädiert, aber der Chef hatte so getan, als könnte sich die fünfte Macht unabhängig von der Uhrzeit glücklich schätzen, seiner gottgleichen Gegenwart teilhaftig zu werden.

„Wo bleibt er denn? Halb neun war ausgemacht."

Bianca Fröhlich strahlte von dem müden Haufen noch die meiste Vitalität aus. Die Nachfolgerin von Hollmann, Wagners Spezi aus seinen Zeiten als Regierungssprecher, und Mitarbeiterin der Politik-Redaktion der Allgemeinen Niedersachsenzeitung war scharfzüngig und intelligent. Sie biss sich allerdings gern an Themen fest, die sie dann nicht mehr losließ, und nervte damit ihr Umfeld, ganz besonders Wagner. Fachlich hatte das Blatt mit ihrer Beförderung keinen Fehler gemacht. Für Wagner, der regelmäßig mit ihr zu tun hatte, war sie nicht die optimale Wahl. Man konnte mit ihr keinen Small Talk führen. Kleine Lästereien, erfrischend sinnlos und von gediegener Boshaftigkeit wie mit Hollmann, waren mit ihr nicht möglich. Und nächtliche Sausen erst recht nicht.

Für einen Moment schweiften Wagners Gedanken ab. Sein Freund Hollmann saß jetzt vermutlich in einem der vielen Strandcafés in Marbella und ließ es sich gut gehen. Seit er in Andalusien wohnte, beglückte er Wagner regelmäßig mit bunten Ansichtskarten.

„Er wird gleich kommen", antwortete er. „Bedienen Sie sich doch schon am Büfett. Wird ja nicht frischer bei diesem Wetter."

„Ich will nicht frühstücken. Das hätte ich auch zu Hause haben können. Ich will Infos, nicht mir den Wanst vollschlagen."

Radio RFN hatte seinen politischen Redakteur geschickt. Nach Wagners Meinung ein Stinkstiefel, ein Dauernörgler, zudem politisch auf der anderen Seite.

„In fünf Minuten bin ich weg", drohte er und blieb stur an seinem Platz sitzen.

Alle anderen, auch Wagner, gingen zum Büfett und füllten ihre Teller mit Lachsschnittchen, Käsehäppchen und Krabbenbrötchen. Wagner hätte ein Brötchen mit Marmelade vorgezogen. So begnügte er sich mit einem Joghurt und Kaffee aus Isolierkannen in den Farben von Hannover 96.

Mit dem Essen besserte sich die Stimmung. Das neueste iPhone aus Korea wurde begutachtet, ein Reporter zeigte als Kontrastprogramm einen uralten Vierfarbkugelschreiber von Pelikan herum, den er im Nachlass des kürzlich verstorbenen Großvaters gefunden hatte. Wagner dachte: Gib ihnen zu essen und zu trinken und etwas zu spielen. Mehr brauchen sie nicht, um glücklich zu sein.

„Guten Morgen, die Herrschaften. Behalten Sie doch Platz! Den Kniefall führen wir erst nach der Wahl ein."

Eine der unangenehmsten Eigenschaften von Uwe Stein war die Fähigkeit, plötzlich mitten im Raum zu stehen. Jovial lächelnd, mit Augen, die nicht mitlächelten, machte er die Runde, schüttelte Hände. Der Mann von Radio RFN, der sich inzwischen doch noch am Büfett bedient hatte, wurde durch einen Klaps auf die Schulter geadelt. Stein behandelte seine Gegner stets besonders zuvorkommend, seine politischen Freunde wusste er ja ohnehin auf seiner Seite, um die musste er nicht buhlen.

Wie immer war er tip-top gekleidet. Der graublaue Sommeranzug mit dem hellblau gestreiften Hemd betonte das Blau seiner Augen.

Angeblich war Stein in der Parteizentrale aufgehalten worden. Näher äußerte er sich nicht, es war auch nicht notwendig. Jeder im Raum wusste, als Spitzenkandidat befindet er sich im Dauerstress.

Obwohl Wagner, der sich in der Wahl der Kleidung nach einem Vorfall in der ersten Arbeitswoche keine Nachlässigkeit mehr leistete, korrekt angezogen war, fiel er gegen Uwe Stein total ab. Uwe Stein konnte einen Anzug tragen, ohne darin wie verkleidet auszusehen. Wagner wusste um die Hintergründe: um die Stilberaterin aus Berlin, die nur mit Mühe davon abzuhalten gewesen war, Steins Team komplett neu einzukleiden, die Imageberaterin, die als früheres Ensemblemitglied des Schauspielhauses dafür prädestiniert war, mit Stein auch an Sprache und Sprechweise zu arbeiten, den Starfriseur aus Hamburg und seit einigen Monaten auch noch einen Medienberater. Zwischen den beiden Männern hatte die Chemie vom ersten Tag an gestimmt. Der Berater hatte die Medienarbeit der Partei als schlechten Witz entlarvt und ihr eine neue Präsentation aufgezwungen. Wagner war nicht begeistert gewesen, Stein umso mehr. Auch sein anfänglicher Widerstand war schnell zerbröselt, denn der Berater verfügte über ein Buch mit Namen und

Nummern, die Gold wert waren. Seit dieser Mann sich in den Räumen von Landesregierung und Regierungspartei herumtrieb, hatten sich Türen zu Adressen geöffnet, die bis dahin das Land Niedersachsen vor allem mit Nordsee, Ostfriesenwitzen und einem Staatskonzern, der Autos produzierte, in Verbindung gebracht hatten.

Auch wenn Wagners Verhältnis zu Uwe Stein nicht das beste war und nicht annähernd so unverkrampft wie zu seinem früheren Chef, dem noch amtierenden, aber amtsmüden Regierungschef von Niedersachsen, war ihm klar: Stein tut der Partei gut. Selbst seine Gegner vom konservativen Flügel mussten das einräumen. Seitdem er in die erste Reihe gerückt war, lieferte er stets bessere persönliche Werte als seine Partei. In deutschlandweiten Rankings hatte er es bis auf Rang 5 gebracht – beachtlich für einen Politiker, der bisher kein Regierungsamt bekleidet hatte.

Jetzt nötigte er die Journalisten, erst in Ruhe zu essen, bevor man anschließend in medias res ginge. Er selbst aß nichts. Seine schlanke, durchtrainierte Figur war ihm wichtig, sie brachte ihm Punkte bei der weiblichen Wählerschaft. An der Art, wie er zu Wagner hinüberschlenderte, erkannte der, dass es unangenehm werden könnte. Weniger Journalisten als angemeldet, das war nicht nach Steins Geschmack.

„Was war gleich noch mal der Grund gewesen, Sie einzustellen?“

Wagner antwortete sofort. Weil er wusste, dass jede Antwort falsch wäre, konnte er es auch schnell hinter sich bringen.

„Professionalität. Erfahrungen als Regierungssprecher, Verbindungsmann zwischen Regierung und Partei."

Er bot Stein ein Lächeln an. Im Grunde bot er seine Kehle dar.

Stein kommentierte seine Bemerkung nicht, blickte ihn an, mit dem Blick, den Wagner inzwischen zur Genüge kannte und der ihm Angst machte. Niemals zuvor hatte er vor einem Vorgesetzten Angst gehabt, mit Stein hatte sich das geändert. Auch wenn der Politiker niemanden an sich heranließ, es hatte Gelegenheiten gegeben, Seiten an ihm kennenzulernen, die Unbehagen bei seinem Wahlkampfmanager ausgelöst hatten.

In dem Moment erkannte Wagner, wie angespannt der Politiker war. Das Nach-20-Uhr-Gesicht. Das Gesicht am Ende des Tages. Was war passiert? Irgendetwas stimmte nicht.

Stein setzte sich. „Fangen wir an, meine Herrschaften. Auf mich wartet der Wähler. Auf Sie warten aufschlussreiche Minuten. Ich werde mich kurz halten, erwarte offene Fragen. Wir sind ja unter uns."

Er schenkte der einzigen Frau im Raum ein Lächeln. Sein George-Clooney-Lächeln, dem sich selbst die kühle Bianca nicht entziehen konnte. Wagner wusste, dass die Journalisten Stein mochten. Sein Aufstieg war nicht nur für die Partei gut, er beflügelte auch die Medien, versorgte sie mit Themen und Terminen. Stein brachte frischen Wind in das dröge Niedersachsen. Er war immer für eine Nachricht gut, und weil er gut für sie war, waren sie gut zu ihm. Kumpanei war es nicht, sondern die Nachbarschaft von Interessenlagen.

Stein sprach über das Wahlprogramm seiner Partei und betonte mehrfach, die Schwerpunkte seien seine, nicht die seines Vorgängers. „Ich setze mich nicht auf ein laufendes Pferd, ich habe den Gaul selbst gestriegelt und gesattelt."

Trotzdem lobte er den amtierenden Ministerpräsidenten und bedauerte dessen angeschlagenen Gesundheitszustand, der ihn zum Ausstieg aus der Politik zwang. Wagner dachte sich seinen Teil, Stein wirkte besonders überzeugend, wenn er nicht die Wahrheit sagte.

Dann brachte Stein das Wort auf den Parteivorsitzenden Alfred Bitter, bezeichnete ihn als Lehrmeister, Mentor und Freund, gab vor nachzudenken und stellte den „Freund" an die erste Stelle. Er klang überzeugend. Niemand im Raum – außer Wagner – wusste von dem erbitterten Krieg, den die beiden gegeneinander führten und der in den letzten Wochen an Intensität gewonnen hatte.

Der Verlauf des Wahlkampfes war das nächste Thema: 400 Parteieintritte gegenüber 17 Austritten. Volle Säle, Zuspruch von den Bürgern, überall im Land Aufbruchstimmung. Er malte das Bild in rosigen Farben: Eine Regierungspartei, kompetent, machterfahren und allen Unkenrufen zum Trotz nicht ermüdet, leitet mit ihm an der Spitze die Zukunft ein. Die Worte „modern, bunt, innovativ" fielen mehrfach. Wagner kannte sie im Schlaf, so oft hatte er sie aus Steins Mund gehört.

Stein war geschickt, bezog immer wieder die Journalisten mit ein. Er war ein Kommunikationsgenie, gab den Menschen das Gefühl, sich für sie zu interessieren, obwohl das Gegenteil der Fall war. In der Öffentlichkeit erweckte er den Eindruck anders als die anderen Politiker und der einzig Mutige unter lauter Mutlosen zu sein. Sätze wie „Ich lasse mich nicht verbiegen, selbst wenn es mich Stimmen kostet“ oder „Man muss auch unbequeme Wahrheiten aussprechen“ gehörten zu seinem ständigen Repertoire, wobei er offenließ, welche unbequemen Wahrheiten er konkret meinte. Im kleinen Kreis war er anders, zugeknöpft und unterkühlt. Auch die kraftlose Opposition, die längst resigniert habe, wurde erwähnt. Auf der anderen Seite die Bürgerpartei, verantwortungsbewusst, dynamisch, weltoffen und immer ehrlich. So wie die Niedersachsen selbst: gradlinig, vernunftgeprägt, erdverbunden und mit sicherem Gespür für das Machbare.

„Wir können uns nur selbst besiegen, wenn wir abheben und den Boden unter den Füßen verlieren. Ich stehe dafür ein, dass das nicht passieren wird. Wir handeln, wie wir reden. Das, was ich vor der Wahl sage, daran werde ich mich messen lassen.“

Dann schaute er in die Runde der interessiert lauschenden Journalisten. „Wenn Sie noch Fragen haben, lassen Sie sie vom Stapel.“

Am Ende war es fast eine Wahlkampfrede geworden. Die Journalisten sahen nicht so aus, als wären sie darüber traurig. Stein hatte sie mit griffigen Formulierungen versorgt.

Der Artikel für die nächste Ausgabe war gesichert. Wagner verteilte die vorbereiteten Mappen. Bianca Fröhlich meldete sich zu Wort. Sie musste warten, denn Stein holte sich Tee.

„Herr Stein, wie wollen Sie das Hundert-Tage-Modernisierungsprogramm, das Sie gleich nach Ihrem Amtsantritt als Regierungschef in Angriff nehmen wollen, eigentlich finanzieren?"

Wagner öffnete den Mund, um auf die Mappe zu verweisen, denn sie enthielt das Zahlenmaterial. Stein stoppte seinen Eifer, indem er die Hand hob. Dann sprach er über Umschichtungen und Einsparmaßnahmen, über Investitionen in die Zukunft, von denen auch das flache Land nicht ausgenommen werden dürfe. Jeder Satz hatte nur eine Funktion: Stein nahm Tempo auf, um am Ende auf sein Leib- und Magenthema zu kommen – Bildung: im Kindergarten, in Vorschulen, Grundschulen und weiterführenden Schulen. Das Thema Gesamtschulen klammerte er wohlweislich aus. In dieser Frage musste er die Partei noch hinter sich bringen. Stattdessen redete er über Universitäten, Volkshochschulen und spezielle Angebote für Migranten. Stein war geradezu besessen von Bildung. Es gab keine Veranstaltung, in der sein Lieblingsthema nicht breiten Raum einnahm.

„Deutschland hat keine Erdölvorkommen wie Norwegen, auch kein Erdgas wie Russland oder andere nennenswerte Rohstoffe. Unser Rohstoff sind wir selbst, die Menschen. In ihre Köpfe müssen wir investieren, wenn wir auch zukünftig in der ersten Liga mitspielen wollen."

Er trank einen Schluck Tee. „Ich weiß, ich weiß, eine Binsenweisheit, tausendmal gesagt. Aber mit der Umsetzung hapert es in diesem Land. Und ich stehe für die Umsetzung, dafür kämpfe ich, deshalb will ich Regierungschef in diesem wunderschönen Bundesland werden."

Die Journalisten schrieben eifrig mit.

Bianca Fröhlich legte nach: „Eine private Frage."

„Keine Hemmungen. Wenn nicht im kleinen Kreis, wo denn dann?", entgegnete Stein aufmunternd.

„Die Menschen fragen sich, weshalb sie Ihre Frau nie zu Gesicht bekommen. Als Landesmutter wird sie repräsentative Aufgaben übernehmen müssen. Die Wähler würden sich gerne einen Eindruck machen, vorher, meine ich."

Sein Lächeln war eine sichere Burg, in der Stein Unterschlupf fand. Niemand außer Wagner bemerkte, dass der Politiker sich nicht wohl in seiner Haut fühlte. Stein nahm erneut einen Schluck Tee und noch einen.

Dann, nach einer längeren Pause, sagte er: „Meine Frau ist sich der Bedeutung ihrer neuen Rolle vollkommen bewusst. Selbstverständlich wird sie repräsentative Aufgaben übernehmen. Sie wird sich im sozialen Bereich engagieren. Meine Frau will sich im Kampf gegen die wachsende Kinderarmut betätigen."

Seine Augen blieben kalt, während er der Runde sein Lächeln schenkte.

„Sie ist sich durchaus bewusst, dass die kommenden Jahre nicht einfach werden. Wir alle hier im Raum kennen ja die heikle Situation einer Landesmutter. Streng genommen hat sie kein Mandat, sie steht nicht zur Wahl.

Deshalb hält sich meine Frau bewusst zurück, solange der Wahlkampf dauert."

„In den Vereinigten Staaten ..."

„Ja, ja, liebe Bianca, ich weiß. In den USA muss die ganze Familie ran, aber wir sind in Niedersachsen und nicht in Amerika. Es wäre schön, wenn die Frau Gemahlin des Oppositionsführers sich das gelegentlich vergegenwärtigen würde. Erst gestern haben mich Bürger in Peine verwundert gefragt: Wer kandidiert denn da eigentlich? Die Frau vom Oppositionsführer oder ihr Mann? Jeden zweiten Tag eine unerbetene politische Meinungsäußerung, das ist nicht die Art Familienpolitik, für die ich eintrete."

Alle lachten, auch Bianca. Aber sie legte trotzdem nach: „Ihre Frau ist praktisch unsichtbar. Sie war weder beim Sommerfest der Niedersachsenpresse noch beim Fest des Unternehmerverbandes letzte Woche und auch nicht bei der Eröffnung der Gartenfestspiele in Herrenhausen. Alle Politiker kamen in Begleitung, nur Sie nicht."

Lass gut sein, Mädchen, dachte Wagner. Stein ließ sich nicht aus der Ruhe bringen. Das war eine seiner vielen Stärken, die ihn in kurzer Zeit so weit nach oben gebracht hatten.

„Wir haben eine schulpflichtige Tochter. Meine Frau nimmt ihre Aufgaben als Mutter sehr ernst. Ich sage das ganz offen, obwohl ich weiß, was mancher von Ihnen denken wird: Hausfrau und Gleichberechtigung, passt das? Ich sage: Ja, das passt! Seien wir doch ehrlich, einen Haushalt und eine Familie zu managen, das erfordert

Einsatz und Organisationstalent. Und meine Frau weiß, was in Zukunft auf unsere Tochter zukommen wird. Deshalb ist sie für unsere Kleine da, solange es geht. Außerdem, nichts für ungut: Ich bin kein Freund davon, die Eier zu verteilen, bevor sie gelegt sind. Noch haben wir die Wahlen nicht gewonnen."

Es wurde still im Raum. Dann fuhr Stein mit leiser Stimme an Bianca gerichtet fort: „Sprechen Sie doch einfach mit meiner Frau. Vereinbaren Sie ein Interview mit ihr, nur unter Frauen. Um die Terminabsprache wird sich Herr Wagner gerne kümmern."

Wagner nickte und bewunderte ihn im Stillen: ein Profi durch und durch. Er weiß, dass das Interview niemals zustande kommen wird. Ich weiß es. Er weiß, dass ich es weiß. Und trotzdem bleibt er souverän.

Der Mann von Radio RFN hob die Hand. Es ging um Atommüll, um Castor-Transporte, Asse und um Windparks an der Küste. Stein hatte auf alles eine Antwort. Ihm war kein Thema fremd. Fast spürte Wagner so etwas wie Stolz. Selbst wenn es manchmal brutal mit ihm gewesen war, überwog jetzt die Genugtuung. Sich im Glanz dieses begabten Politikers zu bewegen, gehörte zu den Sonnenseiten seines Jobs.

Auf der Rückfahrt zur Parteizentrale wartete Wagner darauf, dass Stein sich über die freche Fröhlich beschweren würde, vor allem über ihr penetrantes Beharren auf privaten Themen. Außerdem würde er sicher erwähnen, dass das Interview niemals zustande kommen würde.

Aber Stein redete über die Wahlplakate der zweiten Serie. Diese seien besser als jene der ersten Serie, auf denen habe er zu streng gewirkt. Auf den neuen Fotos sähe man ihm den Freiberufler an, die Eigeninitiative, das Selbstständige eben, das, wovon die meisten Wähler träumten, aber was sie selbst nie in die Tat umsetzen könnten, weil sie zu feige und mittelmäßig seien. Im kleinen Kreis ließ sich Stein gerne über die Wähler aus, die bestenfalls Mittelmaß seien, viele bildungsfern, wie er meinte. „Die meisten haben sich in ihrer Bequemlichkeit gut eingerichtet und spekulieren darauf, dass die Politiker alle Schwierigkeiten von ihnen fernhalten. Sie wollen die unbequemen Wahrheiten nicht hören, nicht, dass es mit dem Nachkriegswohlstand in Deutschland ein für allemal vorbei ist, nicht, dass wir ein alterndes Volk sind und uns unsere Rente schon lange nicht mehr leisten können, und auch nicht, dass der Staat total überschuldet ist und wir kurz vor dem Staatsbankrott stehen."

Wagner war sich sicher, dass Stein nicht zu der Sorte Politiker gehörte, die Angst hatte, den Menschen reinen Wein einzuschenken. Er kannte niemanden, der so mutig war wie Stein. Wenn der richtige Zeitpunkt gekommen wäre – nach der gewonnenen Wahl –, würde Stein Klartext reden und sein Spruch von den unbequemen Wahrheiten nicht länger nur Rhetorik sein.

Jetzt bestand Stein darauf, die zweite Plakatserie eine Woche vorzuziehen, Wagner solle sich darum kümmern. Klar würde er das. Das war schließlich sein Job und der brachte ihm 12.000 Euro mehr im Jahr ein als seine vorherige Tätigkeit. Wenn Stein besonders schlecht drauf war und ihn in die Zange nahm, betrachtete er die Erhöhung als Schmerzensgeld.

Stein lästerte noch ein wenig. Er konnte erstaunlich zynisch sein und lachte am lautesten über seine eigenen Ausfälle. Das waren die Momente, in denen Wagner sich für seinen Job als Wahlkampfmanager schämte.

2

Isabel hörte, wie die Haustür ins Schloss gezogen wurde. Punkt sieben, jeden Morgen um Punkt sieben, ihr Mann hatte feste Gewohnheiten. Sie stützte sich im Bett auf. Der rechte Arm tat weh. Wenn sie den Ellenbogen belastete, schoss spitzer Schmerz in die Schulter. Gestern Abend war es schlimmer als sonst gewesen. Wie besessen hatte er auf sie eingeschlagen. Meistens mit der flachen Hand, aber gestern hatte er sich nicht mehr gebremst und auch mit dem Handrücken geschlagen.

Sie brauchte lange, um das Nachthemd über den Kopf zu ziehen. Der rechte Arm gehorchte nicht. Nackt stand sie vor dem Wandspiegel. Kein Gramm Fett zu viel an ihren Hüften, auch ihr Bauch war flach. Oberschenkel und Hintern waren gut proportioniert. Keine Spur von Cellulite. Die Jahre waren gnädig mit ihr umgegangen. Das Leben nicht.

Blaue Flecken, frische und verblassende, an ihren Brüsten, Hämatome am Hintern, rote Striemen an Armen und Beinen zeugten davon.

Es würde warm werden heute und sie würde eine Bluse mit langen Ärmeln tragen. Die Lüge von der angeblichen Sonnenallergie ging ihr inzwischen leicht über die Lippen. Von Jahr zu Jahr wurde es leichter, die Menschen zu täuschen. Der Vater war gestorben, die Mutter lebte in Almería, der Kontakt zu den Freundinnen war abgerissen. Uwe hatte es so gewollt und es war auch besser so. Nur mit den Nachbarn musste sie reden, ab und zu. Aber sie strahlte etwas aus, das die Nachbarn auf Abstand hielt. „Es ist besser so“, hatte Uwe gesagt, „besser für uns beide.“

Er war nicht immer so gewesen. Ihre Gedanken gingen zurück zu dem Tag, an dem sie sich kennengelernt hatten.

Frühjahr 2002

Sie hatte seinen Namen geschrieben, bevor sie ihn ein einziges Mal gesehen hatte. Als Assistentin der Parteizentrale war sie für das Terminmanagement zuständig. Die Bürgerpartei gab sich als moderne Partei, besonders in der Sprache.

Der Anwalt Uwe Stein galt als begabter Nachwuchs. Es war eine Frage der Zeit, bis der Parteivorsitzende Bitter ihn zu sich bitten würde. Auch die Bürgerpartei hatte Nachwuchssorgen, junge Politiker waren gefragt. Eine große Partei, die viele Mandate und Posten zu besetzen hatte, war für jedes Talent dankbar, und damals gab es in der Landespartei mehrere Vakanzen.

Vom ersten Augenblick war sie von Stein fasziniert. Von seinem Lächeln, seinem vollen blonden Haar, seinem kantigen Gesicht. Er hatte sie kaum beachtet, Bitter hatte zufällig neben ihrem Tisch gestanden. So hatte sich Uwes Aufmerksamkeit gleich dem Parteivorsitzenden zugewandt, das war nur natürlich. Uwe Stein war 32 Jahre alt, immer wieder in festen Beziehungen, aber stets nur für kurze Zeit, meistens war er ungebunden. In diesen

Phasen suchten seine strahlenden blauen Augen jeden Raum ab, den er betrat. Als Albi, so nannten sie Bitter, ihm die Tür zu seinem Büro aufhielt, hatte Uwe ihr einen Blick zugeworfen. Einen Blick, der ihren Nacken mit Gänsehaut überzog.

Bei seinem nächsten Besuch in der Parteizentrale fragte er sie, ob sie nebenan im Kaffeehaus einen Mittagsimbiss mit ihm einnehmen wolle. Danach rief er sie mehrmals in der Woche an, auch wenn er unterwegs und bei Mandanten war. Die auswärtigen Anrufe rührten sie. Nach zwei Wochen nahm sie ihn mit in ihre Wohnung und in ihr Bett. Es war anders als mit Kurt, ganz anders. Kein langweiliger Routinesex wie mit Kurt, wo alles vorhersehbar war, wo es keine Überraschungen mehr gab. Uwe Stein war in jeder Hinsicht ein aufregender Mann. Am Tag darauf machte sie mit ihrem Freund Schluss. Was konnte der gutmütige, zuverlässige Gefährte aus Jugendtagen gegen einen strahlenden Helden ausrichten? Kurt war tief getroffen, kämpfte aber nicht um sie. Auch das unterschied ihn von Uwe, er war kein Kämpfer, war nie einer gewesen.

Als Uwe ihr den Heiratsantrag machte, erhielt ihr Leben einen Sinn. So glaubte sie damals.

Die Hochzeit fand wenige Wochen später statt. Eigenartig fand sie, dass er niemals über seine Familie sprach und auch keine engeren Freunde hatte. Einmal erwähnte er seine Mutter, die im Emsland lebte. Den Kontakt hatte er schon vor Jahren abgebrochen. Als sie nachbohrte, wiegelte er ab, wollte nicht darüber sprechen. Natürlich fand sie dafür Gründe. Es gibt keine Verpflichtung, zu seiner Familie enge Beziehungen zu unterhalten, wenn man sich nichts zu sagen hat und in verschiedenen Welten lebt, entschuldigte sie ihn. Und in Freundschaften musste man Zeit investieren. Uwe hatte keine Zeit. Beruf und Politik forderten ihn 14 Stunden am Tag.

Vielleicht war er auch ein Mann, dem es schwerfiel, enge Beziehungen einzugehen. Es gab solche Menschen, sie lebten im Schutz eines Panzers, weil sie Verletzungen und Enttäuschungen erlitten hatten. Manchmal, wenn er sich unbeobachtet fühlte, hatte er einen tieftraurigen Blick. Dann liebte sie ihn besonders, war beseelt von der Vorstellung, seinen Panzer aufzubrechen. Das Einzige, was sie dafür brauchte, war Zeit. Die Liebe war schon da.

Selbst zur Hochzeit kam niemand aus seiner Familie. Es war eine eher karge Zeremonie, kaum 20 Gäste, einige von Isabels Seite, der Rest Kollegen und Parteifreunde von Uwe. Obwohl sie in der Partei arbeitete, war sie selbst kein Mitglied. Unerwartet erschien auch Bitter. Uwe war damals noch ein politischer Nobody. Bitter war Isabels Chef, niemals wäre es Uwe in den Sinn gekommen, dass er ihretwegen gekommen war. Nie würde sie Uwes Gesicht vergessen, als ihnen der Parteivorsitzende Glück und Segen wünschte. So gerührt hatte sie ihn nie wieder erlebt.

Bevor sie zum Standesamt fuhren, gingen sie zum Notar und vereinbarten Gütertrennung. Uwe wollte es so. „Wir werden uns niemals trennen, aber klare Verhältnisse haben noch nie geschadet", sagte er. Isabel fühlte sich unwohl dabei, das kalte Geschäftsgebaren des

Anwaltes passte so gar nicht zu ihren Gefühlen. Uwe wirkte anders als sonst, den Charmeur hatte er im Vorzimmer abgegeben, jetzt war er geschäftsmäßig und unterkühlt. Sie fand sich damit ab, sie war verliebt und glücklich wie noch nie in ihrem Leben. Außerdem war sie in diesen Tagen zu aufgeregt, um sich mit juristischen Spitzfindigkeiten abzugeben.

Uwe bestand auch darauf, dass sie ihren Job in der Parteizentrale aufgab. „Ich verdiene genug Geld für uns beide. Willst du denn, dass unsere Kinder eine berufstätige Mutter haben?" Auch sie wollte Kinder, war mit allem einverstanden. Und dass er für sie mit entschied, störte sie nicht. Er war der Mann und sie eine liebende Frau.

Zur Hochzeit war Isabels Mutter aus Spanien gekommen, bei sich hatte sie einen der schneidigen deutschen Pensionäre, von denen sie sich in der neuen Heimat umgarnen ließ.

„Kind, kette diesen Mann an", rief ihre Mutter, bevor sie nach der Feier in ihr Hotel fuhr, denn Uwe war der Meinung, das Brautpaar habe an diesem Tag Anspruch auf Privatsphäre. „So einen kriegst du nie wieder. Betrachte ihn als Hauptgewinn. So klug, so geschickt mit Worten, so zielstrebig. Und attraktiv ist er auch. Er wird seinen Weg machen."

Als Uwe ihr vor dem Einsteigen ins Taxi die Hand küsste, verging sie vor Stolz und Rührung.

3

Der Honeymoon dauerte 40 Tage. Dann kam der Abend, an dem Uwe von der Parteiveranstaltung zurückkehrte. Mit dem Verlauf dieser Veranstaltung war er überhaupt nicht einverstanden. Seine Laune war miserabel. Sie kannte das schon, er ärgerte sich oft, über die Partei, Mandanten, Kollegen, Verkehrsteilnehmer. Die Welt war voller Gründe, die ihn aufregten. Dann funkelten die blauen Augen, aber nicht vor Lebensfreude. Sie hatte Verständnis und bemühte sich, seine Stimmung aufzuhellen. Dieser Mann hatte es verdient, verwöhnt zu werden, ein harmonisches Heim gehörte dazu. Sie hatte seinen Lieblingskuchen gebacken, Apfelkuchen mit Streusel. Sie hatte Vanillezucker in die Sahne getan, wie er es liebte, und die Stücke so aufgeschnitten, dass sie nicht zu groß und nicht zu klein waren. Sie bemühte sich, alles richtig zu machen und stieß dabei gegen die Teekanne, die vom Tisch fiel und zerbrach. Isabel bückte sich sofort, um die Scherben aufzusammeln. Plötzlich wurde sie hochgerissen. Sie war nicht darauf gefasst und taumelte. Uwe stand vor ihr mit einem Gesicht, das sie nicht kannte.

„Du Schlampe, du blöde! Pass gefälligst auf!“

Sie war sprachlos, nicht verängstigt. In diesem Moment überwog noch die Überraschung.

Er schlug zu, ansatzlos.

Ihr Gesicht brannte. Niemals hatte ein Mann sie geschlagen. Wie konnte er es wagen? Wegen einer Teekanne!

Sie öffnete den Mund, aber sie sagte nichts. Das lag an seinem Gesicht, vor allem an den Augen. Wut verschaffte ihm ein zweites Gesicht. Die Augen waren wie Steine, ohne Ausdruck, und eigentlich blickten sie sie auch nicht an. Sie starrten in eine Ferne, die wohl nur er in diesem Augenblick sah. Aber an der Bedrohung bestand kein Zweifel. Vor ihr stand ein Fremder.

Sie musste die Scherben aufsammeln, aber sie wollte sich nicht bücken und nicht wehrlos sein. Den nächsten Schlag wollte sie kommen sehen.

Schweigend verließ er das Wohnzimmer und redete zwei Tage nicht mit ihr.

Es war das Schweigen, das sie noch mehr als die Schläge zermürbte. So durften Liebende nicht miteinander umgehen. Und sie waren doch Liebende, 40 Tage nach der Hochzeit. Er verließ früh das Haus und kehrte spät zurück. Am dritten Tag kapitulierte sie. Sie wollte keinen Machtkampf, sie wollte sein Wohlwollen zurückgewinnen. Insgeheim sehnte sie sich nach Versöhnungssex. Sie kannte einige Arten, ihn glücklich zu machen. Sie musste sich nur entschuldigen, denn sie wollte es ihm nicht so schwer machen.

„Es tut mir leid, dass ich die Kanne zerbrochen habe. Aber es ist doch nur eine Kanne. Sprich mit mir, Uwe. Ich passe in Zukunft auch besser auf."

Wie er sie anblickte! Ohne Wärme und Zuneigung, so sah man technische Geräte an, die nicht mehr einwandfrei ihren Dienst versahen.

Dann sprach er: „Ich möchte nicht, dass du meine Sachen kaputt machst."

Wieso sprach er von seinen Sachen? Das Geschirr war ein Geschenk ihrer Tante zur Hochzeit gewesen. Von seiner Familie hatte er überhaupt keine Geschenke erhalten. Sie setzte sich neben ihn, drückte sich gegen seinen Arm. Es dauerte länger, als sie gedacht hatte. Aber am Ende liebten sie sich. Am nächsten Morgen entschuldigte er sich bei ihr. Er hatte Tränen in den Augen, man merkte ihm an, wie leid es ihm tat. Die Nerven waren mit ihm durchgegangen. Isabel war erleichtert, ein einmaliger Ausrutscher, beruhigte sie sich.

Zwei Wochen später begleitete sie ihn zu einem Abendessen mit Vertretern der Wirtschaft. Er hatte sie noch nie darum gebeten, mit ihm gemeinsam einen Termin wahrzunehmen. Umso erfreuter war sie und unterhielt sich mit den Teilnehmern, am längsten mit dem Mann zu ihrer Rechten, einem Jungunternehmer aus der Metallbranche, der angeregt von seinen Aufenthalten in Lateinamerika berichtete. Schon im Auto merkte sie, wie wütend Uwe war. Schweigend starrte er vor sich hin, war nicht ansprechbar und ließ sie die gesamte Unterhaltung allein bestreiten.

Die Haustür war gerade ins Schloss gefallen, als er ihr ins Gesicht schlug, beim zweiten Mal noch heftiger.

„Wie kannst du es wagen, dich wie eine Nutte zu benehmen! Schmeißt dich den Männern an den Hals. Was sollen die von mir denken? Du bist mit einem Politiker und Anwalt verheiratet und nicht mit einem Bordellbesitzer.“

Sie setzte an zu widersprechen, aber das Wort blieb ihr im Hals stecken.

„Benimm dich gefälligst, wie man es von der Ehefrau eines Mannes der Gesellschaft erwartet. Merkst du gar nicht, wie sehr du mich blamierst?“

„Aber … aber ich habe mich doch nur unterhalten, mehr nicht“, stammelte sie.

„Ach …? Und deine Blicke, mit dem du den Kerl ins Visier genommen hast. Und er dich, er hat dich förmlich ausgezogen, widerlich!“

„Ich flirte nicht“, sagte sie mit ruhiger Stimme. „Ich habe gerade geheiratet. Ich liebe meinen Mann und werde immer bei ihm bleiben. Bis dass der Tod uns scheidet.“

Er drehte sich um und ging in sein Arbeitszimmer.

Erneut strafte er sie mit Schweigen. Diesmal litt sie nicht so stark, denn sie brauchte die Zeit, um ihre Fassung zurückzugewinnen. Waren alle Führungskräfte so? Oder nur die, die auf zwei Gleisen fuhren, also dabei waren, sich eine Karriere als Anwalt und Politiker aufzubauen? War es vielleicht doch ihre Schuld, hatte sie ihn düpiert?

Eine politische Karriere forderte einen hohen Preis, und Isabel wollte ja, dass Uwe auf der Leiter emporkletterte. Er hatte Talent, er war ein glänzender Redner, war ehrgeizig und machtbewusst. Und er hatte Visionen, wollte Weichen stellen, Dinge zum Besseren verändern, wollte diesem Land dienen. Dazu musste er ins erste Glied aufrücken, es gab viele Konkurrenten in der Partei.

Isabel sagte sich: Ich habe keinen Durchschnittsmann geheiratet, das war mir von Anfang an klar. Uwe braucht mehr Liebe und Zuspruch als andere, weil er anders ist. Er ist etwas ganz Besonderes, und er braucht meine Solidarität und Rücksichtnahme.

So sagte sie es ihm auch. Er reagierte erleichtert, sprach im Gegenzug von seiner Arbeit in der Kanzlei, den schwierigen Mandanten und kniffligen Fällen. Und dem ständigen Stress mit der Partei, den vielen Sitzungen, in denen nur Blabla geredet würde und die er trotzdem über sich ergehen lassen müsse. Dann entschuldigte er sich erneut bei ihr für die Schläge, wieder mit Tränen in den Augen. „Es tut mir leid, der Stress macht mich fertig. Und ich will dich nicht verlieren. Die Blicke, mit denen dieser Kerl dich taxiert hat …“

Er ist eifersüchtig, das heißt, er liebt mich, dachte sie. Wenn er mich nicht liebte, wäre er nicht eifersüchtig und nicht so betroffen. Als er sie streichelte, war er weich und nachgiebig wie lange nicht mehr. Und als er leise sagte: „Vergiss nie, dass ich dich liebe. Niemals!“, war die Welt wieder in Ordnung für sie. Dann küsste er sie und sie liebten sich.

Sie gab sich Mühe, Uwe glücklich zu machen. Während er draußen den kräftezehrenden Spagat zwischen Anwaltskanzlei und Politikbetrieb auf sich nahm, hielt sie das Haus in Ordnung und war für ihn da, wenn er von einem langen Arbeitstag nach Hause zurückkehrte.

Doch das Leben mit Uwe war nicht einfach. Mal war das Essen zu heiß, mal war ein Hemd nach der Wäsche verfärbt. Mal vergaß sie, eine Nachricht aus der Parteizentrale auszurichten oder entsorgte versehentlich Papiere, die sensible Informationen enthielten, in der öffentlich zugänglichen Papiertonne. Immer wieder musste Uwe mit ihr böse werden. Er schlug sie auf die Brust, auf den Rücken, auf den Hintern, auf Arme und Beine. Nur selten trafen die Schläge das Gesicht. Das anschließende strafende Schweigen tat noch mehr weh als die Schläge selbst. Doch immer wenn sie dachte „Ich kann nicht mehr, ich halte das nicht mehr aus“, bat er sie um Verzeihung, fast immer mit Tränen in den Augen. Sie dachte: Er leidet wie ein Hund, er schlägt mich, aber er leidet unter den Schlägen genauso wie ich. Die Belastung macht ihn fertig.

Er wollte jedoch nichts davon hören, kürzerzutreten. „Die Partei braucht Menschen wie mich, das Land auch. Menschen, die nicht im Mittelmaß schwimmen und die nicht nach Versorgungsposten schielen, sondern wirklich etwas verändern wollen.“

So ertrug sie seine Launen und die Schläge, wie man den Wechsel der Jahreszeiten und des Wetters erträgt, und sagte sich: „Es wird nicht so bleiben. Wenn er erst einmal sein Ziel erreicht hat, wird es besser.“

Und die Momente, in denen er sich ihr öffnete, sie um Verzeihung bat, Stress und Termindruck als Grund für „meine Überreaktion“, wie er es nannte, vorschob, entschädigten sie. Der Sex mit ihm auch. Zu Beginn zumindest, dann im Lauf der Zeit aber stumpfte sie ab. Aus Liebe wurde Apathie. Eines Tages schlug er zu wie noch nie. Sie beschloss, ihn zu verlassen.

Sie brauchte Hilfe, Zuspruch und Unterkunft. Aber es gab niemanden, an den sie sich wenden konnte. Die Mutter lebte in Spanien und riet ihr zu Verständnis und langem Atem. Freundinnen besaß sie nicht. Der Kontakt zu ihrer Schulfreundin beschränkte sich auf gelegentliche E-Mails und Weihnachtskarten. Ihre Tante in Hamburg war ihr fremd geworden. Und trotzdem wusste sie, dass sie ihr Leben verändern musste, wenn sie nicht vor die Hunde gehen wollte. Sie hatte eine Ausbildung als Verlagskauffrau und verfügte über Erfahrungen in der Parteiarbeit. Mit Ende zwanzig waren ihre Chancen auf dem Arbeitsmarkt nicht so schlecht. Wenige Tage nachdem sie beschlossen hatte, sich heimlich nach einem neuen Job umzusehen, blieb ihre Monatsblutung aus.

4

Er freute sich wahnsinnig, nahm sie in die Arme und küsste sie. „Endlich! Endlich werden wir eine richtige Familie. Es hatte also doch alles einen Sinn."

Zur Feier des Tages öffnete er eine Flasche Champagner. Fortan hörten die Schläge auf. Weil er ein eigenes Schlafzimmer besaß und lange arbeitete, sahen sie sich manchmal tagelang nicht. Es störte sie nicht, sie war froh, ihre Ruhe zu haben.

Zwei Monate vor der Niederkunft fand sie heraus, dass er sie mit einer Anwältin aus seiner Kanzlei betrog. Sie fühlte nichts als Gleichgültigkeit. Sobald sie aus dem Gröbsten heraus war, würde sie Wohnung und Job suchen und für das Kind eine Betreuung. Der Umzug in eine andere Stadt wäre eine Befreiung.

Uwe wünschte sich ein Mädchen. Katharina sollte sie heißen, weil er die gleichnamige Zarin bewunderte. Isabel sagte dazu nichts. Je weniger sie redete, desto weniger Angriffsfläche bot sie ihm. Es bereitete ihr ein zwiespältiges Triumphgefühl, dass ein ungeborenes Kind ihren wirkungsvollsten Schutz vor Schlägen darstellte. Sie spielte Spiele mit Uwe, indem sie ihn, Schwäche vortäuschend, um Gefälligkeiten bat. Mal war es ein Tee, den sie erbat, mal ein Toast, mal Zitroneneis. „Danke", hauchte sie, wenn er mit dem Gewünschten kam, „danke auch im Namen deiner Tochter."

Als Katharina geboren wurde, kannte seine Begeisterung keine Grenzen. Er war bei der Geburt, die ohne Komplikationen verlief, dabei, schenkte der Mutter einen Brillantring und 50 rote Rosen, bedankte sich mit einer Flasche Sekt beim Oberarzt und einem Hunderter für die Kaffeekasse bei der leitenden Stationsschwester im Vinzenzstift, wo sie selbstverständlich das größte Einbettzimmer bekommen hatte. Schließlich war Uwe kein Unbekannter mehr. Die Stationsschwester war voll des Lobes, beglückwünschte Isabel zu ihrem großartigen Mann.

Die Taufe wurde im Luisenhof gefeiert. Neben ihrer Mutter, die mit einem neuen Lebensgefährten anreiste, wurden ihre Tante und etliche Parteifreunde eingeladen. Auch dieses Mal wollte Uwe niemanden von seiner Familie dabei haben. Sie waren nun zwei Jahre verheiratet und Isabel hatte weder seine Mutter noch ein anderes Mitglied seiner Familie kennengelernt. Uwe wünschte nicht, dass sie mit ihrer Schwiegermutter in Verbindung trat. Niemals wäre es ihr eingefallen, sich seinen Wünschen zu widersetzen.

Der glückliche Vater hielt eine Ansprache, in der er Isabel eine Liebeserklärung machte, seine Tochter, ein rundum gesundes Kind, zum schönsten Mädchen der Stadt erklärte und bekannt gab, sich noch mehr Kinder zu wünschen. Die Verwandtschaft war beeindruckt, die Parteifreunde warfen launige Bemerkungen dazwischen. Niemand bemerkte, wie schlecht sich die junge Mutter fühlte. Nur Alfred Bitter, der auch diesmal erschienen war, warf Isabel besorgte Blicke zu. Er kannte sie seit einigen Jahren. Die Veränderung in ihrem Wesen blieb ihm nicht verborgen. Sie wünschte sich, er würde sie ansprechen. Er tat es nicht.

Uwe glühte an diesem Tag vor guter Laune, bezauberte alle mit Charme und Wortwitz. Isabel saß mit an der Tafel, aber es war ein symbolträchtiges Bild, das zeigte, wie sie im Verlauf der Feier und mehrerer Platzwechsel immer weiter aus dem Zentrum herausrückte und am Ende an einem Katzentisch landete.

Uwe war vernarrt in seine Tochter. Er kam früher nach Hause, beschäftigte sich mit Katharina, wickelte sie, fütterte sie und am Wochenende schob er den Kinderwagen durch Eilenriede und Tiergarten. Zwei Zeitungen begleiteten ihn mit Reporterin und Fotograf, Isabel fand die Homestorys unangebracht, nicht nur, weil sie in den Texten und auf den Fotos zu kurz kam. Uwe warb um Verständnis für die Spielregeln der Mediendemokratie.

Für einige Zeit lebten sie das Leben einer normalen Familie, ohne Schläge, ohne Angst und Strafen. Vielleicht wird doch noch alles gut, dachte sie und ihre abgestorbenen Gefühle für ihn erwachten zu neuem Leben.

Als Katharina anderthalb Jahre alt war, bekam sie Magenkrämpfe. Sie brachten sie ins Kinderkrankenhaus auf der Bult. Die Ärzte diagnostizierten eine Magenverstimmung, die gut mit Medikamenten behandelbar war, und schickten die besorgten Eltern und die kleine Patientin mit Anweisungen für die nächsten Tage wieder nach Hause. Die Fahrt verlief in angestrengtem Schweigen. Nur einmal sagte Uwe kopfschüttelnd: „Gibt ihrer Tochter verdorbenes Essen. Was bist du nur für eine Mutter.“

Kaum war die Haustür geschlossen, kaum stand die Tragetasche mit dem Kind auf dem Boden, als er ausholte. Der erste Schlag traf ihr ungeschütztes Gesicht, sie riss beide Hände nach oben. So war ihr Bauch ungeschützt, als sie der nächste Hieb dort traf. Er schlug sie zusammen. Er sagte nichts, kein Wort. In totalem Schweigen verrichtete er sein Werk, begleitet vom zufriedenen Murmeln des Babys in der Tragetasche.

Am nächsten Tag stand er weinend an ihrem Bett. Er hatte es nicht so gemeint, die Angst um seine Tochter hatte ihn verrückt gemacht. Ab sofort würde er sie nie wieder schlagen, versprach er ihr. Sie wusste, dass sie ihm nicht glauben durfte. Er würde niemals damit aufhören. Er war krank, ein begabter Anwalt und Politiker, charmant, gut aussehend und doch seelisch krank, so krank, dass er gar nicht anders konnte.

Ihr wurde an diesem Nachmittag klar, dass er niemals damit aufhören würde, nicht solange sie noch lebte. Und irgendwann würde er die Kontrolle über sich verlieren und so lange auf sie einprügeln, bis sie tot war. Trotz dieser Erkenntnis hatte es weitere sechs Jahre gedauert, bis sie sich endlich dazu durchgerungen hatte, ihn zu töten. Nicht ihretwegen, es ging um Katharina.

Gestern Abend hatte man es ihm angemerkt. Er hatte schlecht ausgesehen, seine Gesichtshaut war ungewöhnlich fahl, auf seiner Stirn standen Schweißtropfen, und er hatte sich immer wieder an die Brust gefasst, bis zu dem Wutausbruch. Lange würde es nicht mehr dauern, dann würde das Gift stärker sein als die Widerstandskräfte seines Körpers und ihr Martyrium hätte ein Ende. Sie zuckte zusammen, Geräusche aus dem Nebenzimmer, Katharina war aufgewacht. Isabel hatte 15 Minuten vor dem Spiegel im Schlafzimmer gestanden, nackt.

5

„Ich lade dich ein. Privat, nicht aus der Parteikasse."

Tobias Wächter, Vorsitzender der Seniorenvereinigung der Bürgerpartei, blickte überrascht auf. Was mochte Albi von ihm wollen? Eine private Einladung ohne Gegenleistung war nicht vorstellbar. Nicht für Albi, den alten Politikhasen.

Alfred „Albi" Bitter, mit Ende fünfzig der Jüngere der beiden, stand seit acht Jahren dem Landesverband der Bürgerpartei vor, die die Regierung in Niedersachsen stellte. Er sah keinen Tag jünger aus. 30 Jahre in der Politik hatten ihre Spuren hinterlassen, nicht nur in seinem von tiefen Furchen durchsetzten Gesicht. Und doch steckte noch viel Energie in seinem müden Körper. Anfang des Jahres hatte der amtsmüde Ministerpräsident seinen Rückzug aus der Politik angekündigt. Bitter hatte sich gute Chancen auf die Nachfolge ausgerechnet, war sich seiner Sache sicher gewesen. Bis zum Parteitag in Braunschweig Ende Januar, da war Uwe Stein auf der Bildfläche erschienen und hatte Bitter mit einer furiosen Rede aus dem Rennen geworfen und sich selbst als Spitzenkandidat ins Spiel gebracht. Albi hatte ihm das bis heute nicht verziehen.

Der drei Jahre ältere Wächter hatte den Kampf um Posten und Positionen aufgegeben, war mit seinem Posten als Vorsitzender der Seniorengruppe und dem Landtagsmandat zufrieden. Er vertiefte sich in die Karte. Bitter, ungeduldig auch bei der Essensauswahl, nahm das

Tagesgericht. Beim Wein einigten sie sich auf Grauburgunder.

Bitter blickte sich um und sagte: „Weißt du, was mir in diesem Lokal am besten gefällt?"

„Dass es heute nicht so voll ist wie am Wochenende. Und schattig, nicht so schwül wie im Zentrum."

„Nein, man sieht kein einziges Plakat, von dem mein spezieller Freund Uwe auf mich herabschaut."

Wächter lachte: „Ach Albi, du darfst dich als Letzter beklagen. Du hast ihn doch gefördert, als er noch nicht trocken hinter den Ohren war. Du warst von seinen Fähigkeiten begeistert, ich erinnere mich noch gut daran."

„Das beruhte auf Täuschung. Er hat uns allen etwas vorgespielt, besonders mir. Bis zum Parteitag, da hat er seinen wahren Charakter enthüllt. Und jetzt darf man kein böses Wort mehr über den Kerl sagen. Alle sind wie besoffen von ihm. Als ob ich die Partei an die Wand gefahren hätte."

„Niemand denkt das, Albi. Aber Stein ist nun mal ein ganz spezielles Kaliber. Machen wir uns nichts vor: Auch wenn er nicht wirklich dazugehört, so wie wir beide, die die Parteiluft mit der Muttermilch aufgesogen haben, ist er von ungemeinem Nutzen für uns. Er hat einfach Ausstrahlung. Die Menschen mögen ihn. Er bringt uns Stimmen, zusätzliche Stimmen aus Wählerschichten, die bislang einen Bogen um unsere Partei gemacht haben. Und viele Stimmen nennt man auch Wahlsieg."

„Der Mann ist ein charakterloser Geselle. Nicht nur wegen Braunschweig. Was er da abgezogen hat, war eine ganz miese Nummer. Aber dafür gibt es ein anderes Wort: Sabotage, meinethalben auch Palastrevolution."

Der Kellner brachte den Wein, solange hielten sie sich zurück. Dann stießen sie an. Wächter sagte: „Auf die absolute Mehrheit."

„Stein trinkt fast nie, höchstens Weinschorle. Das hätte mich warnen müssen", knurrte Bitter. „Auch wenn er im Emsland geboren ist, ein echter Niedersachse ist er nicht. Ich weiß ja, dass ihr ihn alle dynamisch findet. Er gibt den Aufrichtigen, den unabhängigen Freigeist. Dabei ist jeder seiner Sätze, jedes Wort und jede Geste einstudiert. Nichts an dem Kerl ist echt, er könnte auch geklont sein. Aber ich weiß auch, wie er über mich redet, wenn ich nicht dabei bin."

„Du erwartest doch aber nicht ernsthaft Dankbarkeit, Albi? Das nehme ich dir nicht ab. Nicht nach 30 Jahren in der Politik."

„Der Ton macht die Musik. Und mir passt die Musik nicht, die er macht. Als hätte er alles auf einmal erfunden: das Feuer, das Rad, die Politik und den Wahlkampf."

„Die Zahlen sprechen für ihn. Wäre ich Opposition, würde ich auswandern. Und Hand aufs Herz, Albi, seine Ideen sind gut, er toppt uns alle. Er ist genauso wie die Bürger sich uns Politiker wünschen, kenntnisreich, innovativ, mutig und obendrein noch gut aussehend. Also kneif die Arschbacken zusammen, Albi. In vier Wochen ist alles vorbei. Und du bist Vorsitzender einer Partei, die mit absoluter Mehrheit regiert. Dir muss ich nicht sagen, was das heißt: keine Montagsrunden mehr mit unserem immerzu beleidigten kleinen Koalitionspartner, keine Krisengipfel mehr mit dieser unerträglichen Gutmenschenfrau, die überall mitreden will und von nichts eine Ahnung hat. Mann, wird das schön!"

„Du vergisst die Zinsen und Zinseszinsen. Baumgart hat nicht einfach so eine halbe Million springen lassen. Der Möchtegernwohltäter tut nie etwas ohne Gegenleistung."

„Natürlich nicht, sonst wäre er wohl kaum 200 Millionen schwer. Früher hat dich das nicht gestört. Wahlkämpfe sind nun mal kostspielig. Und Stein ist nicht blöd, er kennt den Preis, der nach der Wahl fällig wird. Auf die Kleingartenkolonie in Ricklingen ist Baumgart seit Jahren scharf. Soll er sie haben. Luxuswohnungen und Bürogebäude machen sich ohnehin besser als popelige Kleingärten für Spießbürger."

„Die Stimmen der Spießbürger nehmen wir trotzdem gerne", knurrte Bitter.

„Mein Gott, sind wir heute empfindlich. So kenn ich dich gar nicht, Albi. Außerdem, was willst du. Nach der Wahl muss Stein sich der Realität stellen. Dann wird er ein Teil des Betriebes. Tagespolitik lehrt Demut, das wissen wir alten Fahrensleute doch am besten."

Das Essen kam, sie machten sich darüber her.

Es war Wächter, der den Faden wieder aufnahm. „Ich habe zum wiederholten Mal munkeln hören, dass er nach der Wahl auch den Parteivorsitz anstrebt."

„Deshalb sitzen wir zwei Hübschen zusammen."

„Und ich frage mich die ganze Zeit: Was mag Albi von dir wollen? Will er mit dir zusammen in Urlaub fahren?"

Sie waren so vertraut miteinander, dass Frotzeleien möglich und geduldet waren.

„Das werde ich zu verhindern wissen", behauptete Bitter. „Falls Stein vorhat, Prinz Größenwahn zu geben, wird er sich noch wundern. Ich habe nicht vor, in die zweite Reihe zurückzutreten. Nicht in meiner Partei, ich mag nämlich die erste Reihe, und die Partei mag mich. Kandidat für das höchste Regierungsamt ist die eine Sache, Vorsitzender der Partei etwas völlig anderes. Dafür braucht es Stallgeruch und der geht Stein ab. Wie sagtest du, er ist nützlich für die Partei. Von Liebe war keine Rede. An der Spitze braucht die Partei eine Seele, Stein hat keine. Außerdem: Mich kennen die Leute seit Jahrzehnten, wissen, was sie an mir haben."

„Überleg dir das gut, Albi. Stein mag dir zwar wie ein Kennedy aus der norddeutschen Tiefebene vorkommen, aber er hat in den letzten Monaten eifrig Basisarbeit betrieben, auch wenn davon nicht viel nach außen gedrungen ist. Die meisten Kreisvorsitzenden hat er hinter sich gebracht. Die Jugendorganisationen finden bekanntlich alles gut, was nicht alt ist. Und die Frauenvereinigung … Dass du mit der Peters nicht kannst, weiß ja jeder."

„Welcher Mann, der seine fünf Sinne beisammen hat, kann schon mit der Quoten-Peters. Der Regierungschef steht doch auch mit ihr auf Kriegsfuß", knurrte Bitter und beugte sich weit über den Tisch. „Deine Seniorenvereinigung ist die stärkste Gliederung. Würdest du mir bitte bestätigen, dass ich auf euch zählen kann."

„Worauf willst du hinaus, Albi? Auf eine Kampfkandidatur?"

„Genau das. Mann gegen Mann."

Wächter wich Bitters Blick aus.

„Mensch Albi, denk mal darüber nach. Wir sind Auslaufmodelle, Stein gehört die Zukunft."

„Wenn die Zukunft in diesem Land Männern wie Stein gehört, Prost Mahlzeit! Er funktioniert wie ein Roboter, weiß auf alles eine Antwort, ist effizient, kompetent, extrem sachlich, ein Manager eben. Aber eine Partei ist kein Konzern, in dem es um Renditen und Zahlen geht. Die Parteien sind die Basis der Demokratie, sie spiegeln das gesellschaftliche Zusammenleben wider. Willst du, dass unser Land wie ein Großkonzern geführt wird? Willst du das?"

Wächter trank seinen letzten Schluck aus, stellte das Glas beiseite.

„Wenn es nach mir ginge, kannst du natürlich auf mich zählen. Aber sehen wir der Sache ins Auge: Auch ich habe einen Vorstand, den ich nicht übergehen kann. Im Vorstand sitzen Frauen, wenn die Stein sehen, kriegen sie weiche Knie."

„Die sind in der Minderheit, eine oder zwei, mehr habt ihr doch nicht."

„Drei, um genau zu sein. Die machen Krach für zehn."

„Lag ich doch gar nicht so weit daneben. Drei von zwanzig. Das erledigst du zwischen zwölf und Mittag. Zur Not werden sie überstimmt. Zwing mich nicht, dich daran zu erinnern, wem du deinen Posten verdankst, auf dem du warm und trocken sitzt."

„Du musst mich nicht daran erinnern, mein Gedächtnis funktioniert noch gut."

„Ich kann also auf dich zählen, wenn es zum Schwur kommt?"

Wächter zögerte nur kurz, aber er zögerte. Dann schlug er in Bitters ausgestreckte Hand ein. Der Pakt war besiegelt. Zwei in die Jahre gekommene Parteigrößen gegen den Emporkömmling. Bitter bat um die Rechnung und ließ sich aus alter Gewohnheit den Beleg geben. Warum selber zahlen, wenn es die Partei übernahm?

Er war zufrieden. Und falls Wächter doch noch umfallen würde, würde er eben die Königskarte ziehen. Auch er war in den letzten Wochen nicht untätig geblieben, hatte sich intensiv mit den dunklen Seiten des Spitzenkandidaten beschäftigt. Abgründe, die Stein bislang mit Geschick im Verborgenen gehalten hatte, hatten sich aufgetan. Die Sache mit dem Passwort zu seinen, Bitters Dateien, das Stein sich mit unlauteren Methoden verschafft hatte zum Beispiel. Nicht zu vergessen, dass Stein einen Schnüffler auf ihn angesetzt hatte. Wenn das herauskäme, würde es den Parteifreunden gar nicht gefallen. Mit Genugtuung stellte er sich Steins entsetztes Gesicht vor, sollte er ihn irgendwann vor vollendete Tatsachen stellen.

6

Die Fahrt von Celle nach Eschede war ein Genuss. Sonne, blauer Himmel, Birken und Tannen, Wiesen mit Sonnenblumen, dazwischen Felder mit rot leuchtender Heide. Die Südheide im Spätsommer war für Marion Klaßen fast so schön wie die Toskana. Obwohl sie Norddeutsche war, störte sie die Hitze nicht. Sie hatte nicht nur ein Faible für südländische Männer, sie mochte auch südländische Temperaturen. Jedes Jahr fuhr sie mit ihrer Mutter vier Wochen nach Italien, von Kindesbeinen an. Ihr Vater, Richter am Oberlandesgericht, war anglophil. Seit seiner Pensionierung vor vier Jahren weigerte er sich, mitzukommen. Seinem Herzen sei die Hitze abträglich. Seitdem fuhren die Frauen alleine. Selbst als sie mit Giorgio zusammengelebt hatte, war sie mit ihrer Mutter verreist. Giorgio hatte keine Einwände gehabt. Später hatte sie herausgefunden, dass er ihre Abwesenheit nutzte, um fremdzugehen. Vor zwei Jahren hatte sie ihn rausgeschmissen, aus ihrer Wohnung und ihrem Leben.

Liebeskummer hatte sie nicht verspürt, drei Wochen später hatte ein neuer Lover Giorgios Stelle eingenommen. Toni aus Neapel, acht Jahre jünger als sie und den ersten Sommer in Deutschland. Die Liaison dauerte vier Monate. Als Liebhaber war er fantastisch, aber Gespräche waren nicht möglich, seine Deutschkenntnisse waren genauso stümperhaft wie ihr Italienisch. Und Themen, die sie interessierten, spielten in Tonis Leben keine Rolle.

Seither war sie Single. Seit zehn Monaten keinen Mann, keine Zärtlichkeiten, keinen Sex. Mit 32 führte sie das Leben einer Nonne. Und der größte Witz war, sie vermisste den Sex nicht einmal. Es gab so viel anderes, das ihr Leben fesselnd machte. Das Gefühl, Einfluss und Macht zu besitzen, war mehr als ein Ersatz für Sex. In diesem Jahr hatte sie sogar ihren Italienurlaub ausfallen lassen, der Wahlkampf war wichtiger. Seit Anfang des Jahres saß sie als Nachrückerin für einen schwer erkrankten Abgeordneten im Landtag, war eine der drei Jüngsten.

Die politische Arbeit machte ihr Spaß, obwohl sie zuvor auch als Versicherungsfachfrau erfolgreich gewesen war und mit Anfang dreißig eine Filiale geleitet hatte. Selbst die Ausschusssitzungen, Albtraum vieler Kollegen, mochte sie. Ihre Fraktion hatte sie in den Kulturausschuss entsandt, wo die Reformpläne der Landesregierung im Schulwesen beraten und entschieden wurden. Es ging um die Zukunft der Kinder, die Interessen von Lehrern und Eltern.

Sie wollte ihren Job gut machen, stieg tief in die Vorlagen der Ministerien ein, informierte sich umfassend über die Standpunkte der verschiedenen Gruppen. Sie sprach mit der Lehrergewerkschaft, Elternverbänden, Schülerbeiräten und den Beamten im Kultusministerium. Nach kurzer Zeit war sie bei den Beamten gefürchtet, wurde vom Kultusminister mit Argwohn betrachtet und besaß einen Namen als kompetente Schulpolitikerin. Der stellvertretende Fraktionsvorsitzende Uwe Stein machte sich für sie stark, die Fraktion wählte sie zur schulpolitischen Sprecherin. Eine Sensation, weil Sprecherfunktionen den dienstälteren Abgeordneten vorbehalten waren.

Ihr war bewusst, dass das ohne Steins Fürsprache nicht so gelaufen wäre. Stein und sie mochten sich, gehörten beide zur Fraktion der aufstrebenden Nachwuchspolitiker, die die verstaubte Partei von alten Zöpfen befreien wollten. Näher kennengelernt hatten sie sich Anfang des Jahres auf dem Braunschweiger Parteitag. Dank ihm war der bis dahin vor sich hin dümpelnde Parteitag zu einer Sensation geworden. Mit einer grandiosen Rede hatte er Albi als Spitzenkandidat um den sicher geglaubten Sieg gebracht. Der Parteivorsitzende hatte eine der üblichen Politikerreden vom Stapel gelassen, viel Selbstlob, Beschwichtigungen, dass die gesunkenen Umfragewerte kein wirkliches Problem seien und Streicheleinheiten für die Delegierten. Stein hatte den Spieß umgedreht, die Herausforderungen und bisherigen Fehler beim Namen genannt, nicht um den heißen Brei herumgeredet, auf Floskeln verzichtet, seine Forderungen klar und schlüssig vorgetragen. Nicht alle waren damals angetan gewesen. Die Senioren hatten ein langes Gesicht gezogen, der Parteivorsitzende hatte gequält gelächelt, der Regierungschef hatte nicht einmal das getan. Marion war nach Steins Rede zu ihm gegangen. Sie war die Erste, die ihm gratulierte. Die anderen warteten ab. Sie wollten sich nicht festlegen, solange nicht klar war, ob Stein als Sieger oder Verlierer den Parteitag verlassen würde. Als Steins Sieg feststand, folgten viele Gratulanten.

In der Pause hatten sie Kaffee getrunken und ihre Handynummern ausgetauscht. Seitdem verband sie eine

Freundschaft, aber keine enge. Ein einziges Mal hatte sie das Gefühl gehabt, dass sich mehr zwischen ihnen entwickeln könnte. Auf einer Klausurtagung in Cuxhaven hatten sie beim Absacker an der Hotelbar zusammengesessen. Stein war der typische Germane, blond, breitschultrig, groß gewachsen. Sie stand auf Typen, die im Mittelmeerraum aufgewachsen waren. Trotzdem war sie an diesem Abend nicht abgeneigt gewesen, der Wein war ihr zu Kopf gestiegen und sie hatte Monate lang keinen Sex mehr gehabt. Sie machte Andeutungen, er wiegelte ab, sprach davon, dass er seine Frau liebe. Für einen kurzen Moment war sie verletzt, noch nie zuvor hatte ihr ein Mann eine Abfuhr erteilt, dann dachte sie: Vielleicht ist es besser so. Die Verhältnisse waren ein für allemal geklärt, es verband sie eine Beziehung, die auf Zuverlässigkeit und gegenseitiger Wertschätzung beruhte.

In Eschede parkte Marion hinter dem „Deutschen Haus". Auf dem Parkplatz standen entschieden zu wenige Autos. Die Vorsitzende der Landfrauen hatte von 70 bis 90 Frauen gesprochen, die mit Sicherheit kommen würden. „Schule im 21. Jahrhundert" – das Thema würde ziehen. Sie erwartete Marion im Foyer, die Begrüßung fiel kühl aus. Von 100 Stühlen waren gerade mal 20 besetzt. Teilnahmslose Gesichter starrten sie an, nicht direkt feindselig, aber ablehnend. In ihrem modischen Strickensemble, einem Designerteil, fühlte sie sich deplatziert. Auch die Ankündigung blieb blass, niemand klatschte zu Marions Begrüßung.

Für Marion kein neues Erlebnis. Viele der Besucher, die zu ihren Veranstaltungen kamen, machten aus ihrer

Abneigung gegen Politiker keinen Hehl. Und am Schluss hagelte es regelmäßig Vorwürfe an die Politik, die in diesem Land so ziemlich alles falsch zu machen schien. „Warum bewegt ihr euren Arsch nicht und engagiert euch, in der Kommunalpolitik zum Beispiel?", hätte sie den ewigen Meckerern gerne an den Kopf geworfen. „Stellt unter Beweis, dass ihr es besser könnt. Aber das würde eure Bequemlichkeit stören. Zu jammern und zu schimpfen ist ja auch wesentlich einfacher, als sich einzubringen oder darüber zu befinden, ob zunächst der Kindergarten, die Schule oder der Bürgersaal saniert werden soll."

Die Deutschen waren fünfundsechzig Jahre nach Kriegsende ein verdammt bequemes Volk geworden. Dass es ohne Anstrengungen in der globalisierten Wirtschaftswelt nicht möglich war, den Wohlstand zu erhalten, wollten sie nicht hören. Stattdessen träumten sie davon, auch ohne größere Anstrengung Exportweltmeister zu bleiben, mit 40-Stunden-Woche, sechs Wochen Jahresurlaub, den weltweit meisten Feiertagen. Wie sie mit diesen Komfortbedingungen glaubten, gegen die aufstrebenden Schwellenländer, die all das nicht kannten, bestehen zu können, war Marion ein Rätsel. Eines stand fest: Im Jammern war den Deutschen der Weltmeistertitel nicht zu nehmen.

So oder so, sie musste das jetzt durchziehen. Sie hielt tapfer ihre Rede. 20 Zuhörerinnen waren 20 potenzielle Wählerinnen. Nach einer Stunde war der Spuk vorbei. Keine Fragen, auch keine Vorwürfe. Die Abfahrt glich einer Flucht.

Als sie zehn Minuten vor der Zeit in die Tiefgarage des Hotels Maritim in Hannover fuhr, hatte sie die miesepetrigen Landfrauen vergessen. Zu Marions Stärken gehörte die Fähigkeit, sich von unangenehmen Vorfällen schnell lösen zu können. Uwe hatte einen Ecktisch reservieren lassen. Neugierig starrten die vier Gäste des Restaurants zu ihrem Tisch hinüber. Stein war ein prominenter Mann. Es erfüllte Marion mit Stolz, seine politische Vertraute zu sein. Stein erkundigte sich nach ihren Wahlkampfterminen, er war ein guter Zuhörer. Marion fragte sich, wann er zum Thema kommen würde. Er aß wenig, schob den mehr als halb vollen Teller beiseite. „Ich möchte mit dir über mein Schattenkabinett sprechen. Ich werde es nächste Woche bekannt geben.“ Marions Herz klopfte. „Du weißt, dass ich viele Rücksichten nehmen muss. Die Oldenburger wollen ebenso bedient werden wie die Braunschweiger und Emsländer. Die Organisationen dürfen auch nicht zu kurz kommen. Ich könnte spielend ein doppelt so großes Kabinett besetzen.“

Er erwähnte die Frauenorganisation, gemeinsam spotteten sie über die Peters und ihren verbissenen Kampf für die Rechte der Frauen. In Marions Lachen hinein sagte er: „Sie kriegt ihr Frauenministerium. Klein und fein, nicht mehr als 30 Leute. Soll sie sich austoben. Mit dir möchte ich über ein anderes Ministerium sprechen, Kultur. Ich würde es dir liebend gern übertragen. Du würdest deinen Job gut machen. Aber es geht nicht. Die Braunschweiger bestehen darauf, dass Schneider das Kultusministerium bekommt.“

Marion spülte die Enttäuschung mit einem großen Schluck Rotwein herunter und sagte: „Die Lehrergewerkschaft wird auf die Barrikaden gehen. Wenn er sich zur Schulpolitik äußert, was selten genug passiert, gibt es jedes Mal Ärger."

„Ich weiß, aber auf die Gewerkschaften müssen wir nicht auch noch Rücksicht nehmen. Schneider ist kein übler Kerl, gradlinig, kantig. Er wird mir nicht in den Rücken fallen. So wie Albi. Albi intrigiert gegen mich und er hat Mitstreiter. Die von gestern. Die Fraktion ‚Weiter so und bloß nichts ändern'. Auf Schneider kann ich mich verlassen, und du stellst die fachliche Kompetenz sicher. Deshalb will ich dich als Staatssekretärin."

Spontan wollte Marion ablehnen. Sie mochte Schneider nicht, sein gönnerhaftes Auftreten reizte sie. Er blieb immer an der Oberfläche, sie ging gern in die Tiefe. Sie blickte in müde Augen, die sie erwartungsvoll anblickten. Er sah schlecht aus, urlaubsreif und übermüdet.

„Ich weiß nicht", sagte sie unschlüssig. „Als schulpolitische Sprecherin der Fraktion habe ich mehr Gestaltungsmöglichkeiten."

Eine Hand lag auf ihrer Hand. „Ich brauche dich in meiner Regierung, Marion. Es gibt niemanden in der Partei, dem ich mich so nahe fühle wie dir. Ich vertraue dir, nicht Schneider. Schneider reist nur auf dem richtigen Ticket. Auf der Braunschweig-Card."

„Ich soll Schneider kaltstellen?"

„Versuch es im Guten. Berate ihn, schlage ihm deine Projekte vor. Er wird auf dich hören, das wäre gut. Oder er wird nicht auf dich hören und scheitert. Dann habe ich bei der Nachfolge freie Hand. Die fachlich kompetente Staatssekretärin ist immer die erste Wahl. Nenn mir eine Fraktion, die das anders sieht."

Marion machte kurzen Prozess mit dem Wein.

„Ich weiß nicht, Uwe. Ich will eine neue Etappe nicht mit der Absicht beginnen, andere Menschen hereinzulegen. Das fühlt sich nicht gut an."

„Du siehst das zu dramatisch. Schneider wird dir doch aus der Hand fressen. Weil er dich mag, das hat er mir selbst gesagt. Damit steht er nicht allein. In der Fraktion kenne ich einige Männer, die … Es gibt ein weiteres biologisches Argument: Der Mann ist 61, nach Ablauf der Legislaturperiode wird er in den Ruhestand treten. Wenn ihr miteinander klarkommt, wird er dich höchstpersönlich als seine Nachfolgerin vorschlagen. Wenn nicht, wirst du Wege finden, damit umzugehen. Du hast den Vorteil, dass dir die Tür des Regierungschefs offen steht, wenn es Konflikte gibt. Du wirst in meinem Büro keinen zweiten Staatssekretär treffen."

Den Satz würde sie ihm nie vergessen.

7

Knapp einen Kilometer entfernt trafen sich zur gleichen Zeit zwei Männer: Peter Hansen, Vorstandsvorsitzender der Tawes AG, und Ralf Hübner, Vorsitzender des Betriebsrates. Gelassen hinter seinem Schreibtisch sitzend der eine, erregt durch den Raum hin- und hermarschierend der andere. Die Tawes AG, ein wirtschaftliches Schwergewicht, beschäftigte weltweit 120.000 Mitarbeiter, allein 10.000 am Standort Hannover. Die Firma war einer der führenden Anbieter von Antriebstechnik und Fahrzeugelektronik. Das Büro des Vorstandsvorsitzenden strahlte Behaglichkeit aus. Obgleich von den Maßen her an einen Tennisplatz erinnernd, war die Einrichtung geschmackvoll, zierten farbenfrohe Ölgemälde die Wände, waren die Vasen gefüllt mit üppigem Blumenschmuck, alles der fürsorglichen Sekretärin des Vorsitzenden zu verdanken. Vom zehnten Stock bot das Büro einen fantastischen Blick auf Hannover, der erst in den Ausläufern des angrenzenden Deister, dem nördlichsten deutschen Mittelgebirge, ein Ende fand.

Trotz der Hitze trug Hansen einen Anzug, sogar eine Krawatte. Hübner gab die volkstümliche Fraktion: verschwitzt, kurzärmeliges Sporthemd, das bestenfalls praktisch zu nennen war.

„Eine verdammte Schweinerei ist das!“, stieß er hervor. „Hier steht die Existenz von über tausend Familien auf dem Spiel. Aber das interessiert das Arschloch natürlich nicht. Genauso wenig wie das andere Arschloch namens Rausch."

Hansen zuckte zurück, als habe man ihn geschlagen. Hübners bisweilen krachlederne Ausdrucksweise hörte er nicht zum ersten Mal, aber er würde sich nie daran gewöhnen.

„Mäßigen Sie sich", sagte er. „Immerhin reden Sie von zwei gestandenen Persönlichkeiten. Rausch ist unser größter Kapitaleigner und Stein wird demnächst Ministerpräsident."

„Und wenn Stein der Papst wäre."

„Über diese Fragen befindet nun mal der Aufsichtsrat und nicht der Vorstand", gab Hansen zu bedenken.

Hübner wusste das natürlich, sein Grimm stieg noch weiter.

„Das Früchtchen weiß genau, was es tut", zürnte er. „Im Aufsichtsrat sitzen wir Arbeitnehmer am kürzeren Hebel. Da siegt immer das Kapital, ganz besonders, wenn sich verantwortungslose Gesellen wie Rausch und Stein zusammentun und sich gegen uns Arbeitnehmer verschwören."

Hübner putzte schon wieder seine Brille. Der Mann war besessen von seiner Brille. Jeder in der Firma kannte diese Phasen. Wenn Hübner sich ärgerte, begann er zu putzen. Und er ärgerte sich oft, er war ein leidenschaftlicher Mann.

„Es ist so durchsichtig", stöhnte er. „Dabei ist die Firma gut aufgestellt, macht Jahr für Jahr Gewinne. Die Aktionäre sacken Dividenden ein, von denen andere nur träumen. Es besteht kein Grund, das Unternehmen an die Deutsche

Antriebstechnik zu verkaufen. An unseren Hauptkonkurrenten! Wie Klein Fritzchen sich den bösen Kapitalismus vorstellt! Jemand müsste Klein Fritzchen klarmachen, wie recht er hat. Ich habe kein Problem, das zu tun."

Eine Drohung, trotzdem fasste Hansen sich in Geduld. Das nun Folgende war weder zu vermeiden noch auch nur abzukürzen. Der Betriebsratsvorsitzende durfte sich Luft verschaffen, wenn ihm danach war. Ein Teil seiner üppigen Bezüge verhalf Hansen dazu, das zu ertragen.

„Sie reißen sich unser Know-how unter den Nagel", knurrte Hübner. „Wenn sie es haben, werden sie wichtige Bereiche von Hannover nach Ulm verlagern. Und unsere Leute gucken in die Röhre."

„Lieber Herr Hübner, wir leben in einer globalisierten Wirtschaftswelt, ob uns das passt oder nicht. Sie und Ihre Leute halten den Lauf der Welt nicht auf. Die deutschen Unternehmen sind gut beraten, ihre Kräfte zu bündeln, will sagen zu fusionieren. Die Chinesen machen sich in der Antriebselektronik breit, bieten die gleichen Produkte wie wir zu wesentlich niedrigeren Preisen an. Noch hapert es bei denen im Service, aber auch da holen sie auf. Auch ohne Verkauf wird die Tawes AG über kurz oder lang in stürmische Fahrwasser kommen."

„Sie sagen es: über kurz oder lang. Noch sind wir zweitgrößter Anbieter in Deutschland und Europa, noch fahren wir Gewinne ein. Gewinne, von denen das Land Niedersachsen profitiert, ganz zu schweigen von diesem Früchtchen namens Rausch."

„Niemand ist vor feindlichen Übernahmen sicher, auch die Tawes AG nicht."

„Ihnen passt es gut in den Kram. Mir raubt es den Schlaf. Außerdem: Wenn man gute Produkte anbietet, ist man sicher. Wenn Aufsichtsrat, Vorstand und Betriebsrat an einem Strang ziehen, ist man sicher. Unser jetziger Ministerpräsident ist den Arbeitnehmern niemals in den Rücken gefallen und würde es auch in Zukunft nicht tun."

„Das bestreite ich gar nicht. Aber seine Tage sind gezählt. In vier Wochen wird Stein die Wahl gewonnen haben und als Ministerpräsident stellvertretender Aufsichtsratsvorsitzender der Tawes AG sein. 26 Prozent der Anteile hält das Land, und wenn Stein dem Verkauf zustimmt, können wir nichts dagegen tun. Wir wissen beide, dass Hannover für Stein nur eine Etappe ist. Den Mann zieht es nach Berlin. Der begnügt sich auf Dauer nicht mit der Provinz, der will in die erste Liga. Und aus bundespolitischer Perspektive sieht die Sache mit der Übernahme anders aus als aus niedersächsischer."

Hübner unterbrach seinen Marsch, griff sich an die Brust.

Hansen rührte in der Tasse und fuhr fort. „Ihnen muss ich doch über die Wirtschaft in diesem Land nichts erzählen, Sie wissen, wie das hier läuft. Die Deutsche Antriebstechnik ist mit vielen west- und süddeutschen Konzernen über Aufsichtsratsmandate verbandelt. Das ist ein engmaschiges Netzwerk – früher nannte man das Geheimbund –, das bestimmt, wo es langgeht, noch jedenfalls. In einigen Jahren wird sich das ändern. Dann werden andere diktieren, die Chinesen und Inder zum Beispiel. Und nicht zu vergessen, die Russen. Sie kaufen sich klamm und heimlich in deutsche Unternehmen ein. Fest steht: Die Politik kann gegen die Großkonzerne nicht anstinken. Einer, der Kanzler werden will, schon gar nicht."

„Ich habe auch ohne Studium gelernt, wer bei uns das Sagen hat. Ich weiß, wie der Hase läuft."

„Freut mich zu hören. Dann hätten wir es ja soweit."

„Sehe ich auch so. Wenn Sie mir noch kurz mitteilen, wo die tausend Mitarbeiter bleiben sollen, die bei einer Fusion draufgehen werden? Tausend im ersten Schritt. Wo sehen Sie in unserer Region tausend Arbeitsplätze? Oder sagen wir fünfzig?"

Die Brille wurde geputzt, es sah aus, als würde Hübner gegen sie kämpfen, als er knurrte: „Viele unserer Leute haben Eigentum gekauft: eine Wohnung oder ein Häuschen im Umland. Wird doch von der Politik seit Jahren gepredigt. ‚Kauft Immobilien, schafft Werte fürs Alter.' Wird nicht leicht, mit Hartz IV die Raten zu bezahlen. Und wenn nur die Hälfte ihre Hütten verkauft, gehen die Preise in den Keller. Sie stehen vor dem Nichts oder habe ich etwas übersehen?"

„Sie sehen zu schwarz, Hübner. Immerhin leben die Menschen in unserem Land in Frieden und Freiheit. Selbst mit Hartz IV geht es ihnen besser als den Menschen in Asien und Afrika. Wir jammern auf hohem Niveau. Zugegeben, der Wohlstand ist auf Pump. Irgendwann kommt der große Crash und das Geld bekommt dann jede Woche hinten eine neue Null. Dann fangen wir alle wieder von vorn an, Sie und ich und alle Kollegen der Tawes AG. Damit haben wir Deutschen ja Erfahrung."

„Das kann ich meinen Leuten nicht erzählen. So sehr es sie freuen wird, dass die Manager den Bach runtergehen, vorher sind Millionen andere dran."

Hansen antwortete nicht. Was hätte er auch sagen sollen? Auch er machte sich Sorgen, seine Position war bei einer Fusion gefährdet. Allerdings winkte ihm eine Abfindung in siebenstelliger Höhe. Sie würde umso großzügiger ausfallen, je besser es ihm gelang, Ärger vom Aufsichtsrat und den Gesellschaftern fernzuhalten.

Hübner setzte die Brille auf und blickte über Hannover. Hansen dachte: Der größte Witz ist, dass ihm die hässliche Brille gar nicht steht.

Hübner sagte: „Ich werde eine Betriebsversammlung einberufen und unsere Leute über die hinterhältigen Absprachen Steins mit den Süddeutschen informieren. Und die Presse natürlich auch."

„Denken Sie nach, Hübner. Sie haben keinen Beweis. Ich stehe als Zeuge nicht zur Verfügung, ich weiß gar nicht, wovon Sie reden. Dass ich Sie so früh informiert habe, ist in unserer langen und gedeihlichen Zusammenarbeit begründet. Ich … ich habe nicht vergessen, wie Sie zu mir gestanden haben, als mein Stuhl wackelte."

Hübner unterbrach erneut seinen hektischen Gang und blickte ihn an, als könne er sich nicht erinnern.

„Betrachten Sie es als kleines Dankeschön", fuhr Hansen fort. „Sie haben jetzt die Chance, sich rechtzeitig umzuorientieren. Je weniger Ärger Sie machen, desto mehr steigen Ihre Aussichten, auch in Zukunft beschäftigt zu werden."

Hansen stand ebenfalls auf. Das konnte man von Hübner lernen: Wenn man im Verlauf eines Streites weniger als fünf Kilometer zurücklegte, war es die Sache nicht wert.

„Bringen Sie Ihre Schäfchen ins Trockene, Hübner. Die Zeiten sind hart, jeder ist sich selbst der Nächste."

„Zu einem Verräter machen Sie mich nicht. Ich werde mir das Ganze durch den Kopf gehen lassen. Wir sehen uns morgen früh auf der Konferenz der europäischen Betriebsräte. Werden Sie nach Ihrem Grußwort noch bleiben?"

Hansen schüttelte den Kopf.

„Ich muss nach Brüssel. Ich verlasse mich auf Ihre Verschwiegenheit."

Bei den Fahrstühlen wurde Hübner schwarz vor Augen. Nur einen Moment, es war gleich vorüber, doch als er sich wieder gefangen hatte, lehnte er an der Wand neben den Fahrstuhltüren und wusste nicht, wie er dorthin gekommen war. Das Herz schlug flach und schnell, nichts schmerzte, aber die Brust war eng, und er bekam zu wenig Luft, obwohl er schnappend atmete. Das verdammte Wetter, alle jammerten und schwitzten schon, wenn sie morgens zur Arbeit erschienen. Der Fahrstuhl klingelte und spuckte Menschen aus. Hübner floh zum Fenster, in seiner Not hielt er sich das Handy ans Ohr. Bloß keine Schwäche zeigen. Gerade jetzt nicht, er wurde gebraucht. Wenn nicht er, wer sonst sollte denn die widerwärtigen Pläne des Politikerschnösels und des gottverdammten Playboygesellschafters zu Fall bringen? Beim Gedanken an Uwe Stein wurde ihm noch heißer. Ein

Kaltblüter wie er schwitzte vermutlich nicht, absolvierte seine kräftezehrenden Veranstaltungen, als könnten sie ihm nichts anhaben. Aber auch Uwe Stein war nur ein Mensch, war verletzbar, wie leicht war ein Unfall möglich, ein Schicksalsschlag, Bettruhe, Schonung, und bei der Wahl würde Alfred Bitter antreten. Kein Mann, der das Herz eines Betriebsrates erwärmte, aber ohne Ambitionen, denen er Tausende Schicksale opfern wollte. Die Fusion wäre fürs Erste gestorben. Es war die Kapitalseite, die nach dem Motto „Das Ziel heiligt die Mittel" lebte und handelte. Höchste Zeit, sich die Wertvorstellungen der Kapitalseite zu eigen zu machen. Hübner rettete sich in den Fahrstuhl. Einen schrecklichen Moment wusste er nicht, welchen Knopf er drücken musste, um in den zweiten Stock zu gelangen.

8

Schweiß lief ihr aus den Achselhöhlen Richtung Rippen, Nacken, Kopfhaut, Stirn, alles war feucht. Sie hatte unter einem Baum geparkt und ein Fenster geöffnet. Es nutzte nichts, niemand entkam dieser Schwüle. Sie starrte aus der schmutzigen Fensterscheibe ihres alten Polos auf den Wülferoder Weg, in den in diesem Moment Sonja Schreibers Ex-Schwiegermutter einbog. Wie immer auf die Minute pünktlich. Sonja mochte sie, nicht nur wegen dieser Eigenschaft. Viel mehr für das, was nun geschah. Die Eingangstür der Kindertagesstätte öffnete sich, Kinder rannten heraus, die Nachzügler bewegten sich gemächlich, zu zweit, zu dritt. Der Raum vor der Tür war gesäumt mit Müttern, Großmüttern, sogar ein Mann hatte sich eingefunden. Anna rannte zu ihrer Omi, die beugte sich herunter und schloss das Kind in ihre Arme. Der Anblick tat weh wie jedes Mal, aber Anna wurde geliebt, nur das war wichtig.

Ohne den Blick von den beiden abzuwenden, tastete Sonja auf dem Beifahrersitz nach der Handtasche. Die Flasche war angenehm kühl. Um den Verschluss zu öffnen, musste sie nicht hinschauen. Sie nahm einen kräftigen Schluck, wie immer. Der dritte Flachmann des Tages und fast leer. Die leeren Flaschen entsorgte sie einmal in der Woche, immer freitags, im Altglascontainer. So viel Anstand musste sein. Tagsüber Flachmänner, abends eine Flasche Rotwein. Der Alkohol entspannte sie, er sättigte auch. Was sie für Alkohol ausgab, sparte sie beim Essen ein. Sie musste aufs Geld achten. An Omis Arm schlenderte Anna zur Haltestelle der Straßenbahn. Sie kamen an einem Wahlplakat vorbei, beachteten es nicht. Gut so. Uwe Stein lächelte vertrauenerweckend. „Du mieses Schwein", murmelte sie. Vor drei Jahren hatten diese Augen sie zum ersten Mal angelächelt.

Dezember 2008

„Und jetzt trinken wir noch einen Glühwein", sagte Rechtsanwalt Schrader unternehmungslustig und rieb sich die Hände. Die drei Kolleginnen blickten sich betreten an. Im Lauf des milden Tages war die Temperatur auf 12 Grad gestiegen – Vorfrühling im Dezember. Der Besuch des Weihnachtsmarktes war ein Pflichttermin in der Kanzlei Schrader und Partner. Bürogemeinschaften aus Wirtschaft und Verwaltung pilgerten alljährlich in die Altstadt, wo um die Marktkirche herum der Weihnachtsmarkt mit seinen Holzbuden die Besucher zum Kaufen, Essen und Trinken einlud.

Das erste Glas war gewöhnungsbedürftig, danach wurde es leichter. An den Stehtischen plauderten sie lebhaft, als ein Mann auf die Gruppe zukam. Sonjas erster Eindruck: sieht unglaublich gut aus. Er steuerte direkt auf sie zu, um sich an den Mann neben ihr zu wenden.

„Hallo, Herr Schrader, heute mal nicht vor Gericht."

„Ach Sie, Kollege Stein. Hoffe, Sie haben die Niederlage verkraftet."

Sie frotzelten über einen Rechtsstreit, bei dem sie aufeinander getroffen waren. Das übliche Armdrücken unter juristischen Kollegen. Immer wenn ein Prozess gewonnen wurde, gab es einen Verlierer.

An seine Mitarbeiterinnen gerichtet, erklärte Schrader: „Rechtsanwalt Stein von Hackmann und Partner. Sehr renommiert. Trotzdem hat der Kollege letzte Woche vor dem Landgericht den Kürzeren gezogen. Daraufhin wurde halbmast geflaggt."

Stein erwiderte: „Vor Gericht und auf hoher See … das alte Lied."

Die Einladung zu einem Glühwein nahm er an. Das war der Anfang. Und das Ende. Von diesem Tag an war sie ihm verfallen. Bei ihrem Treffen zwei Tage später landeten sie in einer Absteige im Steintorviertel. Nachdem sie sich geliebt hatten, erzählte Stein ihr, dass er verheiratet sei und eine kleine Tochter habe. Seine Ehe bestehe nur noch auf dem Papier, er müsse aber Rücksicht auf seine Position und politischen Ambitionen nehmen. Daher: heimliche Treffen. Ihr war das recht. Auch sie musste Rücksicht nehmen. Ihre Ehe bestand nicht nur auf dem Papier. Das änderte sich schnell.

Sie traf Uwe regelmäßig. Mit jeder Begegnung verlor ihr eigener Mann an Reiz. Sie vermied Sex mit ihm, lebte nur noch für die Treffen, die meistens Mittwochnachmittag stattfanden. Manchmal zusätzlich am Freitag, immer in einem Landhotel in der Wedemark. Ihr Mann bemerkte nichts, weil er als Bauingenieur beruflich ausgelastet war. Die Tochter fühlte sich nicht vernachlässigt, weil es eine Schwiegermutter gab, die bereitwillig einsprang. Falls sie sich über ihre plötzlichen Überstunden wunderte, ließ sie es sich nicht anmerken. Sonja stellte keine Ansprüche an Uwe, weil sie über jede Minute mit ihm glücklich war. Damals strahlte sie vor Lebensfreude. Blonde Haare, grüne Augen, schlanke Figur, alles war für Uwe da.

Ihre Gespräche drehten sich meist um Begebenheiten in seiner Partei oder in den Kanzleien. Hannover war ein Dorf, man tratschte gern und viel. Auch Stein tat das. Über seine Familie sprach er nie. Sonja wünschte sich klare Verhältnisse und war längst bereit, ihren Mann zu verlassen. Sie malte sich eine gemeinsame Zukunft mit Uwe aus, an seiner Seite würde sie eine gute Figur machen. Er hatte es verdient, eine vorzeigbare Partnerin präsentieren zu können. Mittlerweile wusste sie, wie Uwes Frau aussah, sie war heimlich zu seinem Haus gefahren und hatte gewartet, bis sie aufgetaucht war. Es beruhigte sie, dass sie ein unscheinbares Geschöpf erblickte, verhuscht, geduckt, ohne Ausstrahlung. So sah keine Konkurrentin aus.

Sie waren drei Monate zusammen, als er sie aufforderte, ihre Familie zu verlassen und sich in Hannover eine Wohnung zu nehmen. Beruf und Politik ließen ihm keine Zeit mehr für die zeitraubenden Fahrten in die Wedemark. Sonja zögerte, die Aussicht, ihre Tochter nicht mehr jeden Tag zu sehen, war unvorstellbar. Uwe spürte ihre Zweifel und setzte ihr die Pistole auf die Brust. „Entweder ich oder das Kind. Beides geht nicht. Außerdem werden wir eigene Kinder haben."

Das war wie ein Eheversprechen. Sonja wog ab: eine Durchschnittsexistenz mit Egon gegen das permanente

Fest an Uwes Seite. Längst war er zum Mittelpunkt ihres Lebens und ihrer Gedankenwelt geworden. Genau genommen lebte sie nur noch für die Treffen mit ihm. Er war ein so toller Mann, unglaublich sexy und selbstbewusst. Stets war er von einer Aura der Überlegenheit umgeben. Der Glanz, der von ihm ausging, strahlte auch auf ihr Leben aus. Nur manchmal in stillen Momenten, wenn er sich unbeobachtet glaubte, wirkte er tieftraurig. Dann liebte sie ihn umso mehr. Sie konnte gar nicht anders, als sich für Uwe zu entscheiden. Sie würde Anna ja nicht verlieren, ihr stand ein Besuchsrecht zu.

Durch Zufall erfuhr sie von einer kleinen möblierten Wohnung in der Langensalzastraße in der Nähe des Maschsees, für die ein Nachmieter gesucht wurde. Sie griff zu – es war ja nur für die Übergangszeit – und stellte Egon vor vollendete Tatsachen. Er war fassungslos, später wütend. Danach weinte er, bat und bettelte. Er wollte wissen, wer der andere war. Sie schwieg, weil Uwe es verlangt hatte. Dabei hätte sie gerne mit ihm angegeben. Egon wollte sich nicht in das Schicksal eines gehörnten Ehemannes fügen. Doch weder seine flehentlichen Bitten oder Appelle an ihre Vernunft noch seine Drohungen vermochten etwas auszurichten. Schließlich willigte er in die Trennung ein und behielt die Tochter. „Meine Mutter kümmert sich um sie, während ich arbeite. Du kannst sie alle zwei Wochen einen Tag sehen, mehr nicht."

Uwe war zufrieden mit ihr. Das sei der erste Schritt, in Kürze werde er seine Familie verlassen. Bis dahin müsse sich Sonja gedulden. „Der Braunschweiger Parteitag hat Vorrang, ich möchte um die Nachfolge des

Ministerpräsidenten kandidieren und dazu brauche ich auch die Delegierten aus dem katholischen Emsland. Einem frisch geschiedenen Mann würden sie sich versagen“, gab er als Begründung an.

Sonja zeigte Verständnis. Auch in der Folgezeit, als seine Besuche seltener wurden. Sie redeten auch nicht mehr so viel miteinander und selten über Vertrautes. Als er sich 14 Tage hintereinander nicht sehen ließ, verlangte sie eine Erklärung.

„Verdammt noch mal, Sonja, ich will Karriere in der Partei machen. Das kostet nun mal Zeit und Mühe. Es gibt 40 Kreisverbände und zig parteiinterne Organisationen. Ich muss mich um alle kümmern und sie auf meine Seite ziehen, wenn ich Bitter ausbooten will. Ich kann dich nicht ständig besuchen. Wenn du mich liebst, hast du Verständnis dafür.“

Sie liebte ihn und hatte kein Verständnis. Ihre Zeitrechnung reichte bis zum Parteitag, danach würde alles besser werden. Danach hätte er wieder mehr Zeit für sie und würde sich ganz zu ihr bekennen. Sie war jetzt viel allein und gewöhnte sich an, Wein zu trinken, nicht viel. Ein oder zwei Gläser, im Lauf der Zeit wurden es mehr.

Der Parteitag endete mit seiner Nominierung zum Spitzenkandidaten für die Landtagswahl. Sie traf ihren Geliebten in den Abendnachrichten. Ein strahlender Held, die Herzen flogen ihm zu, ihres gehörte ihm ohnehin. Zwei Tage später erschien er bei ihr. Sie fiel ihm um den Hals, wollte ihn küssen, er schob sie zur Seite. Im Wohnzimmer, klein und unpersönlich eingerichtet – es war ja nur für den

Übergang –, kam er zur Sache. Er setzte sich nicht einmal hin, Sonja fühlte Kälte aufsteigen.

„Es geht um uns, Sonja. Wir müssen unsere Liaison beenden. Ich bin jetzt Kandidat für den Ministerpräsidenten. Ich kann mir keine Affäre leisten."

Wieso sprach er von Liaison? Er hatte ihr die Ehe versprochen. Sie waren fast zwei Jahre zusammen. Sie hatte seinetwegen ihre Familie verlassen.

„Du wirst das bestimmt verstehen. In der Partei gibt es viele Konservative. Die Ehe muss ein Leben halten mit allem Pipapo. Sie hätten kein Verständnis für eine Scheidung und ich sitze noch nicht fest im Sattel."

Ihre Stimme zitterte: „Du bist doch nominiert. Sie können dir nichts mehr anhaben."

„Albi sägt an meinem Stuhl, er will den Posten für sich. Darauf hat er sein Leben lang hingearbeitet. Er wartet auf einen Fehler von mir und es gibt einige, die nur halbherzig hinter mir stehen."

„Was hat das mit uns zu tun? Warum können wir uns nicht mehr treffen? Ich verrate keinem etwas. Wir machen genauso weiter wie bisher", bettelte sie. Sie schämte sich dafür und doch konnte sie nicht anders.

„Die Dinge haben sich geändert. Im Oktober ist die Landtagswahl und ich bin der Spitzenkandidat der Regierungspartei. Ab jetzt stehe ich unter Beobachtung, von Feinden, Freunden und den Medien. Ich kann mir keine heimlichen Besuche mehr leisten. Ich bin sicher, du verstehst das."

Sie hätte gern geweint, aber der Schock saß zu tief. Sie wollte laut aufschreien, ihre Kehle war zugeschnürt.

„Wir hatten eine wunderschöne Beziehung", fuhr er fort. „Ich habe das Zusammensein mit dir genossen, aber jetzt ist es vorbei."

Schon in der Tür stehend, sagte er: „Mit niemandem reden, wie bisher. Das gilt auch jetzt, jetzt erst recht. Lass dich nicht hinreißen, Sonja! Wenn du auf den Rachefeldzug gehst, werde ich dafür sorgen, dass du als Lügnerin und Erpresserin dastehst. Das ist keine Drohung, ich will dir nur klarmachen, dass du eine Verantwortung hast."

Sie dachte: Das ist nicht Uwe Stein. Nicht der Mann, den ich liebe und für den ich meine Familie verlassen habe. Das ist einer, der genauso aussieht. Endlich fand sie ihre Stimme wieder. „Aber wir lieben uns, wir wollten heiraten und eine Familie gründen."

In seinem Gesicht las sie Verachtung. „Ich bin verheiratet, hast du das vergessen? Wir hatten ein Verhältnis, es war schön, solange es ging. Jetzt ist es vorbei. Das passiert tausend Menschen jeden Tag. Liebe kommt, Liebe geht. Trink ein Glas Wein, das wird schon wieder. Du bist doch eine selbstbewusste Frau, oder sollte ich mich in dir getäuscht haben."

Er drehte sich um und verschwand aus ihrer Wohnung. Aber nicht aus ihrem Leben und vor allem nicht aus ihren Gedanken. Eine selbstbewusste Frau, hatte er gesagt. Ja, das war sie, früher einmal. Der Schwarm der Jungs auf ihrer Schule, später von den Anwälten ihrer Kanzlei hofiert und von Egon geliebt. Übrig geblieben war eine abgelegte Geliebte.

An diesem Abend trank sie mehr als sonst. Am nächsten Morgen meldete sie sich krank, ihren Schmerz betäubte sie mit Likör. Sie gewöhnte sich an, auch vormittags zu trinken, im Büro heimlich, aber regelmäßig. Sie vernachlässigte ihre Ernährung und ihr Äußeres. Die einzige Freude, die ihr geblieben war, war ihre Tochter. Doch im letzten Monat hatte sie das Besuchsrecht für Anna verloren. Nach einem gemeinsamen Besuch auf dem Schützenfest hatte sie sie erst gegen Mitternacht zurückgebracht. Die vielen Weinstände auf dem Festplatz hatten sie wie ein Magnet angezogen. Anna wurde mit gebrannten Mandeln, Zuckerwatte und Geld fürs Riesenrad ruhiggestellt, bis sie anfing zu weinen, weil sie müde war und nach Hause wollte. Egon wartete an der Haustür auf sie, er roch ihre Fahne. Kurz darauf erhielt sie Post vom Jugendgericht. Egon hatte einen richterlichen Beschluss erwirkt. In ihrem Zustand sei sie eine Gefahr für ihr Kind, hieß es in der richterlichen Anordnung.

Und drei Wochen zuvor hatte sie ihren Job in der Anwaltskanzlei Schrader und Partner verloren. Lange hatte ihr Chef Sonja eindringlich nahegelegt, sich zum Entzug in ein Krankenhaus zu begeben. Er hatte ihr sogar Adressen von Beratungsstellen gegeben, ihr seine Unterstützung angeboten. Sie wollte keine Hilfe und auch keine Beratung. Der Hass auf Uwe ließ keinen Raum für anderes.

Sie wartete ab, bis Anna und die Großmutter aus ihrem Blickfeld verschwunden waren. Sie startete den Wagen, kurz vor dem Plakat hielt sie an. „Ich werde es dir heimzahlen“, versprach sie sich. „Du wirst genauso leiden wie ich!“

9

Uwe Stein kündigt umfassenden Modernisierungskurs und eine Bildungsoffensive an

Der Spitzenkandidat der Bürgerpartei, der – will man den aktuellen Umfragen Glauben schenken –, mit hoher Wahrscheinlichkeit in vier Wochen zum neuen Ministerpräsidenten gewählt wird, kündigte eine umfassende Modernisierung des Landes und eine Bildungsoffensive an. Bei einem Hintergrundgespräch mit ausgewählten Journalisten erklärte der Politiker, dass unter seiner Regierungsverantwortung die Ausgaben des Landes im Bildungsbereich verdoppelt werden. Es sei wichtiger, in Ausbildung und Bildung der Köpfe zu investieren als in Straßen und Verkehrswege. Niedersachsen verfüge schon heute über eine hervorragende Verkehrsinfrastruktur. Es gelte künftig, andere politische Schwerpunkte, zum Beispiel in der Integrationspolitik, zu setzen. Stein erklärte auch, dass er das Land von überflüssigen Verordnungen entrümpeln werde, um insbesondere kleine und mittlere Unternehmen zu entlasten.

In der kommenden Woche wird der Politiker sein Schattenkabinett vorstellen. Seit Wochen kursieren Gerüchte über die Besetzung der Ministerposten. Ausgemachte Sache scheint zu sein, dass Stein auf vielen Positionen Veränderungen vornehmen wird. Gesetzt scheint bislang nur Innenminister Fritz Krause, ein enger Vertrauter des noch amtierenden Ministerpräsidenten und bundesweit als Hardliner in der Sicherheitspolitik bekannt. Des Weiteren ist die Gründung eines Frauenministeriums im Gespräch, das voraussichtlich die langjährige frauenpolitische Sprecherin der Landtagsfraktion der Bürgerpartei, Eva Peters, leiten wird. Auch die großen Landesverbände Braunschweig, Oldenburg, Emsland fordern für ihre Spitzenleute Ministerposten ebenso wie die Jugendorganisationen und die Wirtschaftsvertretung der Partei.

Uwe Stein ist verheiratet und hat eine siebenjährige Tochter. Seine Frau, die man in der Öffentlichkeit nur selten zu Gesicht bekommt, wird sich nach seiner Amtsübernahme als Landesmutter im sozialen Bereich engagieren, kündigte Stein an. Die Allgemeine Niedersachsenzeitung wird in Kürze ein Interview mit der weithin unbekannten Ehefrau des Kandidaten führen, um sie den Lesern vorzustellen.

Allgemeine Niedersachsenzeitung,
Bianca Fröhlich, 30. August 2011

Das Hoch Frieda schenkte den Hannoveranern einen weiteren Tag mit Temperaturen über 30 Grad. Die Hitze ließ sich nur mit Mühe ertragen. Es war die zunehmende Schwüle, die viele Menschen überforderte. Die Notaufnahmen verzeichneten Kreislaufzusammenbrüche, Schwindelattacken und Austrocknungen.

Verena Hauser, Dezernentin im LKA Niedersachsen, saß bereits seit sieben Uhr am Schreibtisch. Die Morgenstunden waren die erfrischendste und produktivste Zeit des Tages. Sie wusste, dass auch Jürgen früh im Büro erschien. Immer wieder schielte sie auf das Display ihres Telefons. Aber er rief nicht an, er schaute nicht vorbei, er mied sie. So ging das seit Tagen. Zuerst war sie nur überrascht gewesen, langsam wurde sie ärgerlich.

Vor vier Tagen hatte Verenas Kollege Stollmann seinen Geburtstag gefeiert. Als der Abend gelaufen schien, hatte Jürgen sie noch auf einen Drink in eine Kneipe der Altstadt eingeladen. Den Direktor des LKA mochte sie seit Langem. Nach der Weihnachtsfeier im letzten Jahr und später nach der Aufklärung der Staatskanzleimorde hatte es den Anschein gehabt, dass er ihre Gefühle erwiderte. Doch dann gab er sich bedeckt, zuletzt hatte es lange Phasen der Funkstille gegeben, ein sachliches Arbeitsverhältnis, freundlich und fair, sonst nichts. Bis vor vier Tagen. Stundenlang hatten sie geredet, wobei er mal wieder den Part des Zuhörers übernommen hatte. Warum sie zur Polizei gegangen war, wie es um ihr Golfhandicap stand und wie es um die Demenzerkrankung ihrer Mutter bestellt sei. Alles interessierte ihn. Später hatte er sie nach Hause gebracht. Dieses Mal hatte er sich nicht vor der Haustür von ihr verabschiedet. Dieses Mal war er mit in ihre Wohnung gekommen. Er war ein großartiger Liebhaber. Nichts anderes hatte sie von ihm erwartet. Nun fragte sie sich, ob er umgekehrt genauso über sie urteilte. Oder war er enttäuscht? Weshalb sonst war er abgetaucht: kein Anruf, keine SMS, keine E-Mail, keine Einladung. Verdammt, hörte ihr Pech mit Männern denn niemals auf?

Verena ging zum Fenster. Ihr Büro lag im vierten Stock, es war klein, schäbig und ziemlich schmuddelig, im Winter zog es hier wie Hechtsuppe. Jetzt war es angenehm kühl. Die Fenster waren dreckig, wurden nur einmal im Jahr gereinigt, an neue Fenster war nicht zu denken. Auf dem Maschsee schipperten bereits etliche Boote. Weiße Segel, blaues Wasser, Urlaubsstimmung. Vielleicht war das die Lösung, zwei Wochen Andalusien würden ihre Stimmung aufhellen.

Sie hörte Schritte näher kommen, ihr Herz schlug schneller. Endlich! Klopfen, die Tür wurde aufgerissen, Stollmann stand vor ihr. Er sah aus, als habe er in seinen Klamotten geschlafen. Er lächelte sie an. Sie mochte ihn. Aber er war nicht Jürgen Ritter.

„Ich bin's nur, dein treuer Bürohund. Siehst aus, als ob das Magen-Darm-Virus dich erwischt hat."

„Ich habe schlecht geschlafen", log sie und ärgerte sich, weil ihr Gesicht offensichtlich Bände sprach.

Stollmann bediente sich an der Kaffeemaschine, die vor Längerem provisorisch auf der Fensterbank Platz gefunden hatte. Da er wie üblich nicht gefrühstückt hatte, nahm er als Ersatz viel Zucker, zum Umrühren einen Kugelschreiber. Dann berichtete er vom Großeinsatz, wobei er seine Rolle in charmanter Weise übertrieb. 13 Haftbefehle in der Region und 25 Hausdurchsuchungen. Die Fahnder hatten vier Kilo Marihuana und 110.000 Euro Bargeld sichergestellt. „Wird den Finanzminister freuen", lobte er sich. „Schade, dass wir nicht auf Erfolgsbasis arbeiten. Ich könnte das Geld gut gebrauchen. Die Unterhaltszahlungen machen mich fertig."

Er trank einen Schluck und fragte: „Warum machst du keine Kaffeebar auf? Um elf geben wir eine Pressekonferenz. Meine Wenigkeit und … und … wer war das gleich noch mal? Ach ja, Ritter."

Verena bemühte sich um einen neutralen Gesichtsausdruck. Wie viel wusste Stollmann? Sie hatte Glück, er wechselte das Thema.

„Unsere Kollegen in Amsterdam sind nicht nur in Tulpen gut. Zehn Verdächtige und drei Kilo Kokain. Der Haupttäter, ein Nigerianer, ist übrigens tot."

Stollmann gab seiner Kollegin Verena Hauser Gelegenheit, eine Bemerkung fallen zu lassen. Aber es kam nichts.

„Sicherlich hörst du mir mit aller Kraft zu", ätzte er gutmütig.

„Was? Logisch, bin ganz Ohr. Verdächtige, Kokain, Haupttäter kommt aus Nigeria. Sonst noch was?"

„Er ist tot."

„Wer ist tot?"

„Der Nigerianer, werte Kollegin."

Jetzt hatte er ihre Augen, ein Moment, den er gerne häufiger genossen hätte. Es hatte Zeiten gegeben, da hatte sich die Gelegenheit häufiger ergeben.

„Bei der Festnahme erschossen?", fragte sie.

„Fast. Aus dem Hotelzimmer gesprungen, als die Amsterdamer Kollegen ihn festnehmen wollten. Aus dem zweiten Stock, dabei sagt man doch, dass in Holland alles flach ist. Genickbruch. Tut mir nicht leid um den. Kein Schwarzen-Rabatt. Der Beruf dieser Figuren zerstört das Leben junger Menschen. Nein, tut mir nicht leid um den. Das Einzige, was mir leid tut, ist, dass einen Tag später jemand anders seine Stelle einnehmen wird.“

Stollmann stellte den leeren Becher auf die Fensterbank. Nicht einmal darüber regte sie sich auf.

„Ich geh dann mal, muss mich auf die Pressekonferenz vorbereiten.“

Sie sah ihm nach und dachte: Du hast Mut. In diesen räudigen Klamotten zur PK.

Sie sah es seinem Gang an, dass er noch etwas in petto hatte. Kurz vor der Tür blieb er stehen.

„Habe ich das neulich Abend richtig gesehen, dass du mit unserem Direktor meine Geburtstagsfeier verlassen hast? Zusammen, meine ich? Du und er?“

Sie hatte Zeit gehabt, sich auf die Frage vorzubereiten und lief trotzdem rot an.

„Wir haben noch einen Absacker genommen. Das war alles.“

„Lass mich raten: in der Altstadt. Die ja für diesen Zweck gegründet wurde.“

„Gut geraten. Du solltest zur Polizei gehen.“

10

Die Tür wurde erneut aufgerissen, Hirschmann stürmte herein. Kriminaldirektor Hirschmann, seit Kurzem Leiter der Abteilung für Einsatz- und Ermittlungsunterstützung und unmittelbarer Vorgesetzter von Verena Hauser. Er lief auf Stollmann auf, die Männer starrten sich an. Ihre gegenseitige Abneigung stand ihnen ins Gesicht geschrieben. Stollmann hatte seinerzeit bei der Bewerbung um die Abteilungsleitung den Kürzeren gezogen, seitdem beschränkte sich ihr Kontakt auf das Notwendige.

„Moin, Moin, Frau Hauser. Wir haben einen Mordfall."

Hirschmanns gerötetes Gesicht verriet, dass es mehr sein musste als ein 08/15-Fall.

„Der Präsident der Polizeidirektion hat mich vor fünf Minuten angerufen, die möchten den Fall an uns abgeben. Ist denen zu brisant. Kein Wunder bei dem Opfer."

Stollmann wusste, dass er den anderen mit demonstrativem Desinteresse ärgern könnte. Doch seine Neugier ließ das nicht zu.

„Ein Mordfall", sagte er gedehnt. „Und es gibt ein Opfer. Ja, was sagt man denn dazu?"

Hirschmann war noch nie in der Lage gewesen, auf Stollmanns Flapsigkeiten angemessen zu reagieren. Humor war ihm fremd. Es war schon ungewöhnlich, dass er auf eine bissige Bemerkung verzichtete, bevor er mit der Neuigkeit herausplatzte:

„Uwe Stein."

„Der Uwe Stein?"

„Der Spitzenkandidat der Bürgerpartei."

„Ja, das ist allerdings …" Stollmann wandte sich zu Verena. „Das ist doch allerdings …"

„Kein Zweifel möglich?", fragte Verena.

Hirschmanns Gesicht gab die Antwort. Uwe Stein war ermordet worden. Der Politiker, über den so viel berichtet wurde wie über keinen Zweiten aus der Region. Der Mann, den alle Experten und viele Wähler für den künftigen Ministerpräsidenten hielten und dem eine großartige Zukunft auch in der Bundespolitik vorausgesagt wurde.

„Was meinen Sie, wie das im Innenministerium eingeschlagen hat! Der Polizeipräsident und unser Chef sitzen gerade beim Innenminister."

So aufrichtig Hirschmanns Betroffenheit wirkte, so sicher war es, dass der Stratege schon dabei war, die Konsequenzen für seine Leute abzuschätzen. Mordfälle waren Routine; wenn ein Prominenter zum Opfer wurde, kamen die Medien ins Spiel; wenn ein Politiker getötet wurde, kam alles zusammen: Sensation und die Nähe zur Nahtstelle aus Politik und öffentlichen Ämtern. Denn ab einem bestimmten Niveau waren berufliche Karrieren ohne Gönner im Ministerium nur schwer vorstellbar. Ein toter Politiker – das war das Gegenteil von Routine.

Für Verena Hauser stand fest, dass ihr der Fall übertragen werden würde, sonst wäre Hirschmanns Anwesenheit sinnlos. Der Mann war viel zu sehr Profi, um aus reiner Sensationsgier ins Büro von Mitarbeitern zu platzen.

Verena fürchtete sich nicht vor schwierigen Fällen. Ermittlungen im politischen Milieu waren jedoch heikel. Die Staatskanzleimorde waren ihr in unguter Erinnerung, der permanente Druck, den Politiker und Medien auf sie ausgeübt hatten, auch. Und ständig war Rücksicht zu nehmen: auf Empfindlichkeiten, Animositäten und schwer durchschaubare politische Interessen. Auch auf die Abgründe, die sich ihr bei der Aufklärung der Staatskanzleimorde aufgetan hatten, hätte sie liebend gerne verzichtet: die vertuschte Korruptionsaffäre um den Spitzenbeamten Heise, der angebliche Selbstmord Mahows, der vermutlich ein Auftragsmord war, die Mauer des Schweigens, an der sie sich die Zähne ausgebissen hatte. Nie wieder ein Mord im politischen Umfeld, hatte sie sich damals gewünscht. Dann fiel ihr ein, dass sie umgekehrt ihren Part des Abkommens mit Gott auch nicht erfüllt hatte. Sie hatte damals in der Weihnachtsmesse versprochen, mindestens einmal im Monat die Heilige Sonntagsmesse zu besuchen. Seit Februar war sie nicht mehr in der Kirche gewesen. Es geschieht dir recht, dachte sie.

„Wann ist es denn passiert und wo ist es passiert?“, fragte sie.

Eine junge Frau, die morgens um sieben in der Eilenriede ihren Hund ausführte; ein Hund, der zwischen Teufelsbad und Heiligers Brunnen plötzlich eifrig wurde; ein Frauchen, das sich beim Anblick der Leiche übergeben musste und von den ersten Polizisten am Fundort dafür gelobt werden wollte, dass sie so scharfsinnig gewesen sei, sich ins Gebüsch zu erbrechen und nicht neben die männliche Leiche.

„Direktor Ritter möchte, dass Sie den Fall übernehmen, Frau Hauser. Sie hätten Erfahrungen im politischen Umfeld und würden über die nötige Sensibilität im Umgang mit dem brisanten Fall verfügen. Ich für meine Person sehe das genauso."

Vom ersten bis zum letzten Wort hatte Hirschmann dabei den Kollegen Stollmann angeblickt. Der lächelte den verhassten Vorgesetzten an und entgegnete schlawinerhaft: „Ich für meine Person schließe mich vollinhaltlich an."

In einer grotesken Choreografie wandten sich beide Männer wie auf Kommando Verena zu.

Die ließ einen Versuchsballon steigen: „Es wird doch bestimmt eine Sonderkommission geben."

„Worauf Sie einen lassen können", erwiderte Hirschmann in einer für seine Verhältnisse fast frivolen Art. „Leider macht der hohe Krankenstand das nicht leichter. Magen-Darm-Virus, wenn Sie wissen, was ich meine."

„Schöne Scheiße", sagte Stollmann mit todernster Miene.

„Ein ausgesprochen schlechtes Timing", sagte Hirschmann. „Wir wollten doch heute auf der PK unseren Erfolg bei der Zerschlagung des Rauschgifthändlerringes bekannt geben und nun das. Gegen einen Politikermord kommt das natürlich nicht an."

Verena sah Stollmann an, dass ihm Hirschmanns großspurige Verallgemeinerungen gegen den Strich gingen. Aber niemand konnte sich wundern, dass der Kriminaldirektor von „wir" sprach, obwohl er selbst zur Aufklärung des Falles nichts beigetragen hatte. Der Erfolg hatte viele Väter, für den Misserfolg eignete sich ein widerspenstiger Ermittler wie Stollmann. Dabei war er einer der fähigsten, es waren seine beruflichen Qualitäten, die ihm den Rücken freihielten, wenn er seine rotzfrechen Bemerkungen anbrachte.

Verena ließ einen zweiten Versuchsballon los und schlug den neuen Leiter des Dezernats für Staatsschutzangelegenheiten vor, einen ehrgeizigen Zeitgenossen. Der Vorschlag fiel ihr leicht, weil sie unterstellte, dass er seine Zuständigkeit sowieso reklamieren würde. Aber Hirschmann stand zu seiner Entscheidung.

Verena griff zur Tasche, ihrer treuen und abgewetzten Begleiterin, die mehr Gewaltopfer gesehen hatte als die meisten Bürger dieser Stadt.

„Ich fahre zum Tatort. Kommst du mit, Stolli? Die Spurensicherung ist vor Ort?"

Hirschmann war sichtlich zufrieden, dass die Ermittlungen endlich beginnen würden. „Inga Schulz und ihre Leute müssten eingetroffen sein. Mit Absperrungen, Spurenzelt und allem Pipapo."

Hirschmann ließ es sich nicht nehmen, seine Beamten mit Informationen zum Teufelsbad zu versorgen. Er besaß eine fatale Leidenschaft, Ortsbezeichnungen und topografische Orte bis zum jüngsten Tag herzuleiten. Niemand im Präsidium teilte diese Leidenschaft, aber Hirschmann bekleidete einen zu hohen Rang, um den Mann einfach stehen zu lassen, wenn es ihn wieder einmal überkam. Er konnte dann sehr genau werden, peinigend genau.

Auch deshalb beeilte sich Verena. Sie hatte den Autoschlüssel schon in der Hand, Stollmann hielt die Tür auf, als Hirschmann sagte: „Einen Moment noch, Kollegin.

Es wäre hilfreich, wenn Sie vor der PK um elf zurück sind. Sie sollten daran teilnehmen. Der Innenminister möchte fortlaufend unterrichtet werden, sagte ich das schon? Als designierter Ministerpräsident wäre Stein künftig sein Chef gewesen."

„Das mit dem künftigen Chef sehe ich anders", warf Stollmann ein. „Sie glauben doch nicht ernsthaft, dass ein intelligenter Mann wie Stein diese Flachnase von Innenminister behalten hätte."

„Also bitte, Herr Stollmann", meinte Hirschmann entsetzt. „Das mit der Flachnase will ich nicht gehört haben." Er blickte sich um, ob es nicht vielleicht jemand anders auch gehört hatte.

„Was ist nun, Stolli?", fragte Verena ungeduldig. Sie konnte Stollmanns Aversion gegen den Innenminister nicht nachvollziehen. Zugegeben, er war ruppig und die Rolle, die er bei den Staatskanzleimorden gespielt hatte, war keine vertrauensbildende Maßnahme in Richtung Politik gewesen, aber er verstand etwas von seinem Metier, was man nicht von allen Ministern dieser Regierung sagen konnte. Stollmann folgte ihr.

„Bin schon fertig, ich brauche dringend frische Luft." Zurück blieb ein irritierter Vorgesetzter.

11

Kaum vorstellbar, dass dieses Gesicht tot sein soll, dachte Verena Hauser, als sie eine weitere Plakatwand passierten. Die Partei hatte auf Stein und Sieg gesetzt, die Stadt war zugepflastert mit dem auch für ihre eher kritische Einstellung zu Politikern durchaus sympathischen Gesicht des Spitzenkandidaten.

„Wer erschlägt einen Politiker wie Uwe Stein?“, fragte Stollmann. „Es gibt so viele blasse und nichtssagende Visagen in diesem Land. Warum erschlägt die niemand? Ich fand Stein gut. Er wirkte so unverbraucht und authentisch. Alles passte bei ihm, sein legerer Stil, sein Auftreten und sein Aussehen. Er ragte aus der mittelmäßigen Politikerriege heraus. Meine Stimme hatte er sicher. Das will was heißen, denn mit seiner Partei kannst du mich jagen.“

Während Stollmann ihr Handschuhfach nach Süßigkeiten durchsuchte, fuhr er fort, das Hohelied des Mordopfers zu singen.

„Du übertreibst“, entgegnete seine Begleiterin. „Du hackst doch sonst bei jeder passenden und unpassenden Gelegenheit auf den Politikern herum. Wäre Stein Ministerpräsident geworden, hättest du vier Wochen später angefangen, auch über ihn zu meckern. Solange jemand ein Talent ist, kann man ihn leicht mögen. Wenn er Teil des Systems geworden ist, blättert der Lack schnell ab.“

Sie hatte an der Politik, wie sie sich in Bund und Land darstellte, viel zu kritisieren. Aber bei ihr war es, anders als bei Stollmann, kein Generalverriss. In Deutschland hakte es an vielen Stellen, warum sollte ausgerechnet die Politik über allen Wassern schweben?

„Und du musst gar nicht so tun, als ob der Mann alle hingerissen hat. Er hat nicht nur Blumen gestreut. In seiner eigenen Partei hatte er nicht nur Freunde. Ich habe neulich gelesen, dass der Parteivorsitzende, wie heißt der noch gleich ...?"

„Bitter, Alfred Bitter. Einer der ewig Gestrigen."

„Dieser Bitter lag mit Stein im Streit. Ist eigentlich naheliegend. Wer so rasant nach oben steigt, tritt einigen auf den Schlips, auch den eigenen Parteifreunden. Vielleicht ist das ja überhaupt das Tatmotiv. Vielleicht müssen wir in seiner Partei nach Motiv und Täter suchen", sagte sie und dachte: lieber Gott, bloß das nicht.

Eines hatte sie erreicht: Stollmann war sachlich geworden. „Die eigene Partei? Halte ich für unwahrscheinlich. In diesen Kreisen schlagen sie nicht mit harten Gegenständen zu, die haben andere Methoden. Intrigen, üble Nachrede, Gerüchte in Umlauf setzen, unliebsame Leute wegloben oder auch wegmobben: in die EU und ihre Riesenbürokratie. Oder als gut dotierte Manager in einen Staatsbetrieb. Mit Netz und doppeltem Boden. Daran sollte sich die Polizei ein Beispiel nehmen."

„Ach Gott, Stolli sehnt sich nach einem Versorgungsposten."

„Manchmal schon. Aber wenn ich dann wieder nüchtern bin, schnalle ich den Colt um und sattle meinen treuen Rappen."

Verena fragte: „Was wollte Stein wohl so spät in der Eilenriede? Nein, diese naheliegendste Möglichkeit lassen wir jetzt beiseite."

„Nach allem, was man weiß, war er irgendwo auch ein Mann."

„Und wenn er nichts weiter wollte, als frische Luft schnappen? Wir leiden doch alle unter der Schwüle. Der Wahlkampf läuft auf vollen Touren, ständig muss Stein in überhitzten Räumen predigen. Die Luft ist verbraucht, und natürlich schläft er zu wenig und steht ständig unter Strom."

„Denkbar", räumte Stollmann ein. „Der Wolfsgraben liegt nur ein paar Meter von einem Wohngebiet entfernt. Er hat dort jemanden besucht und sich auf zehn Minuten Ruhe in halbwegs frischer Luft gefreut, Sauerstoff tanken."

Überall standen Polizeifahrzeuge und zivile Wagen, verwegen geparkte Pkws mit dem „Ich darf parken wie die Wildsau"-Schild von Journalisten. Nur die Absperrung hatte sie aufgehalten, wer zuletzt gekommen war, parkte auf dem Grünstreifen, der den Übergang zur Eilenriede markierte.

„Habe ich dir schon gesagt, dass ich unsere Freunde von den Medien manchmal nur noch ekelhaft finde?"

Verena ging auf das Spiel ein: „Sag bloß! Wo sie doch in der Mediengesellschaft eine wichtige Aufgabe erfüllen."

„Das tun Hyänen auch. Allerdings in der Steppe."

In Verenas BMW Z3 sitzend, blickten sie den Journalisten entgegen, die auf den Wagen zueilten und ihn von allen Seiten einkesselten. Der Wagen war flach, die Beamten mussten steil nach oben schauen, um die Medienmeute zu fixieren.

„Fütterungszeit“, murmelte Stollmann und wuchtete sich ins Freie.

„Frau Hauser, warum wird so ein Geheimnis um den Toten gemacht? Glauben Sie im Ernst, dass wir keine Mittel und Wege finden, uns kundig zu machen? Warum sagt uns keiner, wer der Tote ist?“

„Ich bitte um Verständnis, dass ich zurzeit keinen Kommentar abgeben kann. Das LKA wird gegen elf Uhr eine Pressekonferenz geben. Bis dahin müssen Sie und Ihre Kollegen sich noch gedulden.“

Verena sah, dass Stollmann von einem Journalisten zur Seite genommen wurde. „Herr Kollege!“, sagte sie mit dienstlicher Betonung. Der Ton war so ungewöhnlich, dass Stollmann seinen Spezi sofort stehen ließ.

„Die wollen doch auch leben“, murmelte Stollmann auf dem Weg zum Spurenzelt. So war er, erst schimpfte er, dann kam seine kameradschaftliche Seite zum Vorschein.

„Du weißt, was ich an dir am meisten schätze: dein großes Herz“, stellte Verena fest.

Vor dem Spurenzelt war Inga Schulz, Leiterin des Dezernats für Kriminaltechnik und Forensik im LKA, in ihrem Element. Die beiden Frauen kannten sich lange und konnten gut miteinander. Das war beruflich von Vorteil und schuf eine angenehme Atmosphäre, nicht nur für den aktuellen Mordfall.

„Hi Verena, hi Stolli. Ihr müsst euch gedulden. Der Gerichtsmediziner ist noch bei der Leiche.“

Es ging also schon gut los. Eine prominente Leiche und der Beginn der Arbeit war Warten.

„Immer noch? Ihr seid doch schon seit fast zwei Stunden dran. So lange dauert die Erstuntersuchung doch eigentlich nie."

„Du sagst es, Verena. Eigentlich. Aber Zorn hat sich eingeschaltet, unser allseits geschätzter Leiter des Institutes für Rechtsmedizin. Dadurch die Verzögerung. Er kreuzte vor einer Viertelstunde auf, wartete darauf, dass ihn die Reporter erkannten, war eingeschnappt, als das nicht geschah und bestand darauf, die Leiche noch einmal selbst zu untersuchen."

Was Inga Schulz erkennbar für überflüssig hielt.

„Typisch", knurrte Stollmann, „die Herren Professoren sind eitel wie die Pudel."

Verena erkundigte sich nach Muench, ihrem umgänglichen, aber stets gehetzten Kollegen von der Rechtsmedizin.

„Chefin, kommst du mal? Ich habe eine interessante Spur entdeckt", rief ein Beamter aus Ingas Team.

Inga verschwand Richtung Heiligenbad, einer alten Schwefelquelle mit kräftigem Geruch. Gleich darauf kam Muench aus dem Zelt, in seiner Begleitung ein weißhaariger Herr, dem man ansah, wie viel Wert er darauf legte, distinguiert zu wirken. Muench freute sich, Verena zu sehen. Sein Begleiter sah durch die Ermittlerin hindurch.

„Können Sie schon etwas zur Todesursache sagen?", fragte Verena.

Muench wollte antworten, aber sein Chef hielt ihn mit einer Handbewegung zurück.

„Können wir, junge Frau“, sagte er. „Was dachten Sie, weshalb wir hier sind?“

Dann setzte er sich in Szene: fachlich untadelig, aber mit einem Tonfall, der den Pedanten offenbarte. Stein war vermutlich mit einem Golfschläger getötet worden, die Wunde sprach für einen Eisenschläger. Ein Hieb auf den Hinterkopf, einer gegen die Stirn. Der Pedant verlor sich in Beschreibungen von Golfschwung und Treffmoment und schnappte nach Luft, als Verena ihn unterbrach:

„Ich spiele selber Golf.“

Sachlicher und knapper, aber immer noch neunmalklug fuhr er fort:

„Die Art der Verletzung an der Stirn spricht dafür, dass der Täter Golfspieler ist.“

„Mann oder Frau?“

„Was? Wie gesagt: ein Golfspieler. Der Schlag wurde perfekt gesetzt, wie viel Wut hinter der Wucht des Schlages steckt, will ich mir gar nicht vorstellen. Was haben Sie für ein Handicap, Frau Kommissarin?“

„Achtundzwanzig. Und Kriminalrätin.“

Es war nicht zu erkennen, welcher Teil der Antwort ihn mehr beeindruckte.

„Tatsächlich. Nicht übel, aber verbesserungswürdig. Meines liegt bei siebzehn.“

Stollmann bemühte sich nicht, sein Stöhnen zu unterdrücken. Er litt in solchen Momenten auch körperlich.

Verena hob das Gespräch endgültig auf die sachliche Ebene: „Können Sie etwas zur Tatzeit sagen, Herr Professor?“

„Zwischen 22 und 23 Uhr gestern Abend. Vorbehaltlich Obduktion und Mageninhaltsanalyse."

„War er sofort tot?"

Zorn warf dem Fragensteller Stollmann einen vernichtenden Blick zu.

„Warten Sie meinen Bericht ab, guter Mann. Ich muss die Wunden genauer untersuchen. Selbstverständlich werden wir die Sache mit Priorität behandeln. Wenn ein hochrangiger Politiker so grässlich aus dem Leben scheidet, erwartet die Öffentlichkeit Aufklärung und Transparenz. Falls das LKA meine Unterstützung benötigt, ich denke da an Interviews, können Sie auf mich zählen. Zu jeder Tages- und Nachtzeit."

Er lauschte seinen letzten Worten nach. Waren sie selbst ihm zu anbiedernd vorgekommen?

Zorn kramte in seiner Hosentasche, an die er aber erst herankam, nachdem er seinen Kittel hochgehoben hatte. Der Kittel verblieb in dieser Position, sodass der Profi wirkte wie die Putzfrau bei der Büttenrede. Aus seiner Brieftasche fischte er eine Visitenkarte, die er Verena überreichte, nicht ohne ihr mitzuteilen, welche Daten sie der Karte entnehmen könnte. Stollmann trat einige Schritte zur Seite, bevor er sich um Kopf und Kragen reden konnte.

„Wir kommen gerne auf Sie zurück", behauptete Verena zuckersüß.

Dann wandte sich der Professor an Muench und forderte den verdutzten Mann auf, wegen einer Presseerklärung des Institutes für Rechtsmedizin Kontakt mit der Pressestelle der Hochschule aufzunehmen – in Anbetracht des Falles.

Stollmann blickte hoffnungsvoll drein. Er freute sich wohl schon auf den Bock, den der aufgeblasene Zorn zu schießen im Begriff war. Aber Verena musste dem Kollegen den Spaß verderben:

„Eine Presseerklärung ohne Rücksprache mit dem Innenministerium, das geht gar nicht. Der Innenminister will die Presse nachher selbst informieren."

Zorn gab nicht kampflos nach: „Unser Institut untersteht dem Minister für Wissenschaft und Kultur. Wir sind, anders als Sie, Frau Kollegin, nicht vom Innenminister abhängig. Soll er seine Erklärung herausgeben, wir geben unsere heraus."

„Die Zuständigkeit für die Aufklärung des Mordfalles liegt beim LKA und das untersteht dem Innenministerium. Ich denke, der Minister für Wissenschaft und Kultur sieht das nicht anders."

Mit den Worten „Wir werden sehen, kommen Sie, Muench" drehte sich Zorn auf dem Absatz um und eilte mit ausladenden Schritten und wehenden Kittelschößen davon.

„Wie hältst du das nur aus?", stöhnte Stollmann.

„Wer sagt denn, dass ich es aushalte? Aber wir sind auf die Arbeit der Rechtsmedizin angewiesen und müssen uns arrangieren."

Sie betraten das Zelt. Auch wenn Verena in 20 Jahren Berufsleben viel Grauenhaftes gesehen hatte, versetzte ihr der Anblick Uwe Steins einen Schlag in den Magen. Sein Gesicht war vollkommen entstellt und als Gesicht praktisch nicht mehr erkennbar. In der Stirn klaffte ein riesiges Loch, Teile des Gehirnes waren freigelegt. Der Kopf war abgeknickt. Jetzt gewannen die akademischen Ausführungen des Professors über die Wucht der Schläge bedrückende Realität. Zwei Beamte aus Ingas Team untersuchten den Leichnam auf verwertbare Spuren, ein dritter machte Aufnahmen.

Selbst Stollmann, der seine Betroffenheit gern hinter flapsigen Ausführungen verbarg, war geschockt. „Ist ja ekelhaft. Stein hat doch schon auf dem Boden gelegen, und er hat mehr als einmal zugeschlagen. Da hat sich jemand eine mörderische Wut aus dem Leib geprügelt."

Er zog ein Taschentuch aus der Hose, das dort einen großen Teil der letzten Wochen zugebracht haben musste, wischte sich die Stirn und murmelte: „Gut, dass ich noch nichts gegessen habe."

Als Profis gelang es ihnen langsam, den schrecklichen Anblick zeitweise auszublenden. Einige erste Schlüsse ließen sich ja schon ziehen. Der Täter war mit einiger Wahrscheinlichkeit ein Golfspieler. Die Tat war eher nicht im Affekt geschehen, denn als Tatinstrument war ein Golfschläger wahrscheinlich, niemand hatte so einen Schläger um 23 Uhr zufällig dabei. Stein hatte seinen Mörder gekannt und umgekehrt. Das musste wenig zu bedeuten haben, denn prominente Figuren besaßen erfahrungsgemäß viele Bekannte. Erst recht Politiker: Sie lebten, falls sie sich nicht als Experten hinter Akten versteckten, vom Kontakt mit dem Bürger. Der Wahlkampf lief auf vollen Touren, man wusste von Stein, dass er Säle und Marktplätze füllte. Der Mann musste in den letzten Wochen Tausende Hände geschüttelt haben. Er hatte Schulen besucht, Altenheime, Betriebe, er hatte Bürgersprechstunden veranstaltet, Straßenzüge abgeklappert und an Türen geklopft.

„Ganz zu schweigen von den diversen Damen, die ihn in ihr Bett zerren wollten", gab Stollmann zum Besten. Verena starrte ihn überrascht an. Er erinnerte sie daran, dass er eine Zeit lang im Personenschutz tätig gewesen war. „Ist bei prominenten Politikern immer so, egal wie sie aussehen. Macht ist sexy!"

„Und? Wie war es so im Personenschutz?"

„Langweilig. Ich habe in Vorzimmern gewohnt und auf den hohen Herrn gewartet, tagaus, tagein warten. Immer nur warten. Aber das war alles vor Stein. Ist ewig lange her."

Er wischte sich erneut den Schweiß von der Stirn.

„Apropos berufliches Umfeld: Wusstest du, dass Stein früher bei Hackmann und Partner gearbeitet hat?"

Das hatte Verena nicht gewusst: „Der Hackmann?"

„Genau der, mit dem du dich damals angelegt hast. Oder er sich mit dir. Oder ihr euch miteinander. Such dir was aus. Wäre ja nicht abwegig, dass der Täter aus seinem früheren Mandantenkreis stammt. Dass da einer seinen Hass am Köcheln gehalten hat. Hass ist ein haltbares Gut und neigt dazu, mit der Zeit immer größer zu werden. Genau umgekehrt wie mit der Liebe übrigens."

Verena wusste, was Stollmann nicht aussprach: Hackmann gab sich nur mit den Großen und Bedeutenden ab. Bei den Prozessen seiner Kanzlei stand viel Geld auf dem Spiel. Und man sagte der Kanzlei exzellente Beziehungen zur niedersächsischen Justiz nach, eine interessante Mischung.

12

Auf der Rückfahrt ins LKA sammelten die beiden Ermittler Hannoveraner Klatsch über Uwe Stein. Beiden war aufgefallen, wie wenig seine Frau in den Medien aufgetaucht war. Ungewöhnlich für eine politische Landschaft, die sich in den letzten Jahren immer stärker die amerikanischen Verhältnisse zum Vorbild genommen hatte. In den USA waren Politkarrieren und Wahlkämpfe ohne mitwirkende Familienmitglieder undenkbar.

„Ich erinnere mich an keine Homestory mit seiner Frau, mit seiner Tochter ja, aber niemals mit seiner Frau", sagte Stollmann verwundert. Er rief einen Kumpel an, Sportreporter bei der Niedersachsenpresse. Der bestätigte Stollmanns Erinnerungen. Angeblich hätten die Kollegen vom Lokalteil mehrere Versuche unternommen, Frau Stein vor die Kamera zu kriegen. Aber es war nie dazu gekommen. Dabei wartete ein Leben im Rampenlicht auf sie, zwischen Vorträgen bei den Landfrauen und Eröffnungen internationaler Konferenzen. Ein Interview nebst Fototermin wäre ein Einstieg gewesen, gehörte im Grunde genommen einfach dazu. Warum hier nicht?

„Vielleicht ist sie hässlich wie die Nacht." Verena kommentierte Stollmanns Bemerkung nicht.

Stollmann, bekannt für seine unbezähmbare Neugier, hätte gern mehr über das Paar erfahren. Andererseits akzeptierte er die Weigerung: „Wenn der Mann schon alles anders machen wollte als seine Vorgänger, warum nicht auch mit diesem amerikanischen Firlefanz aufhören! Die meisten deutschen Politiker sind sowieso viel zu bieder, um überzeugend den Obama mimen zu können. Das war ja das Gute an Stein. Er hatte so gar keinen Stallgeruch! Ihm sahst du nicht an der Nasenspitze an, dass er sich durch 20 Jahre Ochsentour und Ortsvereine hochgedient hatte. Der Mann war eine Zeitenwende."

„Könnte es sein, dass du für ihn schwärmst, das kenn ich sonst gar nicht von dir?"

„Könnte sein, ja. Vor allem, wenn ich an die verehrte Gattin unseres Oppositionsführers denke. Die lässt sich dabei fotografieren, wie sie die Schulbrote für ihre Kinder schmiert."

Sie hatte auch bereitwillig das Rezept für ihre Tagesmaske verraten und alle Geschäfte genannt, in denen sie sich mit Klamotten versorgte. Wo es Frau Stein mit der Privatsphäre übertrieben hatte, reichte diese Frau ihre Privatsphäre auf dem Präsentierteller herum. Für sie war alles öffentlich. Wenn der Fototermin im Kasten war, duzte sie sich mit dem Fotografen. Kein Restaurant in Hannover öffnete seine Pforten, ohne die Gattin des Oppositionsführers zu begrüßen. Was sie tat, war „ich". Was er tat, war „wir". Der arme Mann konnte einem fast leid tun, fand nicht nur Stolli.

In den nächsten Stunden würden die Fahnder die frisch gebackene Witwe Stein kennenlernen. Gut für die Ermittlungen, schrecklich für die Stimmung.

„Daran werde ich mich nie gewöhnen", gestand Verena. „Wenn die Hinterbliebenen wie erstarrt vor dir sitzen, was viel schlimmer ist, als wenn sie weinen.

Manche werden aggressiv, damit kann ich noch am besten umgehen."

Der Anblick des Wagens vor ihr auf dem Parkplatz war auch nicht dazu angetan, Verenas Stimmung zu verbessern. Der Fahrer stieg aus, bemerkte sie und kam auf sie zu.

„Meine Güte, wir sind aus Versehen auf dem Promi-Parkplatz gelandet", ätzte Stollmann.

Direktor Ritter öffnete die Tür auf der Fahrerseite. Stollmann, mit feinen Antennen ausgestattet, verdrückte sich, wobei er keine Mühe darauf verwendete, einen halbwegs plausiblen Grund vorzuschieben.

„Morgen, Frau Hauser, Sie kommen vermutlich vom Tatort."

Verena stieg aus und dachte: Wir sind also wieder zum Sie übergegangen. Dann dachte sie: Ich hasse ihn. Sie atmete tief durch.

„Ja, schrecklich. Ein ungewöhnlich brutaler Überfall."

„Der Innenminister war sehr betroffen. So habe ich ihn noch nie erlebt. Nicht einmal bei den Staatskanzleimorden letztes Jahr."

Sie gingen auf das Gebäude zu. Verena spürte, wie es in dem Mann neben ihr arbeitete. Er hatte nur noch zwanzig Schritte Zeit, noch zehn, noch …

„Verena, wegen neulich Abend. Ich habe gründlich darüber nachgedacht. Wir sollten das vergessen. Eine Beziehung zwischen dem Behördenleiter und einer Dezernentin, das geht nicht. Damit werden wir beide nicht glücklich."

Er sah schlecht aus, vielleicht hatte er die Nacht benutzt, um darüber nachzudenken, wie er sich aus der

Affäre herauswinden könnte. Eine besonders elegante Lösung war ihm nicht eingefallen. Sie studierte ihn in aller Ruhe. Sie hatte gewusst, dass es so laufen würde. Erst Franz, der nicht treu sein konnte, und jetzt ein Karrierist, der nicht mutig sein wollte. Warum hatte sie immer nur Pech mit Männern? Was hatte sie getan, dass sie ständig auf die Schnauze fiel, wenn es um Männer ging? Es reichte doch völlig aus, wenn die nicht eingelösten Kirchenbesuche mit einem zweiten politischen Mordfall bestraft wurden. Weshalb jetzt auch noch die Enttäuschung mit Jürgen Ritter?

„Sie müssen das verstehen, Verena. Wenn rauskommt, dass wir ein Verhältnis haben, schadet es Ihnen noch mehr als mir."

Ihr Verstand sagte, dass er recht hatte. Aber sie redeten nicht über die Details einer Ermittlung, hier sprachen andere Stimmen mit als der Verstand. Und was sollte dieser väterlich-fürsorgliche Ton? Sie war mit ihrem Posten nicht verheiratet, sie konnte sich woanders einen Job suchen. Polizeidirektion, Polizeiakademie, wenn es sein musste sogar eine Polizeiinspektion.

„Warum siezt du mich eigentlich, Jürgen? Niemand kann uns hören."

In seine staatsmännische Miene war eine Prise Besorgnis eingezogen. Fürchtete er Probleme? Bestimmt hasste er emotionale Frauen. Alle Männer taten das, weil sie mit Emotionalität nichts anfangen konnten. Man bekam sie nicht in den Griff, es wurden einem unangenehme Fragen gestellt, auf die es nur unangenehme Antworten geben konnte.

„Je eher wir zur Normalität zurückkehren, desto besser."

Sie starrte ihn an. Was für ein Satz! Jedes Wort ein Müllhaufen.

Der Pförtner stürzte auf sie zu: „Gut, dass Sie endlich da sind, Herr Direktor. Der Präsident des Verfassungsschutzes will Sie sprechen, Sie sollen gleich zurückrufen. Sie können das von hier unten machen."

Ritter lehnte dankend ab, er wollte erst in sein Büro. Beide zögerten, bevor sie in den Fahrstuhl stiegen. Fahrstühle waren so übersichtlich, man konnte sich schlecht in ihnen verstecken. Verena dachte: Fahrstühle müssten zwei Abteile haben – für Gefühle und ohne Gefühle. Stattdessen könnte man auch sagen: Frauen und Männer. Mit grimmiger Freude wartete sie darauf, wie Jürgen herumeiern würde. Doch der rettete sich auf das neutrale Feld:

„Der Innenminister erwartet auf der PK äußerste Zurückhaltung. Keine Spekulationen über mögliche Täter und Motive. Am besten gar nichts sagen, das aber mit vielen Worten. Der Minister wird zeitgleich eine Erklärung veröffentlichen, in der er sein Entsetzen zum Ausdruck bringt. Danach wird das LKA offiziell die Ermittlungen übernehmen. Er möchte, dass Sie das machen."

Hochinteressant, dachte Verena. Sprach er vom selben Mann, der Ende letzten Jahres ihre Ablösung als Leiterin der Soko, die die Staatskanzleimorde aufklären sollte, betrieben hatte? Typisch Politiker.

„Was ist mit dem Verfassungsschutz?", fragte sie.

„Warten wir ab, was der Präsident mir zu sagen hat. Ich befürchte aber, dass bei denen nichts zu holen ist. Politische Extremisten halte ich für unwahrscheinlich. Stein hat denen nichts getan, es war nicht sein Bereich, sein Interesse galt der Bildung und Innovationen, nicht dem Terrorismus."

Einen Moment erwog Verena, ihn auf Zorn anzusprechen. Sie ließ es sein. Sollte der doch machen, was er wollte. Sich in die Nesseln setzen, was ging sie das an?

„Nimmst du … nehmen Sie an der PK nicht teil?"

„Nein, das machen Sie und Hirschmann. Sie kriegen das schon hin."

„Die Medien werden heiß laufen. Und ich meine nicht nur die aus Hannover. Ab heute sind wir die deutsche Nachrichtenmetropole. Trauen Sie das einer Frau zu? Mit ihren … wie sagt man noch gleich … ihren unkontrollierbaren Gefühlen?"

„Verena, bitte." Er hatte ja recht, aber das war sie sich schuldig gewesen.

13

Die Landeszentrale der Bürgerpartei war in einer Villa in der Südstadt untergebracht. Die Außenfassade des Gebäudes aus dem ersten Viertel des 20. Jahrhunderts wies verspielte Erkertürmchen und Stuckarbeiten auf. Den hohen Räumen fehlte es an Licht, besonders im Erdgeschoss. Mit den Jahren war es auch eng geworden, doch der Umzug in ein neues Hauptquartier wurde immer weiter hinausgeschoben. Die Partei war seit Langem verschuldet, überall musste gespart werden. Seit der Finanzkrise flossen auch die Sponsorengelder der Wirtschaft nur noch spärlich. Genau genommen war Baumgart derzeit der einzige Großsponsor, wobei der Begriff „Geschäft auf Gegenseitigkeit" es besser getroffen hätte. Die Spenden des Großinvestors versetzten die Partei zwar in die Lage, aufwendige Werbekampagnen zu finanzieren, doch der Unternehmer forderte seinen Preis, auch wenn der erst nach der Wahl fällig werden würde. Baumgart war seit Jahren auf das Gelände in Ricklingen scharf, das seit mehr als 50 Jahren an Kleingärtner verpachtet wurde. Sollte die Bürgerpartei die Wahl gewinnen, würde die Landesregierung den Deal mit Baumgart machen. So war es zwischen Stein und ihm ausgemacht und daran würden auch Steins Parteifreunde sich halten.

Auch das Büro des Vorsitzenden strömte eine düstere Atmosphäre aus. Dazu kam, dass sich nie eine geschmackvolle Hand um die Verschönerung gekümmert hatte. Repariert wurde nur, was kaputt war, so war mit der Zeit ein Flickenteppich der Stile und Farben entstanden.

Dass eine Klimaanlage fehlte, ließ sich in diesen Tagen jedoch nicht ignorieren. Obwohl die Fenster morgens aufgerissen wurden, fiel die Temperatur in den Räumen nicht unter 26 Grad. Spätestens mittags mussten die Fenster wieder geschlossen werden.

Bernd Wagner wischte sich die Stirn und tigerte in seinem Büro hin und her. Das Sofa und die Sessel für Besucher waren nur noch zu erahnen. Plakate, massenhaft T-Shirts in diversen Größen, Kartons mit Flyern, Kugelschreiber, Skatspiele mit Uwe Stein als Kreuz Bube und Parteichef Bitter als Herz König, Fähnchen in den Landesfarben, Kappen für Kinderköpfe: gestern noch begehrte Wahlkampf-Gimmicks, die von den Ortsvereinen der Partei angefordert wurden. Über Nacht war daraus Müll geworden, Nahrung für den Schredder.

Der Wahlkampf war beendet und ihm, dem engagierten, einfallsreichen Wahlkampfmanager, war der Boden unter den Füßen weggezogen worden. Über Nacht war der Kandidat abhanden gekommen.

Wagner war gerade erst gekommen, als plötzlich die Stigler, die kurz nach ihm aus der Staatskanzlei in die Parteizentrale gewechselt war, in seinem Büro gestanden und die Todesnachricht überbracht hatte. Im ersten Moment hatte Wagner sie gar nicht verstanden. Er hatte Albi für das Opfer gehalten, den Vorsitzenden. Aber er hatte ja auch nicht mitbekommen, dass ein Gewaltverbrechen vorlag. Sein erster Gedanke war gewesen: Herzinfarkt, man hätte damit rechnen müssen. Albi trieb seit

Jahren Raubbau mit seiner Gesundheit, trank und aß zu viel, rauchte wie ein Schlot, zu wenig Schlaf und Bewegung sowieso. Und nun hatte es den disziplinierten Stein getroffen. Die Nachricht war durch alle Büros gerast, auf den Fluren standen die Mitarbeiter, betretene Mienen und Fassungslosigkeit in den Gesichtern. In manchen auch Trauer, Stein war nicht väterlich wie Albi gewesen, aber der Erfolg, den er in die angestaubte Parteizentrale gebracht hatte, hatte viele begeistert. Die Partei hatte vier Wochen vor der Landtagswahl ihren besten Mann verloren.

Es war viel telefoniert worden, mit den offiziellen Stellen, aber auch mit den Auskunftgebern, von denen man sich Details versprach. Den Parteivorsitzenden hatte man im Landkreis Nienburg erreicht. Als auf den Fluren Hektik entstand, wusste Bernd Wagner, dass die Phase der Krisenkonferenzen begonnen hatte.

Endlich kreuzte Albi auf. Er wirkte angeschlagen. Sein Gesicht glänzte rot, die schütteren Haare waren zerzaust, als wäre er die Strecke mit offenem Verdeck gefahren. Albi war gesellig – ein Teil seines Erfolges und seiner Beliebtheit. Wenn er an einer Veranstaltung teilnahm, fing der Abend mit dem Ende der Veranstaltung erst an. Die Umtrünke mit Albi waren legendär; wer in der Partei dazu geladen wurde, durfte sich etwas darauf einbilden. Im Zuge stundenlanger Runden war manche Karriere auf Touren gekommen – nicht selten aber auch abrupt beendet worden. Albi war ein großer Strippenzieher. Ausgestattet mit einem grandiosen Namensgedächtnis, verstand er es, auch dem kleinsten Parteimitglied das wohlig warme Gefühl zu geben, ein leuchtendes Licht zu sein.

„Morgen, Wagner, schöne Scheiße. Ich glaube es ja nicht. Das darf doch gar nicht sein." Das klang nicht nach Trauer. Das war der Tonfall, mit dem der Parteivorsitzende sonst über die Medien oder die Frauenriege um die Quoten-Peters herum lästerte. Albi ging zur Tür und rief: „Stigler! Kaffee und Kekse. Kaffee stark, Kekse braun! Und ein Bier, eiskalt! Bringen Sie zwei Bier!"

„Vielen Dank, aber ich möchte nicht …", murmelte Wagner.

„Wer sagt denn, dass das für Sie ist?" Und laut ins Vorzimmer: „Irgendwas mit Vitaminen für den Wahlkampfmanager. Sieht blass aus, der Junge."

Bis die Getränke kamen, fiel kein Wort mehr. Erst räumte Wagner allein die Kartons an die Wand, dann half ihm Bitter, um anschließend seufzend der Länge nach aufs Sofa zu fallen.

„Wahlkämpfe machen heutzutage keinen Spaß mehr", brummelte Albi. „Können nichts ab, die Weicheier von heute." Er äffte sie nach: Danke nein, haben Sie alkoholfreies Bier? – Danke nein, ich trinke nicht. – Danke nein, muss noch fahren. – Danke nein, ich nehme Medikamente und trinke nur stilles Wasser. Himmelherrgott, wir mussten früher auch fahren und haben nicht nein gesagt."

Schaudernd sah Wagner zu, wie der Chef die erste Flasche Bier leerte. Danach schien sich der Vorsitzende tatsächlich besser zu fühlen. Routiniert spielte er sodann auf der Tastatur der Informationsbeschaffung. Albi führte sieben Telefonate, alle Nummern kannte er auswendig. Und nirgendwo wurde er vertröstet, nicht vom Innenminister, nicht vom Regierungschef und nicht vom Polizeipräsidenten. Wagner war beeindruckt. Vielleicht erreichte man diese Loyalität wirklich nicht mit alkoholfreiem Bier.

Danach rief Albi die Mitarbeiter der Parteizentrale zusammen und verkündete, was zweifelsfrei feststand. Es war nicht mehr als das, was die beiden Ermittler am Tatort ausgetauscht hatten.

Betroffene Kommentare machten die Runde. Zwei Frauen weinten – und ein Mann. Es handelte sich um den jüngsten Mitarbeiter der Zentrale, frisch von der Universität engagiert.

„Männer dürfen das", behauptete Frau Stigler, trotz des kummervollen Gesichtes wie immer bildschön, als sie die verdutzten Gesichter sah. Sie tätschelte den Heuler und wollte gar nicht mehr damit aufhören.

„Vielleicht hört er auf, wenn Sie aufhören, Stigler!" knurrte Albi.

Schnell konzentrierte sich das Interesse auf einen Punkt: Warum war Uwe Stein gestern nach 22 Uhr an der Eilenriede am Wolfsgraben gewesen? Niemand kannte ein wichtiges Parteimitglied, das im Stadtteil Kleefeld wohnte. Einige hatten dort private Bekannte, sogar Freunde, aber ohne jeden Bezug zur Politik.

„Kommen wir zum Eingemachten", sagte Albi. „Wie sieht's mit einer Angehörigen des weiblichen Geschlechtes aus? Eher jung, eher zugänglich, ohne Anhang?"

In der Runde entstand Protest. Das könne man doch nicht … Gerade heute …

Was Steins langjährige Affäre anging, war Wagner als Einziger im Bilde, behielt sein Wissen aber für sich. Die Sache war ausgestanden.

Albi nannte den Tag der Landtagswahl. Das genügte, um den Protest zu ersticken. Die berufliche Zukunft jedes Einzelnen im Raum hing vom Ausgang der Landtagswahl ab.

„Ich will nicht in fremde Betten gucken“, stellte Albi klar. „Aber wir stehen ohne Spitzenkandidaten da, das ist das eine. Auch bekannt als Katastrophe. Die Polizei ermittelt, die Medien werden verrücktspielen, in einer halben Stunde werden sie informiert sein. Und keiner von ihnen wird auf Fragen verzichten, nur weil uns diese Fragen nicht in den Kram passen. Mit anderen Worten: Wir müssen wissen, was auf uns zukommen kann, sonst werden wir bis zum Wahlsonntag in der Defensive stecken und können nur noch reagieren. Das ist eine Art der Kommunikation, die ich immer gehasst habe.“

Er hatte recht, jeder in der Runde begriff das. Aber jeder war auch schockiert. Beide Gefühlslagen zusammen ergaben ein Gemisch, das die meisten Anwesenden überforderte. Sie brauchten Zeit, aber niemand würde ihnen Zeit geben, denn der Wahlkampf musste weitergehen. War das überhaupt möglich, praktisch und moralisch? Wie würden die Bürger darauf reagieren? Oder noch wichtiger: die Medien? Wagner wollte gar nicht darüber nachdenken, er wusste, es würde die Hölle werden.

Dann meldete er sich doch zu Wort, erwähnte Steins Beziehung zu einer Frau, die er allerdings bereits vor

Monaten beendet habe. Danach sei nichts mehr gelaufen, der Wahlkampf forderte den ganzen Mann. Albi nickte verständnisvoll und ließ einfließen, welche Polizeibeamtin mit der Suche nach Steins Mörder federführend beauftragt worden war. Bernd Wagner erinnerte sich: eine attraktive, aber unnahbare Frau um die vierzig, patent, aber unterkühlt und effektiv. Ein Plakat-Gesicht, er stellte sich jedes Gesicht automatisch als Plakat vor. Zu seiner eigenen Überraschung hatte er festgestellt, wie wenige Gesichter sich dafür eigneten, vergrößert dargestellt zu werden. Aber die Hauser hatte was.

Auch Bernd Wagners frisch gebackene Ehefrau Monika wird etwas haben, wenn der Gatte heute Abend nach Hause kommt: nämlich einen Grund, seine letzte berufliche Entscheidung anzuprangern. Sie war nicht erfreut gewesen, dass er sich neu orientiert hatte. Eine politische Partei hielt sie für einen wankelmütigen Arbeitgeber und heute Abend würde sie ausführlich darüber reden. Sehr ausführlich.

Und so sagte Wagner: „Wir stehen vor dem Nichts. Es gibt kein Stück Wahlkampf, ob Papier oder Stoff oder Pappe, das nicht auf Stein abgestellt ist. Das Beste wäre, die Wahl zu verschieben. Vielleicht lässt sich die Opposition auf einen Deal ein. Wenn wir genügend Druck aufbauen! Druck mit starker moralischer Komponente! Damit wir Zeit gewinnen, um für den neuen Spitzenkandidaten eine Kampagne zu entwerfen!“

Die meisten schauten ihn ungläubig an, auch der Landeschef: „Die Wahl verschieben? Blödsinn, Wagner.

Die Opposition hat so schlechte Werte wie seit acht Jahren nicht. Es wäre töricht, diese Stimmungslage nicht zu nutzen."

„Aber wir haben keinen Spitzenkandidaten!"

Albi sah das anders. „Das ist kein Nachteil, das ist eine Herausforderung."

Mehr als einer in der Runde hielt Albi für den geborenen neuen Spitzenkandidaten. Noch vor einem Jahr hatte er als legitimer Spitzenkandidat für die Landtagswahl gegolten. Ohne den furiosen Aufstieg Uwe Steins wäre alles auf Albi zugelaufen. Jetzt hörte er hingebungsvoll zu, wie sich das Meinungsbild in der Runde zu seinen Gunsten konkretisierte. Am Ende musste er nur noch bescheiden die zuständigen Gremien ins Spiel bringen, die – schnellstmöglich einberufen – nicht übergangen werden dürften, bevor sich die Partei nach dem Schock dieses Tages kraftvoll auf einen neuen Namen einigen würde.

Albi studierte Wagners Gesichtsausdruck. Dann bekräftigte er: „Natürlich werde ich nicht kneifen und der neue Spitzenkandidat sein. Und wenn es der letzte Dienst ist, den ich der Partei erweise."

Wagner war im Umgang mit Spitzenpolitikern erfahren genug, um zu begreifen, wann Schweigen der bessere Teil der Klugheit war. Natürlich gab es wie in jeder Partei den einen oder anderen regionalen Fürsten, der neben dem Telefon schlief, um den Ruf aus der Hauptstadt nicht zu überhören. Aber entweder waren sie zu jung oder breiten Wählerschichten nicht zu vermitteln. Albis Bekanntheitsgrad lag bei 80 Prozent. Sein Name war Programm genug und er führte bereits Wahlkampf. Man musste dem alten Fahrensmann nichts erklären, man musste ihn nur machen lassen.

Je länger Wagner darüber nachdachte, umso klarer wurde ihm, dass sich die Wahlchancen der Partei nicht wirklich verschlechtert hatten. Albi sprach andere Wählerschichten an, würde nicht die Traumwerte erreichen, die man Uwe Stein prophezeit hatte. Aber eine Talfahrt war mit ihm ausgeschlossen. Und die Partei würde von dem Schockzustand über Steins gewaltsames Ende profitieren, der Mitleidseffekt war nicht zu unterschätzen. Momentan durfte man nur bis zum Wahlsonntag denken, am Montag danach würde die Partei zu diskutieren beginnen und neue Leute aufbauen. Jetzt fehlte die Zeit dazu.

Wagner hatte den Wahlkampf für Uwe Stein gern geleitet, Stein ließ sich gut vermarkten. Besser als alle anderen Politiker, die er kannte. Trotz seines attraktiven Äußeren war er keinesfalls nur ein Showmensch. Er war der geborene Politiker, fachlich kompetent, fleißig, ein begnadeter Redner. Erfolgreicher selbst als der noch amtierende Ministerpräsident, dem Wagner menschlich näher stand. Mit Steins Unberechenbarkeit und seinem egozentrischem Gehabe hatte Wagner sich arrangiert. Auch dass Dankbarkeit, Mitgefühl und Anerkennung für Stein Fremdworte gewesen waren und er fuchsteufelswild wurde, wenn etwas nicht nach seiner Mütze lief.

Albi verkörperte eine andere Philosophie: redselig, jovial, volksnah, mit Ende fünfzig nicht mehr jung, aber erfahren und mit allen Wassern gewaschen. Die Zusammenarbeit mit ihm war angenehmer, Albi war menschlicher, nicht so erfolgsbesessen wie Stein. Doch auch er hatte dunkle Seiten. Seiten, die kaum jemand kannte, auch Wagner ahnte sie nur. Und doch fragte sich Wagner, ob …

Nein, das konnte nicht sein. Stein ja, der hätte vor nichts zurückgeschreckt, wenn sich ihm jemand in den Weg gestellt hätte. Aber Albi würde nicht so weit gehen. Das war nicht sein Stil. Er gehörte noch zu der Politikergeneration, für die Politik eine Herzensangelegenheit war. Albi war ein Mann mit Ecken und Kanten, der auch mal Fünfe gerade sein ließ. Seine Wähler wohnten in den ländlichen Regionen, die Städter wählten die Partei und nahmen Albi als unvermeidlich hin. Die Einbrüche bei den berufstätigen Frauen würden durch Zuwächse bei den Senioren wettgemacht werden. Einige der Gimmicks für Uwe Stein würden in den Container wandern müssen, mit Albi-Aufdrucken würden sie wie eine Parodie auf den Wahlkampf wirken, vor allem die USB-Sticks.

„Die Betroffenheit und das Mitgefühl bei den Menschen werden sich zu unseren Gunsten auswirken", hörte er Albi sagen. „Wir erzeugen das Mitleid nicht, aber wir entziehen uns ihm auch nicht. So wie wir uns in den nächsten Tagen Trauer und Fassungslosigkeit nicht versagen werden. Sie wissen, was ich meine."

Aufgaben wurden verteilt. Wieder allein wollte Albi wissen: „Irgendeine Idee, wer das getan haben könnte, Wagner? Den Golfschläger missbraucht, meine ich."

„Nicht die leiseste Ahnung. Ich war bei den meisten Terminen in den letzten Wochen dabei, aber er ist niemals bedroht worden. Von einigen Frauen vielleicht, die sich an ihn rangemacht haben, sich wie Kletten an ihn gehängt haben. Aber bestimmt nicht, um ihn zu erschlagen. Stein hat darüber hinweggesehen, er hatte für andere Frauen nichts übrig. Die Geliebte war ein Ausrutscher, die Sache längst vorbei."

„Hm, ich habe mich manchmal gefragt, ob er für seine eigene Frau was übrighatte. Er hat sie niemals mitgebracht, auch nicht zu Veranstaltungen im kleinen Kreis, hat auch nie über sie gesprochen. Dabei ist sie tüchtig, sie hat mal in meinem Vorzimmer gesessen, ist lange her."

Dann machte sich Bitter über die zweite Flasche Bier her.

14

Als es klopfte, war Wagner auf die schöne Stigler gefasst. Im Türrahmen stand Ali Hamad, zögernd, fast ängstlich. Er war wie Wagner und Frau Stigler aus der Staatskanzlei in die Partei gewechselt. Für kurze Zeit hatte sich damals im Zuge der Ermittlungen in den Staatskanzleimorden der Verdacht auf Hamads inzwischen verstorbenen Bruder konzentriert, das hatte der ehemalige Hausmeister nicht verwunden, und so hatte er sich erfolgreich als Fahrer in der Parteizentrale beworben. Wagner spürte, wie abwartend der Mann war. Albi tat alles, um ihm die Befangenheit zu nehmen. Er bot ihm einen Platz an, aber Hamad war es gewohnt zu stehen und fühlte sich so offensichtlich am wohlsten. Fahrer saßen entweder am Steuer oder sie standen vor ihren Vorgesetzten, um auf Anweisungen zu warten.

Albi stellte die leer getrunkene Flasche beiseite. „Ich habe Sie zu mir gebeten, um aus berufenem Mund zu hören, was gestern Abend passiert ist. Sie haben Uwe Stein doch gefahren. Wir alle fragen uns, weshalb er noch so spät in der Eilenriede unterwegs war. Mit wem hat er sich dort getroffen?“

Hamad trug die für Cheffahrer übliche Dienstbekleidung, eine dunkelblaue Hose, dazu ein gestreiftes Hemd. Keine Krawatte.

Bitter bekam seine Antwort nicht sofort, denn erst beklagte Hamad das grausame Schicksal des Mannes, dem er vor einigen Monaten zugeteilt worden war. Ja, er hatte Stein gestern gefahren wie seit Beginn des Wahlkampfes fast täglich.

„Morgens habe ich ihn zu Hause abgeholt, wir sind dann tagsüber im Landkreis Peine unterwegs gewesen. Mittags habe ich ihn ins Hotel Maritim gefahren, dort hat er sich mit der Abgeordneten Klaßen getroffen." Angeblich hatte Stein daraus auch kein Geheimnis gemacht. „Abends habe ich ihn in den Schweizerhof gefahren, gegen 19 Uhr? Ja, das kommt hin. Er hat mich von dort nach Hause geschickt. Das war angenehm, in der letzten Woche ist es jeden Tag spät geworden. Mitternacht war normal. Und um sieben Uhr morgens musste ich wieder auf der Matte stehen."

Wagner vergaß seine Müdigkeit und spürte, dass auch Bitter zufrieden war. Der Parteivorsitzende schätzte handfeste Informationen. Er war kein Theoretiker. Ross und Reiter brachten einen wie ihn auf Touren. Marion Klaßen, interessant, dachte Wagner. Vermutlich stand sie auf Steins Liste für einen möglichen Posten im künftigen Kabinett. Stein wollte die Liste morgen bekannt geben. Daraus würde nun nichts mehr.

Einige Minister waren gesetzt. Neben Innenminister Fritz Krause vor allem Schneider, der Kultusminister werden sollte. Nicht wegen der fachlichen Fähigkeiten, die waren mau, sehr mau. Die Braunschweiger bestanden auf einem Ministerposten, sie waren bei der letzten Kabinettsbildung leer ausgegangen. Jetzt mussten sie bedient werden.

Albi wollte mehr erfahren. „Und mit wem hat er sich im Schweizerhof getroffen? Denken Sie nach, Hamad. Als Fahrer entgeht einem sowas nicht."

Aber Hamad wusste es nicht. Über die Verabredung mit Marion Klaßen habe Stein freimütig von sich aus gesprochen. Über die Verabredung im Schweizerhof: kein Wort, kein Name, kein Thema oder Anlass, nicht einmal eine Andeutung. Angeblich hatte Stein auch nicht telefoniert, jedenfalls nicht im Zusammenhang mit dem Schweizerhof. Hamad schien die Wahrheit zu sagen, denn er erwähnte von sich aus den Anruf, bei dem Stein mit dem Landesvorsitzenden über einen Fernsehauftritt gesprochen hatte. Wagner erinnerte sich gut. Die Argumente, mit denen Stein sich auch hier in den Vordergrund gedrängt hatte, waren dem Parteivorsitzenden übel aufgestoßen. Auch Wagner selbst waren sie anmaßend und arrogant erschienen. Typisch Stein, hatte er gedacht, aber der Erfolg gab ihm recht. Und darauf kam es an, im Wahlkampf mehr als sonst.

Hamad betonte, wie anstrengend das Fahren zurzeit sei: die Hitze, die vielen Baustellen.

„Und was war heute morgen?“, fragte Bitter. „Sie wollten Stein doch sicherlich zu Hause abholen. Wann haben Sie gemerkt, dass etwas nicht stimmt? Sie haben es doch gemerkt?“ Hamad nickte. „Ich warte jeden Morgen um sieben vor der Gartentür. Er war immer pünktlich, übertrieben pünktlich, wenn Sie mich fragen. Heute nicht. Viertel nach sieben habe ich an der Haustür geklingelt, niemand hat aufgemacht. Darüber habe ich mich gewundert, die Steins haben doch eine Tochter, die zur Schule geht. Normalerweise bringt Frau Stein die Kleine kurz vor acht in die Schule. Nettes Kind, sehr gut erzogen, manchmal habe ich sie in die Schule gebracht. Sie fährt gerne auf dem Vordersitz mit. Einmal hat sie mich überredet, Stein fand das nicht …"

„Hamad, bitte!"

Angeblich hatte Hamad nicht weiter nachgehakt, vor allem war er nicht ums Haus herum gegangen und er hatte nicht durch ein Fenster geblickt. Allein schon Bitters diesbezügliche Frage erschütterte den redlichen Mann. Danach war er in die Parteizentrale gefahren. Frau Stigler, die sonst alles wusste, musste passen und schickte den Fahrer nach Hause. Dort bekam er den Anruf von Bitter. Er hatte sich dann gleich auf den Weg gemacht.

Wagner war gedanklich immer noch bei Steins Haus. Warum hatte seine Frau nicht geöffnet? Hatte sie nicht zu Hause übernachtet oder war sie früher zur Schule gefahren. Wenn sie zu Hause geschlafen hatte, musste sie sich über den ausbleibenden Gatten gewundert haben? Oder nicht? War die Krise, in der die Ehe der beiden steckte, viel schlimmer, als Wagner bislang vermutet hatte?

Auch Bitter stellte sich diese Frage, dann dem Fahrer und zu guter Letzt dem Wahlkampfmanager. Wagner druckste herum. Loyalität galt für ihn über den Tod hinaus. Albis Lächeln verriet Sympathie. Dann meinte er: „Ich werde der Witwe einen Beileidsbesuch abstatten. Ich kenne sie seit Langem. An die Zusammenarbeit mit ihr denke ich gerne zurück – besonders dann, wenn die Stigler ihre schlechte Laune im Büro auslebt." Er zwinkerte, ein verschwörerischer Blick unter Männern, der auch den Fahrer mit einschloss.

Bitter verabschiedete den Fahrer, bat ihn, sich zu melden, wenn ihm noch etwas einfallen sollte. Jede Kleinigkeit sei von Interesse. Dass Hamad noch Besuch von der Polizei bekommen würde, band er ihm lieber nicht auf die Nase. Auch dass Hamad nach der Wahl vermutlich ein Problem mit seiner Anstellung bekäme, musste er ihm nicht ausgerechnet heute beibringen. Der designierte Cheffahrer des künftigen Ministerpräsidenten hatte durch den Mord seine Arbeitsplatzgarantie verloren. Bitter würde seinen eigenen Fahrer mitbringen. Wagner wusste das, Hamad nicht. Er würde es noch früh genug erfahren und im Moment hatten sie andere Sorgen.

15

Um Viertel nach elf unterbrachen alle deutschen Rundfunk- und Fernsehsender ihr Programm. Stein war weit über Niedersachsen hinaus bekannt gewesen, der Mord erschütterte die Republik. Wenige Minuten zuvor hatte das niedersächsische Innenministerium den gewaltsamen Tod Uwe Steins bekannt gegeben. Mit näheren Informationen hielt sich das Ministerium bedeckt und zog sich auf die Floskel von den „laufenden Ermittlungen" zurück. Eine Sonderkommission sei eingerichtet, mit der Leitung die erfahrene Kriminalrätin Verena Hauser beauftragt worden.

Die spärlichen Informationen, die auch nach der Pressekonferenz des LKA nicht an Substanz zunahmen, wurden fortan im Minutentakt verbreitet. Noch nie war in der über 60-jährigen Geschichte der Bundesrepublik Deutschland ein Spitzenpolitiker im Wahlkampf ermordet worden. Kein Sender versäumte es, darauf hinzuweisen. Selbst die privaten Anstalten, an Politik nicht sonderlich interessiert, schalteten sich ein. Ein gewaltsam getöteter und zudem populärer Spitzenpolitiker – das war der Stoff, der die Menschen bewegte, sie zu Spekulationen, Gefühlen, Meinungen inspirierte. Niemand wollte sich etwas entgehen lassen: Interviews mit Politikern im Minutentakt waren die Folge. Menschen, die in der zweiten oder dritten Reihe saßen und kaum einmal in der Öffentlichkeit zu Wort gekommen waren, rückten jetzt ins Rampenlicht, gaben in gestelzten Worten Betroffenheitsbekundungen ab. Auch die Vertreter der Oppositionsparteien, für die Stein mit seiner steil nach oben gerichteten Beliebtheitskurve eine wachsende Bedrohung gewesen war.

Marion Klaßen befand sich zu diesem Zeitpunkt auf dem Weg in die Landeshauptstadt, auf der Moorautobahn war wenig Verkehr. Dem Radioprogramm widmete sie kaum Aufmerksamkeit. In Gedanken war sie bei der Fraktionssitzung, die später am Tag stattfinden würde. Alfred Bitter hatte die Sitzung einberufen. Seitdem der bisherige Fraktionsvorsitzende über eine Urlaubsreise auf Einladung eines Reisekonzernes mit Sitz in der Landeshauptstadt ins Straucheln geraten war, stand der Parteivorsitzende auch den Abgeordneten im Landtag vor. Sitzungen der Fraktion fanden in der Regel vor vollzählig anwesendem Personal statt. Ohne guten Grund blieben selbst hartgesottene Abgeordnete, die sich gerne vor Ausschussterminen drückten, Fraktionssitzungen nicht fern.

Auf der Tagesordnung stand das Hundert-Tage-Programm des künftigen Regierungschefs. Bitter wollte, dass die Fraktion sich dazu ihre eigene Meinung bildete. Seitdem Uwe Stein auf den Posten des Ministerpräsidenten zusteuerte, legte Bitter demonstrativ Wert auf die Selbstständigkeit der Fraktion. Die Abgeordneten seien eine eigenständige politische Kraft und nicht der Wurmfortsatz der Regierung, betonte er. Mehrfach hatte er im großen und kleinen Kreis Wert auf Abgrenzung gelegt. Als er selbst noch im Rennen um die Spitzenkandidatur vorne gelegen hatte, hatte man solche Töne von ihm nicht gehört.

Dass Bitter und Stein sich nicht grün waren, wusste jeder Mandatsträger. Zu tief war der Graben zwischen ihnen, nicht nur politisch, auch menschlich. Die meisten standen auf Steins Seite, er verkörperte die Zukunft, sein Programm räumte mit vielen Verkrustungen auf. Seinen Politikstil fanden besonders die nachrückenden Kräfte in der Partei anziehend. Sie nahmen in Kauf, dass Stein menschlich nicht leicht zugänglich war. Die kumpelhafte polternde Art Bitters ging ihm ab, er fand, sie sei unter seinem Niveau. Ebenso wie die launigen Bemerkungen und Witze, die Bitter gerne von sich gab. Von Stein war die Bemerkung überliefert: „Leite ich einen Schützenverein oder eine Partei?"

Bitter war umgänglicher, verbreitete Stallwärme, ging auch, bildlich gesehen, gern auf die Menschen zu, schüttelte Hände, umarmte sein Gegenüber, boxte ihm kumpelhaft gegen die Schulter. Stein war das zuwider, er hielt Abstand – in jeder Beziehung.

Marion hatte nichts gegen Bitter. Zwar gehörten sie verschiedenen Generationen an und lagen im Alter fast 30 Jahre auseinander. Auch ihr Politikverständnis konnte kaum gegensätzlicher sein. Doch sie respektierten sich. Bitter begegnete der aufstrebenden, attraktiven, blond gelockten Nachwuchspolitikerin aus Celle mit väterlichem Wohlwollen. Marion schätzte seine umgängliche Art und lachte gern über seine Witze, besonders wenn sie sich gegen die humorlose Frauenriege in der Fraktion richteten.

Anfangs gingen die Worte des Sprechers an Marion vorbei. Erst bei einer Einspielung mit Uwe Steins Stimme fiel der Groschen. Marion verriss den Wagen, Hupen trieb sie auf die rechte Spur, sie steuerte die nächste Parkbucht an, um sich zu fangen.

Ihr Herz raste, die Hände waren nass. Vor nicht einmal 24 Stunden hatte sie mit Stein im Hotel Maritim gesessen und über ihre gemeinsame politische Zukunft gesprochen. Sie stellte das Radio ab, vergrub den Kopf in den Händen. Das durfte nicht sein, die Hoffnung der Partei tot, brutal umgebracht. Uwe war so energisch gewesen, voller Leben und Tatendrang, so zuversichtlich. Er hatte so viel vorgehabt, mit der Partei und dem Land. Die Partei stand hinter ihm, ganz Deutschland verfolgte seinen Wahlkampf. Das hatte es lange nicht gegeben, und weil Uwe unverbraucht war und nicht auf den Schultern der Ortsvereine saß, konnte er ohne Rücksichtnahme entscheiden. Er hatte Marion einen der wichtigsten Staatssekretärsposten angeboten, den die Regierung zu vergeben hatte. Er mochte und schätzte sie. Er hatte ihren Weg verfolgt und ihre Qualitäten erkannt. Lächelnd hatte er seine politische Zukunft mit Marions verknüpft, und nun war er tot, und sie konnte ihre politische Karriere vergessen. Wer immer sein Nachfolger werden würde, er wäre kein Freund von Uwe Stein, denn Uwe hatte in den Gremien nicht viele Freunde besessen. Sein Aufstieg war nur möglich gewesen, weil die Gremien nicht frisch und visionär waren. Er hatte die Gremien überholt und seine Karriere an ihnen vorbei gebastelt. Ohne ihn würde es schwer für sie werden.

Marion schämte sich. Ein Freund war erschlagen worden und sie hatte nichts Besseres zu tun, als sich um ihre politische Zukunft zu sorgen. Das war egoistisch und schäbig, aber so dachte sie in den ersten Minuten nach dem Schock. Sie griff nach Handtasche und Handy. Erst ließ sie das Handy fallen, dann war die Nummer der Landtagsfraktion besetzt. Natürlich, was sonst? Parteizentrale – besetzt. Sie rief zwei Kollegen an – besetzt. Das Besetztzeichen machte sie rasend.

16

Gegen 12 Uhr 30 betrat Marion den Landtag. Der Pförtner, sonst eine lärmende Frohnatur, trug Trauermiene. Auf dem Weg in die Fraktionsräume traf sie einen Kollegen von der Opposition, eine flüchtige Bekanntschaft, einen der Scharfmacher, die für verbalen Unrat im Parlament zuständig waren. Er schnitt Marion den Weg ab und reichte ihr die Hand.

„Mein aufrichtig empfundenes Beileid, Frau Klaßen. Eine schreckliche Sache, unfassbar. Mir fehlen die Worte. Er war unser politischer Gegner, aber das spielt jetzt keine Rolle. Wir sind genauso geschockt wie Sie." Mit einem knappen Dank eilte sie davon. Ihr war nicht nach heuchlerischen Beileidsbekundungen.

Im Sitzungssaal der Fraktion standen alle in kleinen Gruppen zusammen und redeten aufeinander ein. Einige Frauen hatten verweinte Augen, auch Frau Peters, die sofort auf Marion zukam. In Marion verkrampfte sich alles, aber sie ließ die Umarmung über sich ergehen. Beide Frauen standen auf Kriegsfuß, die letzte Attacke der Chefin der Frauenorganisation lag erst wenige Tage zurück. Damals hatte sie Marion mangelnde Solidarität mit der Sache der Frauen vorgeworfen, angeblich würde Marion sich bei den Männern in der Partei anbiedern. Das Ganze hatte in der Anschuldigung gegipfelt, dass Frauen wie Marion die eigentliche Wurzel des Übels seien. Sie seien schuld daran, dass es mit der Gleichberechtigung so langsam vorangehe und die Quote in Deutschland noch immer in weiter Ferne sei. Marion entzog sich der Umarmung, die Peters schniefte. Ein Kollege aus dem Kulturausschuss war als Nächster dran.

„Dich trifft es vermutlich am härtesten von uns“, murmelte er. „Du und Uwe, ihr wart doch befreundet.“

Die Peters starrte Marion an.

„Das stimmt“, sagte Marion, „wir waren noch gestern zusammen essen.“ Erneutes Schniefen der Peters, ihr Blick jetzt vorwurfsvoll. Die Peters beanspruchte für sich ein Exklusivrecht, wenn es um Gespräche weiblicher Abgeordneter mit Spitzenpolitikern ging.

Marion ließ sie stehen, horchte sich unter ihren Kollegen um, wollte handfeste Informationen, aber alle waren momentan auf Vermutungen angewiesen. So gab es freie Bahn für mehr oder weniger naheliegende Theorien: jugendliche Schläger oder ein Verrückter? Niemand vermutete politische Motive. Auch Marion nicht. Man wartete auf Bitter, er saß noch beim Innenminister.

Alle bedauerten den Verlust, den die Partei erlitten hatte. Eben noch dabei, durchzustarten und nun war alles vorbei. Die Peters meldete sich lautstark zu Wort, behauptete, von Uwe praktisch die Zusage für ein künftiges Frauenministerium erhalten zu haben. Marion sah aus, als würde sie zuhören. Aber sie war bei Uwe, bei seinem Kampfgeist und seiner Sympathie für sie. Wie er sie mitgerissen hatte, weil alles, was er sagte, Hand und Fuß gehabt hatte. Und jetzt lag er auf dem Obduktionstisch. Als die ersten Tränen auf ihre Bluse fielen, wurde ihr bewusst, dass sie weinte. Ein Kollege wollte sie trösten, aber sie flüchtete auf die Toilette. Sie wusch ihr Gesicht und richtete sich notdürftig her.

Bei ihrer Rückkehr fand sie einen geordneten Saal vor. Die Kollegen hatten Platz genommen, Bitter war angekommen, begleitet von Bernd Wagner, und sprach zu den Parteifreunden. Er schilderte, wo man Uwe Stein gefunden hatte und verschwieg auch die Schwere seiner Verletzungen nicht. Jemand stöhnte auf, jemand weinte, in diesen Momenten waren alle mit den schrecklichen Bildern allein. Handfeste Hinweise auf den oder die Täter lagen noch nicht vor, die Sonderkommission bestand aus dem Besten, was das LKA zu bieten hatte. Bitter sprach über den Verlust, den die Partei erlitten hatte und widmete sich dann Steins Familie. Viele wussten, dass er die Frau des Opfers kannte. Bitter hielt keine staatstragende Rede und versteckte sich nicht hinter tausendmal benutzten Floskeln. Er gab sich menschlich und traurig und allen gelang es, sich in diesen schweren Stunden hinter dem Vorsitzenden zu versammeln.

„Wir sind erschüttert. Viele, auch ich, fragen sich: Warum hat es gerade ihn getroffen, einen talentierten Politiker, der ganz am Anfang stand und noch sehr viel vorhatte? Mancher wird Wut empfinden. Es ist ungerecht, wird er sagen. Viele von uns sind gläubig und werden doch oder gerade deshalb in diesen Stunden mit Gott hadern. Erwartet von mir keine Antwort. Dies ist nicht der Moment für Antworten. Aber eines verspreche ich: Wir werden unserem Uwe ein würdiges Andenken bewahren. Wir werden nicht vergessen, was er für unsere Partei getan hat. Und bei allem, was wir künftig tun, werden wir darüber nachdenken, was Uwe getan hätte. Dann, ich bin sicher, werden wir den richtigen Weg in die Zukunft leichter finden."

Die Abgeordneten waren ergriffen, da und dort flossen noch oder wieder Tränen.

Bitter taxierte seine Leute. Es sah aus, als würde er abschätzen, wie viel er ihnen zumuten könnte. „Und doch, liebe Freunde, dürfen wir in unserer Trauer nicht vergessen, dass in vier Wochen Landtagswahlen sind."

Eine Diskussion entstand, mehrere Abgeordnete plädierten für Verschiebung. Das Wahlgesetz ließ diesen Schritt zu, eine parlamentarische Mehrheit werde sich organisieren lassen. Bitter wartete, bis sich die Bedenkenträger ausgetobt hatten.

Dann sagte er: „Wir könnten verschieben. Aber ich frage euch: Wollen wir das? Ich bitte euch, eindringlich zu überlegen: Wie würde Uwe in dieser Situation entscheiden? Würde er den fast sicheren Sieg aufs Spiel setzen, weil es die Pietät gebietet?"

Bitter schaute über die Köpfe. Marion sah ihm an, dass er im Stillen bangte, ob sich ein Wortführer für eine Gegenrede fände. Jetzt eine gefühlsbeladene und tränenselige Rede, am besten mit zehnmaliger Erwähnung von Uwe und seinem weinenden Kind und die Wahl würde in vier Wochen nicht stattfinden. Marion wusste um die Dynamik der Masse. Wehe, einer setzte sich an die Spitze! Wehe, dieser Jemand wäre reinen Herzens und würde untaktisch und ohne persönliche Vorteile votieren: Dann wäre bei der Abstimmung jedes Ergebnis möglich.

Niemand meldete sich. Erwartungsvolle Augen starrten den Vorsitzenden an.

„Ich sage, nein, liebe Freunde. Niemals hätte Uwe Stein gewollt, dass wir verschieben. Er war von dem Wunsch getragen, dass wir in Zukunft die Geschicke des Landes bestimmen. Die Bürgerpartei tut Niedersachsen gut. Unsere verehrte Opposition hängt kraftlos in den Seilen und bietet ein Bild des Jammers. Uwe Stein hat seit Monaten für den Sieg gearbeitet. Er ist bis an seine Grenzen gegangen und manchmal darüber hinaus. Er hat seine Liebsten vernachlässigt, weil jeder gute Politiker noch eine zweite Liebe neben seiner Familie hat: Das ist die Liebe zur Heimat. Wir liegen bei 47 Prozent, ein historischer Höchststand. Vielleicht hat Uwe für diese Zahl mit seinem Leben bezahlt. Dann sollten wir jetzt nicht sagen: selber schuld. Dann sollten wir alle aufstehen und sagen: Jetzt erst recht! Jetzt machen wir den Sack zu, Uwe. Du hast die ersten Schritte gemacht, wir machen den letzten. Das ist Uwes Vermächtnis. Wir haben die Wahl, dieses Vermächtnis in den Schmutz zu treten oder uns würdig zu erweisen. Jetzt erst recht!, rufe ich euch zu. Keine Verschiebung der Wahl. Vier Wochen kämpfen, siegen und gestalten. Wie Uwe es gewollt hat."

Das war genial, Uwe hätte es nicht besser machen können, beglückwünschte Marion den Vorsitzenden im Stillen. Ein Abgeordneter stand auf, zögernd noch. Und zögernd begann er zu klatschen. Er blieb nicht lange allein, einer nach dem anderen schoss in die Höhe. Am Ende standen alle und applaudierten und einer rief Uwe Steins Namen, den alle klatschend skandierten.

17

Ralf Hübner hatte einen Termin für acht Uhr. Jetzt war es zehn und bis auf die Blutabnahme war nichts passiert. Die Patienten waren gereizt, die Arzthelferinnen pampig. Lautsprecherdurchsagen mit dem Aufruf des nächsten Patienten fanden nur zur halben und vollen Stunde statt. Warum dauerte das so lange? Was trieben die im Behandlungszimmer bloß? Bei Hübner ging es, hatte er es erst einmal über die Schwelle geschafft, immer zack, zack. Knappe Frage, frühes Unterbrechen, Rezeptblock, der Nächste bitte.

Hübner war nervös. „Ihre Brille müsste sauber sein, so oft wie Sie sie in der letzten Stunde geputzt haben."

Die Frau gegenüber suchte wohl Kontakt, bei Hübner fand sie ihn nicht. Er wollte kein Gespräch führen, sondern endlich drankommen und dann ins Büro fahren. Ohne seine drängelnde Frau wäre er gar nicht hier. Mit Schmerzen in der Brust sei nicht zu spaßen. Warnsignal, Gefäßverschluss, Herzinfarkt, sie bezog ihr Wissen über Krankheiten aus Illustrierten und der Fernsehzeitung und ängstigte sich mehr als ihr Mann.

Jetzt saß er hier, Brille putzend, Füße auf und ab wippend, Arschbacke wechselnd, und in der Firma ging es drunter und drüber. Gestern war erstmals durchgesickert, was er schon länger wusste: Die feindliche Übernahme durch die Deutsche Antriebstechnik würde bei der Wahl Uwe Steins nicht mehr von der Landesregierung blockiert werden. Das „Wirtschaftsblatt" hatte angeblich gut informierte Kreise im Umfeld der Deutschen Antriebstechnik zitiert, die wiederum angeblich genau wussten, wie Uwe Stein dachte: Notwendige Umstrukturierungen auf dem deutschen Markt für Automobilelektronik und Zulieferindustrie seien nicht aufzuhalten, die weitere Konservierung veralteter Strukturen sei mit ihm nicht zu machen. Mit den Chinesen sei nicht zu spaßen, die hätten ihre Startlöcher längst verlassen, um die Deutschen als Exportweltmeister zu verdrängen. Mit Klein-Klein und Länderegoismen komme man nicht weiter. Synergieeffekte mobilisieren, Kräfte bündeln, kurzum: Fusionieren sei das Gebot der Stunde.

In der Firma war der Teufel los, der Flurfunk arbeitete seither auf Hochtouren, und Hübner saß im viel zu warmen Wartezimmer, weil er seiner Frau heute Abend Antworten geben musste. Links putzte sich einer gründlich die Nase und führte sein versifftes Stofftaschentuch vor. Hübner rückte weg, bloß keine Erkältung jetzt. Für das, was vor ihm lag, musste er fit sein.

Endlich saß er dem Doktor gegenüber, abgespannt sah der aus, erschöpft, urlaubsreif. Hübner spielte seinen Zustand herunter; der Arzt mochte schlaff sein, aber dumm war er nicht. Ab in den Keller zum Belastungs-EKG. Warten, mit der jungen Arzthelferin schäkern, zehn Minuten in die Pedale treten, schwitzen, stolpernder Herzschlag. Nach sieben Minuten kapitulierte er. Erneutes Warten. Der Doktor war inzwischen noch urlaubsreifer geworden.

„Sieht nicht gut aus, Herr Hübner. Wir müssen einen Katheter legen und schauen, was da los ist. Vermutlich ein blockiertes Gefäß. Wie ich das sehe, brauchen Sie einen Bypass, vielleicht auch zwei oder drei. Ich werde Sie in die Medizinische Hochschule überweisen. Ist nur Routine. Wenn Sie Glück haben, bekommen die das auch mit Stents hin."

Es war Mittag, als Hübner die Praxis verließ. In der Brusttasche steckten der Überweisungsschein und eine Telefonnummer, der Doktor hatte ihn gemahnt, die Sache nicht auf die lange Bank zu schieben. Der Mann kannte seine Pappenheimer.

Hübner rechnete: Operation mit Krankenhausaufenthalt: eine Woche plus anschließende Reha: drei Wochen, vielleicht sogar vier. Fünf verlorene Wochen und das auch nur, wenn alles ohne Komplikationen verlief. Und das schien, wollte man dem Doktor glauben, in seinem Fall keinesfalls sicher zu sein. Wenn er in dieser Phase ausfiel, konnte er den süddeutschen Haifischen die Tawes AG auf dem goldenen Tablett servieren. Hier haben Sie uns, ganz ohne Gegenwehr. 1000 Arbeitsplätze zur Vernichtung freigegeben, angeblich als Waffe gegen die gelbe Gefahr, in Wahrheit geopfert auf dem Altar höherer Dividendenzahlungen und Renditen. Jubel bei den Aktionären, Frust und Angst bei den Kollegen. Sein Vertreter wäre nicht fähig, eine Kampagne, wie sie jetzt nötig war, durchzuziehen. Hübner schätzte seinen Vertreter wegen seines Pflichtbewusstseins und seiner Zuverlässigkeit. Aber ein Kämpfer war der nicht, eher zögerlich und übermäßig vorsichtig. Der Deutschen Antriebstechnik und ihrem raffgierigen Hauptgesellschafter konnte gar nichts Besseres widerfahren als Hübners Krankenhausaufenthalt.

Er war schon dabei, die Ermahnungen des Arztes zu relativieren. Panikmache war das tägliche Brot der Mediziner. Auf einige Wochen würde es nicht ankommen. Immerhin hatte er den Druck in der Brust ausgehalten, wenn auch nicht ohne Besorgnis und nächtliche Wanderungen, weil er im Bett zu ersticken glaubte. Aber er wollte ja keine Expedition in die Sahara antreten. Er blieb im Lande, in Reichweite der Medizinischen Hochschule, dieser ersten Adresse für alle Gebrechen von Herz und Kreislauf. Solange die Pumpe noch Geräusche machte, gaben die Ärzte niemanden verloren.

Hübner stieg aus dem Auto, das war auch schon fließender vonstattengegangen. So war es immer, wenn man es eilig hatte. Überflüssige Warterei vor Ampeln mit ewig langen Rotphasen und rasend kurzen Grünphasen. Das Wetter war pures Gift für ihn. Als würde ihm jemand nasse Handtücher ins Gesicht schlagen. Endlich erreichte er die Tawes AG. Der ältliche Pförtner, mürrisch humorlos, stürzte auf ihn zu:

„Tach, Herr Hübner, ist das nicht ein Hammer mit Stein?"

„Sie meinen die Verkaufsabsichten? Ja, ja, böse Sache. Aber noch haben wir vom Betriebsrat unser Pulver nicht verschossen."

Der Pförtner, dessen Name Hübner plötzlich nicht einfallen wollte, prallte zurück: „Der Mann ist tot, daran können auch Sie vom Betriebsrat nichts ändern."

Der Druck auf Hübners Brust nahm zu, etwas schraubte sich zu und strahlte bis in die Schultern aus.

Kalter Schweiß brach aus, er spürte ihn zwischen den Schulterblättern und auf der Brust. Verdammtes Belastungs-EKG. Tut gar nicht weh, hatte die junge Arzthelferin geflunkert. Sie hatte verschwiegen, dass die Prozedur dich für den Rest des Tages unbrauchbar macht.

Stein tot? Das konnte nicht sein, er hatte dem Politiker alles erdenklich Schlechte gewünscht, einen längeren Krankenhausaufenthalt ja, aber nicht das Grab, das nicht. Das hatte er nicht gewollt.

Er spürte den prüfenden Blick des Pförtners. „Was haben Sie eben gesagt? Stein ist tot?"

„Haben Sie denn nicht Radio gehört? Seit Stunden wird pausenlos darüber berichtet. Stein ist tot. Er wurde letzte Nacht erschlagen, in der Eilenriede. Den Täter haben sie noch nicht."

Hübner setzte sein Pokergesicht auf. Jetzt bloß nichts anmerken lassen, cool bleiben. „Tatsächlich? Sieh mal an. Ich habe nichts davon gehört. Ich war den ganzen Vormittag beim Arzt. Gehen Sie bloß nie bei diesem Wetter zum Arzt."

„Dann wussten Sie es noch nicht?"

„Bei meinem Arzt läuft kein Radio."

„Ach so, na denn. Es gab mehrere Anrufe für Sie. Das Wirtschaftsblatt und eine Bianca Fröhlich von der Allgemeinen Niedersachsenzeitung. Ich habe alle in Ihr Vorzimmer weitergeleitet, wie sich das gehört. Dann war da noch ein Herr vom Fernsehen Niedersachsen, ich habe den Namen vergessen."

„Nicht tragisch", brummelte Hübner, bevor er sich in Richtung Fahrstuhl davonmachte.

18

Heiß war es schon seit dem Vormittag, nachmittags kam eine unerträgliche Schwüle dazu. Die Luftfeuchtigkeit stieg und stieg. 34 Grad und 80 Prozent Luftfeuchtigkeit nahmen den Menschen die Luft zum Atmen, jeder sehnte das reinigende Gewitter herbei. Die Ermittlungen des LKA liefen auf Hochtouren, die Soko Stein tagte zum ersten Mal.

Der Besprechungsraum in der vierten Etage war eine Folterkammer. Eine Klimaanlage war nicht vorhanden, die Rollos waren seit Mai kaputt und ließen sich nicht mehr betätigen, ungeschützt brannte die Sonne in den Raum, der Kunststoff von Tischen und Stühlen heizte sich auf. Es gab kein Entkommen.

Verena Hauser war sauer, vor mehreren Wochen hatte sie den Schaden beim Hausmeister gemeldet. Aber so umtriebig sich der Mann gab, bis heute war nichts passiert. Seit über einer Stunde brutzelten die Beamten vor sich hin. Der Dresscode verlangte nach T-Shirt und langer Hose, Stollmann war auf eine kurze Hose umgestiegen und übersah Hirschmanns indignierte Blicke. Vielleicht galten diese auch der Vorderseite von Stollmanns Shirt, wo Schweiß- und Speiseflecken bizarre Muster bildeten. Hirschmann hatte nicht einmal seine Krawatte abgelegt, er schwitzte auch nicht. Sollte es sich doch um ein Reptil ohne Schweißdrüsen handeln, wie Stollmann nicht müde wurde zu behaupten?

Zu Beginn hatte Hirschmann über den Ansturm der Medien berichtet. Deutschlandweit war das Verbrechen der Aufmacher, auch ausländische Zeitungsredaktionen und Fernsehstationen standen auf der Matte. „Ich habe in meinem Leben noch nie in so kurzer Zeit so viel englisch gesprochen“, sagte Hirschmann.

„Hoffentlich haben Ihre Gesprächspartner gemerkt, dass es sich um Englisch handelt“, bemerkte Stollmann und handelte sich einen strafenden Blick ein. „Sorry“, murmelte er. „Soll nicht wieder vorkommen.“ Jeder im Raum wusste, dass Stollmanns Entschuldigung für die Katz war. Die gegenseitige Abneigung der beiden Beamten bot häufigen Gesprächsstoff.

Hirschmann nahm den Faden wieder auf. Hannover, die Stadt, die unter dem Ruf der langweiligen Provinzhauptstadt litt, lag plötzlich auf dem Präsentierteller.

„Davon werden wir uns nicht verrückt machen lassen“, behauptete er. „Wir wollen nicht die Schnellsten sein, sondern die Gründlichsten. Wir können uns auch gar keinen Fehler leisten. Wir wissen alle, dass nichts so sicher Fehler erzeugt wie Hektik. Um Gerüchten vorzubeugen, möchte ich betonen, dass es bislang keine Einflussnahme der Politik gegeben hat.“

„Wäre aber doch normal“, behauptete Stollmann. „Erstens, weil die Häuptlinge sich für ihr Leben gern einmischen. Und zweitens, weil es sich um ihren eigenen Mann handelt.“

„Wir können ja nun keine neue Regierung einsetzen, nur damit es keine parteipolitischen Überschneidungen gibt“, entgegnete Hirschmann.

„Nein, das können wir wohl nicht", gab Stollmann zu und verbarg nicht, dass ihm die bloße Möglichkeit behagte.

Verena Hauser eröffnete den sachlichen Teil mit einem Bericht über den Stand der Ermittlungen. Die Politik reagierte mit pausenlosen Sitzungen auf Steins Ermordung. Per Telefon war kein Verantwortlicher zu erreichen gewesen. Das Vorzimmer des Parteivorsitzenden war entweder nicht besetzt oder es ging keiner ans Telefon. Die Sekretärin von Uwe Stein lag mit einem Magen-Darm-Virus im Bett, wie eine aufgeregte Praktikantin zu vermelden wusste. Als Verena sie zu Hause angerufen hatte, hatte sie sich bereit erklärt, ins Büro zu fahren, um der Polizei alle gewünschten Unterlagen zu übergeben und hatte dann aus dem Gedächtnis Steins Terminkalender der letzten zehn Tage referiert.

Die örtliche Polizeistation in Kleefeld und das Dezernat für Jugendkriminalität waren dabei, die üblichen Verdächtigen abzuklopfen.

Stollmann hatte Steins Wohnhaus besucht, die Witwe jedoch nicht zu Hause angetroffen. Das Haus war dabei, zum Wallfahrtsort zu werden. Kerzen, Blumen, Stofftiere, Fotos des Ermordeten in Plastikfolie.

„Manchmal glaube ich, die Leute beziehen ihre Einfälle für tiefe emotionale Situationen nur noch aus dem Fernsehen", sagte Stollmann. „Da sehen die Altäre, die Nachbarn errichten, genauso aus."

Erste Rundfragen bei Nachbarn hatten das Bild eines introvertierten, distanziert auftretenden Stein erbracht. Auch wenn man wohl nicht alles zum Nennwert nehmen konnte, was am Tag nach so einem scheußlichen Verbrechen geäußert wurde, war doch klar, dass Stein ein viel beschäftigter Mann war, der früh das Haus verließ und spät zurückkehrte, manchmal erst in der Nacht. Steins Kind fanden alle allerliebst, die Mutter gab manchen Rätsel auf. Einerseits war sie stets in Eile, wich jedem Klönschnack auf dem Bürgersteig und über dem Gartenzaun aus. Andererseits lag sie manchmal stundenlang auf der Terrasse oder ging ums Haus herum, einmal, zweimal, fünfmal, wobei sie nachdenklich wirkte. Und abwesend. Die Beamten hatten den Nachbarn die Worte „unglücklich, möglicherweise depressiv" angeboten, alle waren darauf eingestiegen, wenngleich sie versuchten, es zu relativieren und es keineswegs als Kritik verstanden wissen wollten.

Die Nachbarn wussten Frau Stein nicht einzuordnen, richtig warm war man mit ihr nicht geworden. Der Kontakt erschöpfte sich in zufälligen Begegnungen vor dem Haus. Gegenseitige Einladungen wurden nicht ausgesprochen, seitdem die Steins in der Anfangszeit mehrere Einladungen zu einem Glas Bowle oder einem Nachmittag am Grill kurzfristig abgesagt hatten – einige Male waren sie einfach nicht erschienen. Eine Nachbarin erinnerte sich an einen Brunch, zu dem Frau Stein mit der damals noch winzigen Katharina erschienen war. Die Mutter hatte unsicher und schüchtern gewirkt, war schnell wieder gegangen.

Zu möglichen Feinden von Uwe Stein konnte niemand etwas sagen. Man kannte den Politiker einfach nicht genug. „Ich habe ihn häufiger in der Zeitung als in natura gesehen", hatte ein älterer Mann angegeben, bevor sein Hund dem Beamten auf den Schuh gepinkelt hatte.

Als Nächste meldete sich Inga Schulz zu Wort. Auch ihre Kriminaltechnik und Forensik konnten noch keine nennenswerten Ergebnisse vorweisen. Allerdings stand jetzt fest, dass mit hoher Wahrscheinlichkeit kein Raubmord stattgefunden hatte. In der Jackentasche des Toten war eine Brieftasche mit 320 Euro gefunden worden. Auch Armbanduhr und Ring hatte der Täter verschmäht, ebenso das Handy. Die Kriminaltechnik war dabei, das Passwort zu knacken, um Zugang zur Mailbox und den zuletzt geführten Telefonaten zu bekommen. Die einzige konkrete Spur bestand in einem ziemlich frischen Fußabdruck am Fundort der Leiche. Größe 42, vermutlich ein Männerschuh, vielleicht auch der Sportschuh einer Frau. Das passte zu der Annahme, dass Stein von einem Golfspieler oder einer Person, die den Golfschwung beherrschte, erschlagen worden war. Die Spurentechnik arbeitete an dem Abdruck.

Verenas Assistentin, Petra Schramm, hatte mit einem Kollegen stundenlang Presseartikel zusammengetragen. In den vergangenen Monaten hatten alle Printmedien über Uwe Stein berichtet. Tagespresse, Magazine, Yellow Press. Die Medien liebten den Aufsteiger und nannten ihn „dynamisch, kreativ, unverbraucht, Hoffnungsträger". Bei so vielen Berichten konnten auch kritische Hinweise nicht ausbleiben. Die Art und Weise, wie er den Parteivorsitzenden bei der Wahl zum Kandidaten für das

Amt des Ministerpräsidenten ausgebootet hatte; das Modernisierungsprogramm, das kaltherzig, unsozial und arbeitnehmerfeindlich sei.

Dann war Stollmann erneut an der Reihe. Der Mann war ein Arbeitstier, das dachte man nicht, wenn man ihn in seinem chaotischen Outfit erlebte und seine derben Äußerungen hörte.

„Ich habe hier ein Fax von der Polizei in Papenburg. Uwe wurde vor 40 Jahren in Sögel geboren. Sein Vater hat sich als Gelegenheitsarbeiter durchgeschlagen, zuerst auf einer Werft in Papenburg, später als Arbeiter in einer Friedhofsgärtnerei. Mit Mitte vierzig wurde er arbeitslos und lebte seitdem von Sozialhilfe. Er trank zu viel und verstarb mit Anfang fünfzig. Und jetzt wird es spannend."

Stollmann blickte in die Runde, bis ihm der erwartungsvolle Pegel behagte.

„Steins Vater wurde auf dem Nachhauseweg von seiner Stammkneipe überfahren, am Küstenkanal, gegen Mitternacht. Als man ihn fand, war er schon tot. Er hatte drei Promille intus."

„Bedauerlich, aber was ist daran so weltbewegend?", wollte Hirschmann wissen.

„Der Mann, der ihn überfahren hatte, beging Fahrerflucht. Die Polizei ermittelte ohne Erfolg. Nach einem Jahr Einstellung des Verfahrens. Stein junior wurde mehrfach zum Tatabend befragt. Es gab zarte Hinweise, dass er an der Tat beteiligt gewesen sein könnte. Er war damals 16, also alt genug, um ein Auto zu lenken."

„Wenn auch ohne Führerschein", stellte Verena klar.

„Wenn auch ohne Führerschein. Aber es gibt viele Jugendliche, die ohne Führerschein Auto fahren, und auf dem flachen Land gibt es von denen mehr als in der Stadt."

„Dünn, Kollege, sehr dünn", knurrte Hirschmann. „Am ersten Tag nach dem Mord sind wir ja wohl hoffentlich noch nicht verzweifelt genug, um solche Dinge ernst zu nehmen."

„Hatte ich die Aufgabe übernommen, mich um Steins familiären Hintergrund zu kümmern oder nicht?", fragte Stollmann gereizt.

„Ist in Ordnung", sagte Verena verbindlich. „Wir behalten das im Auge und besorgen die Akten."

„Du meinst, ich besorge die Akten."

Sie lächelte ihn hinreißend an, er lächelte zurück und sagte: „Ich habe schon angerufen. Die Aufbewahrungsfrist ist abgelaufen, die Akten sind im Schredder."

Steins Mutter lebte noch. Sie verbrachte ihre letzten Jahre in einem Seniorenstift in Papenburg, sie hatte ein unauffälliges Leben geführt, über sie lag nichts Verwertbares vor.

„Wo liegt Sögel überhaupt?", fragte Verena. Sie hatte den Namen noch nie gehört.

Begeistert sprang Hirschmann auf die Frage an und quälte die schwitzende Runde mit einem peinigend detailreichen Erlebnisbericht über einen Fahrradurlaub, den er mit seiner Familie im Emsland verbracht hatte: Hümmling, Schloss Clemenswerth, Buchweizenpfannkuchen, eine Spezialität der Region und natürlich ein Besuch der Meyerwerft. Man konnte die Stichworte nicht so schnell vergessen, wie er neue nachschob.

Die Presseschau hatte keine Informationen über Steins Herkunft geliefert, man erging sich in Vermutungen über die Gründe. Von Politikern war doch bekannt, wie bereitwillig sie sich melancholischen Erinnerungen an unbeschwerte Kindheitsjahre hingaben.

„Ich hätte an seiner Stelle auch nichts gesagt", behauptete Stollmann. „Wer redet schon gerne über asoziale Verhältnisse?"

Ein Fall für Hirschmann, der keine Gelegenheit verstreichen ließ, seine Leute zu politisch korrektem Verhalten anzuhalten: „Wir wollen doch nicht übertreiben, Kollege. Arbeitslos ist nicht das Gleiche wie asozial."

„Stimmt Kollege. Sollte es nicht sein, aber dank der Hartz-Gesetze ist es so", knurrte Stollmann und mischte seine Unterlagen. Ein Papierhaufen, der vor ihm auf dem Tisch lag, sah nach wenigen Minuten aus, als habe er dort Monate verbracht. Sachlich und ohne persönliche Einwürfe brachte er Steins Werdegang zu Gehör. Abitur in Papenburg, Jura-Studium in Münster, mit 25 das erste Staatsexamen, danach Referendariat in Lingen, danach Wechsel in eine Anwaltskanzlei. Mit Anfang dreißig zog er in die Großstadt und kam in der Hannoveraner Kanzlei Hackmann und Partner unter, eine erste Adresse für Wirtschafts- und Steuerrecht. Er arbeitete dort zunächst als Angestellter, dann als Juniorpartner und schmiedete gleichzeitig an seiner Karriere in der Politik. Verheiratet war er mit Isabel, geborene Langner. Die gemeinsame Tochter Katharina war jetzt sieben. Frau Stein war Hausfrau.

„Was ist mit Hobbys?", fragte Inga.

„Du meinst, ob er Briefmarken sammelte?"

„Nein, ich meine, ob er Tennis oder Golf spielte."

Stollmann stieß einen Pfiff aus und musste passen. Keine Angaben über Hobbys. Die Homestorys schwiegen sich hierzu ebenfalls aus.

„Das ist doch das Problem bei den Karrieremännern", sagte Hirschmann. „Es bleibt keine Zeit für Hobbys."

„Sie meinen, wer Hobbys hat, arbeitet nicht genug?"

Er funkelte Stollmann an. Wahrscheinlich überlegte er, ob Stollmann über Hirschmanns Leidenschaft fürs Motorbootfahren informiert war.

Verena verteilte die weitere Arbeit. Besonders wichtig war, mit Anwalt Hackmann zu reden. Er würde wissen, mit welchen Fällen Stein befasst gewesen war und ob er sich mit Mandanten überworfen hatte. Sie selbst wollte mit Steins Witwe und mit seiner Mutter in Papenburg sprechen – morgens hin, nachmittags zurück.

Hirschmann, der trotz der Hitze über viel Sitzfleisch verfügte, berichtete über erste Gespräche mit der Parteizentrale der Bürgerpartei. Und mit dem Verfassungsschutz. Ihre Fühler haben die Kollegen zwar ausgestreckt, Bedrohungen gegen Stein seien dort aber nicht bekannt. Gegen den Innenminister ja, auch gegen den Ministerpräsidenten. Falls der Mord auf das Konto von Extremisten gehe, werde über kurz oder lang ein Bekennerschreiben auftauchen. Öffentliche Aufmerksamkeit sei für die das Wichtigste. Stollmann widersprach aus Prinzip. Verena beendete den Disput und referierte über die wichtigsten Fakten aus dem Gespräch mit Steins Fahrer. Am meisten interessierte sie der Termin im Schweizerhof.

Auch für das Gespräch mit dem Restaurantchef fand sich ein Kollege.

Von der Besprechung wollte Verena direkt zur Witwe fahren. Hirschmann gab grünes Licht, der Parteivorsitzende hatte der Witwe bereits seinen persönlichen Kondolenzbesuch abgestattet. Isabel Stein war wieder aufgetaucht.

19

Das Eigenheim der Familie Stein lag in der Walderseestraße, einer an der Eilenriede vorbeiführenden Ausfahrtsstraße. Die linke Seite war geprägt von Anwaltskanzleien, Architekturbüros, einer Tanzschule und Werbeagenturen, die sich in die alten Villen mit Flair eingemietet hatten. Verena Hausers Ziel lag am Ende der Straße, sie parkte unter Ahornbäumen und freute sich, nachher nicht in einen aufgeheizten Wagen steigen zu müssen. Wäre es Stein gestern Abend nur um frische Luft gegangen, hätte er nichts weiter tun müssen, als die Straße zu überqueren. Dann hätte er sich im Laubwald befunden.

Sie war gespannt auf die Witwe, über die sich nur ein einziges Pressefoto in den Archiven gefunden hatte. Merkwürdig für die Frau eines Spitzenpolitikers.

Haus und Vorgarten waren gepflegt. Der grüne Holzzaun hatte kürzlich einen frischen Anstrich erhalten, vom Zaun führte ein gepflasterter Weg zum Haus, die Ränder waren bepflanzt mit Fleißigen Lieschen in bunten Farben. Die blaue Schaukel und ein auf dem Rasen liegendes Kinderrad zeugten von heiler Kleinfamilie.

Isabel Stein musste hinter der Tür gestanden haben, so schnell wurde geöffnet. Sie war Mitte dreißig oder etwas älter. Stollmann hatte sich geirrt: Potthässlich war sie nicht, aber angespannt und das Gesicht verhärmt, unter den Augen hingen Schatten. Das musste nicht an den letzten Stunden liegen, das waren Schatten, die von länger anhaltendem Kummer zeugten. Isabel Stein trug eine schmal geschnittene Hose und einen schwarzen Pullover. Sie war eine dünne Frau, schmal bis zu der Grenze, ab der es beginnt, nicht mehr gesund auszusehen. Der langärmelige Pullover war bei der Hitze unangemessen.

Die Ermittlerin stellte sich vor, Frau Stein reichte ihr zur Begrüßung die linke Hand. Angeblich eine Zerrung des rechten Armes als Folge eines Sturzes. „Beim Saubermachen", sagte die Witwe als nachgeschobene Begründung.

Durch einen hellen Vorraum betraten sie das Wohnzimmer. Schwere dunkelrote Vorhänge hielten die Hitze draußen. Die Einrichtung bestand aus einer cremefarbenen, karierten Couchgarnitur, einer cremefarbenen Schrankwand, einem farbenfrohen Teppich sowie einem Esstisch für zehn Personen. Auf einer Seite lagen Bücherstapel.

Auf dem Glastisch, den sie ansteuerten, standen eine Flasche Mineralwasser und Gläser. Ohne zu fragen, schenkte die Witwe mit links ein Glas ein und reichte es der Besucherin. Sie setzte sich in den Sessel und lehnte sich zurück, als wollte sie so viel Abstand wie möglich schaffen.

Verena sprach ihr Beileid aus, die Witwe zeigte keine Reaktion. Verena trank einen Schluck Wasser, am liebsten hätte sie das kühle Glas gegen Wangen und Stirn gedrückt. Im Raum wurde es still, Verena blickte sich um, sie hatte es nicht eilig. Nur Amateure haben es eilig.

Dann begann sie. Sie sprach behutsam, vermied harte Formulierungen, bis die Witwe sagte: „Sie brauchen mich nicht zu schonen. Ich muss mich daran gewöhnen." Aber erst als sie darauf bestand, alle Einzelheiten zu hören, verwandelte sich Verena in eine Polizistin zurück.

Die letzten Momente im Leben von Uwe Stein brachte sie betont sachlich hinter sich. Die Arme der Witwe lagen auf den Lehnen, die Finger waren angespannt. Immerhin kein Taschentuch. Sie weinte nicht und fürchtete wohl auch nicht, damit zu beginnen.

„Zwei Fragen konnten wir bisher nicht zufriedenstellend klären, ich bitte Sie um Unterstützung. Wissen Sie, mit wem Ihr Mann gestern im Schweizerhof verabredet war? Wissen Sie, warum er danach in der Eilenriede war? Ob es berufliche oder private Gründe gab?"

Die Hände der Witwe lagen jetzt auf ihrem Schoß. Ihre Nägel waren rissig und ungepflegt. Entweder gärtnerte sie oder sie kaute Nägel.

„Ich habe keine Ahnung, mit wem Uwe gestern zusammen war. Er hatte fast jeden Abend Termine, auch schon vor dem Wahlkampf. Seitdem der Wahlkampf läuft, ist er jeden Tag bis spät in der Nacht unterwegs."

„Kommen hier Anrufe an? Aus der Parteizentrale oder von Kollegen, Journalisten?"

Nein, Uwe Stein hatte Beruf und Privatleben strikt getrennt gehalten. Hermetisch geradezu.

„Er hat das getan, weil er uns schützen wollte", beeilte sich die Witwe zu sagen. „Er wollte nicht, dass ich mir Gedanken mache."

Erwartete sie, dass Verena ihren Mann für diese Umsicht lobte? Die Witwe wusste zu berichten, dass Uwe abends häufig Politiker traf, auch Leute aus der Wirtschaft, Sponsoren, Wahlhelfer und Journalisten. Aber nur wenn keine Veranstaltung auf dem Programm stand. Im Wahlkampf war er viel im Land unterwegs. Der Flächenstaat Niedersachsen, das zweitgrößte Bundesland, war nicht günstig, um jeden Abend im eigenen Bett zu schlafen.

„Aber er hat es immer versucht“, betonte die Witwe. „Er hat gesagt, er schläft nur gut, wenn er Katharina vorher einen Kuss geben kann. Auf die Stirn.“

Irgendetwas fand Verena gespenstisch. Diese Beflissenheit. Diese Sucht, Zweifel zu zerstören, bevor sie überhaupt entstehen konnten.

Auch mit der Eilenriede kam Verena nicht weiter. Die Witwe konnte nicht weiterhelfen. Sie dachte über mögliche private Motive nach, aber ihr fiel niemand aus dem Freundes- und Bekanntenkreis ein, der in der Nähe des Wolfsgraben wohnte. Zeitweise war die Witwe sachlich wie eine Sekretärin, die in Kalendern blättert; wie ein Zeuge, der sich erinnern will, aber nicht fündig wird. Keine Tränen, keine Verzweiflung. Diese Tatsache fand Verena nicht erstaunlich, jeder Mensch hat seine eigene Art, mit Todesnachrichten umzugehen. Verena hatte alles erlebt: Schreien, Zusammenbrüche, Ohnmachten, sogar hysterisches Lachen. Sie war von Unglücklichen, denen sie die Todesnachricht überbracht hatte, angegriffen worden. Aber es gab auch die, die zu Eis wurden, sie brauchten diesen Schutz, er war ein sinnvoller Egoismus. Aber die Schatten unter den Augen und die tiefen Mundwinkel waren nicht über Nacht entstanden. Diese Frau war unzufrieden, vielleicht unglücklich. Das Leben war nicht nett zu ihr gewesen, Wünsche hatten sich nicht erfüllt, Ziele waren nicht erreicht worden.

„Sie sind der Mensch, der Uwe Stein am nächsten stand. Wir brauchen Ihre Hilfe. Denken Sie bitte nach, auch Kleinigkeiten helfen uns weiter. Mit wem war Ihr Mann befreundet? Eng und privat befreundet?"

Die Antwort kam ohne Zögern: „Mein Mann hatte keine engen Freunde, nur Parteifreunde. Mit Alfred Bitter hat er sich eine Zeit lang gut verstanden, aber seit dem Braunschweiger Parteitag herrschte Funkstille. Dann gibt es noch eine Landtagsabgeordnete, Marion Klaßen. Auf die hielt er große Stücke. Sie ist noch jung, erst Anfang dreißig. Sie wissen schon: die neue Politikergeneration, ehrgeizig, effektiv und betont sachlich. Nicht ideologisch, nicht volkstümlich. Politik als Managementaufgabe, nicht als Herzenssache. Und dann sein Wahlkampfmanager, Bernd Wagner. Die beiden haben oft telefoniert. Aber ob das über rein Dienstliches hinausging …?"

„Was ist mit Jugendfreunden?"

„Vom Studium, meinen Sie?"

„Oder noch weiter zurück. Aus der Papenburger Zeit."

Sie schüttelte den Kopf.

„Hat es Streit gegeben? Mit alten Freunden, meine ich?"

„Nein. Uwe konzentrierte sich auf seinen Beruf, erst auf die Kanzlei, dann auf die Partei. Dafür brannte er. Es ist ja auch eine Zeitfrage."

„Wie finden Sie das denn?"

„Dass er keine engen Freunde hatte? Ich bitte Sie, welcher Mann hat denn Freunde? Nehmen Sie den Alkohol weg und den Sport, was bleibt dann noch? Uwe im privaten Gespräch mit einem Mann – eine spaßige Vorstellung."

„Und Feinde? Hatte er Feinde?“

Die Witwe lächelte, fröhlich sah das nicht aus: „Sie kennen doch den Spruch: Hast du Parteifreunde, brauchst du keine Feinde. Natürlich gibt es in der Partei Neider. Es gibt immer Neider, wenn einer nicht so durchschnittlich ist wie alle anderen. Aber Sie denken doch an einen Mörder oder nicht? Nein, undenkbar. Die Partei hat damit nichts zu tun.“

Sie erwähnte von sich aus, dass sie früher für den Landesvorsitzenden gearbeitet hatte. Sie idealisierte diese Zeit nicht, aber es war unverkennbar, dass es damals offenbar harmonischer zugegangen war. Kumpelhafter. Mit Alkohol, Tratsch und geselligen Abenden.

„Apropos: Wie viel hat Ihr Mann getrunken?“

„Kaum. Ich meine: wenig. Uwe hatte sich immer unter Kontrolle. Deshalb betrachtete ihn die alte Garde ja so skeptisch. Sie hielten ihn für ungesellig. Wenn er sagte: ‚Wer Visionen hat, braucht einen klaren Kopf‘, verstanden sie das nicht.“

„Und Bitter? Wie sauer war der, als Ihr Mann plötzlich Spitzenkandidat war?“

„Begeistert war er ganz sicher nicht. Aber er musste es wohl oder übel akzeptieren.“

„Wie hart war Ihr Mann?“

Zum ersten Mal ließ sich die Witwe mit der Antwort Zeit. Auf ihrem Gesicht machte sich ein merkwürdiger Ausdruck breit, eine eigentümliche Mischung aus Wut und Angst. Verena hatte ins Schwarze getroffen.

„Er konnte hart sein. Wenn es sein musste. Er konnte auch weich sein, wenn er seine Tochter sah zum Beispiel.

Dann vergaß er sogar die Politik. Aber draußen – oh ja, er konnte knochenhart sein. Er musste das auch. Der Spruch mit dem Ponyhof ist albern, aber nicht falsch. Die Politik ist kein Ponyhof."

„Und was ist sie? Ein Folterkeller?"

Zum ersten Mal hatte sich Verena zu einer weniger sachlichen Bemerkung hinreißen lassen. Die Witwe starrte sie fassungslos an.

„Nun … Folter … nein, also wirklich. Wie kommen Sie jetzt darauf? So weit würde ich nicht gehen. Entschuldigen Sie mich für einen Moment."

Sie stand auf, verließ den Raum. Verena verlor keine Zeit damit, sich über ihr eigenes Verhalten zu ärgern. Sie sah sich um, blieb dabei aber sitzen. Dieser Raum wirkte auf unheimliche Weise beherrscht. Wie ein Ausstellungsstück, zwei, drei Spielsachen der Tochter durchbrachen die zwanghafte Ordnung. Aber der Raum verriet nichts. Keine Vorlieben seiner Bewohner, keine Abneigungen. Streng genommen ließ er nicht einmal erahnen, ob er bewohnt wurde.

Die Witwe kehrte zurück, sie hatte sich frisch gemacht, man roch es. Die Besucherin vom LKA fragte nach dem Braunschweiger Parteitag, auf dem die politische Freundschaft zwischen Bitter und Stein zerbrochen war. Als beide sich um die Spitzenkandidatur beworben hatten. Es war ein Aufstand, den Uwe Stein auf dem Parteitag inszeniert hatte. Vielleicht hätte Bitter Stein noch stoppen können – aber dazu hätte er innerhalb weniger Minuten reagieren und ihn politisch eliminieren müssen.

Stattdessen hatte er sich scheinbar gefügt. Aber wie es wirklich in ihm aussah, konnte kein Mensch sagen.

„Könnte es sein, dass Herr Bitter mit der Tat etwas zu tun hat?"

Die Witwe stieß ein ärgerliches Schnaufen aus. „Ich kenne Albi besser als die meisten. Für eine herzhafte Rempelei ist er immer zu haben. Für einen Mord – eine abwegige Vorstellung. Geradezu absurd."

Verena fragte nach anderen Politikern, erkundigte sich nach Drohungen – die Witwe wusste nichts.

„Haben Sie sich nicht gewundert, dass Ihr Mann gestern nicht nach Hause kam?"

„Ich habe es doch erst heute Morgen bemerkt. Wir haben getrennte Schlafzimmer – auch so eine Folge, wenn du einen Mann hast, der oft unterwegs ist und dich nicht stören will. Er hat nicht angekündigt, dass er über Nacht wegbleibt. Aber im Wahlkampf ist nicht alles planbar. Es ist durchaus vorgekommen, dass er kurzfristig auswärts schlief. Wenn ich mich darüber jedes Mal aufgeregt oder geängstigt hätte – nein, ein Politiker braucht eine Frau, die es ihm ermöglicht, Politiker zu sein. Ich habe versucht, dies für ihn zu sein."

Verena dachte: Du hast einiges über Politikerfloskeln gelernt.

„Und morgens, der Fahrer behauptet, er hätte mehrfach geklingelt. Weshalb haben Sie nicht aufgemacht?"

„Ich wollte nicht. Mir ging es nicht gut, ich hatte Kopfschmerzen. Ich konnte ja nicht ahnen, dass es der Fahrer war. Ich dachte eher an einen dummen Streich von den Jungen aus der Nachbarschaft auf dem Schulweg."

Verenas Blick streifte die Schuhe der Witwe. Eine 39 oder 40 könnte mithilfe der passenden Socken und Schuhe in eine 42 verwandelt werden.

Frau Stein war gestern Abend allein zu Hause gewesen, natürlich mit der Tochter. Zwei Telefonanrufe mit Bekannten gab sie freiwillig an und stellte Verena frei, dies zu überprüfen.

„Ich brauche also ein Alibi? Ist es schon so weit?"

„Frau Stein, wir müssen jede Möglichkeit in Betracht ziehen. Also müssen wir die unfassbaren Möglichkeiten so schnell wie möglich ausschließen. Das ist kein Misstrauen, das ist Polizeiarbeit. Wie Sie vorhin schon sagten: Auch mein Job ist kein Ponyhof."

Sie kam noch einmal auf mögliche Feinde zurück und fragte nach Zerwürfnissen in Nachbarschaft oder Verwandtschaft. Irgendetwas fand sich immer, Uwe Stein war kein Priester gewesen. Ein Politiker lebte von der Zuspitzung und manchmal würde er sich nicht ohne Kampf durchgesetzt haben.

Frau Stein schlug die Beine übereinander. Ein Hosenbein schob sich einige Zentimeter hoch und ließ nackte Haut sehen. Sie musste böse gefallen sein, die blauen Flecken waren beträchtlich. Rechter Arm, linkes Bein, ein bizarrer Sturz.

„Nein", antwortete sie, „mir ist nichts bekannt. Einmal gab es Ärger mit Dittmers, das sind die Leute zur Rechten. Jünger, großer Bekanntenkreis, am Wochenende war bisweilen viel Lärm. Wenn die Gäste dann gingen, war es drei oder vier und sie haben sich vor Uwes

Schlafzimmer lautstark unterhalten. Uwe hat es im Guten versucht und als das nicht fruchtete, hat er Dittmers einen Prozess in Aussicht gestellt. Die waren natürlich sauer, aber das ist über ein Jahr her und seitdem ist es auch ruhiger geworden. Ich meine, es ist doch normal, dass man sich mal kabbelt. Daraus kann ich doch keinen Mordverdacht … also wirklich. Sie müssen in Ihrem Beruf ja ein seltsames Menschenbild entwickeln."

Verena ließ sich nicht aus der Ruhe bringen.

„Ich habe es verhältnismäßig selten mit Menschen vom Typ Mutter Teresa zu tun. Was können Sie mir zur Familie Ihres Mannes sagen?"

„Eigentlich nichts. Das können Sie wörtlich nehmen. Uwe hatte keinen Kontakt. Seit unserer Hochzeit hat er niemanden getroffen."

„Auch die Mutter nicht?"

„Das wundert Sie, nicht wahr? Mich hat es auch gewundert. Er hat es mir nicht weiter erklärt, nur auf ein Zerwürfnis in seiner Jugend hingewiesen. Ich fand ihn etwas verbohrt, fanatisch fast. Man muss auch vergessen können. Aber das konnte Uwe nicht, er hatte das Gedächtnis eines Elefanten. Nein, auch mit seiner Mutter stand er nicht in Verbindung."

„Und wenn es kein verstandesmäßiger Entschluss war, alle Kontakte abzubrechen? Wenn etwas vorgefallen ist?"

„Das würde es mir leichter machen, Uwe zu begreifen. Aber ich weiß nichts."

„Sie ahnen etwas."

„Natürlich macht man sich Gedanken. Es muss etwas sehr Schlimmes in seiner Kindheit oder Jugend vorgefallen sein. Sprechen Sie mit der Mutter. – Was ist? Sie blicken mich so an?"

„Ich will Sie nicht kritisieren …"

„Sagen Sie es schon! Ich weiß, was Sie denken. Sie denken: Wenn sie ihren Mann angeblich so geliebt hat, warum hat sie dann nicht selbst mit der Mutter gesprochen. Ist es so?"

„Sie haben mich ertappt."

„Sie werden lachen, ich habe es Uwe immer wieder vorgeschlagen. Aber er wollte nicht. Und Extratouren waren bei ihm nicht drin."

„Wir haben Uwes Handy gefunden. Was ist mit seinem Notebook? In seinem Büro in der Parteizentrale ist es nicht."

Isabel Stein erhob sich.

„Es ist nebenan – im Gästezimmer. Uwe hat unser Gästezimmer als Büro genutzt. Wir hatten ja auch nie Übernachtungsgäste. Ich bringe es Ihnen. Allerdings sage ich Ihnen gleich, das Passwort kenne ich nicht."

Nach wenigen Minuten kam sie zurück, händigte Verena das Notebook aus. Es war klein genug, um in ihre Umhängetasche zu passen.

„Wissen Sie, ob Ihr Mann von Extremisten bedroht wurde?"

„Das hat der Parteivorsitzende mich auch schon gefragt. Nicht dass ich wüsste."

Verena kramte in der Tasche nach dem Silberetui mit ihren Visitenkarten und reichte eine der Witwe. „Wenn Ihnen noch etwas einfällt, rufen Sie mich unbedingt an. Auch wenn Sie es für nicht wichtig halten. Momentan hilft uns jedes Detail weiter, es gibt kein unwichtiges Puzzleteil. Was das Notebook betrifft, sie bekommen es zurück, wenn die Kriminaltechnik und meine Kollegen von der IuK sich damit befasst haben."

Die Leiche würde nicht vor Ende nächster Woche freigegeben werden, das musste sie der Witwe schweren Herzens auch noch sagen.

„Übrigens, Frau Stein, spielen Sie Golf?"

„Was? Golf? Nein. Das heißt, ich habe mal einen Schnupperkurs im Urlaub belegt. Ist aber schon viele Jahre her. Das war nichts für mich."

„Und Ihr Mann?"

„Hat nie gespielt."

„Sie sagen das so bestimmt."

„Weil ich's eigentlich komisch finde. Bei einem wie Uwe sollte man doch annehmen, dass er mit Golf in Berührung kommt. Schon damals, in der Kanzlei. Aber ihn hat es nie interessiert."

Frau Stein war sichtbar erleichtert, als sie die Besucherin zur Haustür begleitete. Verena nahm ihr das nicht übel. Niemand bekommt gern Besuch von der Mordkommission. Im Vorgarten saß ein blondes Mädchen auf der Schaukel, die Ähnlichkeit mit dem Vater war erstaunlich.

Das Kind rief: „Gibst du mir Schwung? Aber nicht so lahm!"

Verena nannte ihren Namen.

„Ich bin Katharina, aber nur zu Hause. In der Schule bin ich Kathi. – Hast du meine Mami besucht?"

Verena gab ihr einen stärkeren Schubs.

„Du bist hier wegen Papi. Er ist jetzt im Himmel. Gibt es im Himmel Schaukeln?“

Verena blieb eine Antwort erspart, denn die Mutter rief von der Haustür. Die Vorwärtsbewegung nutzend, sprang das Kind in hohem Bogen von der Schaukel und lief ins Haus.

20

Auf der Rückfahrt ließ die Polizistin das Gespräch Revue passieren. Eine disziplinierte, aber vermutlich keine starke Frau. Auch keine glückliche Frau, nicht einmal zufrieden, irgendetwas nagte an ihr. Die Ehe war nicht glücklich gewesen. Kein Wunder, dass Heile-Welt-Storys über die Familie nie erschienen waren. Uwe Stein wäre mit einem Handicap in sein neues Amt gegangen. Ob diese Frau willens und fähig gewesen wäre, Repräsentationspflichten zu übernehmen? Verena hatte Zweifel. Und dann der rätselhafte Sturz. Rechter Arm, linkes Bein. Natürlich konnte man so stürzen. Aber eins kam zum anderen und nichts im Leben der Isabel Stein schien hell und fröhlich. Bis auf Katharina natürlich, die in der Schule alle Kathi nannten. Doch reichte das für ein Motiv? Wohl nicht, beschloss Verena, während sie ihren Motor startete.

Im Büro, es war 18 Uhr, brachte sie sich auf den neuesten Stand: E-Mails, Notizen der Sekretärin und ein Dutzend fliegende Zettel. Die übliche Sammelwut in der ersten Phase von Ermittlungen. Sie checkte ihre Maileingänge, 40 seit dem Morgen, Routinefälle in ihrem Dezernat, die nebenher weiterliefen, und Hinweise auf mögliche Spuren im Mordfall Stein. Nichts Weltbewegendes war darunter. Verena leitete die E-Mails weiter.

Eine Nachricht von Petra Schramm: Der Landesvorsitzende der Bürgerpartei stand ab morgen früh in der

Parteizentrale zur Verfügung; Professor Zorn, der Wichtigtuer, hatte um ihren Besuch im Institut für Rechtsmedizin gebeten; die Spezialisten hatten das Passwort von Steins Handy geknackt, man wusste jetzt, mit wem er gestern Kontakt gehabt hatte. Kurz vor sieben hatte er mit Bernd Wagner telefoniert, davor war das Handy stundenlang abgeschaltet gewesen. Die Mailbox war mittags zuletzt abgehört worden. Sechs Eingänge. Ein Anrufer hatte aufgelegt, er wurde noch ermittelt. Zwei Anrufe von einer Frau Peters, die aufgeregt um Rückruf bat. Ein Anruf von Marion Klaßen, sie bedankte sich für Essen und Gespräch. Nach sechs ein Anruf von Töchterchen Katharina, die ihrem Papi „Gute Nacht" wünschte. Vielversprechend klang der Anruf eines Mannes namens Hübner. Er klang aufgebracht und wollte sich kurzfristig mit Stein treffen. Es ginge um die Deutsche Antriebstechnik. Der Tonfall war drohend, Hübner bat nicht, er forderte.

Verena Hauser erinnerte sich. War die Deutsche Antriebstechnik nicht das Unternehmen, über das die Presse berichtet hatte? Das Unternehmen, das fusionieren wollte? Sie suchte in den Ordnern mit den Zeitungsberichten über Stein, fand aber keine Hinweise. Dann griff sie nach ihrer Tasche, Zeit den Anwalt aufzusuchen. Eigentlich hatte Stollmann es übernehmen wollen, aber dann war ihm etwas dazwischen gekommen. Jedenfalls behauptete er es.

Für eine renommierte Anwaltskanzlei sah das gelb getünchte Haus unscheinbar aus. Das änderte sich, als

Verena das Treppenhaus betrat. Marmorfußboden, hochwertiges Treppengeländer, moderne Originalgemälde an den Wänden.

In der Kanzlei sorgte die Klimaanlage für mitteleuropäische Temperaturen. Nach der brütenden Hitze draußen ein Schock. Die Dame am Empfang war ausnehmend elegant, akkurat frisiert, trug eine Perlenkette und hatte einen erlesenen Kleidergeschmack. Verena kam sich in ihrer weißen Jeans und der ärmellosen Bluse schäbig vor.

Die Geschmackvolle führte sie in den Besprechungsraum. Es war für zwei Personen gedeckt, Tassen, Gläser und eine Alukanne, die hinter einem riesigen Strauß gelber Rosen verborgen war.

Sie setzte sich. Wohl war ihr bei dem Gedanken nicht, den Anwalt wieder zu sehen. Hackmann war seit ihrer letzten Begegnung nicht gewachsen, aber immerhin etwas schlanker geworden. Nicht mehr so dick, aber immer noch gut im Futter. Mit seinem rötlichen Gesicht sah er aus wie ein Landwirt und nicht wie ein erfolgreicher Fachanwalt.

Verena hatte die Wahl zwischen Wasser und Kaffee und kam gleich zur Sache: „Sie wissen natürlich, warum ich hier bin."

Hackmann verlor keine Zeit mit koketten Spielchen: „Eine schlimme Nachricht, ich konnte es nicht glauben, als ich es heute Morgen erfuhr. Ich glaube es immer noch nicht. Aber da Sie nun hier sind, ist wohl kein Zweifel möglich."

Verena glich die ihr vorliegenden Unterlagen ab. Über acht Jahre war Stein in der Kanzlei tätig gewesen, im letzten Jahr hatte er seine Tätigkeit deutlich zurückgefahren, vor sechs Monaten war er ausgeschieden, um sich ganz auf seine politische Karriere zu konzentrieren.

Hackmann sang das Loblied auf seinen Ex-Kollegen: „Er war intelligent, ehrgeizig und sehr effizient. Solche Talente fehlen in der Politik. Ich habe gerade mit seiner Frau telefoniert und ihr meinen Besuch angekündigt. Schreckliche Sache, das. Sie und die Tochter stehen jetzt ja ganz alleine da. Uwe und Isabel waren Einzelkinder. Es gibt wohl auch weiter keine Familie, die sie auffangen könnte."

Hackmann begann, die Kriminalbeamtin auszufragen: Verdächtige, Spuren, Reaktion der Medien. Der Golfschläger interessierte ihn besonders. Verena versuchte, den viel zu starken Kaffee trinkbar zu machen, erst mit Milch, dann mit Zucker.

Hackmann sah ihr eine Weile dabei zu, bevor er sagte: „Trinken Sie den besser nicht, der weckt Tote auf."

„Was hatte Stein bloß am einsamen Wolfsgraben zu tun und dann nach 22 Uhr?", rätselte er. „Vielleicht wollte er lediglich frische Luft schnappen", mutmaßte Verena. „Der Mann kam doch bestimmt kaum noch raus. Ständig Veranstaltungen. Oder Treffen in geschlossenen Räumen oder Lokalen."

„Eher nicht", widersprach Hackmann. „Uwe Stein war kein Frischluftfanatiker. Solange ich mit ihm zu tun hatte, zog es ihn nie nach draußen. Er nahm immer das Auto, selbst für die kurzen Strecken zum Gericht. Mit dem musstest du erst diskutieren, bevor ein Fenster geöffnet werden durfte. Und wenn er am Sonntag mit seiner

Tochter spazieren ging, war das jedes Mal bei der Montagsrunde Thema, so als ob er den Mount Everest bestiegen hätte."

„Wir halten es für möglich, dass der Mörder aus seinem früheren Mandantenkreis kommt. Bei Ihren Verfahren geht es doch um viel Geld, oder?"

„Ach Gott, was heißt viel?"

„Fünfstellig, sechsstellig. Oder mehr."

„Dann ging es um viel, ja. Aber ich traue natürlich keinem unserer Mandanten einen Mord zu. Zugegeben, nicht jeder ist eine Zierde des Menschengeschlechtes. Aber dieser Menschenschlag sucht sein Recht vor Gericht und besitzt auch das nötige Kleingeld für den Marsch durch alle Instanzen. Außerdem hat Stein fast alle Gerichtsverfahren gewonnen. Unser Oberfinanzgericht besitzt sehr kompetente Richter, die sich vom Finanzministerium nicht beeinflussen lassen. Sie entscheiden in der Mehrzahl der Fälle zugunsten der Steuerzahler. Die meisten unserer Mandanten sind dankbar, wenn sie unsere Kanzlei verlassen. Die Blumen hier sind vorhin vom Fahrer eines Mandanten abgegeben worden. Eine unangenehme Steuergeschichte. Es hätte schlimmer für meinen Mandanten ausgehen können."

„Der Mandant heißt nicht zufällig Baumgart?"

Der Anwalt ignorierte Verenas Frage. „Also nach Mord ist denen ganz bestimmt nicht zumute, eher nach Sekt, selten nach Selters."

„Vielleicht können Sie uns trotzdem eine Aufstellung der Mandanten geben, die Stein in den letzten Jahren betreut hat. Sagen wir in den letzten drei Jahren."

Hackmann seufzte: „Äußerst ungern. Ich muss Ihnen nichts zum Thema Datenschutz sagen.“

„Sie können sich darauf verlassen, dass wir die Liste mit der gebotenen Diskretion behandeln. Und bei aller Liebe, Herr Anwalt, Datenschutz und Mord, Ihnen muss ich nicht erklären, was Vorrang hat.“

Sie lächelte den Anwalt an und sagte: „Wir möchten außerdem gerne wissen, wer von Steins Mandanten Golfspieler ist.“

Hackmann lächelte zurück. „Die meisten unserer Mandanten sind Führungskräfte. Sie stehen unter hohem Erfolgsdruck und brauchen einen Ausgleich. Den holen sie sich auf der Jagd, beim Segeln oder eben auf dem Golfplatz. Aber das herauszufinden, ist allein Ihre Sache. Wir werden ganz bestimmt nicht unsere Mandanten anrufen und sie nach ihren privaten Neigungen fragen.“

Er seufzte: „Sei's drum. Ich habe Sie noch in guter Erinnerung, Frau Hauser. Leider, muss ich hinzufügen. Sie werden ohnehin keine Ruhe geben, bis sie die Mandantenliste haben. Mein Sekretariat wird Ihrem Sekretariat die Liste zufaxen. Wir haben Ihre Faxnummer?“

„Ich gebe sie Ihrer Sekretärin beim Rausgehen. Und sonst? Hatte Stein Ärger mit Kollegen? Oder mit Ihnen vielleicht?“

„Ich habe mich wohl verhört. – Aber Sie werden lachen, es gibt einen banalen Grund, weshalb Ihre Frage so absurd ist. Wir hatten nämlich keinen engen Kontakt, obwohl wir jahrelang Tür an Tür gearbeitet haben. Stein war ein sehr zurückhaltender Mensch. Er hat Kontakte vermieden, die das rein Berufliche überstiegen. Die einzige Person aus seinem privaten Umfeld, die er gelegentlich bei unseren Montagsrunden erwähnt hat, war seine Tochter. Auf die war er mächtig stolz."

„Lief was mit Frauen? Ich meine: Kolleginnen?"

Hackmann litt sichtlich unter Verenas Frage und verneinte. „Er hat seine Frau geliebt, da bin ich ziemlich sicher, auch wenn er sie vor uns versteckt hat."

„Was Sie über Stein berichten, hört sich für mich so an, als seien seine sozialen Fähigkeiten eher unterentwickelt gewesen. Eigentlich ungewöhnlich für einen Politiker."

„So hart würde ich das nicht ausdrücken. Möglicherweise war er privat ja ein ganz anderer Mensch. Private Kontakte bestanden zwischen uns nicht. Dazu wird seine Frau Auskunft geben können. Eine ganz reizende Person übrigens. Leider hat Uwe sie zuletzt nicht mehr zu unseren Weihnachtsfeiern im Restaurant Wichmann mitgebracht. Dort gibt es übrigens die beste Weihnachtsgans weit und breit. Kann ich nur empfehlen."

„Danke, ich kenne Wichmann." Ich habe schließlich jahrelang an den Weihnachtsessen, die mein Verflossener für seine Mitarbeiter gegeben hat, teilgenommen, hätte sie hinzufügen können. „Ich wundere mich immer noch, wie wenig Sie über den privaten Uwe Stein wissen."

„Anwälte sind Einzelkämpfer. Jeder macht sein eigenes Ding und redet nicht viel darüber. Das würden die Mandanten auch nicht schätzen. Steuersachen, ganz besonders Strafsachen, sind eine delikate Angelegenheit. Bei uns ist Diskretion oberstes Gebot. So gesehen hat sich Uwe vorbildlich verhalten."

„Wie war er als Kollege? Im Umgang mit den gleichgestellten Anwälten und den Mitarbeiterinnen im Sekretariat?“

„Ich weiß nicht, weshalb Sie so auf diesem Punkt bestehen. Sie können doch nicht im Ernst glauben, in meinem Haus einen Mörder zu finden. Es gab einmal eine Klage aus dem Sekretariat über Uwe. Er sei übertrieben misstrauisch und leide unter Kontrollzwang. Das hat die bewusste Dame frustriert. Ich habe darüber mit Uwe gesprochen und ihm eine andere Mitarbeiterin zugewiesen. Danach gab es keine Klagen mehr. Sie werden das aus Ihrem Haus kennen. Manchmal stimmt die Chemie nicht, das ist nichts Persönliches.“

„Und Sie selbst, hat zwischen ihnen die Chemie gestimmt?“

„Wir sind uns nicht an die Gurgel gegangen. Natürlich gab es auch mal kleinere Konflikte. In neun Jahren bleibt das nicht aus. Ich wette, Sie kriegen sich auch ab und zu mit jemandem aus Ihrem Kollegenkreis in die Wolle.“

Er brach ab, ihm war offenbar etwas eingefallen. Verena wartete ab.

Hackmann trat ans Fenster. Mit dem Rücken zu seiner Besucherin sagte er: „Einmal gab es eine Auseinandersetzung, die gravierender war. Es ging um einen potenziellen Mandanten, einen Litauer, mit erstem Wohnsitz in St. Petersburg und Zweitwohnsitz in Zürich. Er behauptete, Investitionen in Hannover tätigen zu wollen. Ich hatte von Anfang an einen komischen Eindruck. Manchmal hat man so ein Gefühl. Das ist noch kein Beweis, aber man wird vorsichtiger. Mit dem Mann stimmte was nicht. Als er davon sprach, dass sein Geldhaus das Bankhaus Vaduz sei, habe ich die Reißleine gezogen und ihn freundlich gebeten, sich eine andere Kanzlei zu suchen. Wir vertreten zwar auch Steuersünder gegenüber den Finanzbehörden. Aber mit Geldwäsche will ich nichts zu tun haben. Und darum schien es zu gehen. Stein sah das anders. Er meinte, ich würde den Teufel an die Wand malen, es sei nicht bewiesen, dass das Geld aus kriminellen Geschäften stamme. Das Mandat würde der Kanzlei viel Geld einbringen, es wäre falsch, darauf zu verzichten. Aber letztlich lag die Entscheidung bei mir und Stein musste sie akzeptieren, damals war er noch kein Juniorpartner. Das Ganze liegt über zwei Jahre zurück, ich sehe keinen Zusammenhang mit dem Mord."

„Der Litauer tauchte nicht mehr auf?"

„Bei mir nicht, nein."

Hackmann schaute auf seine Armbanduhr: „In fünf Minuten erwarte ich einen wichtigen Mandanten. Können wir zum Schluss kommen?"

„Ja, wie geht es übrigens Karla Heise und ihrer Mutter?", knüpfte Verena an die Staatskanzleimorde an.

„Karla? Ihr geht es gut, sie lebt jetzt bei mir. Sie haben vielleicht gehört, dass die Mutter von Karlas Freundin, Frau Klaus, und ich geheiratet haben. Karlas Mutter ist in Bayern geblieben. Sie hat in der Klinik einen Mann aus dem Allgäu kennengelernt, bei dem sie nun lebt."

Als Verena gegangen war, kehrte Hackmann in sein Büro zurück. Gegenüber spielte ein kleiner Junge auf dem Rasen Fußball, die Hitze machte ihm nichts aus. Hackmann ging zu seinem Schreibtisch hinüber und öffnete die untere Schublade. Der Umschlag lag noch dort, genau wie Stein ihn ausgehändigt hatte. Nicht unmöglich, dass der Inhalt Rückschlüsse auf das Tatmotiv lieferte. Aber das zu entscheiden, war nicht Hackmanns Sache. Er würde ihn der Person aushändigen, für die er bestimmt war.

Es war fast 21 Uhr, als Verena nach Hause fuhr und noch immer kein Gewitter in Sicht. Auf dem Anrufbeantworter war eine Nachricht von Schwester Hildegard aus dem Osnabrücker Seniorenheim, in dem Verenas Mutter seit Anfang des Jahres lebte. Der Zustand der alten Dame sei kritisch geworden, Bitte um baldigen Rückruf. Auch Dagmar bat um ihren Rückruf, es ging um Verenas Geburtstag. Kein Anruf von Jürgen.

„Eine gute Nachricht wäre wohl zu viel verlangt, eine einzige gute Nachricht“, murmelte Verena vor sich hin.

Seitdem vor knapp drei Jahren ihre Beziehung mit Franz in die Brüche gegangen war, führte Verena gelegentlich Selbstgespräche. Sie hielt das für eine komische Angewohnheit, einen Beweis, dass ihr das Alleinsein nicht guttat. Im Grunde wollte sie es auch nicht. Wenn Jürgen nur nicht …, ach Schiete, es brachte nichts, darüber nachzudenken. Prüfender Blick in den Spiegel: Ein Friseurbesuch würde ihr guttun. Wer nicht mehr auf sein Äußeres achtete, befand sich auf gefährlichem Weg.

Das Schlafzimmer war der kühlste Raum. Sie zappte sich durchs Fernsehprogramm, Wiederholungen, amerikanische Schinken, im Deutschen Fernsehen eine Talkshow. Der übliche Politikerstreit, Probleme wurden benannt, Schuldzuweisungen verteilt. Wann endlich kämen die Politiker auf den Gedanken, ihre Vorschläge nicht nur verbal an den Mann zu bringen, sondern umzusetzen? Das Gelabere war frustrierend. Sie schaltete den Apparat ab, griff zu den Schlaftabletten und knipste das Licht aus. Der letzte klare Gedanke war: Bloß nicht an Jürgen Ritter denken.

21

Uwe Stein ermordet! Deutschland ist entsetzt!

Spitzenkandidat der Bürgerpartei erschlagen aufgefunden

Der beliebte und angesehene Spitzenpolitiker Uwe Stein wurde gestern Morgen in der Eilenriede tot aufgefunden. Jemand hat den Politiker mit einem Golfschläger angegriffen und niedergeschlagen. Der zweite Schlag soll laut Polizeibericht zum Tod des Politikers geführt haben. Die Tat hat über Niedersachsen hinaus Entsetzen in Politik und Wirtschaft ausgelöst. In Berlin zeigten sich der Bundeskanzler, der niedersächsische Ministerpräsident und zahlreiche Politiker aus allen politischen Lagern schockiert.

Erschüttert zeigte sich auch Alfred Bitter, Landesvorsitzender der Bürgerpartei. Stein habe mit seiner Dynamik und seinem entschlossenen Eintreten für ein modernes Niedersachsen die Partei nach vorne gebracht. Die Partei trauere um einen ihrer fähigsten Männer. Vier Wochen vor den Landtagswahlen stelle die unfassbare Tat die Partei vor schwere Herausforderungen. Trotz des tief empfundenen Schmerzes sei sich die Parteiführung ihrer Verantwortung für Land und Menschen bewusst und habe die Gremien der Partei zu Beratungen eingeladen.

In der Parteizentrale wurde unterdessen ein Kondolenzbuch aufgelegt. Vor dem Haus bildete sich im Lauf des späten Nachmittages eine lange Schlange trauernder Menschen. Politiker aus den Niederlanden und Polen schickten Beileidsbotschaften, zu beiden Staaten unterhält Niedersachsen besonders enge Beziehungen. Empörung und Trauer äußerten auch führende Vertreter der Wirtschaft. Stein wurden seit Längerem gute Beziehungen zur deutschen Industrie nachgesagt. Es ist kein Geheimnis, dass ihn nicht wenige führende Manager gerne in verantwortlicher Position in Berlin gesehen hätten.

Die Allgemeine Niedersachsenzeitung führte erst vor wenigen Tagen ein Hintergrundgespräch mit dem Politiker (Bianca Fröhlich berichtete). Verlagsleitung und Chefredaktion teilen das Entsetzen über die sinnlose Tat und drücken den Angehörigen ihr tief empfundenes Mitgefühl aus.

Allgemeine Niedersachsenzeitung,
1. September 2011

Kurz nach vier wachte Verena Hauser auf. Sie wusste, dass an Schlaf nicht mehr zu denken war. Heute war ihr vierzigster Geburtstag. In jüngeren Jahren hatte an diesem Tag ein Geschenk neben ihr gelegen und ihr war Kaffee ans Bett gebracht worden. Heute war sie allein, der dritte Geburtstag hintereinander ohne Mann an ihrer Seite. Niemand, der sie in den Arm nahm und küsste. Niemand, der ihr gleich nach dem Aufwachen gratulierte. Durch das geöffnete Fenster drang eine Ahnung von Kühle. Kein Vogelgezwitscher, es ging auf den Herbst zu. Sie stand auf, bevor sich Wehleidigkeit breit machen konnte. Sie zog den Bademantel an, holte Eimer und Lappen. Nach einer Stunde war das Badezimmer sauber. Der Anblick der glänzenden Fliesen und Armaturen hob ihre Stimmung. Eine Angewohnheit, mit der sie jeden Mann aus der Wohnung vertrieben hätte. Aber einen Mann gab es ja nicht, nicht mehr oder so wie es aussah nie wieder. Müde vom Putzen legte sie sich aufs Bett, war sicher, nicht einschlafen zu können und schlief schon nach wenigen Minuten ein. Um kurz vor sieben verrichtete der Wecker sein gnadenloses Werk.

Über Nacht war es endlich abgekühlt. Die Menschen atmeten freier, obwohl die reinigende Gewitterfront um Hannover herumgezogen war. Auf dem Weg zur Arbeit kaufte Verena Tageszeitungen und eine überdimensionale Schachtel Pralinen. Sie wollte gewappnet sein, falls Kollegen vorbeikämen.

Auf ihrem Schreibtisch stand eine prächtige Vase mit 40 lachsfarbenen Rosen. Verena konnte es sich nicht verkneifen, die Köpfe nachzuzählen.

„Alles Gute zum Ehrentag und alles Liebe für dich. Dein J.“

Wenigstens hatte er ihren Geburtstag nicht vergessen. Sie wusste nicht recht, ob sie sich darüber freuen sollte. Das Gespräch von gestern saß ihr noch in den Knochen.

Keine Tageszeitung, die den Mord nicht auf der ersten Seite hatte. Uwe Stein wurde als größtes politisches

Talent der letzten Zeit gepriesen. Verena Hauser als Chefin der Sonderkommission kam fast überall vor, einmal begegnete sie sich sogar als Bild und fand sich unvorteilhaft getroffen. Oder waren ihre Falten um den Mund herum wirklich so tief?

Petra Schramm überreichte einen Gugelhupf, es gab Küsse und Umarmungen. Ihr Dezernat hatte für einen Geschenkgutschein vom Golfhaus zusammengelegt. Verena bedankte sich und versprach hoch und heilig, den obligatorischen Umtrunk in ruhigeren Zeiten nachzuholen. Die Arbeit nahm sofort Fahrt auf. Assistentin Petra hatte die Auflistung der Personen, mit denen Stein im letzten Monat über das Handy telefoniert hatte. Die älteren Verbindungsdaten würden später folgen.

Die meisten Anrufe gingen an Steins Büro, entweder ins Vorzimmer oder an Bernd Wagner, den Wahlkampfmanager. Marion Klaßen war eine häufige Gesprächspartnerin. Die Abgeordnete musste dringend befragt werden, zumal sie Stein noch kurz vor seinem Tod angerufen hatte. Die Namen Peters und Krause verloren im zeitlichen Vergleich an Bedeutung, beide hatte Stein im letzten Monat nur zweimal angerufen. Auch mit Bitter hatte er nur zweimal telefoniert, jedes Mal sehr kurz.

Zwei Kollegen werteten die Presseberichte des Tages aus, zwei weitere setzten die Befragung der Nachbarn fort. Die polizeibekannten Jugendbanden der Landeshauptstadt wurden abgeklärt, aber Verena erhoffte sich davon nichts. Das Stichwort war im ersten Schock mehr aus Hilflosigkeit in die Runde geworfen worden. Vom Verfassungsschutz erhielt Verena die Information, dass kein Bekennerschreiben aufgetaucht war. Das Thema Terroristen war damit gestorben.

Bevor sie das Dezernat verließ, um Alfred Bitter aufzusuchen, erkundigte sie sich nach Stollmann. Er gehörte traditionell zu den Letzten am Arbeitsplatz, aber Verena hatte sich auf einen Anruf mit Glückwünschen eingestellt.

Petra Schramm zeigte wieder einmal, wo ihre besonderen Talente lagen: in der lückenlosen Auswertung von Büroklatsch. „Der kommt bestimmt später. Ist schwer beschäftigt zurzeit. Er hat eine neue Freundin. Sie könnte seine Tochter sein. Ich habe sie noch nicht gesehen, aber wer sie gesehen hat, sagt, sie sieht viel zu gut für den Zausel aus."

Verena war überrascht, dann eingeschnappt. Warum musste sie diese Neuigkeit über den Flurfunk erfahren? Stand Stollmann ihr nicht mehr nahe genug?

„Daher das Freundschaftsband", murmelte sie. Er hatte es in den letzten Tagen demonstrativ hergezeigt.

Petra sagte: „Der Mann ist fünfzig und steckt voll in der Midlife-Crisis, da kann es gar nicht jung genug sein. Aber glauben Sie mir, sein Liebesglück wird nur von kurzer Dauer sein, dann macht sich seine junge Freundin vom Acker. Wenn sie klug ist, jedenfalls."

22

Im Vorzimmer des Parteivorsitzenden traf Verena auf Frau Stigler und sofort war die Erinnerung an die Staatskanzleimorde präsent. Die Stigler, noch immer bildschön und von oben herab, gab nicht zu erkennen, ob sie sich an die Kriminalbeamtin erinnerte. Dies war vermutlich der Tatsache geschuldet, dass ihre Erinnerungen an die damaligen Begegnungen nicht die besten waren.

In natura wirkte Alfred Bitter sympathischer als auf Fotografien. Er erinnerte Verena Hauser an ihren Vater. Die gleiche Statur und die gleichen schütteren silbergrauen Haare. Offenes Gesicht mit listig-verschlagener Note, aber nicht von der Art, vor der man sich in Acht nehmen musste. Er sah angegriffen aus, Wangen und Hals waren gerötet. Sein Lächeln wirkte aufgesetzt. Sein Handschlag war kernig, aber nicht so maskulin, wie sie es auch schon erlebt hatte.

Er bot ihr einen Stuhl an. Es gab Kaffee. Plötzlich stand Frau Stigler neben dem Landesvorsitzenden, drückte ihm eine Topfpflanze in die Hand und flüsterte ihm etwas ins Ohr. Verena konnte sich partout nicht vorstellen, was das zu bedeuten hatte, bis sie sich als verdutzte Besitzerin einer Geranie und herzlicher Grüße der Bürgerpartei widerfand.

„Aber woher wussten Sie …?“, fragte sie.

„Gute Frau, wir sind in Hannover und nicht in Berlin. Unsere Geburtstagslisten sind tip-top gepflegt.“

Verena war gerührt und ein wenig verärgert, denn nach diesem Beginn war es nicht leichter geworden, zur Pflicht zurückzukehren. Es war Bitter, der auf den Mord zu sprechen kam:

„Gibt es schon Hinweise auf den Täter?"

„Leider nein."

Bitter schüttelte bedenklich den Kopf und berichtete vom Ansturm der Medien. Zweimal waren die Computer unter der Last der E-Mails in die Knie gegangen. Längst beschränkten sich die Anfragen nicht mehr auf Deutschland. Halb Europa hing am Draht, rund ums Mittelmeer wollte man alles über Uwe Stein wissen. Selbst die Partnerregionen aus China und Indien waren mit von der Partie. Und dann die normalen Bürger!

Dann sagte Bitter: „Ich bin ein harter Hund, nach 30 Jahren Politik wirft mich so leicht nichts um. Aber diese Sache geht an die Substanz. Ich selbst war es, der Stein entdeckt und gefördert hat. Er war noch grün hinter den Ohren, als er mir das erste Mal über den Weg lief. Dann hat er eine furiose Karriere hingelegt. Und jetzt, vier Wochen vor dem sicheren Wahlsieg, das ..."

Er zündete sich eine Zigarette an, bot auch Verena eine an, die ablehnte.

„Ich hatte mit dem Rauchen aufgehört", sagte er. „Aber der Wahlkampf ist Gift für gute Vorsätze. Mein Arzt darf das nicht wissen, ich leide unter chronischer Bronchitis. Gut, dass er uns nicht wählt. Ich werde ihn nie auf einer Veranstaltung treffen."

„Haben Sie irgendeinen Verdacht?"

Bitter streckte sich und sagte: „Ich befürchte, ich kann Ihnen nicht weiterhelfen. Uwe war unser Spitzenkandidat, aber der Kontakt zwischen uns … wir waren keine Blutsbrüder." Er zögerte, pflückte etwas von der Zungenspitze und sagte: „Ehrlich gesagt, war unser Verhältnis nicht gut."

Mit einer heftigen Bewegung zerdrückte er die Zigarette im Aschenbecher. Ein kostbar aussehendes Stück. Verena hatte bei Befragungen auch schon Untertassen und halbe Tabakdosen erlebt. Er bemerkte ihren Blick.

„Schönes Stück, nicht wahr? Ein Geschenk eines Scheichs aus den Emiraten. Er hat sich letztes Jahr im INI operieren lassen, Gehirntumor. Ich habe ihn damals auf Bitten des Ministerpräsidenten in der Klinik besucht. Wenig später wurde ein Päckchen in meinem Büro abgegeben. Reines Gold, der Aschenbecher. Für sich schon ein Grund, nicht mit dem Rauchen aufzuhören."

Als er sprach, war es, als würde er vor sich hin sprechen und nicht für die Kriminalrätin. Er bezeichnete Stein erneut als „meine Entdeckung" und erwähnte, dass Stein als Student zur Partei gestoßen sei. Mit dem Umzug nach Hannover war der Kontakt enger geworden. Ein bitterer Zug erschien um seinen Mund. „Und ausgerechnet mich hat er hintergangen, eine böse Enttäuschung für mich. Ich habe ganz schön daran zu knapsen gehabt."

Verena wunderte sich über die Offenheit des Vorsitzenden. War er authentisch oder wollte er sie für sich einnehmen?

„Er war nicht zimperlich, unser Uwe. Wenn es um sein Fortkommen ging, kannte er kein Pardon. Das war mehr als gesunder Ehrgeiz. Narzisstische Züge in Kombination mit Machtbesessenheit, das trifft auf etliche Politiker zu, ich weiß. Bei ihm war es krankhaft, auch sein Kontrollzwang. Immer und überall wollte er die Nummer eins sein und andere Menschen beherrschen. Aber er war kompetent, hatte Ideen und er war erfolgreich. Erfolg macht sexy, besonders bei den weiblichen Wählern. Da kannst du so hässlich sein wie du willst. Und er war ja noch nicht einmal hässlich, sah aus wie George Clooney in Germanenversion."

Verena fand das nicht, aber dass Stein ein ansehnlicher Mann war, stand außer Frage.

Bitter setzte seinen Bericht fort. „Erfolg zählt mehr als Charakter, und die Politik ist besonders anfällig für Erfolg. Machen wir uns nichts vor: Die Menschen sehnen sich nach Lichtgestalten, in diesem Land noch mehr als woanders. Nicht wenige Deutsche hätten am liebsten wieder eine Monarchie, die sie im In- und Ausland repräsentiert. Weil sie diese nicht haben, suchen sie unter uns Politikern nach Vorbildern, an denen sie ihre Sehnsüchte abarbeiten können. Stein war so eine Lichtgestalt. Viele wollten so sein wie er: erfolgreich, gebildet und sexy."

Er seufzte und zündete sich noch eine Zigarette an.

„Was soll's, ich will nicht klagen, ich kenne den Stall in- und auswendig. Ich dachte, mich kann nichts mehr umhauen. Es war nicht leicht für mich, aber ich habe mich damit abgefunden, dass Stein der nächste Ministerpräsident wird. Ich fiel ja nicht ins Bodenlose, mir blieb ja der Parteivorsitz."

„Das ist der Deal gewesen, nicht wahr? Stein wird Ministerpräsident, Sie bleiben Parteivorsitzender."

„So sieht es aus."

„Was macht Sie sicher, dass Stein den Deal eingehalten hätte?"

Das Schweigen war unangenehm, die nächste Zigarette musste daran glauben.

„Sie lieben das offene Wort, Frau Hauser. Dann will ich mich nicht dümmer stellen als ich bin. Natürlich habe ich mich mit der Möglichkeit befasst, dass Stein nach der Wahl zum Rundumschlag ausholt. Er wäre nicht der erste Politiker gewesen, der die gesamte Macht in seiner Person vereinigt. Vielleicht hätte er auch einige Monate gewartet und erst dann Ansprüche angemeldet."

„Wie hätte die Partei reagiert? Wie hätten Sie reagiert?"

„Eine Partei ist nicht so klug wie die einzelnen Parteimitglieder glauben. Man kann sie mitreißen und bescheißen. Ich habe alles erlebt, was an Manipulation und Lenkung möglich ist. Ich könnte ein Lehrbuch schreiben. Wer weiß, vielleicht werde ich das eines Tages sogar tun. Wie ich reagiert hätte? Ein Indianer kennt keinen Schmerz. Und das Kämpfen habe ich auch nach 30 Jahren Parteiarbeit nicht verlernt."

„War das schon die Antwort?"

„Das wundert Sie, was? Ist aber so: Ich beschäftige mich mit der Frage, wenn sie sich stellt. Wenn Uwe Stein größenwahnsinnig geworden wäre, hätte ich in die Partei hineingehorcht. In alle Gliederungen, bis hinunter zum kleinsten Ortsverein. Ich hätte abgewogen, wie die Chancen stehen, um den Krieg zu gewinnen. Hätte ich mich gut gefühlt und ich meine jetzt: gesundheitlich, dann wäre ich in den Ring gestiegen. Wissen Sie, nicht jedem ist es gegeben, mit einem Umtrunk und einer Urkunde in den Ruhestand verabschiedet zu werden. Ich kenne die Partei besser als Stein, genau genommen bin ich das Herz der Partei, kenne jeden einzelnen Kreisvorsitzenden, die Ehefrauen und Kinder auch, die meisten jedenfalls. Ich habe geholfen, wenn es um Studienplätze oder Ausbildungsbetriebe ging. Ich habe die Partei immer als meine Familie betrachtet, mich für die Leute verantwortlich gefühlt. Vielleicht bin ich der Letzte dieser Art. Vielleicht ist Uwe Stein der Erste der neuen Art. Der Geschniegelten und Gestriegelten. Der effizienten Manager der Macht, die heute eine Partei leiten und morgen in ein Unternehmen der metallverarbeitenden Industrie wechseln und überall funktionieren sie."

„Klingt, als würden Sie von Robotern reden."

„Tatsächlich? Gut, dann bin ich verstanden worden."

„Sie hätten also den Kampf aufgenommen?"

„Bis zum letzten Mann." Er deutete an, dass er über Rückhalt in den Gremien verfügte. Er hatte auch einiges getan, um sich abzusichern: „Mit dem Vorsitzenden der Arbeitsgemeinschaft der Senioren hatte ich erst vor wenigen Tagen ein vertrauliches Gespräch. Tobias Wächter und ich waren uns einig, dass Stein für den Parteivorsitz nicht infrage komme. Noch nicht. Er war zu wenig in der Partei verwurzelt und hatte sich bisher auch nicht darum bemüht, Stallgeruch anzunehmen. Bevor der Mann

Parteifreunde zum Bier einlud, checkte er insgeheim Nutzen und Risiko ab. Wobei es ohnehin bei Weinschorle blieb, bestenfalls. Meistens war es Mineralwasser. Mit Wasser halte ich doch keine Partei zusammen. Stein fehlte es an Herz und Seele."

Dann sprach er über die Wünsche von Parteimitgliedern. Es gab die große Gruppe der Passiven, die wurden nur benötigt, um Mehrheiten zu organisieren. Die wollten aber auch gepflegt werden, mit regelmäßigen Besuchen zum Beispiel und Gesprächen in vertraulichen Runden. „Gespräche in einer Kneipe in Ostfriesland bei Mineralwasser erwecken kein Vertrauen, das kannst du vergessen. Daneben gibt es die Gruppe der Ehrgeizigen, der Mandatsträger. Die jubeln demjenigen zu, der Siege zu organisieren versteht und die Zahl der Mandate erhöht. Stein war für sie Garant für mehr Einfluss und vor allem Mandate. Die trinken auch Wasser, wenn es sein muss. Bei denen geht es um Kohle."

Verena stellte die leer getrunkene Tasse beiseite. Ihr gefiel die offene Art des Parteivorsitzenden.

„Ein Landtagsabgeordneter verdient genauso viel wie ein Ministerialrat. Ohne dessen Voraussetzungen erfüllen zu müssen. Und er kann nebenbei seinen alten Job weiter ausüben oder einen neuen. Als Berater, Anwalt, Versicherungsmakler oder Inhaber eines Einzelhandelsgeschäftes. Als Abgeordneter hast du große Freiräume. Warum sonst werden so viele Lehrer Abgeordnete? Mehr als die Hälfte der Abgeordneten des Landtages sind Lehrer. Es gibt zwar Sitzungswochen mit Anwesenheitspflicht, aber die

Freiheiten sind größer. Ein Abgeordneter kann seinen Tagesablauf selbst bestimmen – welche Termine er wahrnimmt, wo und wann und welche nicht."

Das war einleuchtend. Bitter zündete sich erneut eine Zigarette an. Für den maroden Landeshaushalt ist er ein Goldesel, dachte Verena.

„Wer einmal im Landtag ist, klebt an seinem Stuhl. Ein Mann wie Uwe Stein war für die meisten Abgeordneten eine Lebensversicherung. Natürlich gönne ich jedem sein geregeltes Einkommen. Aber wenn das die Hauptsache wird ...? Wenn Sie mich fragen, ist das mit ein Grund dafür, dass das Image des Politikers in den letzten Jahren dermaßen den Bach runtergegangen ist. Die Menschen im Land haben ein feines Gespür für die Mentalität ihrer Volksvertreter."

Frau Stigler erschien, brachte ein Blatt Papier. Sie würdigte Verena keines Blickes.

„Sie wollen bestimmt wissen, wie Stein seinen letzten Tag verbracht hat. Ich habe Frau Stigler gebeten, seine Termine für Sie zusammenzustellen. Für meinen Geschmack nichts Auffälliges dabei. Halb acht Büroarbeit. Es wird Sie nicht wundern, dass unser Uwe ein Frühaufsteher war. Anschließend Pressefrühstück im Hotel Maritim, danach Besuch in einem Seniorenheim. Mittags war er mit einer Abgeordneten unserer Fraktion essen, danach in Burgdorf. Versammlung der Spargelbauern, eine appetitliche Lobby. Allein wegen denen sollten Wahlen nur im Mai oder Juni stattfinden. Am späten Nachmittag eine längere Besprechung mit dem

Wahlausschuss. Ich war auch dabei und kann Ihnen versichern: keine besonderen Vorkommnisse. Uwe hat gewirkt wie immer, vielleicht ein wenig angeschlagen. Obwohl, seine Kondition war gut, er hatte auch was dafür getan. Wenig Alkohol, keine Zigaretten.

Kurz vor sieben hat er sich in den Schweizerhof fahren lassen. Was er dort wollte und mit wem er verabredet war, weiß keiner von unseren Leuten. Ich habe jeden Einzelnen befragen lassen und ihm dabei lange in die Augen geblickt. Vermutlich ein privater Termin."

Er reichte Verena die Aufstellung hinüber. Sie verriet ihm nicht, dass ein Beamter zur Stunde mit dem Restaurantchef sprach.

„Spielen Sie eigentlich Golf, Herr Bitter?"

„Sie halten mich für verdächtig? Also ehrlich, finden Sie das nicht abwegig, ausgerechnet ich soll den Spitzenkandidaten meiner Partei erschlagen haben? Ja, ich spiele Golf, recht gut sogar, Handicap 14,6. Ich habe allerdings länger nicht mehr gespielt, Wahlkampfzeit ist keine Golfzeit."

„Wir würden gern Ihre Golfausrüstung sehen. Können wir sie bei Ihnen abholen, noch heute?"

Er seufzte und stimmte zu.

„Wo waren Sie vorgestern Abend, Herr Bitter?"

„An dem bewussten Abend? Moment, ach ja, da hatte ich einen Termin in Celle, im Fürstenhof. Wahlkampf natürlich. Hintergrundgespräch mit Sponsoren der Wirtschaft, mit Imbiss und einem winzigen Schluck. Sie werden das natürlich nachprüfen."

„Wann genau war das Essen zu Ende?"

„Tja, wann waren wir fertig? Ich habe nicht auf die Uhr geschaut. Es dürfte halb zehn geworden sein, vielleicht etwas später."

Dann könnte er um zehn in Kleefeld am Tatort gewesen sein, rechnete Verena.

„Was haben Sie danach gemacht?"

„Ich bin nach Hause gefahren. Ich war seit sieben auf den Beinen, ein Termin nach dem anderen. Im Wahlkampf spürt man jedes Lebensjahr einzeln. Am nächsten Tag klingelte der Wecker um fünf, weil ich um acht in Emden sein musste. Ansprache vor Mitarbeitern der Nordseewerft. Böse Sache, das Werftensterben in Deutschland. Für die Region eine Katastrophe."

„Ihr Fahrer wird sicherlich bestätigen können, dass Sie Celle gegen halb zehn verlassen haben."

„Kann er nicht. Ich habe ihn nachmittags nach Hause geschickt. Der Mann pfiff aus dem letzten Loch. Niedersachsen ist ein Flächenland, Wahlkampf artet hier in Menschenschinderei aus. An manchen Tagen reißen wir tausend Kilometer herunter. Und in jedem Kaff musst du topfit und perfekt vorbereitet erscheinen. Du musst wissen, wie es um die Umgehungsstraße steht, wann das Dach der Schule geflickt wird und ob hundert Flüchtlinge auf den Ort verteilt werden. Die Leute erwarten das einfach. Nirgendwo ist man so schnell eingeschnappt wie in der Provinz. Müdigkeit zu zeigen, ist verboten. Immer präsent sein, immer lächeln und immer vergnügt wirken. Und vor allem: Namen merken, immer wieder Namen merken. Wenn du schwach mit Namen bist, wirst du in der Politik nichts. Ich schlafe zwischen zwei Terminen, mein Fahrer weckt mich rechtzeitig, damit ich noch in die Akten schauen kann, die mir mein Büro jeden Tag vorbereitet. Wahlkampf ist eine logistische Herausforderung. Natürlich macht er auch Spaß, du tust dir das nicht an, wenn es nur Quälerei wäre. Um es kurz zu machen: Vorgestern bin ich selbst nach Celle gefahren."

„Ihre Frau kann bestätigen, dass Sie gegen zehn nach Hause gekommen sind?"

Bitter zögerte. Er wollte etwas sagen, was wohl nicht besonders freundlich ausgefallen wäre. Sein Gesichtsausdruck imitierte das Gewitter, das sich über Hannover partout nicht entladen wollte.

Dann sagte er: „Meine Frau? Klar, die kann das bestätigen. Ohne Frau kein Alibi, klare Sache. Meine Sekretärin gibt Ihnen die Telefonnummer."

Er bat dann um Unterbrechung des Gespräches, weil er im Funkhaus des Fernsehen Niedersachsen für ein Interview vorgesehen war. Eine letzte Zigarette, letzte Plaudereien über die Parteiendemokratie in Deutschland. Verena sah erst jetzt, dass seine Finger gelblich waren. Ein Gelb, das sie spontan mit dem Raucher in Verbindung brachte.

Bitter empfahl Marion Klaßen und Bernd Wagner als weitere Gesprächspartner. Mit ihnen hatte Stein – wenn schon keinen privaten – so doch einen engen beruflichen Kontakt über einen längeren Zeitraum gehabt. Verena lauerte darauf, ob er sich zu einer vielsagenden Äußerung über Steins Kontakte zu Frau Klaßen hergeben würde. Aber da kam nichts. So ließ sie ihre Visitenkarte zurück und bat um Rückruf selbst bei kleinsten Ideen oder Erinnerungen, alles könnte wichtig sein. Verena Hauser ließ einen nachdenklichen Parteivorsitzenden zurück. Der zündete sich eine weitere Zigarette an und hatte es plötzlich nicht mehr eilig.

„Verbinden Sie mich mit meiner Frau", rief er ins Vorzimmer. „Und danach mit dem Innenminister!"

23

Verena trat ins Freie und es begann zu regnen. Sie rettete sich nicht unters Vordach, sondern hob ihr Gesicht dem Regen entgegen. Sanft, warm und weich fielen die Tropfen. Ein klassischer Landregen, Erquickung für Körper und Seele. Nicht nur Verena genoss den Wetterumschwung. Überall auf dem Parkplatz sah sie lachende Menschen. Ein Mann hielt die Arme ausgebreitet, zwei Frauen jagten sich juchzend. Verkehrte Welt, schöne Welt. Wenige Wochen noch, dann würden dieselben Menschen den vielen Herbstregen verdammen, sich nach wärmender Sonne sehnen. So war das, wenn man in der norddeutschen Tiefebene lebte.

Das Institut für Rechtsmedizin war auf dem Gelände der Medizinischen Hochschule untergebracht. Verena Hauser rannte ins Gebäude, der Regen machte ernst, er prasselte auf die Autos, der Boden dampfte. Das Foyer erreichte sie mit so viel Schwung, dass sie beinahe auf den glitschigen Steinen ausrutschte. Im Institut roch es traditionell nach Desinfektionsmitteln. Verena konnte sich mit dem Geruch nicht anfreunden, er erzeugte jedes Mal ein leichtes Gefühl von Übelkeit.

Professor Zorn erwartete sie schon. Er war besser gelaunt als am Vortag, seine Gesichtsmuskeln näherten sich einem Lächeln an.

„Ich habe eine Überraschung für Sie, Frau Hauser. Um den exakten Todeszeitpunkt zu bestimmen, habe ich eine Analyse des Mageninhaltes durchgeführt. Raten Sie, was ich gefunden habe!"

Sie spielte das alberne Spiel mit, um den Tyrannen bei Laune zu halten. Es freute den Professor, dass sie daneben lag.

„Biozide habe ich gefunden, was sagen Sie nun? Um ganz sicherzugehen, habe ich die Marshsche Probe durchgeführt. Sie hat das Ergebnis bestätigt."

„Sie haben Arsen in Steins Magen gefunden? Das ist in der Tat … Reste von Medikamenten können es nicht sein?"

„Nicht in dieser Menge. In Steins Magen befanden sich fast 20 Milligramm, sie wurden ihm nach meiner Einschätzung in den letzten acht bis zehn Tagen zugeführt. 50 bis 60 Milligramm sind tödlich. Hätte Stein weiter diese Rationen bekommen, wäre er in zwei bis drei Wochen gestorben. Natürlich nicht so spektakulär, Versagen der Nieren oder ein Herz-Kreislauf-Zusammenbruch. Das ist weniger dramatisch, aber tot ist tot, sage ich immer."

„Sie gehen davon aus, dass Herr Stein vergiftet werden sollte?"

„Daran kann kein Zweifel bestehen. Ihm wurden Biozide mit der Nahrung zugeführt. Eine tückische Sache. Normalerweise hinterlassen sie einen unangenehmen Geschmack. Wenn man sie aber jemandem mit Süßspeisen oder scharf gewürzten Speisen gibt, lässt sich das kaschieren. Womit wir auch gleich noch den Vorsatz bewiesen hätten."

„Es muss also jemand aus seinem engsten Umfeld gewesen sein?"

„Davon ist auszugehen. Vermutlich wäre es nicht einmal aufgefallen. Ein Politiker im Stress, der an Herzversagen stirbt, ist nichts Ungewöhnliches. Jeder Arzt würde davon ausgehen, dass Überforderung und ungesunde Lebensweise zu seinem Tod geführt haben. Stress ist einer der wichtigsten Auslöser für einen Herzinfarkt. Und Stein hatte barbarischen Stress. Ich hab ihn sehr geschätzt, hervorragender Mann."

„Dann hätten wir es also mit zwei Tätern zu tun. Einer wollte ihn vergiften, der andere hat ihn erschlagen."

Der Gerichtsmediziner nickte. Zorn war mit sich zufrieden.

„Vielleicht war es auch ein und derselbe. Er hat die Geduld verloren, wollte nicht mehr warten," spekulierte er.

„Das halte ich für wenig wahrscheinlich. Konnten Sie den Todeszeitpunkt konkretisieren?"

„Meine Vermutung hat sich bestätigt. Er wurde gegen 22 Uhr erschlagen. Sie müssen nur noch herausfinden, was er um diese Zeit am Wolfsgraben verloren hatte."

Verena dachte: Es bleibt dabei, ich mag den Kerl nicht.

„Behalten Sie das Stichwort Arsen einstweilen für sich", forderte sie Zorn auf.

„Sie haben mir gestern mehr als deutlich nahegebracht, dass ich die Presse nicht informieren soll. Ich bin nicht begriffsstutzig, Frau Hauser."

„Aber schrecklich empfindlich."

„Auch Männer dürfen empfindlich sein. Ich trete nicht an die Presse heran, aber das ist eine schwere

Prüfung. Was meinen Sie, was hier seit gestern los ist? Hundert Leute wollen ein Interview mit mir. Fernsehen Niedersachsen, GTV, Deutsches Fernsehen, alle sind hinter mir her."

Und du genießt es in vollen Zügen, dachte Verena.

„Ich weiß es zu schätzen, dass Sie standhaft bleiben."

Er spürte den freundlichen Spott hinter ihren Worten. Wie jeder Choleriker war er zwar schnell an der Decke, aber auch leicht zu besänftigen.

„Wenn mein Expertenwissen gefragt ist, werde ich mich dem Werben auf Dauer nicht entziehen können. Ich bin Wissenschaftler, es gehört zu meinen Aufgaben, die Öffentlichkeit mit exakten Informationen zu versorgen. Besser ich als die Scharlatane, die bei solchen Gelegenheiten aus ihren Löchern hervorkriechen und dummes Zeug erzählen."

„Ich habe nichts dagegen, wenn Sie sich als Experte zu bestimmten Fragen äußern. Aber Fakten aus dem Mordfall gehören nicht dazu. Ob und wann Informationen zum Mordfall weitergegeben werden, entscheiden wir. Wir allein."

Auf der Rückfahrt ins Büro fragte sich Verena, in was für einer Welt sie lebte. Stein war der beliebteste Politiker des Landes gewesen und doch gab es zwei Menschen, die ihm nach dem Leben getrachtet hatten. Noch hatte sie keinen Beweis, aber was den Giftmordanschlag anging, war sie sich ihrer Sache ziemlich sicher.

24

Radio Niedersachsen, Aktuelles aus der Region

Wie jeden Mittag um Punkt 13 Uhr begrüßt Sie die Redaktion von „Aktuelles aus der Region" zu aktuellen Hintergrundberichten. Am Tag eins der Entdeckung der Leiche des Spitzenkandidaten der Bürgerpartei ist die Suche nach dem oder den Tätern das beherrschende Thema. Die Ermittlungen des Landeskriminalamtes Niedersachsen laufen auf Hochtouren. Wie die Redaktion erfahren konnte, werden zur Stunde großflächig Befragungen von Anwohnern im Umkreis des Tatortes durchgeführt. Der Innenminister äußerte gestern Abend in einem Gespräch mit der Redaktion des Radios Niedersachsen die Vermutung, dass gewalttätige Jugendliche für die Tat verantwortlich sein könnten. Leider habe in letzter Zeit die Gewaltbereitschaft insbesondere der männlichen Jugendlichen mit Migrationshintergrund dramatisch zugenommen. Trotz der erheblichen Anstrengungen des Landes, mehr in die Bildung gerade auch dieser Jugendlichen zu investieren, seien Machoallüren in diesen Kreisen noch immer ausgeprägt und erwiesen sich als Integrationshindernis. Ähnlich ließ sich der Landesvorsitzende der Bürgerpartei, Alfred Bitter, ein. Sein Sprecher teilte außerdem mit, dass der Vorsitzende die Führungsgremien der Partei zu einer Krisensitzung einberufen habe. Noch ist offen, ob die Partei am Wahltermin in knapp vier Wochen festhalten will. Dazu mehr in den Abendnachrichten.

Im Studio begrüßen wir jetzt den Leiter des Institutes für Kriminalforschung, Herrn Professor Schulte. Professor

Schulte machte kürzlich mit einer bundesweit beachteten Studie über jugendliche Gewalttäter von sich reden, in der nachgewiesen wurde, dass Jugendliche muslimischen Glaubens bei Gewalttaten überdurchschnittlich vertreten sind. Er fordert mehr Anstrengungen bei der Integration insbesondere dieser Zuwanderergruppen.

Redaktion: Guten Tag, Herr Professor Schulte. Was sagen Sie zu der Vermutung, dass jugendliche Gewalttäter für den Mord an Uwe Stein verantwortlich sind?
Schulte: In meiner Studie habe ich nachgewiesen, dass sich Jugendgewalt fast ausschließlich gegen Gleichaltrige oder Jüngere richtet. Meist gegen Schwächere. Häufig treten die Täter in Gruppen auf und ihre Gewalt richtet sich gegen einzelne Jugendliche, die keiner Gruppe angehören. Oftmals handelt es sich um deutsche Jugendliche, vor allem in Situationen, in denen Letztere in der Minderheit sind. Körperliche Gewalt gegen Erwachsene ist hingegen die Ausnahme.
Redaktion: Könnte eine solche Ausnahme hier nicht vorliegen?
Schulte: Das ist unwahrscheinlich. Es gibt in Hannover zwar einige Stadtbezirke, in denen es gewaltbereite Jugendbanden gibt. Der Ortsteil Kleefeld, in dem die Leiche gefunden wurde, gehört allerdings nicht dazu. Die in Hannover auffällig gewordenen Straftäter unter den Jugendlichen haben Gewalt gegen Erwachsene nur eingesetzt, wenn sie sich provoziert fühlten. Davon können wir im vorliegenden Fall kaum ausgehen. Auch finden Gewalttaten von Jugendlichen meist dort statt, wo sie

sich schwerpunktmäßig aufhalten. In und vor Diskotheken, in U-Bahnstationen, auf Bahnhöfen und belebten Plätzen, wo sich Jugendliche treffen. Mir ist kein einziger Fall von Jugendgewalt dieser Brutalität bekannt, der in einem Stadtwald nach Anbruch der Dunkelheit stattgefunden hätte.
Redaktion: Sie gehen also nicht davon aus, dass der Mord von jungen Gewalttätern verübt wurde?
Schulte: Nein, das tue ich nicht. Auch wegen der Tatwaffe nicht. Gewaltbereite Jugendliche pflegen nicht Golf zu spielen.
Redaktion: Vielen Dank für das Gespräch, Herr Professor Schulte. Wir machen weiter mit der neuesten Single von Silbermond.

Marion Klaßen schaltete das Radio aus. Bitter und die Parteiführung würden sich über das Interview schwarz ärgern. Gewaltbereite Jugendliche waren ihre Wunschtäter, Professor Schulte hatte ihnen einen Strich durch die Rechnung gemacht, er würde unter der neuen Regierung keinen leichten Stand haben.

Marion hatte den Vormittag in ihrer Wohnung verbracht, hatte alle Termine für heute und morgen abgesagt. Sie wollte allein sein, um nachzudenken. Die Lücke, die Uwe hinterließ, tat weh. Er war nicht ihr Lebensgefährte gewesen, nicht ihr Liebhaber, nicht einmal ein enger Freund. Und doch empfand sie Leere und Mutlosigkeit. Die Vorstellung, dass es ihn nicht mehr gab, war deprimierend. Wie sollte es ohne ihn weitergehen: in der Partei, in der Landespolitik und in ihrem

Leben? Eine Frage, die sie sich immer wieder stellte und auf die sie keine Antwort fand.

Sie hatte von Anfang an nicht geglaubt, dass er von jungen Schlägern getötet worden war. Je länger sie darüber nachdachte, umso stärker wurde die Überzeugung, dass der Mord keine Zufallstat war. Jemand hatte Uwe in eine Falle gelockt und die Tat geplant.

Jetzt fragte sie sich, was diese merkwürdigen Anrufe zu bedeuten hatten, bei denen Uwe so weit zur Seite ging, bis niemand etwas mitbekommen konnte. Seine Hektik, wenn diese Anrufe kamen. Einmal hatte er eine Vase umgeworfen, weil er es so eilig hatte, sich von der Gruppe zu entfernen. Und alarmierender noch: sein Blick, den er manchmal aufgesetzt hatte, wenn er sich unbeobachtet fühlte. So unglaublich traurig und verloren. Beängstigend.

Und dabei kannte sein Weg nur eine Richtung: nach oben. Mit knapp vierzig Jahren war das Amt des Regierungschefs in Niedersachsen zum Greifen nahe, er hatte eine intakte Familie, eine entzückende Tochter. Er hatte keinen Grund zur Traurigkeit gehabt. Oder doch?

An Uwe hatte es Seiten gegeben, die sie nicht kannte. Sie hatte diese Anzeichen ignoriert, denn sie passten nicht in das Bild des forschen Politikers auf der Siegerstraße. Des erfolgreichen Mentors, in dessen Windschatten sie sich so wohlfühlte und nach oben segelte. Immer weiter nach oben.

Sie holte ein Bier aus dem Kühlschrank. Bier stand nur für Gäste bereit, sie selbst war Weintrinkerin. Heute schmeckte es ihr. Am Küchentisch sitzend, versuchte sie sich zu erinnern. Vor einigen Monaten, bei einer Veranstaltung des Bauernverbandes in Leer, war so ein Anruf gekommen. Sie hatte Wortfetzen mitbekommen, ohne es darauf angelegt zu haben. Von Zürich war die Rede gewesen. Uwe hatte auch einen Namen genannt, irgendwas mit S. Merkwürdig, dass sie sich immer nur die Anfangsbuchstaben merken konnte, eine Marotte seit ihrer Kindheit. Sie suchte ihr Handy, vielleicht wusste Wagner etwas. Er war ständig auf seinen Fersen, er musste mehr mitbekommen haben.

Er meldete sich sofort, schien erfreut, ihre Stimme zu hören.

„Hallo, Herr Wagner, wie läuft es bei Ihnen?"

„Tach, Frau Klaßen. Ganz schrecklich, das alles. Die gesamte Wahlkampagne war auf Uwe Stein zugeschnitten, will sagen, sie war für die Katz. In der Zentrale Hektik pur und die Pressemeute sitzt mir im Nacken. Albi ist den ganzen Tag unsichtbar, meine Sekretärin hat sich das Magen-Darm-Virus eingefangen und die Stigler, der man das von Herzen wünscht, spuckt mal wieder Gift und Galle."

Marion musste sich ein Lächeln verkneifen. Er konnte so erfrischend sein.

„Ich habe läuten hören, dass die Stigler Stress mit ihrem Mann hat."

„Kann ich nachvollziehen. Der Ärmste tut mir von Herzen leid. Wie geht es Ihnen nach dem Schock?"

„Es fällt mir schwer, mich an den Gedanken zu gewöhnen, dass Uwe nicht mehr da ist. Ich war ja mit ihm essen, kurz vorher. Er steckte so voller Energie und

Vitalität. Heute wollte er sein Schattenkabinett vorstellen."

„Sie hätten dazu gehört."

Eine Feststellung, keine Frage. Bei anderen hätten die Worte anzüglich geklungen, bei ihm nicht. Wagner war nicht missgünstig, Uwe hatte seine Loyalität mehr als einmal hervorgehoben. Marion mochte Wagner, er biederte sich nicht an wie viele andere Mitarbeiter im Politikapparat. Und sie schätzte die ironische Distanz, mit der er das Geschehen um sich herum kommentierte. Stein hatte ihn auf seine Art geschätzt und es gab nur sehr wenige Menschen, die Steins Sympathien genossen hatten. Genau genommen fielen ihr nur zwei ein, sie selbst und Wagner.

Auch Wagner stand auf der Liste derer, die nach dem Wahlsieg nach oben gespült worden wären.

„Kein Ministeramt für mich, er wollte mich zur Staatssekretärin machen. Alles andere hätte die Partei nicht geschluckt. Ich bin Anfang dreißig und erst seit Kurzem im Landtag, ich habe keine Hausmacht und, wenn man mal von Uwe absieht, keine Gönner. Mehr lag da nicht drin. Aber deshalb rufe ich nicht an. Ich würde mich gerne mit Ihnen treffen. Passt es morgen Vormittag, auf ein Frühstück im Mövenpick?"

„Das ist schlecht. Albi hat den Parteivorstand einbestellt, da kann ich nicht weg. Nachmittags ginge es. Sagen wir 14 Uhr. Gibt es einen bestimmten Grund? Soll ich irgendwelche Unterlagen mitbringen?"

„Keine Unterlagen. Nur sich selbst, ich will mit Ihnen reden, mehr nicht. Natürlich mache ich mir Gedanken, wer das getan haben könnte, Sie waren sein engster Mitarbeiter. Die Polizei scheint auf der Stelle zu treten, vielleicht … Nicht am Telefon, morgen Nachmittag."

Sie weiß etwas, und sie will nicht mit der Polizei darüber reden, ging es Wagner durch den Kopf, während er in seinem Schreibtisch nach Süßigkeiten suchte.

25

Schwester Hildegard erinnerte an den erbetenen Rückruf, Verena Hauser bekam ein schlechtes Gewissen. Das Telefonat war deprimierend, die Mutter wollte nicht mehr aufstehen.

Die Schwester sagte: „Wenn wir zulassen, dass Ihre Mutter den ganzen Tag im Bett bleibt, wird sich das negativ auf ihren Zustand auswirken. Je weniger aktiv Demenzkranke sind, desto schneller schreitet die Krankheit voran. Zuerst bleiben sie liegen, dann weigern sie sich zu essen und zu trinken und dann sterben sie. Aber das kann ein langer und quälender Prozess sein, manchmal zieht sich das über Jahre hin. Wir müssen dafür sorgen, dass Ihre Mutter aktiv bleibt. Vielleicht können Sie in den nächsten Tagen vorbeikommen und mit ihr reden."

Verenas Bemühungen, Kontakt zu ihrer Mutter herzustellen, liefen seit Monaten ins Leere. Der Zustand der alten Frau hatte sich beträchtlich verschlechtert, an manchen Tagen erkannte sie ihre Tochter nicht. Jetzt dachte sie, meine Mutter hat genug vom Leben, sie will sterben.

„Lassen Sie meine Mutter liegen. Wenn sie partout nicht will, soll sie auch nicht aufstehen."

Ein Zischen in der Leitung signalisierte, dass Schwester Hildegard nicht einverstanden war. Verena kündigte an, am Wochenende vorbeizukommen.

Erst jetzt bemerkte Verena den Kaktus auf ihrem Schreibtisch. Alles an ihm war klein, sogar die Stacheln. Eine einsame rosa Blüte ließ schon die Ohren hängen.

Auf einen Stachel gespießt, der Zettel mit Stollmanns handschriftlichem Glückwunsch. Er war auch schon origineller gewesen.

Auch Inga hatte ein Geschenk hinterlassen, Neuhaus Pralinen. Sie vertilgte drei davon als Ersatz für das ausgefallene Mittagessen. Und zwei weitere als Ersatz für den ausgefallenen Nachtisch.

Ali Hamad, der Fahrer, rief an. Herr Bitter habe ihn gebeten zu bestätigen, dass er seinen Chef um Punkt sieben vor dem Schweizerhof abgesetzt habe und danach weggeschickt worden sei. Mit wem sein Chef sich getroffen habe, könne er leider nicht sagen. Das wusste Verena längst, sie bedankte sich trotzdem und suchte den Rapport über die Vernehmung des Restaurantchefs heraus. Der Beamte wies ausdrücklich darauf hin, wie hilfsbereit und kommunikativ der Mann gewesen sei. Der Tisch sei telefonisch von einer Mitarbeiterin der Deutschen Antriebstechnik reserviert worden. Stein und der zweite Mann seien gleichzeitig eingetroffen. Den Politiker hatte der Restaurantleiter sofort erkannt, den anderen Herrn nicht. Die Herren hätten das Menü des Tages bestellt: Kürbiskernsuppe mit Kresse, als Hauptgang Kalbsgeschnetzeltes mit Gemüse und als Dessert ein Ananas-Sorbet. Dazu hätten sie eine Flasche Chardonnay getrunken, von dem aber mehr als die Hälfte stehen gelassen worden sei. Sie seien bis kurz vor zehn geblieben und hätten sich die ganze Zeit angeregt unterhalten. Streit sei nicht entbrannt.

Der Beamte, der den Bericht verfasst hatte, hatte inzwischen mit dem Büro des Vorstandsvorsitzenden der

Deutschen Antriebstechnik in Ulm telefoniert. Von dort hatte man ihm mitgeteilt, dass sich Herr Dr. Wolff, Vorsitzender des Vorstandes, seit zwei Tagen in China aufhalte. Er besuche in der Provinz Anhui eine Niederlassung seines Unternehmens und werde übermorgen zurück erwartet. Die Chefsekretärin bestätigte, dass ihr Chef gelegentlich mit Uwe Stein telefoniert habe, zum Zeitpunkt des Verbrechens könne er aber nicht in Hannover gewesen sein.

Der hartnäckige Beamte war schließlich im Vorzimmer des Aufsichtsratsvorsitzenden gelandet. Dr. Jahn hatte sich am Tatabend tatsächlich in Hannover aufgehalten. Die Sekretärin persönlich hatte bestätigt, den Tisch für zwei Personen reserviert zu haben. Ja, ihr Chef habe sich mit Uwe Stein treffen wollen, nicht zum ersten Mal übrigens. Sie habe Dr. Jahn vorgeschlagen, sich bei der Polizei zu melden, aber der habe davon nichts wissen wollen. Und Eigenmächtigkeiten schätze der Aufsichtsratsvorsitzende nicht. Mit Dr. Jahn selbst hatte der Beamte nicht sprechen können, der käme nur noch zweimal pro Woche in die Firma. Bevor die Sekretärin die private Nummer herausrückte, musste der Fahnder energisch werden. Jahns Haushälterin, bedeutend gesprächiger, hatte erklärt, dass der Herr Doktor auf dem Golfplatz sei und nicht vor 20 Uhr zurück sein werde. Seine Handynummer verriet sie nicht, der Doktor würde auf dem Golfplatz sein Handy ohnehin ausschalten, weil er seinen Sport sehr ernst nähme.

Von Stollmann – außer dem Glückwunsch – nichts Schriftliches, dafür ein ausführlicher Bericht aus der IuK. Alle Telefonnummern, die Stein im letzten Jahr angewählt hatte, waren penibel aufgelistet. Eine Nummer sprang sofort ins Auge: Sonja Schreiber. Stein hatte sie mehrmals in der Woche angerufen, vor fünf Monaten war der Kontakt abgebrochen.

Verena bat ihre Assistentin, die Schreiber ausfindig zu machen. Es dauerte nur Minuten. Sonja Schreiber wohnte nur einen Kilometer von ihrer Dienststelle entfernt.

Frau Schramm, heute ganz in Gelb, schlug vor, den Geburtstagskuchen anzuschneiden, keiner im Dezernat habe Zeit fürs Mittagessen gefunden. Eine Besprechnung mit Kaffee und Kuchen würde die Lebensgeister wecken. Verena hatte ihr Quantum an Süßigkeiten für diesen Tag intus und redete sich mit dem Besuch bei Frau Schreiber heraus.

26

Eine schmale Stichstraße, zugeparkt bis zum Anschlag. Stollmann hätte eine Lösung gefunden, er verfügte über eine reichhaltige Mischung aus Parkkarten: Kripo, LKA, Notarzt im Einsatz. Verena stellte ihren Wagen auf dem Parkplatz der Staatskanzlei ab, die nur wenige Schritte entfernt lag.

Sonja Schreiber wohnte im zweiten Stock, sie erwartete die Besucherin in der Wohnungstür. Die Frau war hochgewachsen, schlank, hatte halblange blonde Haare, große blaue Augen, eine Schönheit. Wenn man dicht vor ihr stand, erkannte man die andere Sonja. Das Gesicht war aufgedunsen, rote Flecken auf den Wangen, unter den Augen Tränensäcke. Der Händedruck war feucht und lasch.

Sie führte die Besucherin in ein kleines Wohnzimmer, hier war lange nicht gelüftet worden. Als Verena im Sessel saß, entdeckte sie die leeren Flaschen unter dem Beistelltisch.

„Ich komme in der Mordsache Uwe Stein. Sie standen mit ihm in Kontakt, bis vor fünf Monaten hat er sie mehrmals wöchentlich angerufen. Welcher Art war Ihre Beziehung?"

„Wir waren befreundet."

„Welcher Art war Ihre Freundschaft? Allzu viele Freunde hatte Herr Stein ja nicht." Ein giftiger Blick traf sie.

„Wir hatten eine Beziehung. Sind Sie jetzt zufrieden?"

„Ob ich zufrieden bin oder nicht, spielt keine Rolle, Frau Schreiber. Herr Stein wurde erschlagen, darum geht es. Deshalb interessiert mich, warum die Anrufe aufgehört haben."

„Wir haben uns getrennt." Die Stimme der Frau war leise und ohne Betonung. Sie musste unter großem Druck stehen, ihre Augen flackerten und wie es aussah, brauchte sie den größten Teil ihrer Kraft, um sich auf das Gespräch zu konzentrieren.

„Uwe wollte es so", fuhr sie fort. „Beziehungsweise Herr Stein. Und was Herr Stein wollte, wurde gemacht."

„Sie klingen bitter. Waren Sie mit der Trennung nicht einverstanden?"

Sonja Schreiber nestelte an ihrer Bluse und vermied es, Verena anzublicken. Die Bluse war schmutzig und zerdrückt, unter den Achselhöhlen zeichneten sich Schweißflecken ab.

„Das spielte keine Rolle. Er wollte es so. Aus Rücksicht auf die Karriere. Die Karriere war sein Ein und Alles, wichtiger als Essen und Trinken. Deshalb beendete er die Beziehung: weil er Angst um seine Karriere hatte. Ein künftiger Ministerpräsident und eine Geliebte, das gehe gar nicht, meinte er. In Italien ja, aber nicht in Deutschland und schon gar nicht in Niedersachsen mit dem katholischen Emsland. Und von mir wollte er Verständnis. Sagen Sie mal einem Feigling, dass Sie es ganz toll finden, wie feige er ist."

Die Fassade bröckelte. Sie war nicht nur traurig über den Verlust. Sie war vor allem zornig.

Hass stand auf Platz eins der Mordmotive noch vor Geldgier. „Wie lange ging es? Ihr Verhältnis meine ich."

„Fast zwei Jahre. Seinetwegen habe ich meinen Mann und meine Tochter verlassen. Wir wollten heiraten und eigene Kinder haben. Das hat Uwe am Anfang zumindest behauptet. Am Anfang war sowieso alles himmlisch. Das Erwachen kam später. Zu spät!"

Die Geschichte, die nun folgte, hörte Verena nicht zum ersten Mal. Es wäre ihr lieb gewesen, wenn sie diese Geschichte nicht aus eigenem Erleben gekannt hätte. Am Anfang stand die Euphorie: Sex und Gemeinsamkeit, jede Stunde zu zweit wurde genossen, es gab nur Gegenwart und das Warten auf die nächste Gegenwart. Bis sich der Alltag wieder in den Vordergrund schob. Sehr langsam und auch nicht kontinuierlich, sodass man die Warnzeichen lange ignorieren konnte. Und am Schluss folgte die bittere Erkenntnis, dass er seine Frau nicht verlassen würde. „Er hat seine Frau geliebt", hatte Bitter gemeint. Aber glücklich hatte er sie nicht gemacht, das stand fest. Vielleicht war seine Entscheidung aber auch nur der Parteiräson geschuldet.

„Nach dem Braunschweiger Parteitag machte er mit mir Schluss, und ich erkannte, dass ich eine Geliebte bin, die sitzen gelassen wurde. Wie banal! Ich wäre trotzdem bei ihm geblieben, auch wenn wir nicht geheiratet hätten, ich hätte mich mit den wenigen Stunden, den Heimlichkeiten und Versteckspielen abgefunden. Aber er servierte mich eiskalt ab."

Ihre Stimme klang verbittert.

Vor Verenas Augen erschien das Gesicht von Franz. Auch er hatte Knall auf Fall Schluss gemacht, nach sieben Jahren. Die Erinnerung wollte auch nach mehr als zwei Jahren nicht altern. Und jetzt das Desaster mit ihrem Chef, der Schluss gemacht hatte, bevor es richtig angefangen hatte. Enttäuschung nagte nicht nur an der Frau, die ihr gegenüber saß. Gerne hätte Verena etwas Tröstliches gesagt. Aber das hätte die Balance in der Beziehung der Frauen verändert. Sie war Kriminalbeamtin, die in einem Mordfall ermittelte. Vor ihr saß eine Verdächtige. Da konnte sie keinen Satz der Güteklasse „Sie sind noch jung“ ablassen.

„Heißt das, Sie haben ihn seit fünf Monaten nicht gesehen?“

„So ist es. Uwe Stein war ein konsequenter Mann. Was er machte, machte er gründlich.“

„Spielen Sie Golf, Frau Schreiber?“

Zum ersten Mal blickte sie Verena an.

„Sie fragen das, weil er mit einem Golfschläger ermordet wurde, nicht wahr? Ich bin eine Verdächtige. Weil ich ihn geliebt habe. Sie glauben, dass ich mich gerächt habe?“

„Beantworten Sie meine Frage.“

„Ich habe vor einigen Jahren Golf gespielt. Mein Ex-Mann und ich haben es zusammen gelernt. Ein Trainer für uns beide. Wir haben die Platzreife gemacht, es hat Spaß gemacht. Golf war schön und etwas zusammen zu erarbeiten, war schön. Dann kam Uwe ins Spiel, damit war das Thema Golf erledigt. Uwe hatte daran kein Interesse, wohl auch keine Zeit.“

Sie hatte im Burgdorfer Golfklub gespielt, in Ehlershausen, einem kleinen, von Wäldern umgebenen Städtchen zwischen Hannover und Celle.

„Was haben Sie vorgestern Abend gemacht?"

Sonja Schreiber strich über ihren Rock, als würde ihr die Geste beim Nachdenken helfen.

„Ich kann mich im Moment nicht erinnern. Vermutlich war ich hier, wie meistens. Es kann auch sein, dass ich auf dem Maschseefest war. Das ist ja gleich um die Ecke."

„Waren Sie dort oder nicht? Sie werden es wissen."

„Ja, ich war dort. Und bevor Sie fragen: Ich war allein."

„Gibt es jemanden, der sich an Sie erinnert? Haben Sie etwas gegessen. Oder getrunken?"

„Eher getrunken", murmelte sie und kicherte in sich hinein. Kein Zweifel, die Frau war ein Wrack. Sie erwähnte das Weinhaus Wolf, angeblich gab es auf dem Fest einen Weinstand. Verena fragte nach der Zeit, es war ein mühsames Geschäft.

Plötzlich fuhr die verlassene Geliebte auf. Nun wollte sie ferngesehen haben, die Serie im Fernsehen Niedersachsen, mit den Nonnen und dem Kloster Kaltental. Sie war also zu Hause gewesen, ihre Erleichterung schien echt. Was für ein jämmerliches Schicksal: Sie war glücklich, weil es ihr gelang, sich an einen Abend zu erinnern, der keine 48 Stunden zurücklag.

Sonja ging zum Fenster, öffnete es aber nicht. Ihre Strumpfhose hatte Laufmaschen, der Rock wies einen dunklen Fleck auf. Blut?

„Danach habe ich noch ein Glas Wein getrunken und bin ins Bett gegangen." Ein Glas ist gut, dachte Verena und „also kein Alibi".

Verena fragte nach Steins Privatleben. Was hatte die Geliebte davon mitbekommen? Die Antwort überraschte sie nicht. Auch Sonja gegenüber hatte sich Stein sehr zugeknöpft gegeben. Ankommende Anrufe hatte er abgewürgt oder war nach nebenan gegangen. „Ehrlich gesagt, haben mich seine Projekte nicht interessiert. Denn um Privates ging es bei diesen Anrufen bestimmt nicht. Sein Ton war immer sehr geschäftsmäßig."

Zu Verenas Überraschung begann sie zu schwärmen. Der Erfolgsmensch Uwe, energisch und zielstrebig. „Für mich war es Liebe auf den ersten Blick. Bis zu dem Tag, als ich Uwe traf, habe ich mich mit meinem Mann gut verstanden. Egon und ich kannten uns von der Schule. Wir hatten immer das Gefühl, dass wir zusammengehören. Von meiner Seite war es nicht die große Liebe, aber er hat mich geliebt, er hat immer zu mir gehalten. Unsere Ehe war nicht aufregend, aber ich wusste, wohin ich gehörte. Und dann war alles vorbei, alles weg, Mann, Kind. Vor allem mein Kind. Und dann auch noch Uwe!"

Sie begann zu zittern. Ihr Blick war fahrig, in ihren Augen standen Tränen. Kaum zu glauben, aber sie liebt ihn noch immer, dachte Verena. Sie war erleichtert, die trostlose Wohnung hinter sich lassen zu können. Uwe Stein hatte Opfer produziert. Das, was ihm im Beruf geholfen hatte, hatte ihm sein Privatleben erleichtert. Er hatte kein Problem damit gehabt, emotionale Altlasten abzustoßen. Die Brutalität des Machtmenschen.

Bei Franz war es nicht die Karriere gewesen, sondern eine jüngere und attraktivere Frau. Letztlich kam es aufs

Gleiche raus. Aber Verena hatte einen Beruf, der sie auffing. Sie saß nicht zu Hause herum und trank zu viel wie Sonja Schreiber. Sie hatte sich ihr Selbstbewusstsein erhalten. Wenigstens das. Sie versuchte, den Geruch der schäbigen Wohnung und die trostlosen Augen der Bewohnerin aus ihren Gedanken zu verdrängen.

27

Die zweite Sitzung der Soko Stein dauerte nicht lange. Mehrere Kollegen hatten sich krank gemeldet. Das lästige Magen-Darm-Virus lichtete die Reihen in den Büros der Landeshauptstadt. Stollmann, der Verena zu Beginn an sich gedrückt hatte, um ihr Glück und Segen zu wünschen, berichtete über sein Gespräch mit Bernd Wagner. Der Wahlkampfmanager hatte bestätigt, dass Stein ihn an seinem Todestag kurz vor 19 Uhr angerufen hatte, angeblich war es um die Termine des nächsten Tages gegangen. Stein habe sich wie immer verhalten, er habe nicht aufgeregt gewirkt und nicht verängstigt. Ein wenig angespannt vielleicht, aber das schon den ganzen Tag. Bei den vielen Terminen und dem Wahlkampfstress kein Wunder.

Anschaulich schilderte Stollmann die Verhältnisse in Wagners Büro, die chaotische Ordnung, haufenweise Broschüren und Plakate, pausenlos Anrufe und mittendrin Wagner, der versuchte, Herr des Geschehens zu bleiben.

Mehr ließ sich Stollmann nicht entlocken, dabei musste er mehr erledigt haben als das Treffen mit Wagner. Verena regte sich darüber nicht mehr auf. Stollmann ging und kam, wie er wollte. Sein Ermittlungsstil war konfus, ohne klare Struktur. Und doch hatte er immer wieder Erfolg, wo andere sich verfransten und nicht weiterkamen.

Zwei andere Kollegen hatten Steins frühere Sekretärin in ihrer Wohnung aufgesucht. Sie war immer noch krank, geschwächt und verheult. Steins Tod hatte sie schwer mitgenommen. Für einen großartigen Mann wie Uwe Stein arbeiten zu dürfen, sei wahnsinnig spannend gewesen, habe sie zu Protokoll gegeben. Er habe viel verlangt von seinen Leuten, auch von ihr, sei aber immer fair und korrekt gewesen, nie ausfallend, jedenfalls ihr gegenüber nicht. Ihre Trauer war nicht gespielt, die Beamten hatten keine Zweifel.

Nichts Neues von den Kollegen aus Kleefeld. Stein war von niemandem gegen 22 Uhr gesehen worden. Die Polizei hatte sich alle jungen Leute und insbesondere die polizeibekannten Intensivtäter vorgenommen, die in der Vergangenheit auffällig geworden waren. Jeder besaß ein Alibi, keiner war auch nur in der Nähe des Tatortes gewesen. Keiner kannte Uwe Stein. Mit Politik hatten sie nichts im Sinn. Die meisten durften ohnehin nicht wählen, weil sie entweder zu jung waren oder nicht die deutsche Staatsbürgerschaft besaßen.

Die einzige Überraschung an diesem Nachmittag lieferte Verena Hauser. Der Arsen-Befund des Institutes für Rechtsmedizin verschaffte der bis dahin lustlos wirkenden Truppe neuen Elan. Weil die Ex-Geliebte als Gifttäterin vermutlich ausschied, blieben die Ehefrau und Steins Sekretärin übrig. Beide hatten Möglichkeiten gehabt, ihm Arsen über Getränke und Nahrungsmittel zu verabreichen – nicht nur einmal, sondern über einen langen Zeitraum. Stollmann gab zu bedenken, dass auch Kollegen aus der Parteizentrale infrage kämen, überhaupt jeder, der Zugang zur Kaffeeküche und zur Kaffeemaschine besaß. Der Parteivorsitzende auch. Man war sich jedoch einig: An erster Stelle stand die Ehefrau. Verena würde mit ihr sprechen.

Nachdem die Aufgaben für den kommenden Tag verteilt waren, löste Verena die Besprechung auf. Das vereinbarte Treffen am morgigen Spätnachmittag sorgte bei einigen der älteren Beamten für missmutige Mienen. Sie waren es gewöhnt, um vier Feierabend zu machen, taten sich schwer, eingefahrene Gewohnheiten zu ändern.

Allein in ihrem Büro streckte Verena die Beine weit von sich. Endlich wieder Temperaturen, bei denen man durchatmen konnte. Sie bedauerte es nicht, dass ihr Geburtstag einen unprosaischen Verlauf genommen hatte. Es war ihr recht so. Wichtig war im Moment einzig und allein der Fall. Die Zahl der Anfragen wurde nicht geringer. Öffentlichkeit und Medien fühlten sich durch bisher ausgebliebene heiße Spuren ermuntert, wilde Mutmaßungen anzustellen. Politiker aus der dritten Reihe gaben ihren Senf ab. Namen, die niemand kannte.

Verena schrieb die Namen der Personen auf, die sie vernommen hatte. Hackmann fiel als Täter aus, die Mandanten vermutlich auch. Bitter, der Landesvorsitzende, die Ehefrau und die abgelegte Geliebte besaßen ein Motiv und kein Alibi. Zwei hatten zugegeben, Golf zu spielen. Eine Person hatte versucht, Stein zu vergiften. Unwahrscheinlich, dass diese auch zugeschlagen hatte. Angenommen, die Ehefrau war die Giftmischerin, fiel sie als Mörderin aus.

Es wurde Zeit, Dr. Jahn anzurufen. Der Aufsichtsratsvorsitzende gab sich kühl und herablassend, war hörbar genervt über die Störung am Abend. Wie ein pflichtgemäßes Zugeständnis klang es, als er sein Bedauern über den Tod des Politikers äußerte. Stein habe die richtigen Antworten auf die drängenden Fragen der Zeit gehabt, behauptete Jahn. Er sei kein Sozialträumer gewesen wie so viele andere Politiker, er habe im Hier und Jetzt gelebt.

Ja, am Mordabend habe er mit Stein zu Abend gegessen. Der Grund des Treffens? Eine firmeninterne Angelegenheit, nichts, was für die Öffentlichkeit bestimmt sei. Solche Äußerungen vertrug Verena Hauser schlecht. Sie machte dem Geheimniskrämer klar, dass es um einen Mordfall ginge und es am Verlauf dieses Telefongespräches läge, wie diskret oder lautstark die Ermittlungen ablaufen würden.

Jahn schluckte die Zurechtweisung und rückte mit Interna heraus. Es sei um eine eventuelle Übernahme der Tawes AG durch die Deutsche Antriebstechnik gegangen. Das sei alles sehr heikel, nicht spruchreif und streng vertraulich, wofür er um Verständnis bäte. Zwar habe es in den Medien vereinzelte Andeutungen gegeben, zuletzt im Wirtschaftsblatt, aber das sei reine Spekulation. Nach Steins Tod werde das Projekt verschoben, vielleicht auch gar nicht mehr realisiert. Ohne Steins Rückendeckung werde der Gegenwind zunehmen. Auf Arbeitnehmerseite gebe es massive Vorbehalte. Der Betriebsratsvorsitzende der Tawes AG, ein gnadenloser Populist und Gewerkschaftler, der die Zeichen der Zeit noch immer nicht verstanden habe, der Mann heiße Hübner, organisiere den

Widerstand gegen die Deutsche Antriebstechnik. Er sei einer von denen, die sich gegen notwendige Reformen wenden und jede Kostensenkung für eine Ausgeburt des Teufels halten. Ein Sozialist, der die letzten 20 Jahre verschlafen hätte. Die Polizei sei gut beraten, sich näher mit dem Mann zu beschäftigen. Nichts für ungut, niemand wolle jemandem etwas anhängen, aber Hübner profitiere von Steins Tod.

Wie lange das Essen gedauert habe? Bis halb zehn etwa. Er habe Stein angeboten, ihn nach Hause zu fahren, das habe der dankend abgelehnt. Von einer weiteren Verabredung am späten Abend habe Stein nichts erwähnt. Eine schreckliche Vorstellung, dass Stein noch leben könnte, wenn er auf ihn gehört hätte.

Nein, er kenne niemanden, außer Hübner, der ein Motiv gehabt haben könnte, Stein zu töten. In der Wirtschaft habe Stein hohes Ansehen genossen. Heutzutage gebe es ja kaum noch Politiker, die etwas von Wirtschaft verstünden. Zu viele Lehrer und Beamte seien da am Werk. Alles Leute, die noch nie in ihrem Leben unternehmerische Verantwortung gehabt hätten.

Was er nach dem Essen gemacht habe? Er sei nach Hause gefahren. Er vermeide es, in Hotels zu übernachten. Nach Ulm seien es vier Stunden, wenn die Straßen frei seien und man Freude am Fahren habe, auch am schnellen Fahren. Ulm habe er gegen zwei Uhr nachts erreicht. Nein, bestätigen könne das niemand. Seine Frau und er lebten getrennt und seine Haushälterin, die treue Person, habe um sechs Feierabend. Dann wurde er plötzlich laut. „Ich verbitte mir diese unverschämte

Frage. Ich bin doch wohl der Letzte, der einen Grund hatte, Stein zu erschlagen. Ausgerechnet ich, der Stein stets auch mit Spenden unterstützt hat. Wir von der Großindustrie wollten Stein lieber noch in Berlin als in Hannover. Aber der Weg von Hannover nach Berlin ist ja nicht weit, das haben die letzten Jahre immer wieder gezeigt."

Verena beendete das Gespräch und verfasste eine Gesprächsnotiz, die sie in der von Frau Schramm eingerichteten Word-Datei abspeicherte. Danach versuchte sie, Stollmann zu erreichen. Ihr war jetzt nach Reden – nicht gestelzt und kühl wie eben, sondern warmherzig und vertrauensvoll. Außerdem hatte sie Geburtstag, sie wollte den Abend nicht allein verbringen. Stollmanns Handy war abgedreht, vermutlich schäkerte er gerade mit seiner blutjungen Flamme herum. Sie ärgerte sich, weil sie sich über Stollmanns Liebesglück ärgerte. Sie mochte keine neidischen Menschen und wollte nicht anfangen, sich ebenso zu benehmen.

Als sie gegen neun nach Hause kam, wartete Dagmar mit einem riesigen Blumenstrauß bewaffnet auf sie. Ihre Freundin machte einen genervten Eindruck. „Mann, ich stehe seit einer halben Stunde vor deiner Tür, hast du vergessen, dass du Geburtstag hast?" Eine merkwürdige Art der Gratulation, aber dennoch von Herzen. Sie köpften eine Flasche Sekt und ihre Freundin erkundigte sich nach dem Mordfall, ihr Interesse an den Ermittlungen ließ schnell nach. Sie brannte darauf, Verena von ihrem neuesten Vorhaben zu erzählen.

„Ich werde wieder arbeiten gehen. Immer nur Haus und Kinder, da verblödet man total", eröffnete sie ihr. „Findest du denn einen Job als PTA – nach der langen Pause?"

„Wer spricht davon, dass ich in meinen alten Beruf zurückwill. Ich will was ganz anderes machen, was Kreatives, was mit Werbung."

„Aha."

„Ich werde an einem Wiedereingliederungsprogramm für Berufsrückkehrerinnen teilnehmen. Ich habe mich schon schlau gemacht. Klingt superinteressant. Es dauert sechs Monate und das Land bezahlt alles. Und dann helfen die einem auch noch bei der Jobsuche. In Hannover gibt es ja Werbeagenturen in Hülle und Fülle."

Ja, dachte Verena. Und alle klagen über massive Auftragseinbrüche und wachsende Konkurrenz. Ihre Freundin hatte die Berichte offenbar nicht gelesen, schwärmte von Tätigkeiten, bei denen sie endlich ihre vielen tollen Ideen ausleben könne.

„Ich denke an Werbetexte und natürlich auch an Kampagnen für Produkte, vielleicht auch für Menschen. Für so einen wie Stein, das hätte mir gefallen. Das liegt mir, habe ich zwar noch nie gemacht, aber ich weiß es einfach."

„Mhm." Hoffentlich wissen es die Chefs der Werbeagenturen auch, wünschte Verena ihrer Freundin. „Dass ich Anfang vierzig bin und neu einsteige, macht überhaupt nichts, hat die Beraterin von der Frauenberatungsstelle gemeint. Gute Leute würde man immer brauchen."

Wie schön, dass es trotz der hohen Arbeitslosenzahlen in der Region und der anhaltenden Eurokrise noch Optimisten gab. Vielleicht stünde ihr etwas mehr Zuversicht auch gut zu Gesicht, dachte Verena. Dann brachte Dagmar das Gespräch auf die Dienstagsdamenrunde des Golfklubs und die neuesten Klatschgeschichten. Verena hörte nur mit halbem Ohr zu, da ihre Gedanken um den Fall Stein kreisten, und war doch dankbar, wenigstens eine Freundin zu haben, die sie an ihrem Geburtstag nicht allein ließ. Später im Bett fiel ihr ein, dass sie Jürgens Rosen im Büro vergessen hatte.

28

Kaum Fortschritte im Mordfall Uwe Stein

Am Tag drei nach der Ermordung des angehenden Ministerpräsidenten Uwe Stein scheint die Polizei noch im Dunkeln zu tappen. Aus ermittlungstaktischen Gründen gab das LKA Niedersachsen keine weiteren Erklärungen zum Stand der Untersuchung bekannt. Wie aus gut informierten Kreisen zu erfahren war, ist Uwe Stein zuletzt im Schweizerhof beim Dinner mit einem Gast gesehen worden, über dessen Identität die Polizei keine näheren Angaben machte. Auch der Restaurantchef verweigerte jede Stellungnahme. Gäste im Schweizerhof berichteten der Niedersachsenpresse, dass es sich um einen älteren weißhaarigen Herrn gehandelt habe, der zusammen mit dem Politiker das Restaurant gegen halb zehn Uhr abends verlassen habe. Von einem Streit haben die Gäste nichts mitbekommen. Im Gegenteil, sie hatten den Eindruck, dass die beiden sich angeregt unterhielten. Ein Gast, der am Tatabend zu Steins Tisch gegangen war und den Politiker um ein Autogramm gebeten hatte, erzählte der Redaktion, dass die beiden das Gespräch sofort unterbrochen hätten.

Ali Hamad, Fahrer des ermordeten Politikers, bestätigte, den Politiker im Schweizerhof abgesetzt zu haben und danach nach Hause gefahren zu sein. Mit

wem sein Chef sich getroffen habe, wollte er nicht sagen.
Inzwischen war vom Leiter des Institutes für Rechtsmedizin, Professor Zorn, zu erfahren, dass die Obduktion der Leiche überraschende Erkenntnisse gebracht habe. Allerdings sei er von seiner vorgesetzten Dienststelle, dem Niedersächsischen Ministerium für Wissenschaft und Kultur, angewiesen worden, Stillschweigen zu bewahren. Dies habe er zu respektieren. Bei einer Nachfrage in der Pressestelle des Ministeriums verweigerte der Sprecher mit Rücksicht auf die Ermittlungen, nähere Auskünfte.
In der Bevölkerung lassen Anteilnahme und Trauer nicht nach. Jeden Tag bilden sich lange Schlangen vor der Parteizentrale der Bürgerpartei mit Bürgern, die sich in das Kondolenzbuch eintragen. Wie Wahlkampfmanager Bernd Wagner erklärte, erhalte die Partei zahllose E-Mails mit Beileidsbekundungen sowie Blumensträuße. Der Parteivorsitzende habe angeordnet, die Blumenspenden an Seniorenheime der Landeshauptstadt weiterzugeben. Dies sei im Sinn des Verstorbenen, für den das Wohl der Menschen im Lande oberste Richtschnur des politischen Handelns gewesen sei.
Wie weiter zu erfahren war, werden die Vorstandsgremien der Partei heute in Hannover zusammenkommen, um über die Zukunft der Partei zu beraten. Unterdessen kündigte der Oppositionsführer an, dass seine Partei aus Respekt gegenüber dem Ermordeten mit einer Verlegung des Wahltermines einver-

standen sei. Ob die Bürgerpartei auf das Angebot eingeht, konnte Bernd Wagner nicht sagen. Hierzu sei die Entscheidung des Parteivorstandes abzuwarten.

Niedersachsenpresse, 4. September 2011

Bernd Wagner wandte sich vom Bildschirm ab und schaute aus dem Fenster. Auf dem Flur vor seinem Büro herrschte geschäftiges Treiben, von morgens bis abends Stimmengewirr. Reporter, Kamerateams, Kollegen, Abgeordnete, alle waren wichtig, alle waren in Eile. Wer Ruhe haben wollte, musste seine Tür abschließen.

Uwe Stein fehlte ihm. Keiner war darüber mehr verwundert als der Wahlkampfmanager selbst. Auch wenn Stein sich gut vermarkten ließ, die beiden hatten nicht den besten Draht zueinander gehabt. Warm waren sie miteinander nie geworden, dazu war der Politiker zu kalt. Andere Menschen interessierten ihn nicht, Mitarbeiter waren Erfüllungsgehilfen, hatten zu funktionieren.

Wagner hatte sich mehr als einmal über Steins Art aufgeregt. Was der Spitzenkandidat sagte, besaß für ihn Gesetzeskraft. Wagner war zu bedächtig für diese schneidige Herangehensweise, sah sich auch nicht als Erfüllungsgehilfen, der nur auf Anweisung handelte. Er bevorzugte Teamwork. Auch wenn Stein nach außen den Anhänger moderner Managementmethoden gab, im eigenen Haus erwartete er die kritiklose Befolgung seiner Anordnungen. Hätte Wagner nicht so ein ausgezeichnetes Verhältnis zu den Medien besessen, wäre es bald zum Eklat gekommen. Zuletzt hatten sich die beiden arrangiert, der Wahlkampf lief und Stein hatte andere Sorgen, als seinen wichtigsten Mitarbeiter zu schurigeln. Und Stein wusste, was er an ihm hatte.

Nun war Stein tot und Wagner vermisste den Kerl. Stein hatte menschliche Defizite, war gefühlskalt und manchmal hatte er sich wie ein Autist benommen. Und dennoch: Er stand für Erfolg, für Power, er hatte Visionen. Steins Erfolg wäre auch sein Erfolg geworden, jetzt stand alles wieder auf der Kippe.

Und es gab ein weiteres Schlachtfeld. Vier Monate nach der Hochzeit steckte seine Ehe in der Krise. Zwischen Monika und ihm lief es alles andere als gut. Permanente Sticheleien und Nörgeleien seiner frisch Angetrauten hatten Liebesschwüre und Sex ersetzt. Aus Partnern waren Gegner geworden, fast jeden Tag gab es Zoff. Weil Wagner sich keinen Grund denken konnte, nahm er das Schlimmste an, das er sich vorzustellen vermochte: Monika hatte ihn geheiratet, um sich gesellschaftlichen Aufstieg zu sichern. Er hatte Zugang zu Kreisen, die ihr verschlossen waren. Und er bot ihr einen Lebensstil, den sie sich von ihrem ziemlich mies bezahlten Job als Kosmetikerin nicht hätte leisten können. Sein Freund Hollmann hatte ihn gewarnt. Er hatte nicht hören wollen, jetzt zahlte er die Zeche. Und dennoch fragte er sich: Konnte die Gehaltsgruppe B 6 ein ausreichendes Motiv sein, um zu heiraten? Monika war eine Schönheit und mit Ende zwanzig zu jung, um eine Versorgungsehe anzustreben. Allerdings gab sie seit vier Monaten das Geld mit vollen Händen aus: Friseurbesuche, Parfüms, Kosmetik.

Wagner sprach sich von Mitschuld an der überstürzten Hochzeit nicht frei. Er war geradezu besessen gewesen von Monika. Dass sie eine enge Freundin seiner Ex-Kollegin Sybille war, hatte seinen Enthusiasmus noch erhöht. Er hatte heimlich für Sybille geschwärmt, die allerdings einen gnadenlosen Langweiler bevorzugt hatte. Damals hatte er sich eingeredet, mit Monika eine zweite Sybille zu bekommen. Ein tragischer Irrtum. In den letzten Monaten hatte er entdeckt, was er sich gern erspart hätte: Äußerlichkeit, Humorlosigkeit, Intoleranz. Sie schoss sich auf seine mollige Figur ein und präsentierte ihm ihren knochigen Körper als Vorbild gesunder Ernährung. Sie trieb ihn aus dem Haus, wenn möglich, aß er auswärts. Nicht, weil er sich den Wanst vollschlagen wollte, sondern weil er die Predigten satthatte. Allerdings verbuchte er jede kulinarische Sünde als kleinen Sieg im Guerillakrieg gegen die dogmatische Gattin. Je mehr sie ihn bedrängte abzunehmen, umso mehr langte er zu.

Zu allem Überfluss hatte Marion Klaßen vorhin die Verabredung abgesagt, dabei hatte er sich auf das Treffen gefreut. Ein Lichtblick in den stressigen Tagen seit Steins Tod. Es gab zu viel Betroffenheit im Gebäude. Die Menschenschlange vor dem Kondolenzbuch wollte einfach nicht kürzer werden. Eine kurze Auszeit mit der attraktiven Politikerin hätte ihm gutgetan.

Wagner streckte die Beine aus, verschränkte die Hände hinterm Kopf und starrte an die Zimmerdecke, wo sich schon wieder die ersten Spinnen nach der letzten Reinigungsaktion häuslich eingerichtet hatten.

Seit dreieinhalb Stunden hockte der Landesvorstand hinter verschlossener Tür zusammen. Morgens hatte Albi siegessicher verkündet, die Sitzung sei eine Formalie, seine Ernennung zum Nachfolger Steins als Spitzenkandidat praktisch gelaufen. Wagner hatte ihm nicht widersprochen, aber er teilte Albis Zuversicht nicht. Der Patriarch war keineswegs unumstritten, insbesondere bei den Frauenorganisationen und den Junioren nicht. Wenn sie die Gelegenheit hätten, ihn zu piesacken, würden sie sich das nicht entgehen lassen. Durch den Hintereingang stahl sich Wagner zum Bäcker. Er war aufgebrochen, um ein Rosinenbrötchen zu kaufen und kehrte mit einer Tüte mit zwei Mandelhörnchen zurück. 1000 Kalorien würde Monika ihm vorwerfen, aber die war gottlob nicht hier. Plötzlich stand Frau Stigler vor ihm: perfekt gekleidet, perfekt geschminkt, bildhübsch und schlecht gelaunt.

„Die Sitzung ist zu Ende. Sie sollen zu Albi kommen und die neuen Plakatentwürfe mitbringen."

Ihr herablassender Tonfall ärgerte ihn. War das die neueste Masche schöner Frauen, auf Männern wie ihm herumzuhacken? Nur weil er einige Kilos zu viel auf die Waage brachte?

Albi sah abgekämpft und zerrupft aus, schien aber aufgekratzt und guter Laune zu sein. „Bin gleich bei Ihnen!", rief er Wagner im Vorbeigehen zu und verschwand in Richtung der Toilette. Als sie dann am Besuchertisch saßen, musste Frau Stiglers Kaffee die Lebensgeister des Vorsitzenden wecken. Danach setzte er Wagner vom Verlauf der Sitzung in Kenntnis. Es waren die Vorstandsfrauen, die die Sitzung unnötig aufgehalten hatten. Die Quoten-Peters, wie Albi die Kollegin hartnäckig und nicht erst seit heute nannte, hatte gefordert, den Wahltermin zu verschieben. Sie hatte Beifall gefunden, viel war von Pietät und Besinnungspause die Rede gewesen – eine Zumutung für den gewieften Taktiker Bitter. Er kannte die Stimmungslage in der Bevölkerung und wollte sie für die Bürgerpartei nutzen. Dann hatte die Quoten-Peters einen zweiten Grund für die Verlegung nachgeschoben: Sie brauche Zeit, um eine geeignete weibliche Regierungschefin zu finden. Bitter rauchte Kette und mokierte sich ausgiebig über die verquasten politischen Ansichten der Vorsitzenden der Frauenvereinigung. Als er merkte, dass Wagner dem Rauch auswich, sagte er: „Sie sollten es auch mal mit dem Rauchen versuchen. Ist kalorienarm."

Damit stürzte er Wagner in eine tiefe Nachdenklichkeit. Wie hatte der Vorsitzende diese Bemerkung gemeint? War er tatsächlich zu korpulent, selbst für die Partei? Auch sein früherer Chef hatte ihn gelegentlich mit Bemerkungen dieser Art traktiert. Bitter hatte noch immer die Vorsitzende der Frauenorganisation der Bürgerpartei am Wickel.

„Stellen Sie sich vor, Wagner, sie will auf allen politischen Ebenen Frauenquoten einführen, im Landtag, in den Kreistagen und den Kommunen. Und in der Wirtschaft auch. Völlig plemplem die Frau, die Wähler vom Land laufen uns in Scharen davon! Wenn die das Wort Quote hören, denken die an Milchquote, das beste Mittel, um die Leute von der Wahlurne fernzuhalten. Aber das checkt die Tante natürlich nicht. Und dann erst die

Manager in den Unternehmen und Banken, die kriegen Schreikrämpfe, wenn wir denen mit der Frauenquote kommen."

Erbost drückte er seine Zigarette aus und zündete sich eine neue an. In der Parteizentrale herrschte Rauchverbot, Albi war so frei, die Regelung zu ignorieren.

„Warum sitzen Sie nicht im Vorstand, Wagner? Ich hätte Ihre Unterstützung gebrauchen können. Wäre Wächter nicht gewesen, hätte es übel ausgehen können. Nur dank seiner Hilfe hat es am Ende gereicht. Fünf Gegenstimmen, unschön, aber damit kann ich leben. Wir können also mit der neuen Kampagne loslegen. Lassen Sie mal sehen."

Bitter griff nach dem oben liegenden Plakat und sortierte es aus. „Unvorteilhaft. Da sehe ich älter aus als ich bin."

„Schön wär's", dachte Wagner. Das Gegenteil war der Fall, das Plakat schmeichelte ihm. Albi war nun mal kein smarter Typ wie Stein.

Das zweite, dritte und vierte folgte. Nummer fünf fand Gnade. „In Gottes Namen. Etwas streng, aber Landesväter dürfen streng sein. Für die aktuelle Lage angemessen. Spitzenkandidat ermordet, Werften vor dem Aus, Bildungs- und Finanzkrise, die öffentlichen Kassen leer. In so einer Lage kann man nicht grinsen wie der Herr Oppositionsführer."

Nun bekam der politische Gegner sein Fett ab, Albi war noch ziemlich in Fahrt und zerriss den künftigen Verlierer der Wahl in der Luft. Zuletzt ruhte sein Blick wohlwollend auf Wagner.

„Sie sind die nächste Generation, Wagner. Die Wahl gewinne ich auch für Leute wie Sie. Aus Ihnen kann was werden, vielleicht mein Nachfolger. Wie würde Ihnen das gefallen?“

Bernd Wagner bekam einen Schreck. An politischer Macht war er nicht interessiert, ihn interessierte ein krisensicherer Job mit einem krisensicheren Gehalt. Er sehnte sich nicht nach einer Karriere in der Politik. Zu viel Arbeit, zu viele Termine, zu viel Verstellung, zu viele Intrigen.

Er überredete Bitter, ein weiteres Plakatmotiv auszuwählen: lockerer, weniger staatstragend. In drei Tagen würden die Plakate mit Uwe Stein im ganzen Land ersetzt sein.

Danach sprachen sie über das Programm der nächsten Tage. Albi forderte mehr Fernsehauftritte, er wollte in alle Talkshows, in denen Stein gesessen hatte oder für die er fest gebucht war. Wagner riskierte es nicht, ihn darauf hinzuweisen, dass die Medien sich für aufstrebende Politiker interessierten, aber nicht für Notlösungen. Für Talkshows sah er schwarz, der Unterhaltungswert von Albi war überschaubar. Es sei denn, er würde anfangen, Witze zu erzählen. Darin war er unschlagbar. Aber dazu war die Lage zu ernst.

Der Vorstand hatte natürlich auch über den Mord und den Mörder gesprochen. Auch dort war man auf Mutmaßungen angewiesen. Letztlich hatte man sich auf kriminelle Gewalttäter, Menschen, die aus Jux und Tollerei andere umlegten, geeinigt. Es passte am besten in die politische Linie der Partei. Gleich nach der gewonnenen

Wahl werde man schärfere Strafgesetze auf den Weg bringen, der Innenminister fordere die seit Langem. Wenn der nervige Koalitionspartner nicht wäre, wäre alles längst unter Dach und Fach.

Dann begann Bitter, Wagner auszuhorchen. Dessen heißer Draht zu Journalisten war ja bekannt. Aber auch die Medien tappten im Dunklen. Das „Hamburger Wochenblatt" hatte ein Rechercheteam auf den Fall angesetzt. Dem Politiker gefiel das nicht. Das „Hamburger Wochenblatt" nahm auf der schwarzen Liste verhasster Medien der Partei einen vorderen Platz ein, nur noch getoppt vom Politikmagazin „Die kritische Stimme".

Plötzlich sagte Bitter: „Manchmal frage ich mich, ob Stein in kriminelle Machenschaften verwickelt war. Er hat ja auf ziemlich großem Fuß gelebt und nach allem, was wir wissen, stammte er aus bescheidenen Verhältnissen."

Bitter zeigte sich gut informiert. Seitdem Stein als Spitzenkandidat durch die Lande tingelte, hatte Stein keine Einkünfte gehabt, bis auf die überschaubare Aufwandsentschädigung. Zwar hatte er davor in einer der bekanntesten örtlichen Kanzleien gearbeitet, aber die längste Zeit als Angestellter.

„Haben Sie nähere Erkenntnisse?", fragte Wagner vorsichtig. Er schreckte instinktiv davor zurück, anderen Menschen illegale Aktivitäten zu unterstellen. Aber Stein hatte umgekehrt keine Skrupel gehabt, in den Dateien und der Hauspost von Kollegen herumzuschnüffeln, das war kein feiner Zug gewesen. Mit der Moral hatte er es nicht so genau gehalten. Aber kriminelle Machenschaften? Das war eine andere Hausnummer.

Bitter bestritt, Genaueres zu wissen, verhehlte aber nicht seine Besorgnis: „Beten Sie, dass es nicht so ist. Unser Spitzenkandidat ein Krimineller – das würde an uns hängen bleiben und uns schwer treffen. Wenn schon etwas in der Richtung herauskommen sollte, dann am Tag nach der Wahl."

„Unser Innenminister wird wissen, was von ihm erwartet wird", sagte Wagner.

„Ihr Wort in Gottes Ohr. Ich persönlich kann gut mit Krause, ein anständiger Kerl, als oberster Polizist im Land ist er okay. Aber politisches Gespür? Na ja, da habe ich so meine Zweifel, Wagner. Ich werde ihn aber trotzdem im Amt behalten. Ich weiß im Moment keinen besseren. Und zumindest ist er loyal, was ich leider nicht von allen sagen kann."

Bitter ließ seinen Gedanken freien Lauf. „Am besten für uns wäre es, wenn der Mord eine Zufallstat war. Und wenn nicht, dann eine abgelegte Geliebte oder eine Stalkerin. Damit können wir leben."

Die Tür wurde aufgerissen, ein zufriedener Wächter tauchte auf.

„Ich habe die meisten Kreisvorsitzenden erreicht, zwei sind im Urlaub. Sie schlucken die Entscheidung des Vorstandes. Nicht alle tanzen vor Begeisterung auf den Tischen, aber sie werden sich linientreu verhalten. Was will man mehr?"

„Teilen Sie die frohe Botschaft der Presse mit!", sagte Bitter zu Wagner.

Während der sich daranmachte, die Erklärung für die Presse zu basteln, verabschiedeten sich die beiden Männer gut gelaunt zum gemeinsamen Mittagessen: Sauerfleisch und Bratkartoffeln.

Mit hängenden Schultern schlich Wagner in sein Büro hinüber. Sauerfleisch mit Bratkartoffeln, dazu ein Pils vom Fass. Das würde ihm nun durch die Lappen gehen.

Er setzte sich an seinen Computer. Der Bildschirmschoner zeigte einen Teller mit fünf Sorten Fleisch. 9 Euro 90 in einem Gasthof im Südoldenburger Land. Erinnerung an einen Wahlkampftermin, das Wasser lief ihm im Mund zusammen.

29

Verena verbrachte die Nacht auf der Toilette. Zuerst hatte sie die Pralinen für den Grund des Übels gehalten, am Ende stand Verzweiflung. Das Magen-Darm-Virus hatte nun auch sie erwischt. Magenkrämpfe, Übelkeit, Durchfall warfen die nicht zur Wehleidigkeit neigende Polizistin erst aufs Bett, danach aufs Sofa, zuletzt wieder aufs Bett. Zwischendurch saß sie auf dem kleinen Balkon, in eine Decke verpackt, lauschte den beunruhigenden Geräuschen in ihrem Leib. Jede Position war falsch. Ob sie ausgestreckt lag oder aufrecht saß – die Schmerzen waren immer gleich unerträglich. Zwischendurch schaltete sie den Fernsehapparat ein. Wiederholungen, Talkshows für Blöde und Tierfilme, die sie kannte. Sie flüchtete sich erneut ins Bett, lag lange wach, bis in die frühen Morgenstunden. Dann siegte die Erschöpfung. Um acht rief sie im Büro an und meldete sich krank. Petra Schramm, als Frühaufsteherin voller nervös machender Unternehmungslust, schlug vor, an Verenas Stelle mit der Witwe Stein zu sprechen. Verena bog den Vorschlag ab. Petra war enttäuscht und auch ein wenig eingeschnappt. Der Kranken war das egal. Gliederschmerzen und Übelkeit ließen keinen Raum für sensibles Führungsverhalten. Sie brühte Kamillentee auf und schleppte sich erneut ins Bett. Im Traum begegnete ihr Sonja Schreiber, die sie zu ihrer Hochzeit einlud. Der Bräutigam hieß Uwe und hatte Narben im Gesicht.

Kommissar Stollmann war guter Dinge. Sein Leben machte seit Neuestem wieder Spaß. Vergessen waren die öden Monate nach der Trennung von Frau und Kindern. Vergessen war auch die Zeit, in der seine kleine Wohnung zusehends verkam, bis er sie nur noch nachts betrat, um sie früh morgens wieder zu verlassen. Eine Frau von 24 hatte seine Lebensgeister geweckt. Was hatte sie nur veranlasst, sich mit einem alten Sack wie ihm einzulassen? Er war kein attraktiver Mann, zu hager, zu farblos, das Haar schütter, der Modegeschmack grenzwertig, sein Einkommen überschaubar.

Stollmann genoss sein neues Leben und trug Freundschaftsbänder, über die er sich vor einem halben Jahr noch lustig gemacht hätte. Glatte Haut, keine Dehnungsstreifen, keine Cellulite, keine Kopfschmerzen, sondern Lust auf Sex – es war eine Freude, neben ihr aufzuwachen. Sie verbrachte ihre Tage auf der Überholspur. Manchmal pfiff Stollmann aus dem letzten Loch, aber noch hielt er ihr Tempo mit. Die Kollegen platzten vor Neid, wenn sie ihn nach Dienstschluss abholte.

Neben den Mercedes-Limousinen und Audis sah sein Auto schäbig aus. Der Pförtner musterte ihn kritisch, Männer in abgewetzten Jeans und Pullovern passten nicht in sein Besucherraster und nicht ins Foyer eines alteingesessenen Unternehmens. Auch Stollmanns Dienstausweis brachte nicht den Durchbruch. Er wolle zu Ralf Hübner! Ohne Voranmeldung? Das sei ganz, ganz schwierig. Streng genommen aussichtslos. Der Betriebsratsvorsitzende sei ein viel beschäftigter Mann. Es sei ratsam, sich im Vorzimmer einen Termin geben zu lassen.

Stollmann hatte die Faxen dicke: „Ich ermittle in einem Mordfall." Der Pförtner blieb stur. „Sie haben 30 Sekunden, mir zu sagen, in welchem Büro ich Herrn Hübner finde. Sonst brauchen Sie einen neuen Job, den Sie in Ihrem Alter und mit Ihren Umgangsformen kaum bekommen werden. Behinderung der polizeilichen Ermittlungen in einem Mordfall ist kein Kavaliersdelikt."

Erschrocken und missmutig griff der Pförtner zum Telefonhörer. Geht doch, dachte Stollmann, als er den Fahrstuhl bestieg. Hübners Sekretärin benahm sich, als wäre sie mit dem Pförtner verwandt. Sie hatte einen Strich an der Stelle, wo bei anderen Menschen die Lippen saßen. Immerhin redete sie mit ihm, wenn auch von oben herab. Ihr Chef sei in einer Sitzung mit dem Vorstand und dürfe auf keinen Fall gestört werden. Falls Stollmann so viel Zeit habe, könne er in der Besucherecke am Ende des Flures warten. Es könne aber lange dauern. Obwohl Stollmann sehnsüchtig die Kaffeemaschine beäugte, bot sie ihm nichts an.

Auf dem Flur traf er eine elegant gekleidete Frau, die seinen freundlichen Gruß mürrisch erwiderte. Vielleicht war Unfreundlichkeit bei der Tawes AG Einstellungsvoraussetzung. Immerhin lagen in der Besucherecke aktuelle Automagazine aus. Stollmann blätterte die Seiten durch und stellte sich selbst mit Geliebter in einem Coupé oder Roadster vor.

Ein älterer Mann kam auf ihn zu. Er war um die sechzig und sah keinen Tag jünger aus. Die Brille war zu groß für das Gesicht, die Haut zu fahl für die Jahreszeit. Ralf Hübner. Der erste zuvorkommende Mensch in diesem Laden, dachte Stollmann, als der ihn freundlich begrüßte.

Auf dem Weg in sein Büro sagte der Betriebsrat: „Das ist das erste Mal, dass mich ein Beamter des LKA aufsucht."

„Da haben Sie aber Schwein gehabt."

Der griesgrämige Zerberus musste Kaffee bringen. Das Büro war groß und teuer eingerichtet. Selbst der Direktor im LKA residierte nicht so nobel.

Im Lauf der Jahre hatte sich Stollmann den Small Talk abgewöhnt. Kaum einer kam rücksichtsloser zum Thema als er. Hübner wollte durch die Presse von der schrecklichen Tat erfahren haben.

„Ich frage mich allerdings, weshalb Sie zu mir kommen. Stein und ich hatten wenig, eigentlich gar nichts miteinander zu tun. Der Mann war kein Politiker, dem die Belange der Arbeitnehmer am Herzen lagen. Er war ein Mann der anderen Seite. Betriebsräte und Gewerkschafter standen für ihn der Anpassung und Modernisierung der Wirtschaft an die neuen Verhältnisse im Wege. So ein Schwachsinn. Wer steht denn an den Werkbänken, um die von den Ingenieuren konstruierten Maschinen zu bauen?"

Stollmann wartete auf seinen Kaffee, er hatte noch kein Frühstück gehabt.

„In der Wirtschaftspresse war zu lesen, dass es Probleme zwischen Stein und Ihnen gab. Es ging dabei um die Fusion der Tawes AG mit der Deutschen Antriebstechnik. Außerdem habe ich läuten hören, dass Sie einen Wahlaufruf gegen Stein geplant haben."

„Erstaunlich, dass Polizeibeamte das Wirtschaftsblatt lesen. Die Fakten stimmen. Die Antriebstechnik will uns schlucken. Pikant wird das Ganze dadurch, dass Stein demnächst unser Aufsichtsratsvorsitzender geworden wäre. Er war für die Übernahme, das haben wir Arbeitnehmer als Kriegserklärung betrachtet."

Der Kaffee kam in Begleitung des Zerberus. Eine schmale Vase mit einer gelben Rose gab es kostenlos dazu. Keine Kekse. Die Rose harmonierte farblich mit der sonnengelben Ledergarnitur, auf der sie Platz genommen hatten.

Hübner bestätigte, einen Wahlaufruf gegen Stein vorbereitet zu haben. „Es ging mir gewaltig gegen den Strich, wie der mit unseren Belangen umging. Was hat das mit sozialer Marktwirtschaft zu tun, frage ich Sie? Politiker sollen für einen Interessenausgleich zwischen den Marktpartnern sorgen und nicht die Handlanger des Großkapitals spielen. Aber das scheint in diesem Land in Vergessenheit geraten zu sein."

Er nahm seine Brille ab und putzte sie umständlich. „Das ist gottlob Schnee von gestern, Stein ist tot. Und ich weine ihm keine Träne nach. Vermutlich wird Bitter zum neuen Spitzenkandidaten ausgerufen und die Wahl gewinnen. Er ist nicht mein Traumkandidat, aber wir Betriebsräte können mit ihm leben. Zu konservativ für meinen Geschmack, aber ein anständiger Kerl. Das ist heutzutage ja nicht mehr selbstverständlich. Er wird uns Arbeitnehmer nicht verraten."

Beide tranken ihren Kaffee in Windeseile aus, Hübner ging zur Tür, um Nachschub zu ordern. Der Zerberus war abwesend.

„Ich übernehme das gerne“, schlug Stollmann dem verdutzten Betriebsrat vor und füllte im Vorzimmer die Tassen auf. Als Hübners Telefon klingelte, nutzte er die Gelegenheit. Zwei Schiebetüren weiter hielt er die ersehnte Kekstüte in der Hand.

Hübner grinste beim Anblick der Kekstüte, lehnte selbst dankend ab. Stollmanns Fragen fielen trotz der Kekse nicht rücksichtsvoller aus: „Sie sind also erleichtert, dass Uwe Stein tot ist?“

Hübner säuberte abermals umständlich seine Brille. Es sah aus, als würde er ein Fenster putzen.

„So drastisch hört es sich schlimm an. Sagen wir, ich bin erleichtert, dass er nicht Ministerpräsident wird. Für uns Arbeitnehmer bei der Tawes AG wäre es eine Katastrophe geworden. Allein in Hannover hätte die sogenannte Fusion tausend Arbeitsplätze gekostet.“

„Warum erfährt man in der Presse so wenig, wenn so viel auf dem Spiel steht?“

„So was läuft im Verborgenen, sozusagen hinter den Kulissen. Konkretes erfahren Sie immer erst, wenn alles entschieden ist und die Anteilseigner ihre Schäfchen ins Trockene gebracht haben. Wir Arbeitnehmer sind es, die für die Gier der Managerklasse zahlen. Und dann beklagen die Politiker lauthals den Rückgang der Arbeitsplätze. Ist doch ein Witz.“

„Sie waren über den geplanten Deal informiert.“

„Ja, aber nicht offiziell. Das ist bei Deals zwischen Großindustrie und Politik immer so. Alles spielt sich im Geheimen ab. Ich musste meinem Informanten Vertraulichkeit zusagen. Und an Versprechen halte ich mich, eine

Hand wäscht die andere. Ich glaube auch nicht, dass Ihnen das bei Ihren Ermittlungen weiterhilft. Weder ich noch mein Informant haben etwas mit dem Mord zu tun."

„Herr Stein hat sich mit dem Aufsichtsratsvorsitzenden der Deutschen Antriebstechnik getroffen. Und wenige Minuten nachdem das Treffen vorbei war, wird er erschlagen. Merkwürdig oder?"

Hübner starrte ihn ungläubig an. „Ist das wahr? Das war mir nicht bekannt. Es stand auch nichts über das Treffen in der Zeitung."

„Sie haben es doch selbst gesagt: Es spielt sich alles im Geheimen ab. Ich frage mich, warum Sie am Nachmittag vor der Tat Herrn Stein angerufen haben und warum es Ihnen so wichtig war, sich mit ihm zu treffen."

Hübner begann, im Raum hin- und herzugehen. Dabei putzte er erneut umständlich seine Brille. Stollmann hätte diese Minuten gern abgekürzt.

„Das hat nichts weiter zu bedeuten", behauptete Hübner. Er wirkte nicht mehr souverän. „Ich wollte ihm klarmachen, dass er mit uns nicht so umspringen kann. Mag sein, dass ich nicht besonders freundlich war."

„In der Eilenriede?"

„Was? Was reden Sie denn da! Am Telefon natürlich, nur am Telefon. Aber er hat nicht zurückgerufen. Will sagen, es hat kein Treffen stattgefunden."

„Spielen Sie Golf, Herr Hübner? Bekommt man als Arbeitnehmervertreter eigentlich Rabatt beim Kauf von Schlägern und Bällen?"

„Ich und Golf? Wo denken Sie hin? Was, glauben Sie, würden meine Leute mit mir machen, wenn ich

Golf spielen würde? Betriebsrat und Golf, das ist wie Feuer und Wasser." Er blieb erneut stehen, um seine Brille zu putzen.

„Wie steht es bei Ihnen um den Krankenstand?", fragte ihn Stollmann.

„Was soll das nun wieder?"

„Bei uns im LKA grassiert ein Magen-Darm-Virus."

„So, so. Bei uns nicht. Was mich betrifft: Mein Blutdruck ist etwas hoch. Aber das ist mein Job. Wer in meinem Job einen niedrigen Blutdruck hat, ist nicht mit dem Herzen dabei."

Dass Hübner bis vor wenigen Jahren aktiv Hockey gespielt hatte, verschwieg er. Auch dass es für Hockeyspieler kein Problem ist, einen Golfball zu treffen. Besonders nicht, wenn der Ball so groß wie ein Kopf ist.

„Verraten Sie mir, was Sie am Tatabend gemacht haben. Wo waren Sie Dienstag zwischen 21 und 22 Uhr?"

Hübner ging zum Schreibtisch. Erst als er begann, Papierhaufen umzuschichten, wurde Stollmann bewusst, wie viel Ähnlichkeit sein eigener Tisch mit dem Chaos beim Betriebsratsvorsitzenden aufwies. Hübner fischte einen Kalender hervor, er sah aus, als habe er im Wasser gelegen.

„Haben wir gleich", murmelte er. „Ich notiere alle Termine, auch die privaten. Da lasse ich keinen ran. Bei mir gibt es noch den guten alten Kalender, nicht diesen modernen Kram mit iPhone und Notebook."

Stollmann bemerkte, dass Hübner schwer atmete und sich auf seiner Stirn Schweißperlen gebildet hatten. Er sollte lieber keinen Kaffee mehr trinken.

„Am Dienstagabend war ich zu Hause. Ich musste am nächsten Tag früh raus, Europäische Betriebsräte-Richtlinie. Ungemein wichtig für uns Arbeitnehmer. Der Flieger nach Brüssel geht immer um halb sieben. Seitdem die Lufthansa diese grauenhaften Fahrkartenautomaten einsetzt, muss man eine Stunde früher am Flughafen sein. An diesen Tagen muss ich um fünf raus."

Er schnappte nach Luft. Stollmann verspürte Mitgefühl, der Mann war krank.

„Die Ingenieure erfinden, die arbeitende Klasse plagt sich mit den Erfindungen herum", sagte er. Der Betriebsratsvorsitzende kapierte nicht gleich, worauf Stollmann anspielte, und lächelte dann pflichtgemäß.

„Wer bestätigt mir, dass Sie um zehn zu Hause waren?"

„Meine Frau nicht. Die war beim Sport, Frauengymnastik, falls man das Sport nennen will. Ich nenne es Umtrunk mit Alibi. Vor Mitternacht ist Madame an diesen Abenden nicht zu Hause. Wir haben kurz miteinander geredet, ich war noch nicht eingeschlafen."

Kein Alibi für die Tatzeit, aber ein Motiv. Stollmanns Gegenüber schien die Gedanken des Besuchers zu ahnen.

„Ich gebe zu, dass ich stocksauer auf Stein war. Aber das war für mich kein Grund, ihn zu erschlagen. Sind nicht Millionen Menschen im Land wütend auf unsere Politiker? Und haben diese Menschen nicht alle recht? Sie schimpfen, wenn es hochkommt. Oder sie wählen eine radikale Partei. Aber ein Mord …? Also wirklich."

„Wäre schön, Herr Hübner, wenn Sie noch heute ins LKA kommen, Zimmer 406. Frau Schramm wird Ihre Aussage zu Protokoll nehmen."

„Heute Mittag fliege ich nach Wien. Als Europäischer Betriebsrat muss ich mich auch um die anderen Werke der Tawes AG kümmern. Morgen Nachmittag bin ich zurück, dann kann ich zu Ihnen kommen. Ist das okay?“

Bevor Stollmann ging, bedankte er sich beim Zerberus für die Verpflegung. Der Strich stieg an seinen Enden in die Höhe, aber nur sanft.

„Ein kleiner Tipp“, sagte der Kommissar. „Ihr Chef reagiert augenscheinlich empfindlich auf den Kaffee. Wenn Sie ihn künftig vielleicht eine Winzigkeit schwächer …?“

„Wo denken Sie hin? Er kriegt seit Monaten nur noch koffeinfreien. Bei seinem Kreislauf würde ihn richtiger Bohnenkaffee umbringen.“

30

Petra Schramm glühte vor Eifer. Sie schätzte ihre Chefin und gönnte ihr das lästige Virus nicht. Aber seitdem die Chefin krank war, liefen alle Fäden bei ihr zusammen. Das war einfach großartig. Gott und die Welt sprachen sie an, teilten ihr Ermittlungsergebnisse mit, legten ihr Unterlagen vor und – unfassbar – wollten ihre Meinung zu diesem und jenem hören. Selbst der Abteilungsleiter Hirschmann erkundigte sich nach dem Stand der Ermittlungen. Mit einem Mal war sie wer und wurde nicht mehr nur als unbedeutende Mitarbeiterin wahrgenommen. So fühlte es sich also an, wenn man in der Hierarchie oben stand. Aus dieser Perspektive sah der Arbeitsalltag im LKA anders aus als aus dem Blickwinkel einer kleinen Kriminalinspektorin, die als Sachbearbeiterin einer Dezernatsleiterin zur Seite gestellt worden war.

Eines hoffentlich nicht allzu fernen Tages, schwor sie sich, würde sie eine Position wie Verena Hauser bekleiden. Alle Voraussetzungen waren gegeben. Sie war tüchtig, ehrgeizig und jung. Ihre Zeugnisse und Beurteilungen waren überdurchschnittlich. Dass sie attraktiv aussah, war bestimmt nicht von Nachteil. Mit der Hauser kam sie gut klar, mit Stollmann weniger, aber der hatte nicht viel zu melden, was das Fortkommen von Kollegen anging. Wichtig war der Abteilungsleiter Hirschmann, und da sah es erfreulich für sie aus. Die Blicke, mit denen er sie während der Besprechungen musterte, waren wohlwollend, sehr wohlwollend. Sie war weder blind noch begriffsstutzig und würde ihre Chancen nutzen. Wenn nötig, unter Einsatz ihrer weiblichen Stärken. Andere Frauen taten das auch, daran war nichts verwerflich.

Sie war so in Gedanken versunken, dass sie das Telefon erst beim dritten Läuten abnahm. Der Pförtner. Sie konnte sich einfach nicht mit dem Gedanken anfreunden, dass das LKA einen Mann beschäftigte, der auf die siebzig zuging. Er hatte so eine großväterliche Art und behandelte alle jungen Kollegen, als wären sie seine Enkel. Besonders sie. Eine Frau Sänger wolle Frau Hauser oder ihren Vertreter sprechen, wegen des Mordfalles. Was er tun solle?

„Schicken Sie die Dame zu mir. Ich werde mit ihr sprechen."

Das Zögern des Pförtners war durch den Hörer zu spüren.

„Okay, wenn Sie meinen", sagte er ohne Überzeugung.

„Dein Glück, du Grufti", knurrte Petra.

Frau Sänger mochte Anfang fünfzig sein, vielleicht etwas darüber. Der lange graue Rock und die ebenso formlose Strickjacke ließen sie farblos erscheinen. Ihr ungeschminktes Gesicht war von Sorgenfalten durchzogen, ihren kurz geschnittenen Haaren fehlten Chic und Richtung. Petra stellte sich vor.

„Ich wollte eigentlich Frau Hauser sprechen, sie leitet doch die Ermittlungen im Mordfall Uwe Stein?"

„Sie ist krank geworden, ich vertrete sie."

Die Lüge ging ihr leicht über die Lippen. Petra verdrängte die Dienstvorschrift, die etwas anderes vorsah.

Weshalb den unfähigen Vertreter ihrer Chefin, der ihr zwar im Rang überlegen war, aber nur dort, mit der Sache behelligen? Sie war ohnehin mit dem Fall besser vertraut.

Die Frau zog einen Zeitungsausschnitt aus ihrer Handtasche.

„Das hier ist doch Frau Stein, seine Frau?"

Was sollte das werden? War die Frau eine Reporterin? „Wenn das Frau Stein ist, kenne ich sie."

„Das ist gut möglich, Frau Sänger. Sie lebt seit Langem in Hannover, ihr Mann war ein bekannter Politiker. Da liegt es nahe, dass Fotos von ihr veröffentlicht wurden."

Die Frau warf ihr einen verärgerten Blick zu.

„Ich leite das Frauenhaus in Hannover. Frau Stein hat vor einigen Jahren Zuflucht bei uns gesucht. Das muss drei oder vier Jahre her sein. Ihr Mann hatte sie verprügelt. Die Verletzungen habe ich mit eigenen Augen gesehen."

„Die Frau von Uwe Stein im Frauenhaus! Weil er sie verprügelt hatte!"

Das musste ein Missverständnis sein. Nicht dieser attraktive schneidige Politiker, der an jedem Finger fünf Frauen haben konnte. Wenn sich ihr die Chance eröffnet hätte, wäre sie auch nicht abgeneigt gewesen. Ihre Besucherin blieb dabei.

„So ist es. Damals wusste ich allerdings nicht, wer sie war und ihren Namen hatte sie nicht genannt. Sie hatte ihre kleine Tochter dabei und ging bald wieder, weil wir Anzeige erstatten wollten."

Frau Sänger rückte nach vorne. „Die Verletzungen waren fürchterlich. Am ganzen Körper Striemen und blaue Flecken. Das müssen sehr harte Schläge gewesen sein, und er hatte sie nicht nur einmal geschlagen."

Petra schluckte. Der Kloß im Hals war ein sicheres Zeichen, wie aufgeregt sie war.

„Ist sie später noch einmal zu Ihnen gekommen?"

„Nie. Ich habe meine Mitarbeiterinnen befragt. Niemand kann sich erinnern."

„Ich würde Ihre Aussage gerne protokollieren."

Frau Sänger nieste, Petra rückte ein Stück zur Seite. Das Protokoll war schnell geschrieben. Frau Sänger besaß Routine in solchen Dingen und fasste sich angenehm kurz.

Aus dem Telefonhörer kam ein müdes Geräusch.

„Ich bin's, Frau Hauser. Wie geht es Ihnen?"

„Vier minus, jedenfalls besser als heute Nacht. Der Durchfall hat aufgehört, Übelkeit und Gliederschmerzen leider noch nicht."

Petra Schramm platzte mit der Neuigkeit heraus. Verena kündigte an, noch heute zur Witwe fahren zu wollen. Das war nicht das, was Petra hören wollte. Sie hatte gehofft, die Sache übertragen zu bekommen.

„Sie sind doch krank", sagte sie fürsorglich. Aber es war Petra gewesen, die der Fahnderin soeben mit der neuen Information neue Vitalität verliehen hatte. Sie ließ nicht mit sich handeln und wollte zügig aufbrechen, als das Telefon schon wieder klingelte.

„Hallo Verena, hier ist Jürgen. Ich habe gehört, dass es dir schlecht geht. Ist es sehr schlimm?"

Seine Stimme klang aufrichtig besorgt. Das war nicht die Stimme des Vorgesetzten, das war eine private Stimme.

„Brauchst du etwas? Ich kann es aus der Apotheke besorgen."

Verena war hin- und hergerissen. Sind wir also wieder beim Du angekommen, freute sie sich. Die Vorstellung, ihn um sich zu haben, war angenehm. Doch sie wollte seine Geliebte sein, nicht seine Patientin, sie wollte sein Begehren wecken, nicht seine pflegerischen Instinkte.

„Danke, ich komme schon klar. Morgen bin ich wieder an Bord."

Das Gespräch war schnell beendet. Von Gefühlen war plötzlich nichts mehr zu spüren, jedenfalls nichts zu hören. Erst die Blumen, dann der besorgte Anruf, vielleicht war es ja noch nicht zu Ende.

Sie rief Stollmann an und erwischte ihn beim Glöckle am Steintor, wo er seine zweite Bratwurst vertilgte.

„Red bloß nicht vom Essen", stöhnte sie. Er berichtete von seinem Gespräch mit Hübner, dem Betriebsratsvorsitzenden. Jetzt war er auf dem Weg nach Celle, wo Marion Klaßen eine Sprechstunde in ihrem Bürgerbüro abhalten würde. Verena erzählte ihm im Gegenzug von der Aussage der Frauenhausleiterin. Beide waren sich einig, dass mit der Aussage von Frau Sänger der versuchte Giftmord so gut wie geklärt war.

31

Isabel Stein tat nicht so, als wäre sie traurig. Wie es aussah, würde sie in den kommenden Tagen auch nicht vielen Menschen begegnen, die von ihr klassisches Witwenverhalten erwarteten. Ihre Mutter würde nicht zur Beerdigung kommen, angeblich ging es ihr gesundheitlich nicht gut genug, um sich die weite Reise von Almería nach Hannover zuzumuten. Zu einer Tante, die in Hamburg lebte, beschränkten sich die Kontakte auf Weihnachtskarten. Alfred Bitter war bei ihr gewesen und hatte sein Beileid ausgesprochen. Alle anderen Kontakte waren übers Telefon gelaufen: die Direktorin der Glockseeschule, die Mutter von Katharinas Schulfreundin. Die Post lud massenweise Beileidskarten ab, ungeöffnet lagen die Stapel auf der Kommode im Flur. Sie würde das niemals lesen, aber sie konnte sie auch nicht wegwerfen. Nicht bevor er beerdigt war. Und noch war der Leichnam nicht freigegeben.

Isabel war nicht dumm, sie wusste, was sie mit Uwes Körper anstellen würden. Bei der Obduktion würden sie die Arsenrückstände finden. Danach mussten sie nur noch zwei und zwei zusammenzählen. Für diesen Fall hatte sie vorgesorgt: ein Album voller Fotos. Fotos, auf denen ihre Verletzungen in allen Varianten zu sehen waren. Blaue Flecken an Armen und Beinen, Hämatome am Hintern und am Rücken, rote Striemen am gesamten Körper. Zuerst hatte die Fotografin, eine Iranerin, entsetzt reagiert. Sie hatte wissen wollen, wer ihr die Verletzungen zugefügt hatte. Isabel hatte das Honorar verdoppelt, die Fotografin hatte aufgehört, Fragen zu stellen. Gefasst sah sie der Zukunft entgegen. Vielleicht würden sie sie für einige Zeit ins Gefängnis schicken, aber der unbekannte Mörder hatte dafür gesorgt, dass die Strafe nicht hoch ausfallen würde.

Was Isabel mehr beunruhigte, waren die Anrufe. Vorgestern war der erste gekommen. Eine merkwürdig schnarrende Männerstimme. Er wollte ihr kein Beileid aussprechen und er wollte ihr auch nicht seinen Namen nennen. Angeblich war er ein ehemaliger Geschäftspartner von Uwe, angeblich schuldete Uwe ihm Geld, 1,2 Millionen Euro. „Ich will mein Geld." Und aufgelegt. Vorgestern Abend, wenige Stunden nachdem Bitter Gast in ihrem Haus gewesen war.

1,2 Millionen? War der Mann verrückt? Dann hatte sie sich doch aufgerafft und sich den Ordner mit Uwes Bankunterlagen vorgenommen. Sein Girokonto wies ein Guthaben von 17.492,30 Euro auf. Auf dem Sparbuch waren 24.500 Euro eingetragen. Im Depot lagen Aktien der Deutschen Antriebstechnik im Wert von 20.000 Euro. Sie hatte überall nach weiteren Unterlagen gesucht, erst an den plausiblen Orten, danach hatte sie seinen Schreibtisch auf den Kopf gestellt und sogar unter dem Bett und unter der Matratze nachgeschaut. Kein Geldschein, kein Hinweis auf ein Auslandskonto.

Sie hatte sich damit beruhigt, dass der Mann ein Spinner war. Mehrfach hatte sie gelesen, dass Betrüger und Bluffer im Umfeld von Todesfällen den trauernden Angehörigen Geld abluchsen wollten – meist existierten angeblich offene Rechnungen. Es gab Spaßvögel, die geschmacklose Spielchen spielten. Natürlich hatten auch einige Redaktionen angerufen, wollten Isabel überreden, ein Interview zu geben. Sie hatten Geld angeboten – und noch mehr Geld, falls Isabel private Fotografien zur Verfügung stellen würde.

Sie lenkte sich mit der bevorstehenden Beerdigung ab. Die Partei wollte aus der Beisetzung ein Medienereignis machen, ihr schwebte eine Messe in der Marktkirche vor. Es gab Fernsehanstalten, die alles live übertragen wollten. Isabel war in die Parteizentrale gefahren, man hatte sie durch den Hintereingang gelotst. Dann wurde verhandelt und am Ende ein Kompromiss gefunden: eine Messe für die Öffentlichkeit in der Marktkirche, die Beerdigung im kleinsten Kreis ohne Medien, ohne einen einzigen Fotografen.

Vor einer Stunde hatte der Unbekannte erneut angerufen. „Hier bin ich wieder, Frau Stein. Haben Sie sich inzwischen einen Überblick über die Finanzen Ihres verstorbenen Gatten verschafft? Haben Sie das Geld gefunden?"

Sie hatte Mühe, gefasst zu bleiben. Die Stimme klang hart, ein osteuropäischer Akzent. Was wollte der Kerl von ihr?

„Ich weiß nicht, wer Sie sind, aber ich kann Ihnen versichern: Es gibt keine 1,2 Millionen, jedenfalls nicht auf den Konten meines Mannes. Hören Sie auf, mich anzurufen."

„Ihr verstorbener Mann wird das Geld ins Ausland transferiert haben. Ein Nummernkonto, ein Bankdepot."

„Von einem Auslandskonto weiß ich nichts. Mehr kann ich dazu nicht sagen."

„Nun hören Sie mir mal gut zu. Ihr Ex-Mann hat mich beklaut. Und ich mag es gar nicht, beklaut zu werden. Das Geld muss da sein, er wird es nicht in die Leine geworfen haben, so heißt Ihr dreckiger Fluss doch, oder? Ich rate Ihnen, suchen Sie. Suchen Sie gründlich. Sie haben bis nächsten Mittwoch Zeit, keine Stunde länger. Dann will ich das Geld haben. Wenn nicht, werde ich andere Seiten aufziehen. Seiten, die ich Ihnen gerne ersparen würde. Ich bezweifle, dass Sie die Begegnung in angenehmer Erinnerung behalten werden. Vor allem Ihr Kind nicht. Kinder sind so schreckhaft. Und dann träumen sie schlecht und wachen nachts schreiend auf."

„Aber was hat meine Tochter damit zu tun? Sie ist sieben. Wenn ich wüsste, wo das Geld ist, würde ich es Ihnen geben."

„Bis Mittwoch, wie gesagt. Achten Sie morgen auf die Post."

Das Schlimmste war: Isabel glaubte dem Unbekannten. Uwe war der Typ, der andere Menschen betrog. Selbst nach seinem Tod ließ er sie nicht in Ruhe. Aber die Summe war unfassbar hoch. Wo versteckte man 1,2 Millionen Euro? Oder hatte er das Geld ausgegeben? Aber wofür? Und wenn …? Sie hatte keine Chance, so viel Geld aufzutreiben. Sie besaß noch die Erbschaft ihres Vaters, 30.000 Euro. Und sie könnte das Haus verkaufen. Wenn man den Baukredit abzog, würden 150.000 Euro überbleiben, bestenfalls.

Plötzlich erstarrte sie, kalter Schweiß brach aus allen Poren. Katharina! Sie war bei ihrer Freundin, sie war wehrlos. Ihre Hände zitterten so heftig, dass sie zuerst eine falsche Nummer eintippte. Endlich die vertrauten Geräusche: Kinderstimmen im Hintergrund und die Mutter der Freundin. Man war vor einer halben Stunde aus dem Zoo zurückgekommen, jetzt saßen vier Kinder am Tisch, aßen Blaubeerpfannkuchen. Isabel tat so viel Normalität gut.

Sie sagte: „Ich wollte nur wissen, ob Katharina … Ich hole sie dann um sechs ab."

„Natürlich ist sie bei uns, ich bitte Sie. Und abholen müssen Sie sie nicht. Wir hatten doch abgemacht, dass mein Mann sie nach Hause fährt."

„Sie haben recht. Wie peinlich, das war mir total entfallen."

Nun klang die Mutter besorgt, Isabel hatte Mühe, das Gespräch zu beenden. Einerseits war es schön, wenn sich Menschen um einen sorgten. Aber sie vertrug diese Sorge nicht, sie vertrug keine Menschen. Jahrelang war sie einsam gewesen. Sie würde erst wieder lernen müssen, sich wie ein soziales Wesen zu benehmen.

Das Klingeln an der Haustür riss sie aus ihren Gedanken.

32

Verena Hauser öffnete die Gartentür und stand Hackmann gegenüber. Der Anwalt war so überrascht wie sie. Sie fasste sich als Erste.

„Sie haben Frau Stein einen Kondolenzbesuch abgestattet?“

Er nickte. Die Aktentasche passte eigentlich nicht zu einem privaten Besuch.

„Oder hatte Ihr Besuch einen geschäftlichen Grund?“

Hackmann seufzte: „Genauso habe ich Sie aus den Ermittlungen in den Staatskanzleimorden in Erinnerung, Frau Hauser. Ihnen entgeht nichts und dann sprechen Sie es auch noch aus. Ja, mein Besuch hatte auch geschäftliche Gründe. Die Mandantenliste, um die Sie mich gebeten haben, hat mein Büro mittlerweile wohl an Ihr Büro gefaxt. Ich gehe davon aus, dass Sie sie diskret behandeln.“

„Ja, natürlich, was denken Sie! Worum ging es denn bei dem geschäftlichen Teil Ihres Besuches, wenn ich fragen darf? Kommen Sie mir jetzt bloß nicht mit dem Datenschutzgesetz und Ihrer Verschwiegenheitspflicht. Wir ermitteln in einem Mordfall und haben neue Anhaltspunkte, die Ihre Mandantin schwer belasten.“

„Müssen wir das zwischen Tür und Angel besprechen, Frau Kriminalrätin? Nicht weit von hier ist ein nettes Café. Ich lade Sie ein und bringe Sie anschließend wieder zurück. Sie können Ihr Auto stehen lassen.“ Beim Gedanken an Kaffee wurde Verena übel.

„Heute nicht. Mir geht es nicht gut, Magen-Darm-Virus. Sagen Sie mir einfach, worum es geht. Das ist das Beste für meinen Magen."

„Ich habe ihr nur ein Schriftstück gebracht. Mehr war nicht."

„Was für ein Schriftstück? Ein Testament? Lassen Sie sich nicht jedes Wort aus der Nase ziehen."

Es strengte sie an, hier zu stehen. Die Magenschmerzen wurden stärker und ihr war schwindelig. Sie versuchte, ihren unregelmäßigen Puls zu stabilisieren.

„Ich habe ihr einen versiegelten Umschlag ausgehändigt, den Inhalt kenne ich nicht. Vielleicht ein Testament, vielleicht auch nicht. Herr Stein hat mich vor einigen Wochen gebeten, den Umschlag seiner Frau auszuhändigen, falls ihm etwas zustoßen sollte."

Verena ging hoch. „Wie bitte?", fauchte sie. „Stein war bei Ihnen, hatte eine Todesahnung und Sie verschweigen das der Polizei?"

Der Anwalt wippte auf seinen Fußspitzen hin und her. Sein Gesicht war eine Mischung aus Trotz und schlechtem Gewissen.

„Ob er eine Todesahnung hatte, kann ich nicht sagen. Außerdem: Zuallererst habe ich die Interessen meiner Mandanten wahrzunehmen. Das können Sie mir kaum vorwerfen."

„Kann ich nicht? Kann ich doch. Verschweigen eines wichtigen Faktes in einem Mordfall. Sie hätten uns sagen müssen, dass Stein sich bedroht fühlte."

„Von Bedrohung war keine Rede. Er hat mir einfach nur den Umschlag gegeben, mich gebeten, ihn seiner

Frau auszuhändigen, falls ihm etwas zustoßen sollte. Mehr war nicht. Ich glaube nicht, dass das Schreiben für die Aufklärung des Mordfalles eine Rolle spielt."

„Wieso nicht? Sie wissen doch gar nicht, was drinsteht. Oder wollen Sie eine Information nachschieben?"

„Sie kommen mir gereizt vor."

„Woran das wohl liegen mag. Wir sehen und sprechen uns." Energisch ging Verena zur Haustür, und Hackmann beeilte sich, zu seinem Wagen zu kommen.

Beim Anblick der Polizistin verzog Isabel Stein ihr Gesicht und machte keine Anstalten, zur Seite zu treten. Sie sah schlecht aus, tiefe Ränder unter den Augen und noch blasser als beim letzten Mal.

„Tag, Frau Stein. Wir müssen reden. Ich darf wohl reinkommen."

„Viel Zeit habe ich nicht." Die Witwe gab nur unwillig den Weg frei.

Im Wohnzimmer hatte sich nichts verändert. Der geöffnete Umschlag fiel ihr sofort ins Auge. Der hatte beim ersten Besuch Verenas noch nicht dort gelegen. Daneben ein Blatt, eng beschrieben. Hackmanns Hinterlassenschaft.

Frau Stein bot ihrer Besucherin keinen Platz an. Verena setzte sich auf die Couch und sah zu, wie Frau Stein das Papier hastig in den Umschlag stopfte.

„Es geht um Ihren Mann", begann Verena.

„Natürlich. Es geht ja immer um Uwe. So ist er es gewöhnt."

„Ich werde den Verdacht nicht los, dass Sie mich erwartet haben“, fuhr Verena fort. „Das Institut für Gerichtsmedizin hat Biozide in seinem Magen gefunden. Und Rückstände in der Niere. Jemand hat Ihrem Mann über Wochen Arsen zugeführt. Das kann nur jemand gewesen sein, der Essen für ihn zubereitet.“

Die Witwe zeigte keine Reaktion, dann stand sie auf, trat an die Schrankwand und zog ein Fotoalbum heraus, das sie Verena reichte.

Die Fotos, jedes mit einem Datum versehen, waren abscheulich. Zwischen dem ältesten und dem jüngsten lagen drei Jahre. Eines wurde Verena schnell klar: Stein hatte mit Bedacht zugeschlagen. Es gab kein einziges Bild mit Wunden im Gesicht. Sonst kam alles vor, was der Fahnderin eine Ahnung von jahrelangem Martyrium verschaffte. Sie kannte solche Bilder. Aus dem Rotlichtmilieu, wo Frauen als Handelsware behandelt wurden. Wenn sie nicht funktionierten, wurden sie geschlagen, immer öfter auch gefoltert. Seitdem die Albaner im Geschäft sind, sind die Sitten noch rauer geworden als vorher. Bei dem angesehenen Spitzenkandidaten der Bürgerpartei hatte sie solche Fotos nicht erwartet.

„Warum haben Sie die Schläge dokumentiert? Und warum sind Sie damit nicht längst zu uns gekommen?“

„Das Album mag aussehen wie von langer Hand geplant. Aber so war es nicht. Zuerst wollte ich es nur festhalten. Ich weiß auch nicht, warum. Es war für mich so etwas wie eine Versicherung. Wofür? Ich kann es nicht sagen.“

Sie wollte etwas gegen ihren Mann in der Hand haben. Aber sie wollte es offenbar auch nicht aus der Hand geben. Was war der Grund? Ein nicht nachvollziehbarer Rest Zuneigung? Angst? Die Fotos waren über einen langen Zeitraum entstanden. Isabel war ins Fotostudio gegangen, mehrmals.

„Gut, Sie sind also nicht zur Polizei gegangen. Aber Sie sind auch nicht untätig geblieben. Sie haben Schutz im Frauenhaus gesucht und später haben Sie Fotos gemacht. Dann haben Sie Ihren Mann vergiftet. Erklären Sie mir das."

„Wäre ich zur Polizei gegangen, hätte Uwe mich fertig gemacht. Als geisteskrank hätte er mich hingestellt, als durchgeknallt. Dabei war er es, der durchgeknallt war. Man wusste nie, wann es wieder soweit war und er zuschlug. Und ich konnte ihn nicht einfach verlassen. Er hätte es nicht zugelassen. Er hat mich geliebt, auf seine Weise. Hinterher tat es ihm leid, immer wieder hat er Besserung gelobt. Irgendwann habe ich es ihm nicht mehr geglaubt. Es war wie bei einem Trinker. Er wollte damit aufhören, aber er konnte nicht. Außerdem hatte ich Angst, dass er mir Katharina wegnimmt. Was glauben Sie denn, wem die Behörden glauben? Dem erfolgreichen Politiker, der dabei ist, ihr oberster Chef zu werden? Oder einer unscheinbaren Frau, bedeutungslos und unbekannt?"

„Sie sind nicht bedeutungslos. Sie sind intelligent, hatten einen eigenen Beruf und sie haben eine Tochter. Leider haben Sie zugelassen, dass Sie sich nicht mehr akzeptieren. Sie haben sich kleiner gemacht als Sie sind, sie haben sich jahrelang misshandeln lassen." Das klang vorwurfsvoller als es sollte. Die Witwe reagierte mit Schweigen, das Schweigen sagte mehr als jede Antwort es zu tun vermocht hätte.

Dann fing die Witwe doch an zu sprechen, über eine andere Angst. Vor einigen Wochen hatte Uwe begonnen, seine Tochter anders zu behandeln. Seit der Geburt war sie sein kleiner Liebling gewesen, plötzlich hatte er alles Mögliche an ihr auszusetzen. Er hatte sie sogar geschlagen, vor drei Wochen zum ersten Mal.

„Das war der Tag, an dem ich beschloss, ihn umzubringen. Vorher nicht, da ging es gegen mich. Das war furchtbar, aber es ging nur gegen mich, nicht gegen Katharina. Sie war in Sicherheit, weil er sich an mir abreagieren konnte. Plötzlich war es anders geworden. Ich durfte nicht riskieren, dass Katharina leidet. Ich hatte mich an seine Schläge gewöhnt, aber meine Tochter … Das konnte ich nicht zulassen."

„Wenn Sie sich früher gewehrt hätten, wäre es gar nicht so weit gekommen."

Frau Stein sah Verena an, dass diese Feststellung nicht vorwurfsvoll gemeint war und keinen besserwisserischen Beiklang enthielt. Die Kriminalrätin suchte einen Weg, um zu verstehen. Auch sich selbst, denn sie hatte sich genauso täuschen lassen wie alle anderen. Der strahlende Politiker Uwe Stein erwies sich als Schläger. Natürlich waren für dieses unheilvolle Spiel zwei Menschen nötig: der Schläger und sein Opfer. Aber es war das Opfer gewesen, das sich Gedanken über den Täter gemacht hatte. Der Täter hatte immer wieder Besserung gelobt und dann doch wieder zugeschlagen, und in all der Zeit hatte er nach außen hin perfekt funktioniert.

Verena sagte: „Die Leiterin des Frauenhauses hat sich bei uns gemeldet. Sie hat Ihre Aussage bestätigt. Von ihr wissen wir, dass Sie damals schwere Verletzungen hatten. Sie bestreiten also nicht, dass Sie versucht haben, Ihren Mann zu vergiften."

„Nein. Ich bestreite nichts."

„Sie sollten sich einen Anwalt nehmen, einen Strafverteidiger."

„Hackmann wird sich darum kümmern."

„Bei Hackmann sind Sie in guten Händen. Er ist zwar Fachanwalt für Steuerrecht, aber er wird Ihnen einen guten Strafverteidiger besorgen. Ich habe ihn übrigens vor dem Haus getroffen, er erzählte mir von einem Schriftstück." Verena zeigte auf den Umschlag. „Es scheint ja so, als ob Ihr Mann etwas geahnt hat. Weshalb sonst sollte ein gesunder Mann von Anfang vierzig so handeln?"

Schlagartig wurde die Witwe nervös. Sie bewegte sich unruhig und knetete ihre Finger.

Verena spürte Krämpfe im Bauch. Der Durchfall meldete sich zurück.

Als sie einige Minuten später von der Gästetoilette zurückkehrte, stand Frau Stein am Fenster, der Umschlag war verschwunden. Sie bot Verena etwas zu trinken an, erkundigte sich nach ihrem Befinden. Sie sähe blass und angegriffen aus. Verena war froh, sich hinsetzen zu können.

„Wollen Sie mir nicht sagen, um was es in dem Brief geht? Vielleicht entlastet der Inhalt Sie ja, Frau Stein. Sie sollten jetzt alles nutzen, was das Verständnis für Ihre Lage erhöht."

„Eine rein private Angelegenheit. Es hat nichts mit dem … dem Mord zu tun. Auch nicht mit dem Arsen."

„Lassen Sie mich das entscheiden. Ich werde den Inhalt diskret behandeln, das sage ich Ihnen zu."

„Ich möchte trotzdem nicht, dass Sie ihn lesen. Glauben Sie mir, der Brief ist rein privat, er betrifft nur Uwe und mich." Und dann zögernd: „Werde ich jetzt festgenommen?"

„Nein, in Ihrem Fall besteht keine Fluchtgefahr. Es reicht, wenn Sie sich morgen stellen. Sprechen Sie vorher mit Ihrem Anwalt. Bringen Sie Ihre Tochter unter. Wo ist sie denn jetzt?"

„Bei einer Freundin, sie wird jeden Moment zurückkommen. – Womit muss ich rechnen?"

„Sie haben zwei Trümpfe: die Fotos und die Aussage von Frau Sänger. Die Strafe dürfte glimpflich ausfallen. Aber das sollen der Staatsanwalt und Ihr Anwalt untereinander ausmachen."

„Sie meinen, es wird gar nicht zu einer Anklage kommen?"

„Das kann ich nicht abschätzen. Es hängt davon ab, wie der Staatsanwalt gestrickt ist und wie die beiden miteinander klarkommen. Selbst die Tagesform des Staatsanwaltes kann eine Rolle spielen. Es handelt sich um Menschen, deshalb kann es sehr menschlich zugehen. Ich halte es nicht für ausgeschlossen, dass die Staatsanwaltschaft gegen Zahlung eines Bußgeldes auf eine Anklage verzichtet. Aber das sage ich unter allem Vorbehalt. Es kann so oder so ausgehen."

Auf dem Weg zur Haustür bedankte sich Frau Stein, dass ihr Zeit gegeben wurde, eine Bleibe für ihr Kind zu suchen.

„Wir haben dadurch keinen Nachteil, Frau Stein. Es ist fast acht. Kein Staatsanwalt ist glücklich, wenn er Überstunden schieben muss."

Als Verena zum Abschied in die Augen der Frau blickte, sprang ihr nackte Angst entgegen. Eine Angst, die mit den bevorstehenden Vernehmungen der Staatsanwaltschaft nichts zu tun hatte, sondern die Art von Angst, die Verena bei Menschen kennengelernt hatte, die um ihr Leben fürchteten. Für einen Moment zögerte sie. Du musst der Frau helfen, war ihr Gedanke. „Wenn Sie mir noch etwas sagen wollen …"

„Nein, will ich nicht." Die Antwort kam wie ein Geschoss. Dann schloss sich die Haustür hinter der Kriminalbeamtin.

In ihrer Wohnung angekommen, schaffte Verena es gerade noch bis ins Badezimmer. Ihr war schleierhaft, warum der Durchfall nicht aufhörte, sie hatte seit 24 Stunden nichts gegessen, keinen Bissen. Jeder Gang auf die Toilette wurde zur schmerzhaften Angelegenheit. Die Krankheit laugte sie aus. Verena Hauser war eine gesunde Frau und auch körperlich belastbar. Alles in ihr wehrte sich gegen das Erlebnis völliger Schwäche. Aber sie war hilflos, sie musste durchhalten und Tee trinken. Geduld haben – das war für sie eine schwere Prüfung. Ganz besonders jetzt, wo alle Welt auf einen Ermittlungserfolg wartete.

Über ihr Handy meldete sich eine betriebsame Petra Schramm. Von ihr erfuhr Verena, dass Stollmann erst morgen mit der Abgeordneten Klaßen sprechen würde. Stattdessen habe er eine andere Politikerin getroffen: eine Frau Peters, die Kämpferin der Frauen, von der man wusste, dass sie am Tag des Mordes Stein angerufen hatte. Angeblich sei es um das Ministerium gegangen, das Stein der Peters in Aussicht gestellt habe. Für Frauen und Gleichstellung. Frau Peters, die sich bereits als künftige Ministerin sah, kämpfte gegen eine andere Person, eine Frau namens Wolters, die von Stein angeblich die Zusage erhalten habe, im neuen Ministerium Staatssekretärin zu werden. Darüber wollte die Peters mit Stein sprechen, sie konnte die Wolters genauso wenig leiden wie die Kollegin Klaßen. Aber das sei ja nun alles Schnee von gestern, denn mit Uwe Stein sei auch die hervorragende Idee eines Frauenministeriums gestorben.

Verena zweifelte nicht daran, dass dieses Gespräch für Stollmann eine schwere Prüfung gewesen war.

Sie informierte Petra Schramm über das Gespräch mit der Witwe Stein; die Begegnung mit Hackmann und das merkwürdige Schreiben erwähnte sie nicht. Petra freute sich über den ersten Erfolg, auch wenn noch weitere Erfolge folgen müssten. Sie brannte darauf, Staatsanwalt Engelmann zu informieren. Jetzt wo die Witwe den Giftanschlag gestanden hatte, müsse ein Haftbefehl her. „Nein“, sagte Verena. „Gespräche mit der Staatsanwaltschaft und dem Gericht sind nicht Ihr Job. Informieren Sie Hirschmann.“

Ihre Mitarbeiterin schnaufte, betonte, dass sie alles im Griff und den vollständigen Überblick habe. Verena blieb eisern und bat darum, jederzeit informiert zu werden. Von Jürgen Ritter gab es kein Lebenszeichen, weder im Büro noch auf Verenas verschiedenen Telefonen. Sie durfte nicht anfangen, auf Anrufe zu warten. Dann würde sie nichts mehr von einer frustrierten Geliebten unterscheiden, deren Lebensinhalt darauf basierte, dass der Mann ihres Herzens fünf Minuten für sie erübrigte. Das warnende Beispiel hatte sie erst gestern vor Augen geführt bekommen.

Die Nacht fing früh an und hörte nicht mehr auf, fast stündlich musste sie die Toilette aufsuchen. In den wenigen Viertelstunden, in denen sie in einen flachen Schlaf fiel, geisterte Jürgens Gesicht durch ihre Träume. Immer wenn sie ihn ansprach, wandte er sich ab.

33

Bitter wird Spitzenkandidat der Bürgerpartei

Neue Erkenntnisse über Uwe Stein

Die Bürgerpartei gab gestern bekannt, dass der Parteivorsitzende Alfred Bitter neuer Spitzenkandidat wird. „So groß unser Schmerz um den Verlust unseres Parteifreundes Uwe Stein ist, wir müssen unserer Verantwortung gegenüber den Bürgern in diesem Land gerecht werden", erklärte Bitter. „Das Land braucht eine stabile Regierung, um die Herausforderungen der Finanzkrise zu meistern. Wir haben zu respektieren, dass der amtierende Ministerpräsident bereits zum Jahresanfang erklärt hat, sich aus gesundheitlichen Gründen aus der Regierung zurückziehen zu wollen. Ich stehe für die anstehenden Aufgaben zur Verfügung."

Alfred Bitter, 59 Jahre alt, erfreut sich insbesondere in den ländlichen Regionen und bei älteren Mitbürgern großer Beliebtheit. Sein Verhältnis zu der Frauenorganisation und insbesondere zu ihrer Vorsitzenden Frau Peters gilt hingegen als gestört.

Für die Landtagswahlen bedeutet die Kandidatur Bitters, dass das Rennen wieder spannender wird. Bitter liegt in den Meinungsumfragen nur knapp vor dem Oppositionsführer. Die Partei selbst verzeichnet

nach einer aktuellen Telefonumfrage allerdings nach wie vor einen Vorsprung von zehn Prozent vor der Oppositionspartei.
Der Mord an Uwe Stein scheint nach wie vor von einer Aufklärung weit entfernt. Immer mehr Bürger melden sich, um ihren Unmut über den schleppenden Fortgang der Ermittlungen kundzutun. Die Frage drängt sich auf, ob das LKA in Hannover überfordert ist. Der Innenminister wies entsprechende Fragen auf der heutigen Landespressekonferenz empört zurück. Die Polizei in Niedersachsen sei gut aufgestellt, erklärte er. Er sei zuversichtlich, dass der Fall in Kürze gelöst werde.
Wie aus vertraulichen Quellen zu erfahren war, soll Steins Frau vor einigen Jahren Schutz im Frauenhaus Hannover gesucht haben. Angeblich nach einer Prügelattacke ihres Ehemannes. Die Leiterin des Frauenhauses war zu keiner Stellungnahme zu erreichen. Frau Stein selbst war ebenfalls nicht zu sprechen. Bernd Wagner, Wahlkampfmanager der Bürgerpartei, erklärte auf Befragen, dass er die Vorwürfe für absurd halte. Als enger Mitarbeiter des Politikers könne er mit Bestimmtheit sagen, dass der Politiker seine Familie über alles geliebt habe.

Allgemeine Niedersachsenzeitung, 5. September 2011

Wagner beobachtete den Parteivorsitzenden. Was kommen würde, war unvermeidlich. Wenn Alfred Bitter solche Artikel lesen musste, führte das regelmäßig zu spätfeudalistischen Aufwallungen. Auch jetzt. Der

Landesvorsitzende war stinksauer. Sein Ärger war umso größer, da er nicht daran zweifelte, dass alles, was er gerade gelesen hatte, in vollem Umfang der Wahrheit entsprach. Genau diese Wahrheit war es, die nicht akzeptiert werden durfte. Diese Wahrheit musste aus der Welt geschafft oder zumindest so weit relativiert werden, dass sie ihre vernichtende Schärfe verlor.

„Wo bleibt Krause bloß? Es ist ja keine Weltreise, die er zu absolvieren hat."

Bevor Wagner eine witzige Bemerkung, die die angespannte Situation auflockern sollte, von sich geben konnte, fuhr Bitter aufgebracht fort. „Ein Spitzenkandidat, der seine Frau verprügelt! So oft, dass sie ins Frauenhaus flüchtet, womöglich an der Hand das kleine Kind! Eine Katastrophe für unsere Partei! Und das nicht nur, weil die Regierung erst vor wenigen Wochen eine Kürzung der Landeszuschüsse für die Frauenhäuser in Niedersachsen auf den Weg gebracht hat. Gewalt in der Familie und gegen die eigene Frau – das passt nicht zu uns. Gewalt in der Familie ist ein Problem der Randgruppen, der Unterschicht und der Migrantenfamilien, vorrangig aus Nicht-EU-Staaten. Die Sache muss so schnell wie möglich aus der Welt geschafft werden."

Wagner nickte, in diesem Zustand war es nicht ratsam, dem Parteivorsitzenden zu widersprechen. Hoffentlich schaffte Fritz Krause, seit fünf Jahren Innenminister, es endlich, den Aegidientorplatz zu überwinden, wo Tag für Tag ein Dauerstau für Ärger sorgte. Als der Minister mit Verspätung eintrudelte, schoben die Politiker der Verkehrsministerin die Schuld zu, sie hatte ihr Ministerium nicht im Griff. Bitter war nicht erst seit heute entschlossen, sie nach der Wahl abzusetzen, aber das war vorerst topsecret. Denn der Verlust einer Frau am Kabinettstisch würde die Frauengruppe auf den Plan rufen. Und mit der Quoten-Peters hatte er auch so genug Ärger.

Bitter reichte die Zeitung über den Tisch.

„Kenne ich", knurrte Krause, „schöne Scheiße".

Bei Wagner waren erste Anfragen von GTV und vom Fernsehen Niedersachsen aufgelaufen. Dass ausgerechnet der beliebte Politiker Stein ein Schläger gewesen sein soll, rief die Medien auf den Plan, das roch nach Sensation. Mit jedem Wort, das Wagner von sich gab, wurden die Gesichter der Politiker länger.

Es kam jedoch noch viel schlimmer. Der Innenminister war soeben darüber informiert worden, dass früh am Morgen Frau Stein und ihr Anwalt bei der Staatsanwaltschaft aufgetaucht waren. Selbstanzeige. Sie war bereits am Abend des Vortages bei einer Vernehmung durch die Ermittlungsleiterin geständig gewesen: Wochenlang hatte sie ihrem Mann Bioxide verabreicht. Der Anwalt sprach von Notwehr und legte ein Fotoalbum vor.

Krause hatte sich die Fotos vorlegen lassen. „Grauenhafte Fotos. Wenn die in die Öffentlichkeit gelangen, gibt es einen Aufschrei. Natürlich distanzieren wir uns von Stein, diesem Schwein. Entsetzen, Menschenwürde, Wolf im Schafspelz. Aber irgendwas bleibt immer hängen."

„Sehe ich genauso. Unser Image würde ins Bodenlose stürzen, unser Vorsprung wie Schnee in der Sonne dahinschmelzen. Wo befindet sich das Album jetzt?"

Es befand sich im Büro des Innenministers, verschlossen, den Schlüssel hatte er dabei. Der Staatsanwalt, ein Mann, der noch etwas werden wollte, hatte das Album beschlagnahmt und dem Minister unverzüglich ausgehändigt. Unter Umgehung des Dienstweges. Das war gut für seine berufliche Zukunft; angesichts der ernsten Lage mussten die Vorschriften einstweilen zurückstehen. Und Hirschmann hatte auch nichts unternommen, außer den persönlichen Referenten des Innenministers zu informieren.

„Hast du klasse gemacht, Fritz", lobte Bitter. „Du bist der Innenminister. Du entscheidest, wann ein Fall vorliegt, der unter die Geheimhaltungsstufe fällt."

„Du hast gut reden, Albi. Die amtliche Geheimhaltung ist an strikte Voraussetzungen gebunden. Kannst du in einer ruhigen Minute in der Geheimschutzordnung des Deutschen Bundestages nachlesen. Wenn dich das persönlich betrifft, ist es nicht mehr halb so langweilig. Keine der Voraussetzungen liegt in diesem Fall vor. Mit anderen Worten: Falls das rauskommt, bin ich meinen Job los. Die Opposition wird ein Freudenfest veranstalten."

Niemand sprach es aus, das war auch nicht nötig. Sie saßen in einem Boot.

Bitter fragte: „Wer genau weiß von der Sache?"

Krause hatte Durst. „Gibt's hier eigentlich nichts zu trinken?"

Frau Stigler wurde zu einem Einsatz an die Kaffeemaschine geschickt, die beiden Männer zogen Bilanz, Wagner beschränkte sich aufs Zuhören. Mehr erwartete auch niemand von ihm.

Hirschmann, so wusste Krause zu berichten, war einer der Ihren, Sympathisant der Bürgerpartei, der würde nichts sagen, sondern still auf seine Belohnung in Form einer Beförderung oder Höhergruppierung warten. Kenntnis von dem Album hatten die Witwe Stein und ihr Anwalt Janssen. Weiter der Staatsanwalt und neben Hirschmann zwei oder drei weitere Beamte des LKA. Frau Hauser hatte gestern mit der Witwe gesprochen, es wäre naheliegend, wenn sie danach einige Kollegen informiert hätte. Kenntnis hatte auch Professor Zorn. Zwar wusste er nichts von den Prügelattacken, aber von den Bioziden. Würde er Zeitung lesen, könnte er sich einen Reim darauf machen.

Frau Stigler, wie immer bildschön, aber übellaunig, trug das Tablett herein, die Männer unterbrachen ihr Gespräch und blickten unschuldig drein. Daran erkannte sie, dass etwas Wichtiges vorging.

Danach erstellten sie eine Liste aller Eingeweihten. Hinzugefügt wurden die Frauenhausleiterin Sänger und die Fotografin. Viele Namen, das war die schlechte Nachricht. Die gute Nachricht: Die meisten waren Landesbeamte. Krause bot an, diese Gruppe zu übernehmen. Er wollte unverzüglich Ritter aufsuchen, ihn und seine Leute zu absolutem Stillschweigen vergattern. „Stufe 2 der Geheimhaltung“ sollte allen die Münder verschließen. Falls lästige Fragen kämen, würde er sich darauf berufen, die Witwe und ihr Kind schützen zu müssen. Und das Amt des Ministerpräsidenten auch.

„Niemand wird reden", sagte der Innenminister voraus. „Wenn doch, fliegt er. Schwerwiegende Störung des Vertrauensverhältnisses, zwischen Beamten und Dienstherrn gibt es immer noch besondere Spielregeln. Die Beamten wissen das. Wer setzt schon seinen Job wegen so etwas aufs Spiel?"

Bitter sagte: „Und der Staatsanwalt? Der untersteht dir nicht. Und der Justizminister ist bekanntlich ein Oberbürokrat und Paragrafenfresser. Den sollten wir auf keinen Fall in die Sache einweihen."

„Schön, dass du das genauso siehst", murmelte der Minister. „Datenschutz zum Frühstück, Bürgerrechte zu Mittag und zum Kaffee singt er das Loblied seiner geliebten nichtstaatlichen Organisationen, allen voran der Menschenrechtsverbände. Er gehört zu der Kategorie Gutmenschen, die einem verdammt auf den Senkel gehen können. Ich hoffe also zuversichtlich, mich nach der Wahl nicht mehr mit diesem Prinzipienreiter von Justizminister herumärgern zu müssen. Liege ich da richtig?"

Bitter nickte bedächtig. „Es wird nicht ganz leicht werden. Er hat die Braunschweiger und Harzer hinter sich, aber ich will es versuchen. Mich nervt er genauso."

Krause grinste verhalten.

„Was den Staatsanwalt betrifft: Der kriegt eine Sonderbehandlung. Bei mir im Haus wird demnächst eine Referatsleiterstelle frei, B 2, habe sie ihm schon in Aussicht gestellt. Er hat sich fast ins Hemd gemacht vor

Freude. Der Mann war so glücklich, geradezu rührend. Jetzt hat er A 15. Er sitzt bestimmt schon am Rechner und addiert, was er sich künftig alles leisten kann. Um den müssen wir uns keine Sorgen machen. Um den Anwalt und die Witwe sowieso nicht. Die freuen sich, wenn die Sache niedergeschlagen wird. Der Staatsanwalt wird ihnen einen Deal vorschlagen. Was haben wir nur früher gemacht, als es noch keine Deals gab?"

„Kann mich an solche Zeiten nicht erinnern, muss lange her sein."

„Du musst es ja wissen. Es gibt also keine Anklage, die Beweisstücke bleiben bei uns, auch das Fotoalbum. Vor allem das Fotoalbum."

„Ich möchte bei Gelegenheit einen Blick reinwerfen."

„In Ordnung. Frau Stein verpflichtet sich, den Mund zu halten und bezeichnet ihren Ausflug ins Frauenhaus als Petitesse. Außer Rand und Band geratene PMS-Phase oder was Frauen sonst so draufhaben."

Auf der Liste waren sie beim Namen Sänger angelangt.

„Das könnte ein Problem werden", murmelte Bitter. „Sie hat die Verletzungen gesehen."

„Um die kümmerst du dich. Ich habe mir in aller Eile von der Polizeiabteilung ein Briefing erstellen lassen. Die kann schnell sein, wenn es schnell gehen muss. Die Frau ist 58 und in letzter Zeit oft krank gewesen. Außerdem alleinstehend. Sie hat sich Anfang des Jahres für eine Stelle im Innendienst des Sozialdezernats der Landeshauptstadt beworben. Sie wurde damals nicht genommen. Zu alt, zu oft krank. Sie will auf ihre alten Tage eine ruhige Kugel schieben. Da will man doch spontan helfen."

Bitter spielte mit seiner Zigarettenschachtel und legte sie wieder zur Seite.

„Okay", murmelte er, „ich übernehme das und kümmere mich um das alte Mädchen. Es wird sich schon ein windstilles Eckchen im Sozialministerium für sie finden."

Nächster Name: Professor Zorn. Der war nicht ohne Risiko, denn er war eitel. Bitter erinnerte sich mit Schaudern an eine Begegnung auf einem Kongress der Medizinischen Hochschule. „Zorn hält sich für den Größten, er faselte von einem Forschungspreis, den er gewinnen will. Wenn der eine Kamera sieht, geht ihm einer ab."

Zorn würde sich über zusätzliche Mittel für sein Institut freuen und noch viel mehr über den Niedersächsischen Forschungspreis, der im kommenden Jahr den Weg zu ihm finden würde.

Krause trank den Kaffee aus und sagte: „Wir werden ihn also glücklich machen. Soll er seinen Preis bekommen. Mit dem Wissenschaftsminister kann ich gut, wir haben schon oft abends einen gehoben. Er erzählt fast so gute Witze wie du, Albi."

„Einen haben wir noch", erinnerte Bitter. „Die Journalistin der Allgemeinen Niedersachsenzeitung erwähnt in ihrem Artikel einen Informanten."

Sie teilten sich Bitters letzte Zigaretten und vernebelten versonnen die Luft.

„Bei der beißen wir auf Granit", murmelte der Minister. Wagner bestätigte das. „Ich kenne sie, sie ist unbestechlich und ehrgeizig, die will noch was werden. Sie wartet auf den Ruf von außerhalb: Hamburger Wochenblatt, Deutsche Wochenzeitung, Deutsches Fernsehen – um nichts in der Welt wird sie ihren Informanten preisgeben. Kann ich sogar verstehen, das wäre das Ende ihrer Karriere. Ist ja nicht wie in der Politik. Da steht man zur Strafe ein Jahr in der Ecke und darf dann wieder mitspielen."

Krause grinste, Bitter sagte: „Na, na, Wagner, Ihre Scherze sind fehl am Platz."

Wagner verkniff sich die Bemerkung, dass es ihm bitter ernst gewesen war. Die beiden Politiker beugten sich über die Liste und fanden zwei Kandidaten, die als Informanten infrage kamen: die Leiterin des Frauenhauses und die Fotografin.

Bitter sagte: „Ich werde die Sänger ins Gebet nehmen. Aber erst, nachdem ich ihr eine Anstellung im Sozialministerium versprochen habe. Zuckerbrot und Peitsche, damit habe ich gute Erfahrungen gemacht. Gerade bei Beamten. Anwesende ausgenommen."

Krause lächelte, auch wenn er früher Beamter gewesen war, hielt er Bitters letzte Bemerkung für einen Scherz.

Dann schossen sie sich auf die Fotografin ein. Krause hatte auch von ihr ein Briefing: Einzelkämpferin, erst vor drei Jahren aus dem Iran zugezogen, betrieb ein kleineres Fotoatelier in Langenhagen. Auch für sie fand sich ein Weg, sie geneigt zu machen. „Ihr derzeitiger Aufenthaltsstatus: geduldet. Ihre Aufenthaltsgenehmigung läuft in vier Monaten ab", berichtete der Innenminister.

„Vier Monate und aus dem Iran? Eine unabhängige Frau, die einige Jahre hier gelebt und ein Geschäft betrieben hat. Das wird den Mullahs nicht gefallen. Wer weiß, was ihr in ihrer Heimat blüht. Die gehen mit Frauen, die nach ihrer Vorstellung nicht gottgefällig leben, nicht zimperlich um. Peitschenhiebe läuft bei denen noch unter harmlos. Ich bin sicher, die Frau wird einiges tun, um in unserem schönen Niedersachsen bleiben zu dürfen, wo wir Steine nur zum Bauen benutzen."

Krause nickte. „Ich spreche gleich nachher mit dem Leiter der Auslandsbehörde. Aber erst einmal nur ein Jahr, wir müssen die Kontrolle über die Dame behalten."

Albi lächelte. „Ich sehe, wir verstehen uns."

Wagner bekam den Auftrag, Ohren und Augen offen zu halten und sofort Alarm zu schlagen, wenn Gefahr vonseiten der Medien drohte.

34

Danach verfielen die Männer in Schweigen. Aber Stille war für ihre Fantasie nicht gut. Sie machte es leicht, sich ungünstige Verläufe vorzustellen. Bisher war der Mordfall Stein „nur" ein spektakuläres Ereignis gewesen. Seitdem Stein als perverser Schläger entlarvt war, hing ein politischer Skandal über den Köpfen der Spitzenpolitiker. Und nichts konnten sie jetzt weniger brauchen. Der Partei drohte eine Katastrophe. Eine Landtagswahl in Kenntnis von Steins zweitem Gesicht, seiner Brutalität gegenüber seiner Frau, konnte nur mit einer krachenden Niederlage der Bürgerpartei enden. Bitter sah die Schlagzeilen vor sich: Erdrutschsieg für die Opposition! Dann hätte die Peters endlich ihren weiblichen Spitzenkandidaten, nach dem sie sich so sehnte. Nur dass die Frau von der Opposition käme und die Gattin des Oppositionsführers war, die, obwohl nicht gewählt, das Sagen haben würde.

„Wir brauchen endlich den Täter", murmelte der Innenminister in Wagners düstere Gedanken hinein. „Gewalttätige Jugendliche, das würde mir gefallen. Ein Eifersuchtsdrama auch, dann sind wir aus dem Schneider. Die Ehefrau ist im Prinzip immer gut, aber wer seinen Gatten mit Gift angreift, hat keinen Grund, ihm mit dem Golfschläger eines über die Rübe zu hauen. Was ist, wenn im Zuge der Ermittlungen weitere Schweinereien über den Mann mit den zwei Gesichtern ans Tageslicht kommen?"

Der Landesvorsitzende klopfte mit dem Kugelschreiber auf die Tischplatte. Wo man in diesem Haus hingriff, stets hatte man ein Gimmick mit Steins Namen oder Foto in der Hand.

Albi sagte: „Mir war schon lange klar, dass Stein ein Mann mit zwei Gesichtern ist. Nach außen ein smarter Hund, der alle um den Finger wickelt. Aber in Wirklichkeit krankhaft misstrauisch, ein Mann, der sein Umfeld verachtet und drangsaliert. Keiner hat auf mich gehört, du übrigens auch nicht, Fritz."

Dann wandte er sich Wagner zu. „Und Sie, Wagner, Sie konnten vielleicht nicht anders, sie haben Ihren Job gemacht."

„Der Ministerpräsident hat mich gebeten, Stein zu unterstützen. Ich konnte mich dem nicht entziehen und er hat seine Sache gut gemacht. Was PR angeht, war er top drauf," rechtfertigte sich Wagner.

Krause machte ein betretenes Gesicht. „Wir wissen beide, woran es lag", nuschelte er. „Du besonders, nach 30 Jahren Politik weiß man das. Es lag am Erfolg. Und an der Aussicht auf noch mehr Erfolg in der Zukunft. Wir wollen doch die Umfragen nicht vergessen. Stein hat uns Werte gebracht, die wir bis dahin noch nicht kannten. Und was die Ermittlungen angeht: An meinen Leuten vom LKA musst du nicht zweifeln. Die ermitteln rund um die Uhr. Es ist ja auch nicht so, dass es keine Anhaltspunkte geben würde. Hübner, der Betriebsratsvorsitzende der Tawes AG, zum Beispiel. Der hat Stein gehasst und kein Alibi. Er ist leider kein Golfspieler. Aber es kann sich ja auch um einen Auftragsmord handeln.

Und dann gibt es noch eine abgelegte Geliebte. Voll von der Rolle, Alkoholikerin, Gedächtnis im Eimer, vermutlich nicht mehr zurechnungsfähig. Sie hat wegen Stein ihren Mann und ihr Kind verlassen, weil Stein ihr die Ehe versprochen hat. Frauen können ja so blöd sein."

„Typisch für den Kerl", stellte Albi fest. „Genauso habe ich ihn immer eingeschätzt. Verspricht ihr das Blaue vom Himmel und übrig bleibt ein Tritt in den Allerwertesten. So war der Kerl, er gab gerne den Politiker mit Zivilcourage. Ich habe seinen Dauerspruch ‚Man muss Mut zu unliebsamen Entscheidungen haben' noch gut im Ohr. Und bei seiner Geliebten hat er gekniffen. Sei es drum. Die Geliebte als Täterin wäre gut. Eifersucht, Rache, Hass, schön niedrige Beweggründe und sehr privat. Nichts, was man mit der Partei in Zusammenhang bringen kann."

„Oder mit Politik", warf Krause ein.

„Was? Genau. Oder mit Politik. Vor allem aber nicht mit der Partei. Warum nehmt ihr sie nicht fest? Die Menschen draußen im Land warten auf einen Ermittlungserfolg. Biete ihnen was an, damit sie wieder ruhig schlafen können. Für meinen Schlaf wäre das übrigens auch von Vorteil."

„Meine Leute haben nichts Konkretes gegen sie in der Hand. Die hätte im Knast noch nicht einmal ihre Zelle bezogen, wäre sie schon wieder draußen." Krause zögerte einen Moment, bevor er sagte: „Du bist auch noch nicht völlig aus der Schusslinie, Albi. Es hat sich herumgesprochen, dass du Stein nicht aufs Fell gucken konntest. Und dein Handicap kann jeder nachlesen, steht ja auf deiner Internetseite, dass du passionierter Golfspieler bist."

„Dann sag deinen Leuten von der Spurensicherung, sie sollen ausnahmsweise mal nicht um vier Feierabend machen und meine Golfschläger bevorzugt durchleuchten."

„Natürlich läuft das mit höchster Sensibilität ab. Ritter weiß das."

Albi schnaubte: „Wenn es nicht so ärgerlich wäre, wäre es nur lächerlich. Warum sollte ich Uwe Stein erschlagen, kannst du mir das vielleicht verraten?"

„Erspare uns das, Albi. Ich weiß, dass du nicht der Täter bist. Aber Frau Hauser vom LKA kennt dich nicht so gut wie ich."

„Wenn es nur daran liegt, das können wir ändern. Ich lade sie zum Essen ein. Vielleicht hat sie Ambitionen ins Ministerium zu wechseln, wer weiß."

„Verkneif dir das. Es würde nicht gut ankommen. Nicht bei der. Wenn die kriminaltechnische Analyse abgeschlossen ist, wird sich der Verdacht von allein erledigen."

„Und ich meine Schläger zurückerhalten. Wehe, ihr macht Kratzer rein. Ich habe große Lust auf eine Runde Golf. Es gibt nichts Schöneres als morgens der Erste auf dem Platz zu sein. Einfach grandios. Ich verstehe gar nicht, wieso Golf immer noch dieses Großkotz-Image hat. Morgens siehst du keine Menschenseele, nur du, der Wald, die frische Luft, die Vögel, ab und zu ein Reh oder ein Hase und der Platz, den du bezwingen willst."

„Hm, nichts für mich. Ich sehe keinen Sinn darin, hinter einem kleinen Ball herzulaufen. Dann schon lieber die Jagd. Das ist was für richtige Männer."

„Pah, auf wehrlose Tiere schießen! Ein 250-Meter-Abschlag, damit kannst du deine Power unter Beweis stellen, mein Lieber."

Bevor das Gespräch in freundschaftliche Belanglosigkeiten abdriftete, wandte sich der Innenminister wieder dem Mordfall zu. „Und wenn etwas völlig anderes dahintersteckt? Keine zufällige Gewalttat, nichts mit Eifersucht, sondern ein Auftragsmord?"

Albi schaute ihn entsetzt an: „Auftragsmord? Was redest du denn da! Das klingt nach Mafia. Mafia in Niedersachsen? Das können wir so kurz vor den Wahlen gar nicht gebrauchen. Habt ihr etwa Hinweise in diese Richtung?"

„Du weißt sehr gut, dass die Mafia hier eine zweite Heimat gefunden hat. Dennoch, bisher ist es nur eine Vermutung, aus dem Bauch heraus. Aber Stein war lange genug Anwalt. Er hatte Mandanten in einer Preisklasse, die mehr Geld haben, als unser Etat für das Schulwesen. Du kennst doch die Zahlen. Jeder dritte Euro, der bei uns investiert wird, stammt aus illegalen Geschäften. Das geht nur mit Anwälten. Oder anders herum: Ohne die schwarzen Schafe unter den Anwälten würden bei uns andere Verhältnisse herrschen. Anwälte treten als Treuhänder auf, waschen illegale Gelder, schließen Verträge mit Kommunen ab. Und die Kommunen sind alle dermaßen pleite, dass sie jedem Investor den Hintern küssen, der ihnen Bauland abkauft oder notwendige Investitionen in öffentliche Gebäude abnimmt. Die fragen nicht danach, ob die Investoren solide sind und wo das Geld herkommt."

Albi kannte die Geschichten. Wenn Gewerbeflächen zum Verkauf standen, war die Mafia regelmäßig dabei. Mit Mafiageld entstanden überall in Deutschland Wohnhäuser und Bürotürme. Das Geld, das sie mit Menschenhandel, Waffengeschäften oder Rauschgift verdienten, wollte investiert werden. Oft standen die neuen Wohnanlagen leer, monatelang, jahrelang. Legales Geld würde vor Schmerzen aufstöhnen, illegales Geld brauchte keine kurzfristigen Renditen.

Vom Innenminister erfuhr er, welche Mafia-Nationen derzeit in Deutschland federführend waren: Russland und Italien; Albanien war im Kommen. Etliche Dezernate beim Bundeskriminalamt und den Landeskriminalämtern befassten sich mit ihnen: die Zentralstellen für Rauschgiftkriminalität, für organisierte Kriminalität und für Internetkriminalität. Sie bemühten sich redlich, doch der Erfolg war mäßig, um nicht zu sagen, saumäßig. Die von der anderen Seite arbeiteten hochprofessionell, hatten ganz andere technische und finanzielle Möglichkeiten. Ihre Geldreserven überstiegen den Landeshaushalt der Polizei bei Weitem. Und vor allem mussten sie sich nicht an Vorschriften halten, sie verbreiteten Angst und Schrecken, indem sie Abtrünnigen mit Folter drohten. Das Gesetz des Schweigens erwies sich als deutlich erfolgreicher als das deutsche Strafrecht und die Dienstvorschriften der Polizei.

Krause sagte: „Noch wissen wir nicht, ob es Kontakte gab. Aber wenn es so war, kann ich auch nichts mehr tun. Einen Mafiamord unter den Tisch zu kehren – das schaffen wir nicht. In zehn Jahren mag das anders aussehen. Vielleicht ist unser Land dann dermaßen infiltriert, dass die Politik keine andere Wahl mehr hat, als sich mit den Mafiabossen zu arrangieren. Es gibt ja zahlreiche Schattierungen zwischen Kriminalisierung und Verbrüderung. Wenn noch zehn weitere Jahre Mafiageld ungehindert ins Land fließt, sind sie vielleicht eines Tages so wichtig für unsere Wirtschaft und die Arbeitsplätze, dass der Staat sich zwangsläufig arrangieren muss."

„Die Banken machen es uns vor", meinte Albi und entzündete die zehnte Zigarette des Tages.

„Sie unterstützen Betrüger im großen Stil und verkaufen Wertpapiere und sogenannte Zertifikate, die nicht einmal das Papier wert sind, auf dem sie gedruckt sind."

„Wolltest du nicht aufhören damit? Bleib bloß gesund", knurrte Krause. „Wenn du uns jetzt auch noch mit einem Herzkasper ausfällst ..."

Während Wagner den beiden zuhörte, beobachtete er die Menschen, die draußen vor dem Kondolenzbuch anstanden. Albi folgte seinem Blick.

„Sie sind so rührend", murmelte er. „Sie wollen sich ihre Illusionen nicht nehmen lassen. Glaubt mir, manchmal ist es besser, die Wahrheit zu verschweigen."

Krause nickte nachdenklich. „Du hast recht, die Menschen wollen die Wahrheit gar nicht wissen. Sie ducken sich lieber, als den Dingen in die Augen zu sehen. Selbst wenn morgen in allen Zeitungen stehen würde, dass große Teile der deutschen Wirtschaft im Besitz krimineller Hintermänner sind, würde sie das nicht wirklich kratzen."

Vermutlich ist es so, dachte Wagner, auch wenn es zum Kotzen ist.

Albi fischte seine Zigarettenschachtel hervor. Sie war leer.

„Mag sein, Fritz, aber die Zeitungsheinis würden sich daran hochgeilen und der Regierungspartei die Schuld geben. Besser kein Risiko eingehen."

35

Im Bett und im Badezimmer beschränkte sich Monika auf giftige Blicke. Am Frühstückstisch war ihr Wutpegel auf Höchstform aufgelaufen. Das erste Brötchen durfte Wagner noch straffrei verzehren, obwohl sie ihm Vollkornbrot verordnet hatte. Beim Brötchen Nummer zwei platzte ihr der Kragen. Erst in Zimmerlautstärke, bald mit giftig-schriller Stimme warf Monika ihm alle Schlagwörter an den Kopf, die sie bei diesen Gelegenheiten abzurufen pflegte: mangelnde Disziplin, fahrlässiger Umgang mit dem Körper, Bewegungsmuffel, zuletzt Hefekloß. Neu waren die Worte: „Mit dir kann man sich doch nicht mehr sehen lassen. Wie kann man nur in einem halben Jahr fast zehn Pfund zulegen? In deinem Alter!“

Er blickte sie kauend an und dachte: Warum lässt du mich nicht einfach in Ruhe?

Sie ließ ihn nicht in Ruhe, sprach über ihr Lieblingsthema: den Zusammenhang zwischen Körpergewicht und Willen. Sie betrachtete jedes Pfund, das er zugelegt hatte, als Kampfansage. „Du kannst mich gar nicht lieben, weil du genau weißt, dass ich dich nicht mag, wenn du fett bist“, knurrte sie.

Nun sprach auch er: über gute und schlechte Futterverwerter, über geringfügiges und starkes Übergewicht, über berufliche Phasen voller Strapazen, in denen es erlaubt sein müsse, mehr zu essen als in anderen Phasen. Über den Wahlkampfstress und jetzt noch die Ermordung des Spitzenkandidaten. Und Gelegenheit sich zu blamieren, gäbe es in den nächsten Wochen ohnehin nicht. Sein Körper lechzte nach Zucker, seine Seele auch. Zum Ausgehen habe er momentan sowieso keine Zeit, in den nächsten vier Wochen wolle er mit diesem Thema bitte in Ruhe gelassen werden. Sie seufzte und beendete ihre Belehrungen mit den Worten: „Der Spitzenkandidat Stein hat zehnmal so viel Stress bewältigt und dabei eine fantastische Figur gehabt. Selbst Bitter, der alte Knacker, ist im Vergleich zu dir schlank wie eine Gerte."

Er trank den letzten Schluck im Stehen, schnappte die Schlüssel und verließ türknallend die Wohnung. Die Tasche mit der Wegzehrung in Schokoladenform vergaß er und ärgerte sich darüber, mehr noch als über Monikas Vorhaltungen.

Ein Unfall auf dem Messeschnellweg – fast eine Stunde stand er im Stau. So hatte er Zeit zum Nachdenken über seine Ehe, die schon nach wenigen Monaten in einem Fiasko gelandet war. Manchmal, so wie heute, fragte er sich, ob er Monika überhaupt noch liebte. Er kam an vier Plakaten mit Uwe Stein vorbei. Der Kerl hatte ein gutes Plakat-Gesicht, ab morgen würde Albi hier hängen. Er durchsuchte das Handschuhfach. Keine Schokolade zu finden.

Die Parteizentrale erreichte er mit erheblicher Verspätung, er hetzte die Treppen hinauf. Frau Stigler kühlte ihn mit ihrer hochnäsigen Art ab. Der Parteivorsitzende dürfe nicht gestört werden, er habe Besuch vom Innenminister. Danach der Tiefschlag: der Zeitungsbericht mit der Enthüllung über Stein als Schläger.

Wagners Sekretärin meldete sich zur Arbeit zurück, noch blass und deutlich schlanker geworden. Wagner dachte: Vielleicht sollte Monika mir zum Geburtstag ein Magen-Darm-Virus schenken. Die Liste mit Journalisten, die zurückgerufen werden wollten, war lang und wurde im Minutentakt umfangreicher. Er verschanzte sich in seinem Büro und dachte an die Geschäftsführer der Werbeagentur, die in Kürze auftauchen würden. Kaum eine der Vorarbeiten, die Wagner bis zum Treffen unter Dach und Fach haben wollte, war auf den Weg gebracht. Er drängte Frau Stigler nach einem Termin bei Albi. Sie schützte ihren Boss wie Tiermütter ihre Jungen und teilte ihm mit, dass der Minister nun zwar weg sei, Bitter aber dringend zur Wahlkampfveranstaltung nach Hameln müsse. Wagner dachte: Wenn ich jemals Vorsitzender werden sollte, kommst du in den Keller. Er musste also ohne den Chef entscheiden. Kein angenehmes Gefühl, er mochte keine Alleingänge, schon gar nicht, wenn so viel auf dem Spiel stand.

Verzweifelt durchsuchte er den Schreibtisch nach Süßigkeiten. Plötzlich stand Bitter vor ihm, Wagner hatte ihn nicht kommen hören. Der Vorsitzende hatte auch schon mal frischer ausgesehen. Er wirkte, als habe sein Körper das Ende der Hitzewelle noch nicht mitbekommen. Wagner wollte ihm den neuen Flyer zeigen, ungeduldig winkte der andere ab: „Lassen Sie mich bloß mit diesem Pipifax in Ruhe. Das ist Ihr Ding, nicht meins. Ich habe andere Sorgen."

Er reichte Wagner einen Zettel: „Ich möchte, dass Sie umgehend mit dieser Dame Kontakt aufnehmen. Und wenn ich umgehend sage, meine ich umgehend. Vereinbaren Sie ein Treffen."

Wagner las Namen und Zusatz: „Die Fotografin, die Krause gestern erwähnt hat? Hat das nicht Zeit? In wenigen Minuten kommen die Leute von der Agen…"

„Tun Sie einfach, was ich sage: Rufen Sie gleich an. Machen Sie ihr klar, dass ich ihre Arbeit über alle Maßen schätze und ihre Dienste nach der gewonnenen Wahl in Anspruch nehmen werde. Fotos für die Internetseiten der Staatskanzlei, Fotos für die Pressearbeit, Auslandsreisen und und und."

„Muss das sein, reicht es nicht, sie mit dem Aufenthaltsrecht zu ködern. Sie gehört nicht zu den Top-Leuten in Hannover. By the way, Chef. Es gibt einige aus der Partei, die auf Aufträge warten. Leute, die für den Wahlkampf gespendet haben und bedient werden wollen."

Bitter nahm den Telefonhörer ab und reichte ihn Wagner. „Keine Diskussion. Wenn Sie gleich anrufen, schaffen Sie noch Ihren Anschlusstermin."

Das war eine neue Seite, die Wagner bislang bei Albi nicht kennengelernt hatte. Er musste sehr nervös sein. Die Fotografin meldete sich sofort, sie verabredeten sich für 15 Uhr im Mövenpick am Kröpcke. Falls Wagners Anruf sie in Erstaunen versetzt hatte, ließ sie sich das nicht anmerken. Nicht einmal den Grund des Treffens wollte sie wissen. Fast schien es so, als ob sie mit seinem Anruf gerechnet hatte.

Im Hinausgehen sagte Albi: „Apropos Parteispenden: Wie sieht es damit aus, Wagner?"

„Mau, sehr mau. Wir sind dringend auf neue Spenden angewiesen. Neue Gimmicks, Plakate und Flyer sind für Luft und Liebe nicht zu bekommen."

Albi seufzte. „Dann werde ich wohl mit Baumgart reden müssen. Ich kann den Kerl nicht leiden, er gibt den soliden Unternehmer mit sozialem Impetus und ist doch nur ein skrupelloser Geschäftemacher. Aber was bleibt mir anderes übrig? Dann muss die Kleingartensiedlung in Ricklingen wohl daran glauben. Fällt mir echt nicht leicht, Wagner, das können Sie mir glauben."

36

Ein Temperatursturz von über zwanzig Grad binnen weniger Tage machte den Menschen zu schaffen. Das Thermometer zeigte nur noch knapp zehn Grad an. Verena Hauser blieb bis mittags im Bett, noch immer ging es ihr miserabel. Die Fahrt nach Papenburg, wo Steins Mutter lebte, musste einen weiteren Tag warten.

Als sie sich nachmittags ins Büro schleppte, fand sie den Raum unangenehm kalt vor. Der Heizkörper war eiskalt. Die Dienstvorschrift erforderte drei Tage kühles Wetter, sonst blieb die Heizung aus. Der Schreibtisch war bepackt. Zeitungsberichte, Akten, Berichte von Mitarbeitern, Telefonnotizen von Petra Schramm, eine handschriftliche Aufforderung von Ritters Sekretärin, sich umgehend beim Direktor zu melden. Mit Rotstift geschrieben.

Als sie Jürgens Namen las, fing Verenas Herz an zu klopfen. Gefühlsmäßig war sie noch nicht über den Berg. In ihrem erbärmlichen Zustand vor ihn zu treten – die Haare strähnig, die Haut blass, Ringe unter den Augen –, war eine demütigende Vorstellung.

Verena zog sich gerade die Lippen nach, als Petra Schramm hereinwehte. Eingehüllt in eine Wolke Parfüm und mit ihrem blauen, eng geschnittenen Wollkleid und ihren schwarzen Pumps, fuhr sie das komplette Arsenal ihrer provozierenden Jugend auf. Sie brachte Frische in das schäbige Büro.

„Hi, Chefin, wieder an Bord? Ich hoffe, es geht Ihnen besser. Sie sehen schlecht aus, aber das wird schon wieder.

Sie sollen übrigens sofort zum Direktor kommen, sein Vorzimmer hat mehrfach nach Ihnen gefragt. Stolli und ich waren schon bei ihm. Es geht um … aber das soll er Ihnen lieber selber sagen."

Sie schaute auf ihre Uhr, die sie an einer langen Kette um den Hals trug. „Ich würde jetzt gerne Mittag machen, Chefin. Ich bin verabredet. Stolli ist nach Celle gefahren, um mit der Klaßen zu sprechen. Eigentlich müsste er längst zurück sein, treibt sich wahrscheinlich wieder herum."

Ihre Mitarbeiterin rauschte davon, im Raum blieben ihr Geruch und der Nachhall ihrer Energie zurück.

Ritters Vorzimmer war verwaist, der Direktor saß an seinem Schreibtisch, in Akten vertieft. Von ihm ging, wie er Verena musterte, eine Aura der Unnahbarkeit aus, die durch den dunkelblauen Anzug noch verstärkt wurde. Keine Spur von Zuneigung. Unvorstellbar, dass sie sich vor nicht einmal einer Woche geliebt hatten. Auch seine Begrüßung fiel kühl aus. Verena blieb stehen, ein Platz war ihr nicht angeboten worden.

„Sie wollten mich sprechen?"

Er nickte und forderte sie mit einer knappen Geste auf, sich zu setzen.

„Ich möchte mit Ihnen über Frau Stein sprechen. Sie hat Ihnen die Sache mit dem Arsen gestanden?"

„Das hat sie. Heute Morgen wollte sie zum Staatsanwalt gehen und ein Geständnis ablegen. Ich habe es gestern Abend noch weitergegeben. Meine Mitarbeiterin wird Kriminaldirektor Hirschmann informiert haben?"

„Das hat sie getan. Der Innenminister hat sich eingeschaltet. Er hat die Angelegenheit mit Geheimhaltungsstufe 2 versehen und zur Verschlusssache erklärt. Aus übergeordneten Gründen. Für uns hat das Konsequenzen: Akten schließen und Stillschweigen bewahren. Hirschmann weiß Bescheid. Mit Stollmann und Frau Schramm habe ich bereits gesprochen. Beide meinten, dass sonst niemand von der Sache weiß. Ist das korrekt?"

Verena war sprachlos. Wieso Geheimhaltungsstufe 2? Sie konnte kein übergeordnetes Staatsinteresse ausmachen, das einen solch radikalen und nur selten angewandten Schritt gerechtfertigt hätte.

Ritter kam ihr zuvor: „Mutet grotesk an, ich weiß. Aber der Minister wird seine Gründe haben. Uns steht es nicht zu, diese Gründe in Zweifel zu ziehen. Unser oberster Dienstherr …"

Vielsagend ließ er die Worte ausklingen.

Verena begann sich zu wehren: „Der Minister ist Politiker, er steht zur Wahl an. Ich halte es nicht für ausgeschlossen, dass ihn sachfremde Gründe zu seiner abstrusen Entscheidung bewogen haben."

Ritter blickte sie an, als würde er unter Zahnschmerzen leiden.

Verena fuhr fort: „Wir können doch nicht so tun, als ob nichts gewesen wäre – selbst wenn sie in Notwehr handelte. Jahrelange brutale Gewalt, schlimmste Verletzungen am ganzen Körper, Striemen, blaue Flecken, Hämatome und ein versuchter Giftmord. Was für ein Interesse sollte der Staat haben, das zu verschweigen? Für eine offene Antwort wäre ich dir oder meinetwegen auch

Ihnen sehr verbunden. Ich erinnere daran, dass ein Fotoalbum existiert. Wie soll ich die Bilder vergessen, die ich gesehen habe? Wie wollen Sie sie vergessen? Professor Zorn wird einen Befundbericht erstellen. Sollen wir Beweisstücke verschwinden lassen?"

Ritter seufzte wie ein Vater, der nicht streng sein will, aber von einem uneinsichtigen Kind dazu gezwungen wird.

„Mit Ihren Kollegen war das weniger kompliziert, Frau Hauser. Wir müssen gar nichts verschwinden lassen. Der Minister hat mir versichert, dass es das Fotoalbum nicht mehr gibt. Es hat übrigens auch niemals existiert. Das würde jedenfalls Frau Stein bestätigen, sollte es zum Schwur kommen. Und was den Befundbericht angeht, Professor Zorn hat ihn noch nicht geliefert. Es sollte mich sehr wundern, wenn darin von Bioxiden die Rede sein sollte."

Fassungslos starrte Verena den Mann hinter dem Schreibtisch an.

„Mich erinnert das an Zustände in Staaten, die wir gerne als Entwicklungsländer oder Dritte-Welt-Staaten bezeichnen. Wo autoritäre Regierungen tun, was sie wollen, weil es keine Instanzen gibt, von denen sie kontrolliert werden."

Ritters Leutseligkeit hatte ihr Ende erreicht. Seine Augen blitzten zornig auf. Verena erwog die Möglichkeit, ihn zu provozieren, immer weiter, bis seine Fassade zu bröckeln begann. Was glaubte er eigentlich, wen er vor sich hatte? Ein kleines Mädchen, mit dem er nach Belieben umspringen konnte?

Bevor er ihr einen Vortrag über ihre Pflichten als Beamtin gegenüber ihrem Dienstherrn und die Rechte demokratisch gewählter Regierungen und die Auslegungsmöglichkeiten von Vorschriften im Besonderen halten konnte, überlegte sie es sich anders.

„Nun gut, wenn der oberste Dienstherr es so wünscht, werde ich mich an die Vorgaben halten. Ich kenne meine Pflichten als Landesbeamtin."

Er gab sich keine Mühe, seine Erleichterung hinter staatsmännischer Attitüde zu verbergen.

„Glauben Sie mir, es ist für uns alle das Beste. Die Regierung trägt die Verantwortung und sie wird wissen, was sie tut. Uns steht es nicht zu, ihre Entscheidungen infrage zu stellen. Dafür gibt es die Volksvertreter in den Parlamenten."

Natürlich, dachte Verena. Es gibt sie, aber wie sollen sie die Regierung kontrollieren, wenn diese Vorgänge vertuscht und obendrein noch Geheimhaltung verordnet?

„Und mit dem Mord selbst hat das alles nichts zu tun", fuhr der Direktor fort. „Stein wurde erschlagen, nicht vergiftet. Der Mörder läuft noch immer frei herum. Darauf sollten wir uns konzentrieren." Er beugte sich nach vorn, sein Gesichtsausdruck änderte sich. Jetzt war er wieder der Vorgesetzte, den sie kannte. Er erkundigte sich nach dem Stand der Fahndung. Einiges hatte er von Stollmann gehört, Frau Schreiber interessierte ihn besonders.

„Sie kommt als Täterin in Betracht", berichtete Verena. „Obwohl ich nicht glaube, dass sie es war. Sie liebt ihn immer noch. Und sie trinkt; um die Tageszeit war ihr Alkoholpegel vermutlich zu hoch für gezielte Schläge mit einem Golfschläger."

Sie nannte auch den Betriebsratsvorsitzenden Hübner und Alfred Bitter. „Beide hatten ein Motiv und besitzen kein Alibi. Wir sind am Ball. Natürlich hoffe ich, dass sich nicht wieder ein Minister einmischt und eine amtliche Geheimsache daraus macht. Das wäre zwar gut für den Mörder, für mich wäre es schlecht. Und für die Öffentlichkeit auch."

„Das wird nicht so kommen. Frau Stein wäre allenfalls zu einer Bewährungsstrafe verurteilt worden. Lassen Sie die Sache also ruhen. Den Parteivorsitzenden würde ich übrigens ganz schnell vergessen, seiner Partei hat Stein doch viel zu verdanken."

„Die Partei vielleicht, aber nicht Bitter. Den hat Stein um die Spitzenkandidatur gebracht. Bei meinem Gespräch mit Bitter habe ich den Eindruck gewonnen, dass er voller Groll und Wut steckt."

„Ach, wissen Sie, Frau Hauser, wenn Sie an Plenarsitzungen im Landtag teilnehmen würden, wie ich das mehrfach musste, dann würden Sie ein Viertel der Abgeordneten für potenzielle Mörder halten. Sie streiten sich in aller Öffentlichkeit wie die Kesselflicker, beschimpfen sich, arbeiten mit Unterstellungen und gezielten Missverständnissen. Da ist viel Scheinheiligkeit und Heuchelei im Spiel. Und dann ist die Sitzung vorbei, und du siehst sie in der Markthalle einträchtig nebeneinander stehen und Cappuccino schlürfen. Das sind Rituale, die muss man nicht geschmackvoll finden. Aber die Politiker wären die Letzten, die das ernst nehmen. Übrigens gab mir der Minister zu verstehen, dass Bitter seine Golfausrüstung zurückhaben möchte. Wäre schön, wenn wir das hinbekommen."

Die herablassende Art stieß Verena ab. Als hätte sie die Golfschläger aus Jux und Tollerei in die Kriminaltechnik bringen lassen. Und warum verbreitete er sich über das Gezänk im Landtag? Sie hatte keine Nachhilfe in politischer Streitkultur nötig. Je länger sie ihn betrachtete, umso bitterer stieß ihr eine Erkenntnis auf: Er war nicht annähernd so stark, wie sie geglaubt hatte. Auch er kochte nur mit Wasser, bewegte sich im Dunstkreis des Ministers. Er drehte sein Fähnchen nach dem Wind. Die Enttäuschung schnürte ihr die Kehle zu. Ihr ungutes Gefühl, das sie bereits bei den Staatskanzleimorden beschlichen hatte, hatte sie nicht getäuscht. Und doch, er war ein wahnsinnig attraktiver Mann und jeder hatte menschliche Schwächen. Warum nicht auch er? Trotzdem beschloss sie, den merkwürdigen Vorfall mit dem Brief, den Stein bei seinem Anwalt hinterlegt und der die Witwe offenbar in Angst versetzt hatte, vorerst nicht zu erwähnen.

Ritter wandte sich wieder den Unterlagen zu.

„Das war's dann wohl, Frau Hauser. Informieren Sie mich, wenn es was Neues gibt."

An der Tür drehte sich Verena noch einmal um: „Danke für die Blumen."

„Was? Ach, die Blumen. Bitte schön. War mir ein Bedürfnis."

„Ich stelle sie unter Geheimhaltungsstufe 2. Niemand wird erfahren, dass es die Blumen jemals gegeben hat."

37

Die E-Mails der letzten beiden Tage boten der Kriminalrätin willkommene Gelegenheit, sich abzulenken. Der Stachel saß tief, sehr tief. War sie überhaupt noch verliebt? Ja, beantwortete sie die Frage für sich. Trotz allem bin ich noch immer in ihn verliebt.

Sie vertiefte sich in den Abgleich der Teilnehmer auf Steins Telefonlisten mit rund 10.000 Namen aus den Mitgliedsverzeichnissen der regionalen Golfklubs. Bislang waren keine Übereinstimmungen gefunden worden. Auch die Person, die Stein am Nachmittag vor der Tat angerufen hatte, war noch nicht ermittelt worden. Man wusste lediglich, dass der Anruf aus einer Telefonzelle am Bahnhof gekommen war. Fortschritte gab es hingegen beim Fußabdruck, der am Tatort sichergestellt worden war. Der Abdruck stammte von einem neueren Modell der Marke FootJoy, die allerdings sowohl für Männer als auch für Frauen geeignet ist. Die Untersuchungen an Steins Notebook hatten nichts ergeben. Neben E-Mails mit dienstlichem Inhalt fanden die Ermittler nur parteiinterne Vermerke, Sitzungsprotokolle und dergleichen. Nichts, was auf ein Mordmotiv schließen ließ.

Bitters Golfschläger waren mit Stereomikroskop und Computertechnologie untersucht worden. Keine Blutspuren, keine Hautpartikel. Verena wies die Kollegen der Kriminaltechnik an, die Schläger zurückzugeben und setzte Ritter in die Cc-Leiste. Ein Verdächtiger weniger.

Viele blieben nicht mehr. Danach ging sie das Vernehmungsprotokoll des Betriebsratsvorsitzenden durch. Was sie las, gefiel ihr, eine Kämpfernatur wie sie. Das nächste Gespräch würde sie selbst mit ihm führen.

Petra Schramm kehrte vom Mittagessen zurück und informierte die Kriminalrätin von ihren Telefonaten mit der Polizeidirektion Ulm. Dort wollte man sich um die Golfausrüstung von Dr. Jahn kümmern.

Etwas später trudelte Stollmann ein, wie gewohnt mit Flecken auf Hose und T-Shirt. Verena kannte keinen zweiten Menschen, der sich so oft bekleckerte – oder so dickfellig mit Flecken umging. Er freute sich, dass es Verena besser ging und erwähnte in für seine Verhältnisse zurückhaltender Weise, dass sie äußerlich noch nicht ganz wiederhergestellt wirke. „Das habe ich auch schon gesagt", mischte Frau Schramm sich ein. Was erwarteten ihre Kollegen von ihr? Dass sie nach einem Magen-Darm-Infekt aussah wie nach dem Besuch einer Schönheitsfarm?

Von seinem Ausflug nach Celle hatte Stollmann ein Loblied auf Marion Klaßen mitgebracht. Sie hatte ihm gut gefallen, als Politikerin und als Frau, vielleicht nicht in dieser Reihenfolge. Offenbar sei Stein ja doch nicht so ein mieser Hund gewesen, wie die hasserfüllten Frauen und Männer der Polizei weismachen wollten. Die Abgeordnete habe anders über ihn gesprochen – ohne mit ihm eine Beziehung gehabt zu haben. Ihre Beziehung zu dem Politiker sei rein platonisch gewesen, bei vielen politischen Themen sei man dicht beieinander gewesen.

„Das hat Bitter auch angedeutet“, erinnerte sich Verena.

Marion Klaßen hat Uwe Stein gelobt, seine Visionen, seine Power und seinen Mut, auch unangenehme Themen anzusprechen. „Uwe Stein war keiner dieser Beschwichtigungsapostel, die alles schönreden und lieber die Karre an die Wand fahren, als die Probleme beim Namen zu nennen. Das hat ihn von den meisten anderen Politikern unterschieden“, hat sie gesagt. Er sei ein Segen für die festgefahrene Landespolitik gewesen. Dass er sich damit Feinde machte, hat sie nicht bestritten, aber für einen Mord habe das ganz bestimmt nicht ausgereicht. Der Landesvorsitzende sei für sie kein schlechter Kerl, aber eben nur Durchschnitt und hoffnungslos altmodisch. Niemand, der die Leute vom Hocker reißt. Aber um die Wahl zu gewinnen, dafür wird es reichen. Dank des großen Vorsprunges, den Stein für die Partei errungen habe. Sie hat sich über den Vorwurf, Stein sei machthungrig gewesen, erzürnt. „Jeder Politiker ist machthungrig, man geht in die Politik, um Macht zu gewinnen. Nur mit Macht kann man etwas bewegen. Wer keine Macht will, ist in der Politik fehl am Platz. Das ist so, als würdest du einem Fußballer vorwerfen, dass er gerne gegen Tore schießt“, hat sie gesagt.

„Sie hat dich ja mächtig beeindruckt.“

„Ich fand sie tough, übrigens auch sehr ansehnlich, und sie ist die erste Person, die über Steins Tod traurig ist.“

„Was alles nichts daran ändert, dass Stein eine gespaltene Persönlichkeit war. Es wird Zeit, dass ich endlich mit seiner Mutter rede.“

„Falls sie mit dir redet. Stichwort: Emsländerin. Die Emsländer können manchmal verdammt stur und spröde sein. Ich kannte da mal eine Kollegin aus Lingen, also …"

„Verschon mich mit deinen Frauengeschichten, darauf habe ich jetzt keinen Bock", fiel Verena ihm ins Wort.

Stollmann hätte Verena gerne nach Papenburg begleitet, aber sie hatte eine andere Aufgabe für ihn. 600 Hinweise waren aus der Bevölkerung eingegangen, Stollmann sollte die von den Beamten des mittleren Dienstes vorgenommenen Auswertungen überprüfen und die Spreu vom Weizen trennen.

Er stöhnte auf. „Das ist Strafarbeit. Wir wissen doch, wie sowas läuft. Die meisten Hinweise gehören in die Kloschüssel. Spinnereien, Wichtigtuereien, Nonsens."

Sie gab ihm recht, aber die Chance auf einen guten Hinweis war größer als null – wenn auch nicht viel größer. Und Nachlässigkeiten konnten sie sich nicht leisten.

Nach längerem Zögern sprach die Kriminalrätin ihren Kollegen auf die, wie sie es nannte, „Geheimhaltungsnummer" an.

„Ist doch klar, was damit bezweckt wird. Die Partei hat Muffensausen, dass die dunklen Seiten ihres Spitzenkandidaten öffentlich werden. Fremdgehen ist ja noch akzeptiert. Aber wer jahrelang seine Frau verdrischt, hat keine Schonung verdient."

Er hielt Bitter für den Drahtzieher der Verdunklungsaktion.

„Mir ist egal, von wem das ausgeht", knurrte Verena. „Es deckt sich einfach nicht mit den Vorschriften."

Stollmann lachte. „Verena, sei nicht naiv! Das ist das 21. Jahrhundert. Das ist Politik! Wen jucken denn die Vorschriften, solange es keinen Kläger gibt! Denk an den Fall Uwe Barschel. Es gab damals viele Indizien, die auf einen Mord hindeuteten. Der ermittelnde Staatsanwalt hat kürzlich in einem Interview erklärt, dass ‚starke politische Kräfte eine Aufklärung verhindert haben'. Und, gab es einen Aufschrei in der Bevölkerung? Nein, gab es nicht. Die Menschen scheinen es inzwischen als selbstverständlich anzunehmen, dass Regierungen Straftaten vertuschen, wenn es ihnen in den Kram passt. Damals ging es um Mord, in diesem Fall geht es um einen versuchten Giftmord, der zudem aus Notwehr erfolgte. Du weißt, dass ich kein Blatt vor den Mund nehme, aber lebensmüde bin ich auch nicht. Warum bei den Oberen anecken, wenn es doch kein Schwein in diesem Land interessiert? Und was dir blüht, wenn du dich zu weit aus dem Fenster lehnst, ist klar: Strafversetzung in die Walachei. Niedersachsen hat viele Regionen, die sich als Straflager eignen, vor allem im Winter und der dauert hierzulande von Oktober bis April. Also Klappe halten und Augen zu. Mach bloß keinen Scheiß, Mädchen."

„Mach ich nicht", versprach sie ihm. Dann brachte sie den geheimnisvollen Brief ins Spiel, Steins letzte Verfügung an seine Familie. „Sie wollte mir nicht sagen, worum es dabei ging."

„Vielleicht ein Testament, ein Legat an eine Geliebte oder ein uneheliches Kind, wer weiß", mutmaßte Stollmann. „Welche Ehefrau spricht schon gerne über Nebenbuhlerinnen."

„Darum geht es nicht. Sie hatte Angst, man konnte die Angst förmlich riechen."

„Angst riechen? Wenn man einen verkorksten Magen hat wie du, riecht man schon mal …"

„Es reicht, Stolli. Am besten, du machst dich vom Acker."

Als er gegangen war, vertiefte sie sich erneut in die Berichte auf ihrem Schreibtisch. Die Fußspuren neben dem Fußabdruck vom Tatort wiesen Pflanzenstoffe auf, die sich nicht im Stadtwald fanden. Fleißige Lieschen wuchsen dort nicht, vermutlich war der Täter kurz vor der Tat in ein Beet oder eine Rabatte getreten. Verena dachte an den Vorgarten vor Steins Haus.

Sollte die Ehefrau doch etwas mit dem Mord zu tun haben, hatte sie nicht mehr abwarten wollen, bis das Gift seine tödliche Wirkung entfaltete? Und was hatte ihr Mann ihr in dem Brief mitgeteilt, der beim Anwalt aufbewahrt worden war und der seine Witwe in Schrecken versetzt hatte?

Sie nahm sich vor, das herauszufinden.

38

Moin, Moin, liebe Hörerinnen und Hörer, aus dem Funkhaus begrüßt Sie das Team von Radio RFN. Seit Tagen erreichen uns zahllose Anrufe von Hörerinnen und Hörern, die ihr Entsetzen über den schrecklichen Mord an Uwe Stein ausdrücken. Sie fragen nach neuen Spuren im Mordfall. Leider müssen wir ihnen mitteilen, dass auch am Tag sechs nach der grässlichen Gewalttat weder das LKA noch das Innenministerium einen Täter präsentieren können. Offenbar gibt es bislang nicht einmal eine konkrete Spur. Die Pressestelle des LKA erklärte auf Nachfrage des Senders: „Es gibt mehrere aussichtsreiche Spuren, denen wir nachgehen." Weitere Informationen zum Mordfall waren der Pressesprecherin nicht zu entlocken.

Uns liegt des Weiteren eine Erklärung des Innenministeriums vor, wonach die kürzlich aufgebrachten und in einigen Zeitungen veröffentlichten Gerüchte, dass die Ehefrau des ermordeten Politikers vor Jahren das Frauenhaus in Hannover aufgesucht haben soll, jeder Grundlage entbehren. Anderslautende Hinweise seien schlicht falsch und dienten einzig und allein dazu, das Ansehen des Verstorbenen zu beschmutzen.

Radio RFN sprach unterdessen mit Andrea Sänger, der Leiterin des Frauenhauses in Hannover. Frau Sänger erklärte, sich an Vorfälle, die drei Jahre zurücklägen, nicht erinnern zu können. Dies sei in

Anbetracht ihrer Arbeitsbelastung mit mehr als 300 Frauen, die allein im vergangenen Jahr Schutz im Frauenhaus gesucht haben, auch gar nicht möglich. Frau Stein selbst war für eine persönliche Stellungnahme nicht zu erreichen.
Das Innenministerium kündigte eine Pressekonferenz für Ende der Woche an. Wir von Radio RFN bleiben am Ball, um Sie, liebe Hörerinnen und Hörer, laufend über den Fortgang der Ermittlungen zu informieren. Bleiben Sie dran. Weiter mit dem Wetterbericht.

Radio RFN

Gut so, dachte Marion. Höchste Zeit, dass das klargestellt wurde. Uwe war kein Schläger. Wer immer dieses blödsinnige Gerücht in Umlauf gesetzt hatte, war ein Lügner. In ihre Gedanken hinein klingelte ihr Handy. Ein Blick aufs Display zeigte ihr, dass es sich um einen Unbekannten handelte. Ihr erster Gedanke war: die Medien. Die Mailbox sprang an: „Hier spricht Isabel Stein. Rufen Sie mich bitte zurück, Frau Klaßen. Möglichst bald. Die Nummer haben Sie ja."

Marion Klaßen war überrascht. Sie war Uwes Frau nie persönlich begegnet, Uwe hatte auch kaum über sie gesprochen. Eigentlich nur ein einziges Mal in Cuxhaven, als sie ihn verführen wollte und er den treuen Ehemann gegeben hatte. Wollte sie ihr jetzt Vorwürfe machen? Befürchtete sie, dass Uwe ein Verhältnis mit ihr gehabt hatte?

Seit Tagen hing Marion in den Seilen, fühlte sich antriebsschwach, missmutig, freudlos. Das war eine neue

Erfahrung für sie. Sie war fast immer gut drauf, schlechte Laune und Niedergeschlagenheit kannte sie nicht. Mit Uwes Tod hatte sich das geändert. Kurz nach dem Schock war sie noch entschlossen gewesen, auf eigene Faust Nachforschungen anzustellen. Dann hatte sie ihr Vorhaben verworfen, auch den Termin mit Bernd Wagner, Uwes engem Mitarbeiter, hatte sie abgesagt. Sie befürchtete, so eine Begegnung nicht durchzustehen. Sie wollte nicht riskieren, vor den Augen eines anderen in Tränen auszubrechen. Schon das Gespräch mit diesem Kriminalbeamten hatte ihr zugesetzt. Erst nach seinem Tod war ihr bewusst geworden, was für eine wichtige Rolle Uwe für sie gespielt hatte, wie eng sie sich ihm politisch verbunden gefühlt hatte, wie angenehm sie es gefunden hatte, dass er bei allem, was sie politisch unternahm, im Hintergrund gestanden hatte. Er hatte ihr Sicherheit und Zuversicht eingeflößt. Bei allem, was sie tat, hatte sie gewusst, es gibt ihn und er steht hinter ihr.

Marion war ein positiver Mensch, unternehmungslustig, kommunikativ, selbstbewusst. Sie stammte aus bürgerlichem Haus, war stets beschützt und gefördert worden. Der Tod ihres politischen Freundes und Förderers war der erste Schicksalsschlag, den sie in ihrem Leben erlitten hatte. Die Wunde war frisch. Die Vorstellung, seiner zornentbrannten Witwe gegenüberzutreten, bereitete ihr Unbehagen.

Aber sie war auch neugierig und wusste, dass sie sich stellen musste. Uwe hätte das gewollt.

„Danke, dass Sie zurückrufen, Frau Klaßen. Mein Mann hat immer sehr achtungsvoll von Ihnen gesprochen. Das hat er nur von wenigen Menschen. Können wir uns treffen?“

Nach Vorwürfen hörte sich das nicht an. Was wollte sie von ihr? Marion sprach ihr Beileid aus und fragte: „Worum geht es denn?“

„Nicht am Telefon. Ich möchte das lieber persönlich besprechen. Geht es noch heute? Ich kann auch zu Ihnen kommen.“

Hörte sich die Stimme der Witwe nicht gehetzt an? Oder ängstlich?

Marion sagte: „Okay, ich kann in einer Stunde bei Ihnen sein.“

Es ging sogar noch etwas schneller. Marion Klaßen war nie im Haus von Uwe Stein gewesen. Alles wirkte gepflegt und aufgeräumt. Vor dem Gartentor standen Windlichter, Fotos, Blumen, sogar Stofftiere. Dutzende von Trauernden hatten ihre Aufwartung gemacht.

Die Frau, die die Haustür öffnete, bevor Marion klingeln konnte, war farblos. Sie sah elend aus und ihre Augen lagen in tiefen Höhlen. Der rechte Arm war übersät mit blauen Flecken und einem großen Hämatom.

Im Wohnzimmer war für zwei Personen gedeckt. Den grünen Tee lehnte Marion ab und bat um Wasser. Die Witwe legte ihr die Kekse ans Herz, angeblich waren sie selbst gebacken. „Backen lenkt mich ab“, erklärte sie ungefragt. Während die Hausherrin eingoss, betrachtete Marion sie unauffällig. Uwes Frau war nicht hässlich, aber auch nicht schön, Durchschnitt eben, und die Ereignisse der letzten Tage hatten Spuren hinterlassen. Neben der Kanne lagen zwei Umschläge und ein Kinderfoto. Was sollte das werden?

Isabel Stein sagte: „Ich wollte am Telefon nicht reden, weil ich mir nicht sicher bin, ob mein Telefon nicht abgehört wird."

Marion starrte sie ungläubig an. Im ersten Moment glaubte sie, die Witwe habe einen Scherz gemacht. „Abgehört? Von der Polizei?"

„Nicht von der Polizei. Von einem Mann namens Oleg Subkow."

„Klingt wie aus einem Kriminalroman."

„Schön wär's", murmelte Isabel Stein. Dem größeren der beiden Umschläge entnahm sie ein Blatt Papier und reichte es Marion.

Ein Brief, unterschrieben mit „Uwe". Ein Testament?

„Das sieht sehr privat aus. Möchten Sie wirklich, dass ich das lese?"

Die Witwe nickte.

Schon nach wenigen Zeilen stockte Marion der Atem. Sie las den Brief zweimal, bevor sie ihn zurückgab. Marion verbarg ihr Gesicht in den Händen und stöhnte: „Oh Gott, Uwe, was hast du getan?"

„Das frage ich mich auch unentwegt, seitdem ich das zum ersten Mal gelesen habe. Vor zwei Tagen hat ein Anwalt mir den Umschlag gebracht. Wilm Hackmann, Inhaber der Kanzlei, in der Uwe jahrelang gearbeitet hat. Uwe hat den Brief dort hinterlegt. Beinahe hätte sich die Ermittlerin vom LKA alles unter den Nagel gerissen. Sie wollte wissen, worum es geht?"

„Haben Sie es ihr gesagt?"

„Natürlich nicht. Zu dem Zeitpunkt waren doch schon die Drohanrufe gekommen. Ich hatte viel zu viel Angst, die Polizei einzuschalten. Wegen Katharina. Sie haben gedroht, ihr etwas anzutun."

Isabel Stein strich sich nervös über den Rock. Seit dem ersten Satz kaute sie immer wieder an den Nägeln.

„Was erwarten Sie von mir?", fragte Marion. „Das sieht alles sehr gefährlich aus. Dieser Subkow ist doch bestimmt bewaffnet. Und was ist, wenn er … wenn er Ihren Mann umgebracht hat? Ich kann Ihnen nicht helfen. Sie müssen die Polizei einschalten!"

Isabel reichte Marion das Foto. Ein niedliches Mädchen. Die Ähnlichkeit mit dem Vater war unverkennbar.

„Das kam heute mit der Post, es wurde vorgestern im Zoo aufgenommen. Meine Tochter war mit einer Schulfreundin, deren älterer Schwester und einer weiteren Freundin dort. Der Mann muss gewusst haben, dass sie in den Zoo wollte. Ich darf mir gar nicht vorstellen, dass sie über jeden Schritt informiert sind, den wir …"

Sie sprang auf und trat ans Fenster.

„Wo ist Ihre Tochter denn im Moment?", fragte Marion behutsam.

„In ihrem Zimmer, sie schaut sich das Kinderprogramm an. Wenn Sie sie kennenlernen wollen, können wir gerne zu ihr gehen."

Marion wollte das Mädchen nicht kennenlernen. Sie wollte mit der Sache nichts zu tun haben. Sie wollte aufstehen und gehen.

„Lassen Sie nur", wehrte sie ab. „Was wollen Sie von mir? Ich wusste von der Sache nichts, ich hätte mir nie vorstellen können, dass Uwe mit solchen Geschäften etwas zu tun hat. Aber wir waren ja auch keine engen Freunde. Es war mehr die Politik, verstehen Sie? Sie glauben doch nicht, dass wir … dass ich mit ihm …? Das ist nicht der Fall.“

Ohne sich umzudrehen, sagte Isabel: „Nein, das glaube ich nicht. Ich weiß, dass Uwe zeitweise eine Geliebte hatte. Aber das war keine große Sache. Ich kenne ihren Namen. Uwe hatte keine Freunde, keinen einzigen. Sie sind der einzige Mensch, den er nicht schlecht gemacht hat. Sie hätten hören sollen, wie er über die anderen geredet hat. Er konnte so widerlich überheblich sein, so verächtlich.“

Marion wollte das nicht hören. Sie wollte nichts hören, was Uwe und ihr Andenken an ihn beschädigte. Uwe und kriminelle Geschäfte? Das konnte nicht sein. Es musste sich um ein Missverständnis handeln.

Die Witwe setzte sich wieder hin, sie schien jetzt ruhiger. Aber es gelang Marion nicht, die schrecklichen Wundmale zu ignorieren.

Dann nahm Isabel den Faden wieder auf: „Was die Geliebte angeht, es hat nicht wehgetan, es war mir egal. Ich habe sogar gehofft, dass er sie heiratet. Sie war so gehorsam, wie er es mag. Sie saß zu Hause und stand zu seiner Verfügung. Er kam, bediente sich und ging. Geliebt hat er sie nicht, geliebt hat er mich.“

„Ich weiß, dass er Sie geliebt hat. Er hat es mir selbst gesagt“, bestätigte Marion und wünschte sich weit weg. Das war ihr zu intim, sie hasste solche Gespräche und sie wollte das alles gar nicht wissen.

„Eine Liebe, für die ich teuer bezahlen musste. Es gibt Menschen, die zerstören das, was sie lieben. Uwe gehörte dazu. Er hat mich zerstört."

Die Witwe zeigte auf ihren Arm: „Sehen Sie selbst, eine seiner Hinterlassenschaften."

Marion schaute schnell wieder weg. Weshalb stand sie nicht einfach auf und verschwand?

Isabel deutete auf ihre Arme und Beine. Sie trug einen Rock, ihre Bluse hatte kurze Ärmel. Sie hatte aufgehört, sich zu verstecken. „Auch das war er. Er hat mich geschlagen, jahrelang."

„Wenn es so war, weshalb haben Sie ihn nicht verlassen?"

Isabel Stein schwieg eine Weile, dann wandte sie ihr Gesicht ihrer Besucherin zu. Ein unendlich trauriges Gesicht, die Augen ganz leer.

„Ein Mann wie Uwe lässt sich nicht verlassen. Ich habe es trotzdem versucht, vor Jahren schon. Da bin ich mit Katharina ins Frauenhaus gegangen, habe meinen gesamten Schmuck mitgenommen und das Geld, das ich am Tag zuvor vom gemeinsamen Konto abgehoben habe. Ich wollte ein neues Leben beginnen."

Sie kniff ihre Augen zusammen, ihr Blick schweifte in weite Ferne. „Ich weiß noch genau, wie es war, als ob es erst gestern gewesen wäre."

38

Oktober 2005

Sie wartete bis zum zweiten Geburtstag ihrer Tochter. Sie hatte sich gedanklich lange auf diesen Tag vorbereitet, wusste, dass es nur diese eine Chance gab. Wenn sie die vermasselte, … Besser, sich das erst gar nicht auszumalen.

Als er wie jeden Morgen um sieben das Haus verlassen hatte, packte sie ihren Schmuck, das Geld und das Nötigste für ihre Tochter und sich in eine Reisetasche. Er hatte sie Isabel zu ihrem letzten Geburtstag geschenkt, zusammen mit einer Handtasche im gleichen Design; beide waren aus hochwertigem Leder gefertigt. Seine Geschenke waren immer großzügig. Von außen wirkte das Gebäude in der Oststadt wenig ansprechend, wahrscheinlich war die Unauffälligkeit gewollt. Die letzten Meter bis zur Tür wurden für Isabel zu einer schweren Prüfung. Sie wusste nicht, was sie erwartete und fürchtete sich. Jahrelang hatte die Angst sie gelähmt, jetzt trieb sie sie voran.

Eine junge Frau öffnete die Tür. Sie lächelte und schloss die Kleine in die Arme. Katharina hatte die blonden Haare und die blauen Augen ihres Vaters geerbt.

„Wir beide gehen jetzt ins Spielzimmer“, sagte die Frau zu dem Mädchen. „Da sind andere Kinder, da wird es dir gefallen. Deine Mami kommt später nach, dann zeigst du ihr alles.“

Isabel wurde in das Büro am Ende des düsteren Ganges geschickt.

„Was führt Sie zu uns?“, fragte die Frau am Schreibtisch. Sie mochte Mitte fünfzig sein, wirkte übermüdet und stellte sich nicht vor. Ein kritischer Blick streifte ihre exklusive Reisetasche. Der Raum war unaufgeräumt, überall lagen Akten und Papiere herum, dazwischen Fachzeitschriften.

„Ich halte es zu Hause nicht mehr aus, mein Mann schlägt mich. Die Attacken werden von Mal zu Mal brutaler. Ich habe Angst, dass er eines Tages nicht mehr damit aufhört.“

Die Frau wies auf den Stuhl, Isabel setzte sich. Das Frage- und Antwortspiel begann. Regelmäßige Schläge? Ja. Fremdgehen? Eher nicht, es war ihr auch egal, das Vertrauen war weg, die Grundlage einer ehelichen Gemeinschaft auch, und vor allem hatte sie Angst, jeden Tag, Angst vor seiner Rückkehr am Abend.

„Das Übliche also“, murmelte die Frau. „Häusliche Gewalt. Davon haben wir allein in Hannover zweitausend Fälle im Jahr, Tendenz steigend. Nicht nur in Migrantenfamilien, sondern auch in deutschen Familien, zunehmend sogar in der Mittel- und Oberschicht. Wann hat er Sie zuletzt geschlagen? Kann man etwas sehen?“

Isabel erhob sich und schob die Ärmel ihres Pullovers hoch. Im Gesicht der Frau zeigte sich keine Regung. Die Frau bekam noch mehr zu sehen: Blutergüsse auf der Brust, am Bauch, an den Seiten und auf dem Rücken in Höhe der Nieren. Seit einigen Tagen enthielt Isabels Urin Blut, aber nur wenig. Davon erzählte sie nichts.

Die Frau griff nach der Digitalkamera.

„Gut, ich mache einige Fotos als Beweismittel. Danach brauche ich Ihre Daten. Name, Adresse, natürlich auch von Ihrem Mann. Wir müssen ja die Polizei einschalten."

Das war nicht das, was Isabel wollte. Sie war gekommen, weil sie Unterstützung suchte. Und vor allem Hilfe für einen Neuanfang unter einem anderen Namen und in einer anderen Stadt, damit Uwe sie nicht finden konnte. Eine Anzeige gegen Uwe würde seine Karriere zerstören, die als Anwalt und die als Politiker sowieso. Und das wollte sie nicht. Seine Gewalttätigkeit als Ehemann änderte nichts daran, dass er ein großartiger Politiker war. Besser als jeder, den Niedersachsen jemals aufgeboten hatte. Nein, ihr ging es nicht darum, ihm politisch zu schaden. Abgesehen davon, dass er ihr das niemals verzeihen würde. Er würde sie als Lügnerin und Verrückte hinstellen, die sich die Verletzungen selbst beigebracht hatte. Uwe kannte viele Menschen in Behörden und er kannte Richter. Er wusste, wie Richter agieren und was sie glauben würden. Sie würde Katharina verlieren, weil Uwe die Macht dazu besaß.

„Kann ich nicht einfach hierbleiben? Ohne den Namen meines Mannes zu nennen?"

„Wie stellen Sie sich das vor? Ohne Ihre Identität zu kennen, können wir Ihnen nicht helfen. Sie wollen ein neues Leben beginnen, das hat Konsequenzen. Wollen Sie ein neues Leben beginnen?" Prüfende Augen fixierten Isabel.

„Sagen Sie, haben wir uns nicht schon einmal gesehen? Kennen wir uns?"

Isabel wollte raus. Sie konnte hier keine Hilfe erwarten, nicht in ihrer Situation. Auf Frauen in ihrer Lage war man hier nicht eingerichtet.

Katharina spielte vergnügt mit einem Mädchen in ihrem Alter, dem Aussehen nach Türkin oder Araberin. Sie wehrte sich, als Isabel sie hochnahm; sie wollte noch bleiben. Auf dem Nachhauseweg schärfte Isabel ihr ein, Papa nichts von dem Ausflug zu erzählen.

Danach unternahm Isabel keinen Versuch mehr, aus der Ehe auszubrechen. Es gab Phasen, da schlug Uwe sie kaum und sie schöpfte Hoffnung, dass es besser würde. Dann wieder prügelte er sie mehrmals wöchentlich. Sie hatte niemanden, an den sie sich wenden konnte. Er hatte das gewusst, als er sie bat, seine Frau zu werden. War deshalb seine Wahl auf sie gefallen?

August 2011

Die Jahre gingen ins Land und Uwes Karriere nahm an Fahrt auf. Inzwischen war er ein prominenter Mann, neben dem amtierenden Ministerpräsidenten der bekannteste Politiker in Niedersachsen. Katharina war jetzt sieben und besuchte die erste Klasse der Glockseeschule in Döhren. Sie war ein liebes und verständiges Mädchen, das ihrer Mutter keine Probleme bereitete. Sie war bildhübsch, zutraulich, manchmal schon kokett. Mit Charme nahm sie die Menschen für sich ein, auch ihren Vater, den ganz besonders. Sie weckte in Uwe seine weichen, nachgiebigen Seiten. Wenn Uwe mit seinem Kind zusammen war, war er ein anderer Mensch. Bis vor Kurzem. Marion hätte Isabel gerne zum Schweigen gebracht, doch sie hörte nicht mehr auf zu reden.

„Vor Kurzem hat er erstmals die Hand gegen unsere Tochter erhoben. Es war vor allem der Ausdruck in seinen Augen, der mich erschreckt hat. Ich wusste, er würde es wieder tun, und ich wusste, dass ich meine Tochter schützen muss. Der Mörder ist mir zuvorgekommen, sonst wäre Uwe an einer Arsenvergiftung gestorben."

39

Als Isabel zu reden aufhörte, hing Schweigen zwischen ihnen, ein unheilvolles Schweigen. Marions erster Gedanke war: Du bist eine Lügnerin. Du willst dich an ihm rächen, weil er sich jetzt nicht mehr wehren kann. Vor ihr saß eine Witwe, die voller Groll war und eine Zuhörerin für ihre Hasstiraden brauchte.

„Übertreiben Sie nicht ein wenig?", fragte Marion mit erzwungener Ruhe. „Ich habe ihn jahrelang erlebt. Sie schildern einen anderen Menschen."

Isabel Stein lächelte. „Sie also auch. Er hat also auch Sie fasziniert. Das konnte er, andere Menschen faszinieren, sie für sich einnehmen. Dabei wissen Sie selbst, wie viele Menschen er vor den Kopf gestoßen hat, um an die Spitze zu kommen. Sie nennen das Durchsetzungsfähigkeit und meinen es positiv. Ich nenne es Erbarmungslosigkeit. Wenn er wirklich der Mann gewesen wäre, für den Sie ihn immer noch halten, wie erklären Sie sich, dass er sich mit einem Kriminellen, einem Waffenschieber, eingelassen hat?"

Das erklärte sie sich gar nicht, weil es nicht wahr sein konnte. Schon zu diesem Zeitpunkt spürte sie, wie viel Kraft sie aufbringen musste, um die schockierenden Neuigkeiten nicht an sich herankommen zu lassen. Sie wollte gehen und niemals zurückkehren. Aber das Wissen würde sie mitnehmen, es begann ja schon, in ihr zu arbeiten. Also blieb sie sitzen.

Isabel Stein sagte: „Um auf Oleg Subkow zurückzukommen: Er will nur das Geld. Wenn er es hat, wird er uns in Ruhe lassen.“ Marion wich Isabels Blick aus, aber Isabel ließ sie nicht mehr in Ruhe. „Ich dachte, dass Sie mir dabei helfen könnten. Ich würde Sie nicht behelligen, wenn es jemanden gäbe, den ich um den Gefallen bitten könnte. Es gibt aber niemanden.“

„Was genau erwarten Sie denn von mir?“

„Sie sind Abgeordnete, Sie genießen Immunität. Wenn Sie nach Vaduz fahren, in die Bank gehen und das Geld aus dem Schließfach holen, wird Sie niemand an der Grenze kontrollieren. Erst recht nicht, wenn Sie die Reise mit einem politischen Termin verbinden.“

„Aber das ist … Entschuldigen Sie, das wäre doch wohl Ihre Aufgabe.“

„Aber bei mir könnten die Behörden hellhörig werden. Überlegen Sie doch: Die Ehefrau eines kürzlich ermordeten Politikers reist eine Woche nach dessen Tod nach Liechtenstein und kehrt mit einem Koffer zurück. Ich würde nie im Leben heil durch den Zoll kommen. Das Geld wird beschlagnahmt und alles geht von vorne los – mit einer Ausnahme: Oleg wird jetzt noch wütender sein.“

Marion lehnte sich zurück. Sie lachte gequält und murmelte: „Ich fahre nach Vaduz, packe 1,2 Millionen Euro in den Koffer und gehe mit dem Schatz über die Grenze.“

In Isabel Steins Gesicht entdeckte sie nichts von der Abwehrhaltung, von der sie selbst im Griff gehalten wurde.

„Und was soll danach passieren?“, fragte die Abgeordnete.

„Ich gebe Oleg Subkow das Geld und sage ihm, er soll zum Teufel gehen.“

„Fühlen Sie sich wirklich sicher? Befürchten Sie nicht, dass er die Zeugin ausschalten würde? Der Mann hat Millionen mit schmutzigen Geschäften gemacht.“

„Er ist ein eiskalter Bursche, dessen Leben nur von Geld beherrscht wird. Weshalb sollte er mich töten? Solche Leute töten nur, wenn es sein muss.“

Marion seufzte: „Ich sage das jetzt nur spaßeshalber. Ich muss herausfinden, ob es sich so absurd anhört, wie ich glaube. Ich begebe mich also auf eine Dienstreise, ausgerechnet nach Liechtenstein, das wegen der Steuer-CDs ausgesprochen schlecht auf uns zu sprechen ist. Ich brauche eine Tarnung, die sich mit meinem politischen Spezialgebiet deckt. Also verabrede ich mich mit dem Leiter des Schulamtes der Gemeinde Vaduz. In Liechtenstein gibt es ja tatsächlich interessante Projekte zur Qualitätssicherung im Unterricht. Daran denkt man ja immer zuletzt: dass es sich um ein normales Staatswesen mit Infrastruktur handelt, in dem normale Menschen mit normalen Bedürfnissen wohnen. Ich würde wahrscheinlich nicht auffallen. Im Gegenteil: Die dortige Regierung wäre sogar begeistert, dass wir ihre Schulpolitik für vorbildlich halten. Man weiß ja, wie leicht sich die kleinen Nachbarn von der deutschen Größe erdrückt fühlen. Allerdings vereinbart man solche Termine einige Monate im Voraus.“

Sie hatte sich in Fahrt geredet, um die Absurdität des Vorhabens darzulegen. Herausgekommen war ein überzeugendes Besuchsprogramm einer engagierten Schulpolitikerin.

„Behaupten Sie doch, Sie hätten gerade in der Gegend zu tun. Deuten Sie an, dass Sie gleich nach der Wahl einen Coup im Bildungssektor planen. Und nun müsse alles hoppla-hopp gehen, weil durch den Tod des Spitzenkandidaten alles in Aufregung sei. Das wird jeder verstehen."

„Heute ist Freitag. Vor Dienstag wird das mit der Reise nichts."

„Das wäre noch im Rahmen. Oleg hat mir bis Mittwoch Zeit gegeben."

Marion trank das Wasser aus und probierte einen der Kekse. Er schmeckte ihr nicht. In ihr arbeitete es. Vielleicht war es doch nicht so verrückt, wie es sich zunächst angehört hatte.

„Ich müsste Dienstagabend zurückfahren. Das sind 2000 Kilometer in zwei Tagen. Etwas aufwendiger als mal eben in den Deister oder Harz zu fahren. Aber wir haben einen riesigen Vorteil: Wir wissen aus Uwes Schreiben, wie der Ganove heißt. Das weiß der aber nicht. Daraus lässt sich was machen."

Isabel Steins Enthusiasmus der letzten Minuten kühlte schlagartig ab: „Sie wollen doch nicht etwa das Innenministerium einschalten? Dann erfährt es die Polizei. Das will ich auf keinen Fall."

Nachdenklich zupfte Marion an ihrer Bluse: „An die Polizei habe ich nicht gedacht. Ich denke an jemanden, mit dem ich befreundet war. Er würde niemals die Polizei einschalten. Eines muss zwischen uns klar sein, Frau Stein: Wenn ich Ihnen helfe, dann zu meinen Bedingungen." Marion erhob sich und sagte: „Ich versuche jetzt gleich, einen Termin in Vaduz zu vereinbaren. Außerdem werde ich einen Dienstreiseantrag als Vorsitzende des Kulturausschusses einreichen, das läuft über die Landtagsverwaltung."

„Lassen Sie das lieber. Dann wissen noch mehr Leute darüber Bescheid. Die Reisekosten übernehme ich. Und natürlich alle anderen Kosten, die Ihnen entstehen. Ich zahle Ihnen auch ein Honorar."

Marion widersprach. Es solle alles ganz normal aussehen, deshalb der Reiseantrag über die Landtagsverwaltung.

Sie reichte Marion eine Vollmacht, sie hatte an alles gedacht. Kühle Planung oder naives Zutrauen in die Hilfsbereitschaft ihrer Mitmenschen?

An der Haustür schüttelten sie sich die Hand. Isabel Stein überraschte ihre Besucherin mit einer Umarmung. Sie schien selbst über ihren spontanen Impuls erschrocken zu sein und wirkte verlegen wie ein Mädchen. Auf einmal duzten sie sich. Lächelnd nahmen sie Abschied. Marion ließ eine erleichterte Frau zurück.

Marion selbst war keineswegs glücklich. Jeder Schritt, mit dem sie sich vom Haus entfernte, ließ ihren Ärger wachsen. Das war doch völlig verrückt, das war doch alles nicht durchdacht.

Aber es war auch reizvoll. Es war spannend und aufregend. Und deshalb fühlte sich Marion herausgefordert. Tagelang war alles grau gewesen, jetzt hatte sie eine Aufgabe. Sie konnte einer verängstigten Mutter helfen. Das war das edle Motiv, mit dem sie ihr Gewissen beruhigte. Aber das war es nicht allein. 1,2 Millionen, von denen außer Isabel und diesem kriminellen Russen niemand etwas wusste. Uwe musste gute Gründe gehabt haben, das Geld bei einer Bank in Vaduz zu bunkern. In seinem Brief hatte er darüber nichts geschrieben, nur dass das Geld dort lag und für seine Familie bestimmt sei, falls ihm etwas zustoßen sollte. Hatte er geahnt, dass ihm jemand nach dem Leben trachtete? Dieser Subkow womöglich? Und ausgerechnet dem wollte seine Witwe das Geld auf dem goldenen Tablett überreichen.

In ihrer Wohnung machte sich Marion einen doppelten Espresso und danach noch einen. Sie brauchte einen wachen Kopf. Schritt für Schritt entwickelte sie den Plan für die nächsten Stunden. Termin mit Vaduz, Reiseantrag bei der Landtagsverwaltung, ein Hotelzimmer reservieren, das Schließfach des Bankhauses Vaduz aufsuchen. Uwe hatte seiner Frau detailliert aufgeschrieben, was zu tun war. Bei der Bank würde sie keine Schwierigkeiten bekommen. Niemand würde sich dafür interessieren, ob Uwes Frau oder eine Bevollmächtigte das Schließfach leerte.

Die spannendere Frage war, was danach passieren würde. Marion ging mehrere Optionen durch. Sie könnte Subkow mit dem Geld beglücken, ein Gedanke, der ihr zuwider war. Sie könnte aber auch mit dem Geldkoffer ins Finanzministerium marschieren. Vermutlich lag Steuerhinterziehung vor. Aber für spürbare Schuldentilgung war es zu wenig Geld, und als Einnahmetitel würde es im Landeshaushalt ausgewiesen werden müssen. Dann müsste die Regierung erklären, woher das Geld stammte.

Das wäre der Super-GAU, wenn Marion dafür verantwortlich wäre, dass bekannt würde, wie der ehemalige Spitzenkandidat ihrer Partei sich in seiner Zeit als Anwalt als Geldwäscher für einen Waffenhändler betätigt hatte. Das würde die Partei ihr niemals verzeihen, es wäre das Ende ihrer politischen Karriere. Und Subkow wäre noch immer auf freiem Fuß, um sich an der Witwe und ihrer Tochter zu rächen.

Die dritte Option hat mehr Charme: 600.000 Euro für sie, 600.000 Euro für Isabel. Für die Witwe wäre ein Schmerzensgeld für jahrelang erlittene Prügelorgien recht und billig. Für sie selbst wäre es eine reizvolle Reserve. Sie hatte ihren politischen Ziehvater verloren, sie musste sehen, wie es künftig für sie weitergehen würde. Es reichte nicht nur besser zu sein als ihre Konkurrenten, das war bisher schon so gewesen, daran würde sich nichts ändern. Aber nun musste sie sich darum kümmern, ein Netzwerk zu knüpfen, das ihre Karriere fördern würde. Sie musste das Vakuum, das Stein hinterlassen hatte, füllen, sie brauchte Kontakte zu Managern, Medienleuten, Verbandsspitzen. Sie musste dafür sorgen, zu den wichtigen Events eingeladen zu werden. Coaching, Stilberater, PR-Berater und positive Presseberichte, all das war ohne Geld nicht zu haben. Wenn sie in die wichtigen Kreise eingeführt werden wollte, musste sie sich mit entsprechenden Ratgebern umgeben. Diese Mentoren kosteten Geld, viel Geld. Für einen Moment glaubte sie Uwes Stimme zu hören: Macht es! Teilt euch das Geld! Vermutlich war dieser

Subkow ja sogar Uwes Mörder. 1,2 Millionen seinem Mörder zu überlassen, wäre Verrat an Uwe.

Marion ging zum Telefon, um alles auf den Weg zu bringen. Morgen früh würde sie sich mit Giorgio treffen. Vor zwei Jahren hatten sie sich getrennt, aber Marion zweifelte nicht an seiner Hilfsbereitschaft.

40

Ralf Hübner faltete die letzte von vier Tageszeitungen, die jeden Morgen auf seinem Schreibtisch lagen, zusammen. Eine Woche nach dem Mord an Uwe Stein waren die Berichte in den Lokalteil gerutscht. Hübner war es egal, wer der Mörder war, er hatte bestimmt gute Gründe gehabt. Und er hatte ihm Arbeit abgenommen. Das nicht zustande gekommene Treffen, um das er den Politiker gebeten hatte, ging ihm durch den Kopf. Ein bedauerlicher Unfall, der einen Krankenhausaufenthalt nach sich gezogen hätte. Einige Wochen Krankenhaus gegen 1000 Arbeitsplätze. Auch jetzt verspürte er kein schlechtes Gewissen, wenn er an seinen Plan dachte.

Den Betriebsrat trieben andere Sorgen um. Seit Tagen bemühte er sich vergeblich, eine verbindliche Auskunft über den Stand der Fusionspläne zu erhalten. Der Arbeitsdirektor der Tawes AG wusste nichts, behauptete er zumindest, aber das Lügen gehörte zu seinem Job wie das Fliegen zum Vogel. Der Finanzvorstand hatte sich krank gemeldet, das Magen-Darm-Virus war hart, aber gerecht. Der Vorstandsvorsitzende bereiste seit drei Tagen die Niederlassungen in Posen und Krakau, danach war ein Abstecher zur Wiener Niederlassung geplant. Heute Mittag wurde Hansen zurück erwartet.

Hübner glaubte nicht, dass Bitter als künftiger Vorsitzender des Aufsichtsrates der Fusion mit der Deutschen Antriebstechnik zustimmen würde. Ohne das Okay der Landesregierung würde es der Familie Rausch, die 25 Prozent der Anteile an der Tawes AG hielt, kaum gelingen, einen Käufer für ihre Firmenbeteiligung zu finden. Investoren liebten es nicht, wenn Regierungen Pläne zur Verlagerung oder zum Abbau von Arbeitsplätzen blockierten.

Natürlich durfte man sich auf Zusagen der Politik nie verlassen, auch wenn Bitter die Arbeitsplätze am Standort Hannover am Herzen lagen. Aber wenn sich der Druck auf ihn erhöhte oder schon erhöht hatte? Hübner war nicht darüber informiert, was in diesen Tagen hinter den Kulissen ablief. Wer mit wem kungelte, ob die Bürgerpartei und ihr Vorsitzender womöglich längst am Gängelband der Großindustrie liefen. Wundern würde es ihn nicht. Die neue Kampagne, die dieser Tage für Bitter aus dem Boden gestampft wurde, kostete Geld, viel Geld. Geld, das die Partei vermutlich nicht hatte. Sponsoren mussten her, um jeden Preis.

1000 Arbeitsplätze gegen fünf Jahre Regierung mit ihm selbst an der Spitze sowie attraktiven Minister- und Staatssekretärsposten für die eigenen Leute. Es brauchte nicht viel Fantasie, um sich vorzustellen, wie Bitter sich entscheiden würde.

Hansens Vorzimmerdame rief an, der Vorstandsvorsitzende war zurück und wünschte ihn zu sprechen. Hübner nahm den Fahrstuhl. Selbst zwei Treppen mit 18 Stufen strengten ihn inzwischen an. Seit seinem Besuch beim Arzt war er noch kurzatmiger geworden. Der Druck auf der Brust wollte nicht vergehen. Kein Schmerz, aber ein komisches Gefühl, das früher nicht da gewesen war.

Hansen sah geschafft aus, zu wenig Schlaf, dunkle Augenringe. Hübner gönnte dem Mann nichts Schlechtes, aber es beruhigte ihn, dass auch andere ihr Päckchen zu tragen hatten. Zwei Sätze über den Verlauf der Reise und Hansen kam zum Thema: „Es geht um das Aufsichtsratsmitglied Rausch, Herr Hübner. Herr Rausch hat mich gebeten, mit Ihnen zu sprechen."

Hübner war klar, dass das Gespräch keinen guten Verlauf nehmen würde. Rausch junior war ein Luftikus von knapp 50 Jahren, ein verantwortungsloser Schmarotzer ohne innere Beziehung zum Unternehmen, das sein Großvater vor 100 Jahren gegründet hatte. Er hatte auch nichts mit seinem Vater gemeinsam, Rausch senior hatte das Haus mit harter, aber fairer Hand geführt und stets ein offenes Ohr für die Belange der Arbeiter behalten. Die klassische „große Familie" mit dem strengen, aber väterlich-gerechten Patriarchen an der Spitze. Dem Senior wäre es nie in den Sinn gekommen, Anteile zu verschachern. Aber er war im Alter von 76 gestorben. Seit einem Jahr versuchte nun sein Dandy-Sohn, sich von den Firmenanteilen zu trennen, um seinen luxuriösen Lebensstil mit Villen im Tessin und in Kampen zu finanzieren.

„Herr Rausch ist verärgert, sehr verärgert, Herr Hübner. Er lastet es Ihnen an, dass die Deutsche Antriebstechnik ihr Angebot zurückgezogen hat. Dieser unsägliche Bericht im Wirtschaftsblatt und Ihre Rolle dabei sind ihm nicht verborgen geblieben. Rausch ist der Auffassung, dass Ihr Agieren geschäftsschädigend war."

Hübner begann, seine Brille zu putzen. Die Enge im Brustraum ließ nach, so groß war die Erleichterung. Die Antriebstechnik wollte nicht mehr. Großartig! Rausch junior wollte ihm an den Kragen. Ärgerlich, aber nicht dramatisch. Nicht für ihn, er hatte schon ganz andere Dinge überstanden.

„Mit Verlaub, Herr Hansen, aber Rausch ist ein verantwortungsloser Luftikus."

„Das will ich nicht gehört haben."

„Er bietet seine Firmenanteile an wie Sauerbier, ohne Rücksicht auf Verluste, ohne Stil und Sinn für Tradition. Die Arbeitsplätze bedeuten ihm nichts, und nun ist er eingeschnappt, weil er nicht genug Geld für sein teures Spielzeug hat. Mir kommen die Tränen."

„Herr Hübner! Nicht in diesem Ton! Das hatten wir doch schon! Es ist das gute Recht eines Kapitaleigners zu verkaufen. Eine Staatswirtschaft wie in der DDR will niemand, Sie doch auch nicht."

„Vorsicht, Herr Hansen. Was ich will, ist die soziale Marktwirtschaft. Aber nicht, dass darüber nur Sonntagsreden geführt werden, sondern dass sie auch angewandt wird. Kapitalismus pur, wie Rausch sich das vorstellt, ist nicht das, wofür wir Gewerkschaftler seit nunmehr 60 Jahren kämpfen."

Hansen rückte sich zurecht, machte sich zwei Zentimeter größer, als er sagte: „Herr Rausch erwartet von mir, dass ich Sie zur Ordnung rufe und an Ihre Pflichten als Mitglied des Aufsichtsrates erinnere. Wenn Sie ihm noch einmal in die Quere kommen, wird er Sie schadensersatzpflichtig machen. Darauf soll ich ausdrücklich hinweisen."

Hübner putzte wie wild seine Brille. „Wir beide müssen uns doch nichts vormachen, Herr Hansen. Wir wissen, wer die Fusion gestoppt hat: der Tod von Uwe Stein. Oder anders gesagt, die Person, die ihn auf dem Gewissen hat. Ohne Stein als Chef des Aufsichtsrates wird das Land seine Sperrminorität nutzen und die Verlagerung der Arbeitsplätze ablehnen. Das weiß der Vorstand der Antriebstechnik, deshalb der Rückzieher. Mit mir hat das nichts zu tun. Wer etwas anderes behauptet, argumentiert unredlich und scheinheilig. Denen von der Antriebstechnik ging es doch nie um eine Fusion, die den Namen verdient. Die wollten uns ausschlachten und den Standort Hannover nach einer Schamfrist aufgeben."

„Passen Sie bloß auf, was Sie sagen, Hübner. Das hört sich ja so an, als ob der Mord Ihnen gelegen kommt. Im Übrigen gibt es einen neuen Kaufinteressenten. Ich sag's Ihnen gleich: Er kann mit dem Aufsichtsratsvorsitzenden Bitter leben."

„Mist."

Hansen lächelte und räumte ein, über keine genauen Informationen zu verfügen. Angeblich sollten Gespräche auf der Delegationsreise des Wirtschaftsministers nach St. Petersburg stattgefunden haben.

Hübner erhob sich, lief auf und ab.

„Ein russischer Investor? Das hat noch gefehlt. Na danke sehr. Wo das hinführt, wissen wir alle. Die kaufen sich ein, zahlen einen kleinen Teil, lassen die Firma in Konkurs gehen und schlachten sie aus."

„Es gibt auch positive Beispiele", stellte Hansen klar. „Okay, nur wenige, aber es gibt sie. Aber was soll's. Ändern können wir ohnehin nichts."

„Positive Beispiele? So groß kann die Lupe gar nicht sein, um diese zu finden. Die Beschäftigten werden begeistert sein, wenn sie das erfahren."

Hansen warf Hübner einen resignierten Blick zu. Seine Stimme klang müde, als er sagte: „Herr Rausch hat von Ihren gesundheitlichen Problemen erfahren, er befürwortet es, wenn Sie sich in eine Klinik begeben, um wieder auf den Damm zu kommen. Ich befürworte das auch. Nicht, weil ich Sie loswerden will, sondern weil es Momente im Leben gibt, wo man zuerst an sich selbst denken muss."

„Ich bin fit."

„Mir wurde zugetragen, dass Sie in der letzten Woche Probleme mit dem Kreislauf hatten."

„Das Wetter, alle haben gelitten."

„Aber in Ihrem Fall ist es nicht zum ersten Mal passiert. Dazu kommt noch etwas." Er zögerte. „Um es klar zu sagen: Ich habe keine Sekunde darüber nachgedacht, ob Sie der Mörder des armen Uwe Stein sein könnten. Aber auf der anderen Seite ist es nun mal so, dass wir die Polizei im Haus hatten und dass man Sie zum Mordfall vernommen hat. Sie können die Uhr danach stellen, wann das erste Gerücht seine Runde macht. Irgendwas bleibt immer hängen, du kannst gegen ein Gerücht nicht ankämpfen. Auch aus diesem Grund halte ich Ihren vorübergehenden Rückzug aus dem operativen Geschäft für sinnvoll, Herr Hübner. Verstehen Sie mich? Ich will nur Ihr Bestes."

Scheiß drauf, dachte Hübner. Der Druck kehrte zurück, Schweiß brach aus, vor seinen Augen wurde es dunkel, er hörte auch nicht mehr so gut, ging wie auf Watte. Hübner hielt sich an der Sessellehne fest.

Sie wollten ihn also tatsächlich aus dem Verkehr ziehen, nach über 30 Jahren im Betrieb. Weil er die Kaufverhandlungen stören könnte. Damit dieser Schmarotzer Rausch einen guten Preis erzielen konnte. Er fand die Fürsorge für ihn und sein Befinden abgeschmackt. Und die Gerüchte um Steins Ermordung waren üble Nachrede.

In weiter Ferne hörte er Hansen sagen: „Mit 59 darf man an sich selbst denken. Beantragen Sie eine Kur, werden Sie wieder gesund, kommen Sie zurück, dann sehen wir weiter."

Wenn er in vier oder fünf Wochen zurückkäme, hätten die Russen im Haus das Sagen und würden ihn umgehend in Altersteilzeit schicken. Sein Vertreter würde sein Nachfolger werden und den neuen Herren keinen Widerstand entgegensetzen.

Hansen monologisierte über die jungen Arbeitnehmer der Gegenwart, die mit dem Betriebsratsdenken alter Schule nichts mehr anfangen könnten. Und dann kam ein weiteres Mal die Arie von der Globalisierung und den aufstrebenden Schwellenländern, die der deutschen Wirtschaft den Platz abliefen. „Wir können den Lauf der Welt nicht aufhalten, Hübner. Wir können nur versuchen, jeder für sich, das Beste daraus zu machen. Es wäre besser gewesen, Stein würde noch leben und die Deutsche Antriebstechnik würde uns übernehmen. Jetzt wird alles noch viel schlimmer. Stein wollte uns nicht schaden, er war ein kluger Kopf, hat die Zeichen der Zeit erkannt. Ist es nicht das, was wir uns alle von unseren Politikern wünschen: Weitsicht und Visionen? Stein hatte beides."

Hübner dachte: Vielleicht, vielleicht hat er sogar recht und alles ist noch viel schlimmer, als ich befürchtet habe, und die viel gerühmte soziale Marktwirtschaft hat sich längst aus diesem Land verabschiedet. Würde die weltweite Globalisierung Deutschland in einen Abwärtsstrudel ziehen, der nur eine Richtung kennt: nach unten? Würde eine Gesellschaft entstehen, in der es nur noch befristete Arbeitsverträge, Niedriglöhne und eine stets wachsende Zahl von Menschen gibt, die auf Sozialleistungen angewiesen sind und die niemand mehr finanzieren will?

Hansen fuhr fort: „Ich weiß sehr gut, was jetzt in Ihnen vorgeht. Wenn man ein Leben lang für seine Leute gekämpft hat, fällt es schwer, loszulassen. Aber irgendwann muss man loslassen. Irgendwann trifft es jeden von uns. Den einen früher, den anderen später."

Mit einem knappen Nicken verließ Hübner das Büro, ging auf kürzestem Weg in die Räume des Betriebsrates und betrat das Büro seines Stellvertreters. Der Kerl war eingeweiht, sein Gesicht verriet ihn. Nach dem ersten Satz von Hübner wechselte er die Gesichtsfarbe und begann zu stammeln: seine Sorge über Hübners Gesundheit, die Kollegen im Betriebsrat, die für einen Generationswechsel plädierten. Davon hörte Hübner zum ersten Mal. Hatte er nicht zu allen Kollegen ein vertrauensvolles Verhältnis gepflegt, sich für sie eingesetzt, ihren Kindern Ausbildungsplätze beschafft, sie in persönlichen Lebenskrisen mit Rat und Tat unterstützt und für ihre Rechte gekämpft?

In den nächsten Stunden suchte er jeden Kollegen vom Betriebsrat auf. Bis auf die Frauenbeauftragte, die auf seiner Seite stand, zeigten ihm alle die kalte Schulter. Hinter seinem Rücken war an seinem Stuhl gesägt worden und er hatte es nicht einmal bemerkt. Irgendwie albern: Sein Intimfeind Stein war tot und nun wurde er selbst auch zu Fall gebracht.

Müde und resigniert kehrte Hübner in sein Büro zurück. So fühlte es sich also an, wenn man aussortiert wurde. Er ließ sich auf seinen Schreibtischstuhl fallen, streckte die Arme von sich und versuchte auf diese Weise, seine Atemnot zu bezwingen. Das Herz klopfte laut, schnell und nicht regelmäßig. Er musste sich bewegen, Stillsitzen war der halbe Tod. Und wenn Hansen recht hatte? Wenn es besser für ihn war, sich um Herz und Kreislauf zu kümmern? War der Kampf, den er führen wollte, nicht von vornherein zum Scheitern verurteilt? Ein Betriebsratsvorsitzender gegen die Connection von Politik und Kapital?

Sein Kopf schmerzte. Er legte für einen Moment seine Hände auf seine Stirn. Dann wanderte sein Blick auf den Schreibtisch. Der Zettel mit der Telefonnummer, die ihm der Arzt mitgegeben hatte, lag unter seiner Schreibtischauflage. Nicht in Sichtweite, aber erreichbar. Die Schwester am anderen Ende klang gehetzt. Wenn es eilig sei, könne er morgen in die Notaufnahme der Medizinischen Hochschule kommen. Dann werde man weitersehen. „Ja“, murmelte Hübner, „dann wird man weitersehen.“

41

Welchen Beruf hat Ihr Vater ausgeübt? Wo sind Sie zur Schule gegangen? Blöde Fragen, aber Verena Hauser schaffte es, sie mit spanischen Worten zu beantworten und war stolz darauf. Um halb sieben hatte sie Hannover verlassen, am Bremer Kreuz geriet sie in den ersten Stau. Berufsverkehr. Über Nacht hatte sich ihr Zustand verbessert, keine Schwäche mehr, keine Schmerzen, nur letzte leichte Wellen von Unwohlsein. Appetit verspürte sie noch nicht. Aber das Virus war auf dem Rückzug, und die Kriminalrätin konnte sich im Auto ihrer Leidenschaft hingeben: Spanisch für Anfänger, Teil 2. Spätfolgen ihres Winterurlaubes, Vorboten des kommenden Golfurlaubes in der Nähe von Cádiz.

Hinter Delmenhorst wurde es leerer, gegen halb zehn erreichte sie die Ausfahrt Papenburg. Bis hierher war sie noch nie gekommen. Sie hatte Leer, Aurich und die Ostfriesischen Inseln besucht, aber nicht das Emsland. Hirschmann, Experte für Geografie und Landschaften, hatte ausgiebig geschwärmt, von heiler Welt gesprochen, schmucken kleinen Städtchen und Dörfern, viel Natur und gesunder Luft. Stollmann hatte widersprochen, Worte wie ödes Flachland mit blökenden Schafen und dazwischen endlos lange Kanäle waren gefallen. Sie verließ die Autobahn und fuhr durch eine flache, kaum besiedelte Landschaft. Die ruhige Umgebung war wohltuend.

Dagmar hatte ihr ans Herz gelegt, unbedingt eine Runde am Papenburger Golfplatz zu gehen. Jetzt bedauerte Verena es, ihr Golfbag nicht eingepackt zu haben. Das Wetter war mild und klar, die Wiesen waren nach dem Regen wieder saftig grün, darauf zufrieden grasende Kühe, der Himmel war blau mit Sahnewolken. Ein Horizont, der kein Ende nehmen wollte. Das Emsland entpuppte sich an diesem Vormittag als Bilderbuchlandschaft.

Das Seniorenheim Johannesstift lag unweit des Zentrums, versteckt hinter hohen Laubbäumen. Das Grün wirkte gepflegt, eine Teichanlage mit Brücken und Bänken verlieh dem Ensemble eine südländisch-entspannte Stimmung. Nonnen in schwarzer Tracht schoben alte Menschen in Rollstühlen, vor dem Eingang dösten Senioren vor sich hin. Verena dachte an ihre Mutter. Ein Besuch war überfällig.

Das Foyer war schmucklos und leer, die Anmeldung unbesetzt. Nach einigen Minuten erschien eine Nonne mit Akten unterm Arm. Frau Stein wohne in Zimmer 7 im ersten Stock links. Es sei möglich, dass sie sich bei dem schönen Wetter im Garten aufhalte oder vielleicht in der Wohnküche am Ende des Flures. Freitags stünde Kuchenbacken auf dem Programm.

Zimmer 7 war leer, in der Küche herrschte reger Betrieb. Zwei alte Frauen saßen im Rollstuhl, drei Frauen, keine jünger als achtzig, standen um eine Nonne herum, die den Teig knetete. Eine Frau schnipselte Apfelstücke und brabbelte vor sich hin.

„Sie trägt meinen Pullover. Immer trägt sie meine Sachen“, zürnte eine der Frauen im Rollstuhl mit erstaunlich fester Stimme und zeigte auf die gegenüber Sitzende, die teilnahmslos vor sich hin starrte. Die Beschwichtigungsversuche der Nonne fruchteten nicht, das Gezeter wurde lauter. Verena stellte sich vor und wurde auf den Balkon geschickt.

Sie erkannte die Frau mit der Ems-Zeitung auf Anhieb. Uwe Stein hatte zu den Männern gehört, die ihre Mütter heiraten. Die Ähnlichkeit der alten Dame mit Isabel Stein war frappierend. Sonst war niemand auf dem Balkon, es wehte ein kühler Wind. Verena setzte sich auf einen Gartenstuhl, stellte sich vor und sagte, warum sie hier war. Frau Stein musterte sie über ihre Brillengläser hinweg. Ihr Blick war alles andere als wohlwollend.

„Ich kann zu Uwes Tod nichts sagen. Ich habe mit ihm nichts zu tun. Das habe ich dieser Redakteurin auch schon gesagt."

Klare Worte, ohne Zögern, ohne Gefühl und Trauer.

„Welche Redakteurin? Kennen Sie ihren Namen?"

„Hat sie gesagt, habe ich vergessen. In meinem Alter funktioniert das Gedächtnis nicht mehr so gut."

„Wieso sagen Sie, dass Sie mit ihm nichts zu tun haben? Er war ihr Sohn."

„Das ist lange her, ich habe Uwe seit mehr als 20 Jahren nicht mehr gesehen. Kann passieren, dass sich Eltern und Kinder nicht verstehen. Ist auch gut so, er hat meinem Mann und mir nur Unglück gebracht."

Sie wandte sich wieder der Zeitung zu.

„Ihr Sohn wurde ermordet, Frau Stein! Bedrückt Sie das nicht? Wollen Sie nicht wissen, wer das getan hat?"

„Eigentlich nicht, nein."

Die alte Frau streckte ihren Rücken und zog die Schultern hoch, als würde sie sich gegen etwas wappnen. Geistig war sie völlig präsent.

„Sie hatten also Streit mit Uwe, Ihr Mann und Sie?“

„Streit ist gut. Wenn Sie das bei der Polizei so nennen. Für mich war das Mord, kaltblütiger Mord. Uwe hat meinen Mann überfahren und danach ist er auf und davon. Nachts am Küstenkanal.“

„Ich habe von dem Unglück gehört. Der Täter wurde niemals gefunden.“

Verachtung zog ins Gesicht der alten Frau.

„Aber nur, weil die Polizei zu dämlich war und der Junge zu schlau für die. Er war schon immer sehr geschickt darin, seine Schweinereien zu vertuschen.“

„Haben Sie denn Beweise? Die hätten Sie der Polizei geben müssen.“

„Beweise!“, äffte die alte Frau sie nach. „So etwas spürt man als Mutter, dafür brauche ich doch keine Beweise.“

Verena brachte sie dazu, über den Tag zu sprechen, an dem ihr Mann ums Leben gekommen war. Zuerst blockte Frau Stein ab. Was passiert war, kam in kleinen Portionen, unterbrochen von Verdammungen ihres Sohnes. Demnach waren Vater und Sohn an dem bewussten Tag aneinandergeraten. Uwe hatte Prügel bezogen, mit einem Gürtel. Wieder einmal! Er wehrte sich nicht, das fand die Mutter empörend, sie unterstellte ihm, dass er offene Konflikte scheute, weil er feige war und tückisch. „Der kannte nur den verdeckten Kampf. Er hat sich nie gewehrt, nicht ein einziges Mal. Er stand da, hielt still und in seinen Augen war etwas, was ich nie bei einem

Kind gesehen habe. Ich wusste, er würde sich eines Tages rächen. Mein Mann hat ihn oft geschlagen. Verdient hatte er es natürlich, er hatte so eine Art, einen zu reizen. Und es war die Zeit damals, da durfte man sein Kind noch hauen. Vielleicht, wenn wir ihn häufiger … Mein Mann ist wie fast jeden Abend in seine Kneipe gegangen. Nachts auf dem Nachhauseweg ist es dann passiert. Die Polizei hat Uwe nach dem Unfall verhört, aber es kam nichts dabei heraus. Sie hatten wohl noch nach einem anderen Fahrer gesucht, aber nur halbherzig, Uwe war jedenfalls nie mehr befragt worden."

Dass Uwe zu dem Zeitpunkt gar keinen Führerschein besessen hatte, irritierte seine Mutter nicht. In der Gegend war es üblich, dass junge Leute am Wochenende und nachts Spritztouren unternahmen. Ein Wagen war schnell kurzgeschlossen, und meistens passierte ja auch nichts. Viele Jungen konnten fahren, mit zehn saßen sie auf dem Traktor, mit zwölf bretterten sie durch die Kiesgrube und später über Landwirtschaftswege.

„Hat Ihr Mann Uwe oft geschlagen?"

„Ging ja nicht anders. Es gibt artige Kinder und aufsässige Kinder. Uwe war schwierig, immer schon. Genau genommen schon vor der Geburt."

„Sie hatten demnach Probleme während der Schwangerschaft?"

„Frau Stein legte die Zeitung beiseite. Zum ersten Mal schaute sie Verena an. Es war, als würde das Gespräch jetzt erst beginnen.

„Ich weiß zwar nicht, was Sie das angeht, aber wenn Sie es unbedingt wissen wollen … Es ist sowieso verjährt. Uwe ist nicht von meinem Mann, er ist ein Bankert. Wir waren verlobt, da bin ich überfallen worden, auf dem Rückweg vom Schützenfest. Ich wollte schon vorgehen, mein Mann wollte noch bleiben. Ein Schausteller hat mich ins Gebüsch gezerrt, ich habe mich gewehrt, aber er war zu stark für mich. Uwes leiblicher Vater gehörte zum fahrenden Volk. Mein Mann war natürlich stinksauer. Wer will schon eine vergewaltigte Verlobte, ich kann das gut verstehen. Aber er hat mir verziehen und wir haben geheiratet. Eigene Kinder sind nicht dazu gekommen. Er hat sehr darunter gelitten, fing irgendwann an zu trinken."

„Wenn Sie Ihren Sohn nicht wollten, hätten Sie ihn doch weggeben können. Viele Paare suchen händeringend Kinder, die zur Adoption freigegeben werden."

„Mein Mann wollte nicht. Manchmal glaube ich, er hat den Jungen behalten, um ihn für das zu bestrafen, was sein Vater uns angetan hat."

Sie tauchte in die Vergangenheit ab und erinnerte sich an Schläge, Schläge und nochmals Schläge. Immer mit dem Gürtel, immer mit voller Wucht und großer Wut. Danach hieß es für Uwe ab in den Keller, wo das zitternde Kind die Nacht verbringen musste. Auf dem nackten Fußboden, ohne Decke. „Sonst ist es keine Strafe, hat mein Mann gesagt. Er hat dem Jungen nichts durchgehen lassen. Uwe durfte nichts kaputt machen und nicht zu spät kommen. Eigentlich durfte er gar nichts machen, es gab auf jeden Fall Schläge. Und Essensentzug, den gab es auch."

Als er klein war, brüllte Uwe noch, dann winselte er um Gnade. Genützt hat es ihm nicht, im Gegenteil es hat meinen Mann nur noch mehr gereizt. Seit Uwe zehn war, erduldete er die Schläge, ohne sich zu wehren. Aber da war der Blick. Mein Mann hat den Blick nie bemerkt, er hat gesagt, ich bilde mir das ein. Aber in der Zeit hat der Junge sich das vorgenommen, was er Jahre später getan hat. Ich kann es nicht beweisen, aber ich weiß es."

Verena wurde übel. Diesmal war kein Virus verantwortlich, sondern ihre Fantasie. Die Vorstellung eines kleinen Jungen, der von seinem Vater systematisch gequält wurde … Sie schluckte, kämpfte gegen den Brechreiz, konzentrierte sich auf die frische Luft. Der Zug im Nacken war unangenehm. Sie rückte ein Stück nach rechts in die Sonne. Die gleichmütige Miene der alten Frau regte sie auf.

„Was haben Sie getan, um Ihr Kind zu schützen?"

„Ich? Was sollte ich denn tun? Ich habe das Kind doch nicht gewollt. Wenn mein Mann die Strafen für richtig hält … Davon stirbt man nicht. Na ja, am Ende ist dann mein Mann gestorben. Anfangs kam der Bengel immer zu mir, heulte und wischte seinen Schnodder an mir ab. Das ist nicht schön. Sie haben bestimmt keine Kinder, oder?"

„Wie kommen Sie darauf, dass ich keine …?"

„Keine, sag ich doch. Dann hat man natürlich leicht reden. Ich habe ihn weggeschubst. Er musste sehen, wie er klarkam. Ich meine, es ging ihm doch nicht schlecht. Er bekam zu essen und zu trinken, meistens jedenfalls, und hatte ein eigenes Zimmer. Das hatte nicht jeder."

Verena kochte innerlich. Du herzloses Weib. Sitzt hier und erzählst seelenruhig, dass du jahrelang zugesehen hast, wie ein Kind brutal misshandelt wurde.

„Was sagen Sie denn dazu, dass aus Ihrem Sohn trotz allem ein erfolgreicher Politiker geworden ist?"

„Erstens interessiert es mich nicht. Zweitens ist das der Beweis, dass es nicht so schlimm gewesen sein kann, wenn er hinterher noch Karriere macht. Vermutlich hat die harte Erziehung ihm genutzt und seine spätere Karriere gefördert."

Nach dem Abitur war Uwe in den Zug gestiegen und nicht mehr zurückgekommen. Verena verkniff sich die Frage, ob Frau Stein an der Beerdigung ihres Sohnes teilnehmen würde.

Der Abschied war frostig.

Erst im Auto atmete die Ermittlerin auf. So viel Gleichgültigkeit und Zurückweisung. Kein Wunder, dass Uwe so geworden war, wie er geworden war. Selbst der Schock eines Gewaltverbrechens hatte in der alten Frau nichts bewegt. Verena hatte nicht zum ersten Mal einen Menschen getroffen, der innerlich abgestorben war. Aber hier ging es um Mutter und Kind, die engste Beziehung überhaupt. Verena war in liebevollen Verhältnissen aufgewachsen. Wie wichtig das gewesen war, wurde ihr in solchen Momenten bewusst. Als Kind Tag für Tag zurückgestoßen zu werden, niemanden zu haben – buchstäblich niemanden auf der Welt –, nachts in den kalten, dunklen Keller eingesperrt zu werden, eine größere Einsamkeit war nicht denkbar. Zum ersten Mal, seitdem sie die Ermittlungen aufgenommen hatte, verspürte sie Mitleid mit Uwe Stein. Sein Verhalten, so abstoßend es gewesen war, machte jetzt Sinn. Ein Mensch, der von früh auf Opfer gewesen war, hatte beschlossen, nie mehr Opfer zu sein. Das war für ihn nur machbar, indem er selbst Macht ausübte. Er heiratete eine Frau, die wie seine Mutter aussah, und schlug diese Frau zusammen. Weil er sich nicht an seiner Mutter rächen konnte, schlug er die Person, die ihr am ähnlichsten war. Die Liebe, die seine Mutter ihm niemals gegeben hatte, hatte er auf seine Frau übertragen und sie gleichzeitig bestraft. Welch ein verkorkstes Leben, trotz des grandiosen Aufstieges.

Sie fuhr ins Zentrum. Die Stadt mit den blumengeschmückten Brücken, den blitzblanken rot gepflasterten Straßen und Bürgersteigen, auf denen Blumenkübel standen, die in allen Farben leuchteten, kam ihr nach der düsteren Stimmung der letzten Stunde fast unwirklich vor. Überall Lokale mit Stühlen davor. Ein Bilderbuchtag in einer deutschen Bilderbuchstadt, doch hinter der Fassade bröckelte es. Das Gespräch ging ihr nicht aus dem Kopf. Unter freiem Himmel aß sie ein Steak mit Bratkartoffeln und Salat. Unvernünftiger konnte man sich nach der Magen-Darm-Attacke nicht verhalten. Aber der Heißhunger war übermächtig. Das Steak war saftig, die Bratkartoffeln waren knusprig. Den Salat ließ sie stehen.

Die Rückfahrt verlief komplikationslos, Verena lenkte sich mit Spanisch ab. Auf ihrem Schreibtisch türmten sich Akten und Vermerke. Während der Computer hochfuhr, erschien Petra Schramm in ihrem Büro. Modisch hatte sie noch einmal zugelegt: eine knielange schwarze Lederhose, ein enger knallroter Pullover mit dazu passenden Pumps, Kajal um die Augen, ein dunkelroter Lippenstift, und ihre blonden Haare waren frisch geföhnt. Ein neuer Freund, schon wieder? Verena berichtete, wie es in Papenburg gelaufen war. Auch der Assistentin war das Verhalten des Mordopfers damit einleuchtender geworden. „Dem Mörder bringt uns das allerdings nicht näher“, stellte sie fest.

Sie bewunderte sich im Spiegel an Verenas Schreibtischschrank und bat darum, früher gehen zu dürfen, wobei sie nicht vergaß, ihre 53 Überstunden zu erwähnen. Mit einer Freundin wollte sie die Ernst-August-Galerie unsicher machen. „Akku aufladen“ nannte sie ihr Powershoppen.

Vorher flossen Informationen. Die Polizeidirektion aus Ulm hatte angerufen. Auf den Golfschlägern des Dr. Jahn waren keine Spuren gefunden worden, die ihn mit dem Mord in Verbindung brachten. Außerdem war der Aushilfstankwart, der am Mordabend bei der Araltankstelle auf dem Südschnellweg Dienst gehabt hatte, endlich aufgetrieben worden. Er hatte bestätigt, dass der Aufsichtsratsvorsitzende am Mordabend um kurz vor zehn sein Auto voll getankt hatte. Jahn schied als Täter aus.

Kriminaldirektor Hirschmann hatte sich nach dem Stand der Ermittlungen erkundigt und über die Unzufriedenheit des Innenministers berichtet. Das BKA habe seine Unterstützung angeboten, was vom Ministerium abgelehnt worden war. Verena wunderte das nicht; dass BKA-Leute weggebissen wurden, war für jeden Ermittler eine Frage der Ehre.

In den Büros waren in diesen Minuten 15 Beamte damit beschäftigt, die Hinweise aus der Bevölkerung abzuarbeiten. Bisher gab es keine nennenswerten Hinweise, die Erfolg versprachen.

Der Abgleich der Mitgliedslisten aus den Golfvereinen mit den Telefonlisten war jetzt abgeschlossen. Interessant waren lediglich zwei Namen: ein prominenter Wirtschaftsprüfer, der überwiegend in Frankfurt tätig war, und die Abgeordnete Marion Klaßen, Mitglied im Celler Golfklub. Der Wirtschaftsprüfer war zur Tatzeit in Wiesbaden auf einem Steuerberaterkongress. Und was die Klaßen betraf, Stollmann hatte jeden Verdacht gegen sie in den Bereich der Kaffeesatzleserei verwiesen. Wo der Kollege gerade steckte, wusste niemand. Mittags hatte er sein Büro verlassen. Verena war enttäuscht, sie hätte sich mit Stollmann gern über das Gespräch mit Uwe Steins Mutter ausgetauscht.

42

Trauerfeier für Uwe Stein in der Marktkirche in Hannover

Am heutigen Samstag findet um zehn Uhr eine Trauerfeier für den unter grausamen Umständen ums Leben gekommenen bisherigen Spitzenkandidaten der Bürgerpartei, Uwe Stein, statt. Der Landesbischof wird die Predigt halten. Für die Landesregierung wird Innenminister Fritz Krause in Vertretung des erkrankten Ministerpräsidenten zu den Trauergästen sprechen. Es werden bis zu 5000 Menschen erwartet, die von dem beliebten Politiker Abschied nehmen wollen. Die Polizeidirektion Hannover bittet darum, mit öffentlichen Verkehrsmitteln in die Stadt zu fahren, da gegen zwölf Uhr eine Studentendemonstration geplant ist.

Das LKA teilte gestern Nachmittag auf einer Pressekonferenz mit, dass die Soko Stein in der nächsten Woche Mantrailer (Hinweis der Redaktion: Spezialhunde, die Spuren erschnüffeln) einsetzen will. Die Tiere können den Geruch eines Menschen noch nach Monaten anhand von Hautschuppen wahrnehmen. Sollte sich eine der derzeit im Fokus der Ermittlungen stehenden Personen am Tatort aufgehalten haben, werde die Polizei das herausfinden, betonte der Direktor des LKA, Jürgen Ritter. Um welche

Personen es sich hierbei handelt, ließ er offen. Außerdem seien die Beamten mit der Auswertung von über 600 Hinweisen aus der Bevölkerung befasst.
Die Bürgerpartei bekräftigte unterdessen ihre Entscheidung, am ursprünglichen Wahltermin festzuhalten. Die Wahlkampfaktivitäten sollen unverzüglich wieder aufgenommen werden, um die Bevölkerung davon zu überzeugen, dass die Partei auch ohne Uwe Stein die besseren politischen Konzepte für eine lebenswerte Zukunft des Landes biete, erklärte Wahlkampfmanager Bernd Wagner. Er kündigte weiter an, dass der neue Spitzenkandidat und Parteivorsitzende Alfred Bitter in der kommenden Woche sein Kompetenzteam und sein Hundert-Tage-Programm vorstellen werde. Es wird damit gerechnet, dass der Kultusminister, möglicherweise auch die Verkehrsministerin, beide Anfang sechzig, ersetzt werden. Während für das Verkehrsministerium noch keine Namen genannt werden, ist für das Kultusministerium Bernd Schneider im Gespräch. Auch auf der Ebene der Staatssekretärsposten werden Neubesetzungen erwartet. Unter anderem wird spekuliert, dass die junge Celler Landtagsabgeordnete Marion Klaßen, eine enge Vertraute Uwe Steins, Staatssekretärin in der neuen Regierung wird.

Osnabrücker Allgemeine,
8. September 2011

Zum Trauergottesdienst kamen weit weniger Menschen als erwartet. Die erste Aufregung über den Mordfall war verklungen, die Gemüter hatten sich beruhigt. Die Menschen gingen wieder ihren Tagesgeschäften nach. Bernd Wagner saß in der zweiten Reihe der zu zwei Dritteln gefüllten Marktkirche, direkt hinter der Witwe und Alfred Bitter. Wagners Frau war bei ihm, obwohl er das nicht vorgeschlagen hatte. Monika hatte darauf bestanden, ihn zu begleiten, obwohl sie den Ermordeten nur ein einziges Mal persönlich erlebt hatte. Man merkte ihr an, dass sie den Auftritt genoss. Im schwarzen Kostüm mit gleichfarbigem Hut machte sie eine ausgezeichnete Figur und wäre auch als Witwe durchgegangen. Die echte Witwe hielt sich aufrecht und beherrscht, vielleicht hatte sie Tabletten eingenommen. Überall entdeckte er Politiker, das Kabinett war fast vollständig vertreten, dazu die führenden Köpfe aller im Landtag vertretenen Parteien. Auch Vertreter des Kulturlebens und der Medien waren anwesend, doch gegen die Vertreter von Wirtschaft und Verbänden blieben sie in der Minderheit. Am Ende war es nur noch ein einziger Fernsehsender, der die Trauerfeier live übertrug.

Wagner kämpfte gegen die Tränen, auf Beerdigungen wurde er jedes Mal melancholisch. Gedanken über die Vergänglichkeit suchten ihn heim. Er hasste es, sich mit dem Tod auseinanderzusetzen. Der Tod war unwiderruflich. Wagner war zwar gläubig, aber nicht fromm, gebetet hatte er seit seiner Jugend nicht mehr. Jetzt schottete er sich gegen die Worte des Bischofs ab. Als die Messe nach einer Dreiviertelstunde vorbei war, hatte er in Gedanken die Presseerklärung für kommenden Montag formuliert.

Im Hinausgehen bemerkte er Marion Klaßen, das dunkelblaue Kostüm ließ sie älter aussehen. Sie wirkte nervös und schien es eilig zu haben. Nachdem sie den Platz vor der Marktkirche erreicht hatten, bat Wagner seine Frau, auf ihn zu warten. Er musste sich sputen, um Marion einzuholen. Sie schaute sich hektisch um und schien erleichtert, ihn zu sehen. Fast so, als ob sie erwartet hatte, von jemand anders verfolgt zu werden. Von jemandem, mit dem sie nicht sprechen wollte.

„Ach, Sie sind es nur."

Das „nur" störte Wagner nicht. Er war es gewohnt, in der zweiten Reihe zu stehen. Immer standen seine Chefs im Vordergrund, von ihm wurde Zurückhaltung erwartet, manchmal auch Unsichtbarkeit. „Hallo, Frau Klaßen, wie sieht es mit einem Treffen aus? Sie wollten wieder anrufen."

„Ach ja, stimmt. Momentan sieht es schlecht aus. Vielleicht Ende nächster Woche. Vorher muss ich verreisen. Eine Dienstreise nach Vaduz, ist schon länger geplant."

Wagner war enttäuscht, aber er kannte den engen Terminplan von Politikern. Vielleicht war es gar keine schlechte Idee, Hannover für einige Tage zu verlassen. Man kam auf andere Gedanken.

„Und sonst?", sagte sie. „Der Mordfall, gibt's etwas Neues?" „Nicht dass ich wüsste. Ehrlich gesagt, habe ich allmählich Zweifel, ob die den Täter überhaupt noch finden. Die Chance wird ja mit jedem Tag kleiner. Vielleicht gehört der Fall zu den fünf Prozent der Mordfälle, die nicht aufgeklärt werden."

„Oder sie wollen den Täter gar nicht finden. So wie damals, Sie erinnern sich, der Fall Uwe Barschel!"

Überrascht starrte Wagner die Abgeordnete an.

„War nur so ein Gedanke“, beeilte sich Marion zu sagen. „Die Stimmung in der Kirche eben, die vielen Leute, ich muss mich erst wieder sammeln.“

Ihre Verabschiedung wirkte wie eine Flucht. Wagner schaute ihr hinterher. Sie würde sich nicht bei ihm melden. Was hatte sie gesagt: Uwe Barschel? Wie kam sie nur darauf?

Monika kam ihm entgegen, ihr Blick war unfreundlich.

„Wer war das denn?“

„Eine politische Freundin“, antwortete Wagner beflissen. Er wusste, wie gestelzt er sich anhörte.

43

Das Parkhaus neben dem Schlosspark erreichte sie Viertel vor zwölf. Von hier waren es fünf Minuten zur Celler Altstadt, in der geschäftiges Treiben herrschte. Das italienische Restaurant war in einem der schmucken Fachwerkhäuser aus dem 17. Jahrhundert untergebracht. Platz fanden màximal 20 Personen, die Küche war gut, die Preise bezahlbar. Eine ältere Frau mit Kopftuch wischte den Fußboden. Marion fragte nach dem Inhaber. Die Frau antwortete in einer fremden Sprache. Als Marion nachbohrte, gestikulierte sie wild und deutete in die hinteren Räume. Eine von den Zuwanderinnen aus Anatolien, die hier leben und die Sprache nicht beherrschen, dachte Marion. Dann ging sie nach hinten. Das Büro war winzig, mehr ein Verschlag. Immerhin stand ein Schreibtisch darin und auch ein Beistelltisch, unsichtbar unter Akten und Zeitschriften. Giorgio hob den Kopf. In dem unrasierten Gesicht mit immer noch pechschwarzen Haaren ging die Sonne auf. Er stand auf und schloss sie in die Arme. Er roch nicht mehr wie früher. Marion dachte: neue Frauen, neuer Geruch. Er nannte sie Bella und Schatz und wusste aus dem Stand, wann sie sich zuletzt gesehen hatten: vor zwei Jahren und drei Wochen. Dann sagte er ihr, wie sehr er sie vermisste.

Marion erwiderte: „Wenn ich Schluss mache, meine ich das auch so. Den Grund kennst du."

Sie hätte es vorgezogen, in dem winzigen Raum zu sprechen. Giorgio lotste sie zur Theke ins Reich seiner professionellen Kaffeemaschinen, von denen er eine in Gang setzte. Angeblich mussten sie sich vor Aischa nicht in Acht nehmen, denn sie würde, obwohl seit 15 Jahren in Celle, kein Deutsch verstehen.

Marion kam unverzüglich zur Sache: „Es geht um Pino, ich brauche seine Hilfe."

Darauf war Giorgio nicht gefasst.

„Du brauchst Pinos Hilfe? Du bist doch im Landtag. Seid ihr so in Not, dass ihr die Hilfe der Cosa Nostra braucht? Armes Deutschland."

„Es geht um eine private Angelegenheit. Eine Freundin von mir wird bedroht."

„Und weshalb gehst du nicht zur Polizei? Die deutsche Polizei ist doch stark und klug, auch wenn sie nicht so schöne Uniformen trägt wie unsere Polizei."

„Deine sarkastischen Bemerkungen kannst du dir sparen. Der Mann, der meine Freundin erpresst, droht, ihrer kleinen Tochter etwas anzutun, wenn sie zur Polizei geht. Er hat von der Kleinen schon Fotos gemacht, er ist also dicht an ihr dran."

„Okay, hab ich kapiert. Und wie sollen Pinos Leute ihn aufspüren?"

„Wir kennen seinen Namen. Oleg Subkow, ein Waffenhändler. Er lebt in Zürich, hält sich aber häufig in Berlin auf."

Giorgio wurde immer erstaunter. „Woher kennt ihr seinen Namen? Den Namen erfährt man in dieser Welt immer zuletzt. Wenn überhaupt."

Marion zuckte die Achseln und zeigte ein vielsagendes Gesicht. Er lächelte sie an.

„Was soll Pino für euch tun? Einmal Rasieren, Maniküre, Pediküre?“

„Er soll ihm einen Denkzettel verpassen. Ihm klarmachen, dass er sich meiner Freundin nicht nähern darf. Nie mehr. Weil es ihm sonst dreckig geht.“

„Bist du wirklich meine frühere Geliebte, die mich um den Verstand gebracht hat? Oder siehst du nur so aus, denn so hast du früher nie geredet.“

„Früher war früher, heute ist heute. Was ist nun, sprichst du mit ihm?“

„Sie sollen ihn also kaltmachen? Verstehe ich das richtig, eine aufstrebende Politikerin bittet die italienische Mafia um Hilfe, um einen Auftragsmord?“

„Das klingt so brutal. Ich sprach von einem Denkzettel, nicht von einem Mord. Er soll nie mehr auftauchen und das Kind in Ruhe lassen. Das müssen Pinos Leute ihm klarmachen. Wie sie das machen und wie weit sie gehen, ist ihre Sache.“

Sie waren beim zweiten Grappa angelangt.

„Verzeihen Sie, dass ich lache, Frau Abgeordnete“, sagte Giorgio. „Aber ich finde, du hast dich sehr verändert.“

„Zu meinem Vorteil?“

„Ich weiß nicht recht, so hart warst du früher nicht. Immerhin, jetzt machst du doch noch deinen Frieden mit Pino, früher konntest du ihn nicht leiden.“

„Wer kann schon einen Capo der Cosa Nostra leiden?“

„Sie haben sich geändert. Nachdem Ende der Neunziger ihr Boss festgenommen wurde, haben sie neue Geschäftsfelder aufgetan. Sie sind jetzt vor allem in der Immobilienbranche tätig, alles ganz legal.“

„Verkauf mich nicht für blöd. Ich gebe dir recht, dass die Cosa Nostra Ende der Neunziger am Ende war, aber das ist lange her. Die Terrorbekämpfung seit 2001 hat sich als Vitaminspritze für die italienische Mafia in Deutschland erwiesen. Im Windschatten der islamistischen Terroristen konnte sie wachsen und gedeihen. Außerdem, wenn du es genau wissen willst, mag ich Pino auch heute nicht. Er ist ein schmieriger Typ. Aber das musst du ihm ja nicht auf die Nase binden."

Pino konnte ihr von Nutzen sein. Das war eine Sicht auf Menschen, die man in der Politik lernte. In der Politik schneller als im richtigen Leben.

„Sag Pino, wir zahlen gut. Glaubst du, er ist mit 30.000 Euro zufrieden?"

„Wenn ihm der Job Spaß macht, ist er auch mit 29.000 zufrieden. Es geht ihm nicht ums Geld. Die Immobilien bringen satte Renditen, die Müllverbrennung auch, der Telefonsex nicht zu vergessen und die Geldwäsche …"

„Hör auf, ich will das nicht hören."

„Okay, okay. Wie heißt denn deine Freundin oder hat sie keinen Namen? Keinen, aha, warum habe ich mir das schon gedacht?"

Giorgio nieste, fischte ein Taschentuch aus der Hose und begann übergangslos, Marion zu einem gemeinsamen Essen zu überreden. Er hatte eine genaue Vorstellung, wo dieses Essen stattfinden könnte: in Marions Wohnung. Sie erinnerte ihn daran, dass er inzwischen verheiratet war.

Zum Zeichen der Kapitulation hob er beide Arme. „Noch mal okay, du hast gewonnen. Und ja, ich erinnere mich, wie wir damals verblieben sind. Ich habe gesagt, ich werde immer für dich da sein …"

„… egal um was es geht, hast du gesagt. Und jetzt brauche ich deine Hilfe. Gilt dein Angebot noch?"

„Ich helfe dir. Allerdings kann ich nicht für Pinos Familie sprechen. Subkow klingt russisch. Falls der Kerl zur Russenmafia gehört, wird Pino nichts tun. Seine Leute und die Russen haben sich arrangiert. Deutschland ist ein starkes Land, der deutsche Markt ernährt beide und die Politiker lassen sie in Ruhe schalten und walten. Das ist das Schöne in diesem Land, jeder kann tun und lassen, was er will, die Albanermafia, Pinos Familie, die Russengangs, die Islamisten. Pino sagte erst neulich: Es ist wie im Paradies hier. Es gibt nur ein Problem, immer mehr Mafiabosse setzen sich hier zur Ruhe. Und wenn Pino von Problem spricht, ist es ernst. Es kann gut sein, dass die Bosse irgendwann anfangen, sich hier zu bekriegen. Aber noch herrscht Burgfrieden. Und was diesen Subkow betrifft, vielleicht ist er kein Mitglied der Russenmafia, vielleicht arbeitet er auf eigenes Risiko, dann wird Pino dir gerne behilflich sein. Ich werde nachher mit ihm sprechen und informiere dich dann. Deine Handynummer ist noch die alte?"

Sie gab ihm die neue Nummer und verschwieg, dass sie die Nummer eigens für diesen pikanten Zweck beschafft hatte. Danach würde sie die Nummer vernichten.

Giorgio musste in die Küche, sein zweiter Koch war wegen des Magen-Darm-Virus ausgefallen. Er lud Marion ein, das Mittagsmenü zu probieren. Er wusste noch, wie gern sie Lasagne aß. Die Lasagne war tadellos, der Wein auch.

44

Obwohl Samstag war, saßen Verena und Stollmann in ihrem Büro und ließen die Trauerfeier in der Marktkirche Revue passieren. Beide hatten teilgenommen, sich in die letzte Reihe verdrückt, von dort hatte man den besten Überblick.

„Die Witwe hat einen sehr gefassten Eindruck gemacht, und Bitter ist nicht von ihrer Seite gewichen. Ganz Kavalier alter Schule“, stellte Verena fest. „Die ältere Frau in ihrer Begleitung war vermutlich ihre Mutter aus Almería. Seine Mutter war es jedenfalls nicht, die ist nicht gekommen. Nichts anderes habe ich erwartet.“

Stollmann nieste zum wiederholten Mal. „Scheiße, ich habe mich erkältet. Meine Süße hat mich angesteckt.“ Er grinste breit. „Hast du Sonja Schreiber gesehen? Sie sah erbärmlich aus, sie muss voll wie eine Schnapsdrossel gewesen sein, hat sich beim Rausgehen an den Kirchenbänken festgehalten und mächtig gewankt, sie konnte kaum noch gehen.“

„Offenbar hat ihr der Mord den Rest gegeben und sie ist nicht mehr in der Lage, eine halbwegs passable Fassade zu erzeugen. Jemand sollte sich um sie kümmern, sonst verwahrlost sie völlig.“

Stollmann putzte sich umständlich die Nase. „Ich frage mich, was dich so sicher macht, dass sie nicht die Täterin war. Sie ist nicht zurechnungsfähig, solche Menschen neigen zu Kurzschlusshandlungen. Für mich steht sie ganz obenan.“

„Für mich nicht. Sie ist verzweifelt, sie kommt mit ihrem Leben nicht mehr klar, aber ihre Wut richtet sich gegen sich selbst, sonst würde sie nicht trinken."

„Dein Wort in Gottes Ohr. Wenn sie es nicht war, wer dann? Falls du Hübner verdächtigst, der war es ganz bestimmt nicht. Ein anständiger Kerl, einer mit Charakter, keiner von diesen gestriegelten, aalglatten Typen, die die Führungsetagen der Unternehmen und Behörden bevölkern. Und weder bei Bitter noch bei diesem Dr. Dingsbums aus Ulm …"

„Dr. Jahn."

„Genau. Bei beiden war der Abgleich der DNA negativ."

Verena seufzte, wischte sich eine Locke aus der Stirn. „Ist mir klar. Wir treten auf der Stelle, Stolli. Wir wissen verdammt viel über Uwe Stein, wie er getickt hat, dass er ein Doppelleben führte, dass er als Kind misshandelt wurde und und und … Dem Täter sind wir dadurch allerdings nicht näher gekommen. Aber ich bin mir sicher: Eine Zufallstat war es nicht. Der Zeitpunkt, der Tatort und vor allem die Tatwaffe. Alles deutet darauf hin, dass jemand den Mord von langer Hand vorbereitet hat."

„Womit wir wieder bei der Witwe wären. Vielleicht ist sie klüger, als wir alle ahnen, vielleicht führt sie uns an der Nase rum. Sie kennt die Klaviatur der Politik, hat jahrelang in der Parteizentrale gearbeitet, war mit einem Spitzenpolitiker verheiratet. Vielleicht hat sie die Reaktionen der Politiker vorausgesehen, hat einkalkuliert, dass der versuchte Giftmordanschlag vertuscht werden würde."

Verena stand auf, schaute aus dem Fenster. Blauer Himmel, keine Wolke war zu sehen. Jetzt eine Runde Golf, das wär's, dachte sie. Der pflichtbewusste Teil in ihr erinnerte sie an den überfälligen Besuch bei ihrer Mutter im Seniorenheim.

„Ich habe nicht vor, sie von der Liste der Verdächtigen zu streichen. Die Sache mit diesem Brief lässt mir keine Ruhe. Ich werde noch mal zu ihr fahren", sagte sie.

Dann fiel Stollmann ein, dass er eine Verabredung im Steakhaus am Aegi hatte. Einen Namen nannte er nicht, doch sein vorfreudig entzückter Gesichtsausdruck sprach Bände.

Verena Hauser hatte Glück. Normalerweise waren deutsche Autobahnen am Wochenende ein Vabanquespiel. Meistens ging es nur stockend voran, häufig nur kriechend und man stand stundenlang im Stau. Heute war einer der seltenen Samstage, an denen es möglich war, das Gaspedal durchzutreten. Verena fuhr gerne schnell, der Z3 war nicht für Fahrten im Schneckentempo gebaut. Sie schaffte die Strecke nach Osnabrück in knapp zwei Stunden. Ihre Mutter hatte einen ihrer guten Tage, sie erkannte Verena und wirkte präsent. So harmonisch war es auch früher zugegangen, wenn Verena nach einer Woche mit viel Arbeit zu Hause angekommen war. Vor 20 Jahren hatte sie Osnabrück verlassen, doch noch immer bezeichnete sie die Stadt als ihr Zuhause, nicht die Landeshauptstadt, in der sie die Hälfte ihres Lebens verbracht hatte und so wie es aussah, auch in Zukunft leben würde.

Mutter und Tochter gingen in das Café neben dem Seniorenheim. Obwohl kein Zweifel bestand, dass sie sich mit dem Stück übernehmen würde, bekam die Mutter die erbetene Schwarzwälder Kirschtorte. Beide tranken Ostfriesentee. Es begann entspannt, denn die Mutter beantwortete Verenas Fragen, wenn auch in der Sprache eines Kindes. Aber dann baute sie rapide ab, schob nach drei Bissen das Tortenstück weg und wurde müde. Verena brachte ihre Mutter aufs Zimmer. Nach wenigen Atemzügen schlief die alte Dame im Ohrensessel ein. Verena war noch keine 30 Minuten hier. Vier Stunden Fahrerei für 25 Minuten Mutter. Schwester Hildegard war nicht da. Ihre Vertreterin berichtete, dass die Mutter Schwierigkeiten mit dem Essen machte und gefüttert werden müsse. Auch könne sie nicht mehr allein auf die Toilette gehen. Pflegestufe 2 deckte das nicht ab. Verena sagte zu, die monatlichen 310 Euro Mehrkosten an Pflegeaufwand für Stufe 3 zu übernehmen.

Die Rückfahrt verlief in gedrückter Stimmung, die sich mit jedem Kilometer Richtung Hannover verstärkte. Der zunehmende Verfall der Mutter; ihre unselige Liaison mit Jürgen; ein Mordfall, bei dem sie auf der Stelle trat: Es lief nicht rund in ihrem Leben. Dazu kam ein böser Verdacht. War es Zufall, dass alle Spuren ins Leere liefen oder zog jemand im Hintergrund die Fäden? Verena neigte nicht zu Paranoia, aber es wäre nicht das erste Verbrechen in der Welt der Politik, bei dem das Ende offen blieb.

Zurück in Hannover, steuerte Verena den Golfklub am Blauen See in Garbsen an. Bei „Radio Niedersachsen“ war

Aufregung ausgebrochen. Hannover 96 hatte unerwartet das Samstagsspiel gegen den HSV mit 3:1 gewonnen, der kleine gegen den großen Bruder, das sorgte nicht nur bei den Moderatoren von Radio Niedersachsen für gute Laune. Solange Verena zurückdenken konnte, litt diese Stadt unter dem großen Bruder im Norden, der all das war, was Hannover gerne sein wollte, aber niemals werden würde: eine mondäne Weltmetropole mit einer Millionärsdichte, mit der sie in Europa ganz vorne lag, die in der Wirtschaft, Kultur und in fast allen anderen Belangen der niedersächsischen Provinzhauptstadt weit überlegen ist. Zum Verdruss der Hannoveraner hatte die Hansestadt kürzlich auch noch den europäischen Umweltpreis ergattert und den jahrelangen Bemühungen der niedersächsischen Landeshauptstadt, wenigstens in dieser Hinsicht die Nummer eins im Norden zu sein, getrotzt. Der Sieg von 96 war Labsal für die sich stets zurückgesetzt fühlenden Niedersachsen.

Noch knapp zwei Stunden bis zum Anbruch der Dunkelheit. Die meisten Mitglieder hatten ihre Runde beendet und ließen es sich auf der Terrasse gut gehen. Einige Spieler erkannten sie und winkten ihr zu. Sie genoss es, den Platz für sich allein zu haben. Bei Anbruch der Dämmerung kam Verena ins Klubhaus. Sie hatte gut gespielt, musste nur ein Loch streichen, hatte nur einen Ball im Blätterdickicht verloren. Die frische Luft hatte ihre Lebensgeister geweckt. Im Restaurant saß nur noch eine Handvoll Spieler, die Verena nicht kannte. Sie bestellte einen Golfertoast und ein großes Weizenbier. In dieser Nacht schlief sie tief und traumlos.

44

Die Deutsche Antriebstechnik hat kein Interesse an einer Unternehmensbeteiligung an der Tawes AG mit Sitz in Hannover. Dies erklärte der Aufsichtsratsvorsitzende Dr. Jahn anlässlich der BDI-Jahrestagung in Frankfurt am Main.
Seit Monaten war darüber spekuliert worden, dass das Ulmer Unternehmen die von der Familie Rausch gehaltene Beteiligung an der Tawes AG übernehmen wolle. Dem Vernehmen nach hatte die Deutsche Antriebstechnik den Kauf davon abhängig gemacht, ob das Land Niedersachsen seine Sperrminorität nutzen würde, um die Sanierungskonzepte der Deutschen Antriebstechnik im Aufsichtsrat zu blockieren. Der Wirtschaftsredaktion liegen Informationen vor, wonach der designierte Ministerpräsident und ermordete Politiker Uwe Stein, im Fall seiner Wahl Aufsichtsratsvorsitzender bei der Tawes AG, entsprechende Sanierungspläne mitgetragen hätte.
Der Politiker wurde Anfang des Monats erschlagen. Vom Täter fehlt nach wie vor jede Spur. Der von der Bürgerpartei ernannte neue Spitzenkandidat und Parteivorsitzende Alfred Bitter soll gegenüber dem Aufsichtsrat der Deutschen Antriebstechnik signalisiert haben, dass mit ihm Arbeitsplatzverlagerungen von Hannover an andere Standorte nicht zu machen seien. Auf Nachfrage war Bitter zu keiner Stellungnahme bereit. Dr. Jahn nannte als Grund für die am

Wochenende getroffene Entscheidung, dass die Deutsche Antriebstechnik sich verstärkt um den asiatischen Markt kümmern wolle und Investments in Indonesien und Korea plane.

Allgemeine Zeitung, 8. September 2011

Marion Klaßen hatte noch keine Gelegenheit gehabt, die Samstagausgaben der Tageszeitungen, die sie abonniert hatte, zu lesen. Die Reisevorbereitungen hatten ihr keine Zeit gelassen. 1000 Kilometer Autobahn lagen vor ihr. Sonntags sollten ihr Lastwagen eigentlich erspart bleiben, doch es schien von Monat zu Monat mehr Ausnahmegenehmigungen zu geben. Und immer mehr Sonntagsfahrer. Nur die Zahl der Radiosender mit pubertären Moderatoren und aktuellen Hits war seit Jahren gleichbleibend hoch. Sie passte sich dem Verkehrsfluss an und fuhr keine Rennen. 125 PS reichten aus, um zügig über die Mittelgebirge zu kommen. Unterwegs legte sie zwei Stopps ein und suchte Toiletten auf, die gepflegter waren als in ihrem Appartement in Celle. Bis Stuttgart kam sie glatt durch, dann zerstörte ein Stau den Durchschnitt. Marion Klaßen ärgerte sich. Es würde Sinn machen, am Ende eines Lebens die vielen nutzlos in Staus auf deutschen Autobahnen verbrachten Stunden aufzuaddieren, dachte sie. Vermutlich war die Zahl, die am Ende herauskam, höher als die Stunden, die sie beim Kochen oder im Theater verbracht hatte.

In den Nachrichten tauchte kein einziges Mal der Name Uwe Stein auf. Die Halbwertszeit sensationeller Nachrichten wurde immer kürzer. Es war nach 22 Uhr, als sie die Grenze nach Liechtenstein überquerte, der lustlos wirkende Grenzbeamte winkte sie durch. Anders als an den meisten anderen Grenzen wurde der Übergang kontrolliert, um Steuersünder dingfest zu machen. Auf der Rückfahrt würde man sie vermutlich nicht einfach durchwinken. Aber sie hatte ja ihren Dienstausweis, der sie als Landtagsabgeordnete auswies, die durch Immunität geschützt war.

Das Hotel, übers Internet gebucht, ließ alles vermissen, was sie sich von drei Sternen und den Fotos versprochen hatte. Alles wirkte abgewetzt, lieblos, grau, der Mann am Empfang war obendrein müde. Die Küche hatte seit 21 Uhr geschlossen, die von der Stallwache empfohlenen Erdnüsse auf dem Zimmer fehlten. In ihrer Reisetasche entdeckte Marion einen Schokoladenriegel vom letzten Urlaub. Ranzig, aber essbar. Schlaf fand sie keinen, obwohl sie erschöpft war. Als sie zuletzt resigniert auf den Wecker blickte, war es drei Uhr. Das Handy klingelte um sieben.

Er hieß Pflümli, war korpulent und erfüllte auch sonst viele Klischees eines redlichen alpenländischen Beamten. Weil er sich kollegial verhielt und für nie nachlassenden Nachschub an Kaffee und Gebäck sorgte, hatte Marion nichts auszusetzen. Der Leiter des Schulamtes in Vaduz pries sein Schulsystem in den höchsten Tönen. Fast jeder Satz begann mit „Ich als zuständiger Gemeinderat für das Bildungswesen …“

Er wusste um die deutschen Verhältnisse bei Bildung und Ausbildung bis zurück ins 19. Jahrhundert. Er kannte auch die PISA-Zahlen und den deutschen Föderalismus mit 16 Kultusministerien und Schulverwaltungen. Marion Klaßen machte Notizen, stellte Fragen, berichtete über die Lage in ihrer Heimat. Zeitweise hatte sie das Gefühl, sich auf einer echten Dienstreise zu befinden. Natürlich war Pflümli über den Mord an Uwe Stein informiert und ließ es an Bedauern nicht fehlen. An Neugier auch nicht.

Um Viertel vor zwölf betrat sie das Bankhaus Vaduz. Sie nannte die Nummer des Depots sowie das Kennwort und legte Isabel Steins Vollmacht vor.

Im Schließfach, das Uwe Stein angemietet hatte, befanden sich ein mit Klebeband verschlossener DIN-A-4-Umschlag und ein Paket. Sie nahm beides an sich, quittierte den Empfang und verließ die Bank. Kein überflüssiger Satz, keine Bemerkung über das Wetter, die Liechtensteiner Bankangestellten kannten die Bedürfnisse ihrer Kunden. Gespräche übers Wetter gehörten nicht dazu. Im Auto öffnete sie den Umschlag. Er enthielt Auszüge von Depots: ein Aktiendepot, ein Asia-Fonds, ein Rohstoff-Fonds. Der aktuelle Gesamtwert betrug mehr als 1,3 Millionen Euro. Das Päckchen enthielt säuberlich gebündelte 500-EuroScheine, alles in allem etwa 200.000 Euro. Marion fragte sich, was Uwe mit so viel Geld vorgehabt hatte. Die Aktien und Investmentfonds konnten bei jeder Bank eingelöst werden. In Deutschland besser nicht, aber die Entscheidung stand später an.

Die Rückfahrt verlief ohne Probleme. Sie zeigte den Beamten an der Grenze ihren Abgeordnetenausweis und nannte den Namen des Gemeinderatsmitgliedes Pflümli.

Man winkte sie durch. Celle erreichte sie gegen Mitternacht. Am Bahnhof mietete sie ein Schließfach, in dem Geld und Umschlag Platz fanden.

Im Briefkasten lag neben Reklame ein nicht adressierter Umschlag, der ein Foto enthielt, aufgenommen mit einer Digitalkamera. Der Mann sah entsetzlich aus, blutüberströmt lag er auf einem Fußboden aus Stein, vielleicht auch auf einem Bürgersteig. Pinos Leute hatten ganze Arbeit geleistet. Ob er tot war? Vermutlich ja, es ging sie nichts an. Er war ein gemeiner Erpresser, vermutlich sogar Uwes Mörder, er hatte nichts Besseres verdient. Sie zerriss das Foto in winzige Schnipsel und verbrannte alles mit den Zeitungen der letzten Tage im Kamin.

46

Deals mit der Justiz brachten den Rechtsanwalt Hackmann schon lange nicht mehr aus dem Gleichgewicht. In seiner langen Tätigkeit als Fachanwalt für Steuerrecht hatte er Sachen erlebt, die jeden gesetzestreuen Bürger schockiert hätten. Doch gesetzestreue Bürger erfuhren nichts von diesen Deals. Die Absprachen, die Hackmanns Kanzlei regelmäßig mit den Justizbehörden traf, enthielten als einen der wichtigsten Punkte wechselseitiges Stillschweigen. Diese Regel war notwendig, um den gesellschaftlichen Konsens in Deutschland nicht aufs Spiel zu setzen. Ein durchschnittlicher Bürger musste mit harten Sanktionen rechnen, wenn er sich im Straßenverkehr falsch verhielt, schwarz öffentliche Verkehrsmittel benutzte oder am Arbeitsplatz einen Bleistift oder eine Frikadelle entwendete. Ihn traf die volle Härte des Gesetzes, er konnte sogar ins Gefängnis kommen oder arbeitslos werden. Steuersünder, die mehrere Millionen am Staat vorbei auf Auslandskonten deponiert hatten, durften dagegen mit Entgegenkommen rechnen. Wer bereit war, seine Steuerschulden zu erstatten und zusätzlich eine Geldstrafe in den Staatssäckel einzuzahlen, konnte davon ausgehen, dass seine Akten geschlossen wurden. Manchmal dachte er: Es ist nicht in Ordnung, das Messen mit zweierlei Maß. Der geschäftsmäßige Teil in ihm überwog. Es war nicht sein Job, Moralapostel zu spielen. Er war Fachanwalt für Steuerrecht.

Obwohl er viele Dutzend Deals mit staatlichen Behörden getroffen hatte, war er dennoch überrascht, mit welcher Nonchalance die Angelegenheit Isabel Stein niedergeschlagen worden war. Nicht, dass er es der Witwe nicht gönnte. Komisch war es trotzdem. Ein versuchter Giftmord war ein Kapitalverbrechen, man konnte es drehen und wenden, wie man wollte. In solchen Fällen griff jeder Staatsanwalt hart durch, Notwehr hin oder her. Hackmann hatte fest damit gerechnet, dass Isabel mit Anklage und Bewährungsstrafe rechnen musste. Nun hatte ein Deal stattgefunden, der mit der Angelegenheit befasste Kollege Janssen hüllte sich in vielsagendes Schweigen.

Und dann das merkwürdige Verhalten von Isabel Stein gestern Nachmittag. Als er sie angerufen hatte, um sie im Namen seiner frisch angetrauten Frau, die er im Zuge der Staatskanzleimorde kennengelernt hatte, zum Kaffee einzuladen, war sie kurz angebunden gewesen und hatte gehetzt geklungen. Und nicht nur das, in ihrer Stimme hatte unverkennbar Angst mitgeschwungen. Wovor oder besser vor wem hatte Steins Witwe Angst? Die Einladung hatte sie ohne Begründung ausgeschlagen.

Und ein weiterer Punkt beschäftigte den Anwalt. Mehr als eine Woche nach dem Mord schien die Polizei bei den Ermittlungen immer noch keine Fortschritte zu machen. War das möglich? Bei einem Verbrechen, das bundesweit und international für Aufsehen gesorgt hatte? Gab es im Zusammenhang mit Uwe Stein etwas, das vertuscht werden sollte? Hackmann ließ die Erinnerung an diesen Russen nicht los, damals, als Stein noch sein

Kollege gewesen war. Dieser dubiose Mann mit Verbindungen nach Zürich und Vaduz. Verbindungen, die nach Geldwäsche rochen. Stein hatte dafür plädiert, ihn als Mandanten zu akzeptieren, weil er der Kanzlei viel Geld einbringen würde. Gut möglich, dass er sich über Hackmanns Entscheidung, die Finger von dem Kerl zu lassen, hinweggesetzt hatte. Und dann war da ja noch die Sache mit dem geheimnisvollen Umschlag, den Stein bei ihm deponiert und den er der Witwe ausgehändigt hatte.

Für einen kurzen Moment erwog Hackmann, noch einmal mit Janssen zu sprechen. Er hatte Steins Witwe gegenüber der Staatsanwaltschaft vertreten und kannte die Einzelheiten des Deals. Dann besann er sich anders. Hackmann beharrte auf der Souveränität jedes Anwalts, und Diskretion war die oberste Maxime seines Handelns. Mochte der Deal auch gewöhnungsbedürftig sein, immerhin hatte der Staatsanwalt zugestimmt. Und das Verhalten der Witwe am Telefon konnte viele Gründe haben, auch banale. Als seine Sekretärin die Ankunft des nächsten Mandanten ankündigte – Steuerhinterziehung im hohen sechsstelligen Bereich – stand Hackmanns Entschluss fest: Er würde keinen Gedanken mehr an die Angelegenheit Stein verschwenden. Es war der Job der Polizei, den Mord aufzuklären.

47

Wagner unterdrückte ein Gähnen. Nicht dass Albis Rede langweilig war, aber er hatte die Nacht kaum geschlafen. Monika hatte ihm eine Szene gemacht. Das Übliche, er sei ein Langweiler, wolle nie etwas mit ihr unternehmen und obendrein sei er fett. Ihr Gezeter hatte ihn zum Grübeln gebracht. Der dritte Krach in einer Woche, wo sollte das enden und vor allem wie? Er hatte stundenlang wach gelegen und war erst gegen Morgen eingeschlafen.

Albi lief zu Hochform auf. „Und nun entscheiden Sie in aller Ruhe zu Hause, wer geeignet ist, unser geliebtes Niedersachsen in die Zukunft zu führen. Eine Partei, die seit zehn Jahren bewiesen hat, dass sie es kann und dass sie es will. Oder eine Partei, die … Oh entschuldigen Sie, dass ich nicht weiterrede. Aber ich sehe diese zweite Partei momentan gar nicht mehr. Jedenfalls nicht mit bloßen Augen. Weil sie so klein ist und sich so gern wegduckt, wenn es schwierig wird. Lassen wir ihr die Zeit, um sich zu berappeln. Schicken wir sie fünf weitere Jahre in die Reha, damit sie beim Anblick von Verantwortung nicht kreidebleich wird. Solange machen wir weiter wie bisher – und legen noch einige Schippen Zukunft drauf. Alfred Bitter bittet Sie um Ihre Stimme! Gemeinsam für Niedersachsen!“

Der Saal tobte. Schwitzend, mit hoch erhobenen Armen nahm Bitter die Huldigungen der Masse entgegen. Der Wahlkampf brachte seine besten Talente zum

Vorschein. Er war kein begnadeter Redner wie Uwe Stein, aber seine Auftritte kamen gut an. Er war ein genialer Vereinfacher. Er brachte die Dinge auf den Punkt und kannte sich in der Lebenswirklichkeit seiner Zuhörer aus. Er redete einfach, seine Worte ließen an Deutlichkeit nicht zu wünschen übrig. Dass er inhaltlich nichts Neues sagte, schien kaum jemanden zu stören. Sein Humor übertünchte vieles, in jeder Rede brachte er wenigstens einen Witz unter. Klaglos nahm er hin, dass sich jüngere Leute rar machten. Aber die Handwerksmeister, die Landwirte, die Kaufleute und vor allem die Senioren kamen zu Bitter. Mehr als die Hälfte seiner Zuhörer hatte das sechzigste Lebensjahr überschritten.

An diesem Tag hatte er bereits drei Veranstaltungen absolviert: morgens um zehn vor Handwerksmeistern in Osnabrück; danach ein Termin bei Hoteliers in Bad Iburg; in Meppen saßen über 100 Landfrauen aus dem Emsland vor ihm. Bitters Rede war immer die gleiche, jedoch mit Nuancen. Eine Pflichtpassage war die Betroffenheit über Steins Tod und eine Würdigung seiner Verdienste. Das bewegte die Zuhörer. Danach Agrarpolitik mit Breitseiten gegen die Brüsseler Bürokratie: die Sauerei mit der Milchquote, die unzureichenden Zahlungen für Ausgleichflächen. Von da ein eleganter Schlenker zu den Landfrauen als Leistungsträgerinnen und Mitte der ländlichen Gesellschaft.

Normalerweise ließ Bitter keine Fragen zu. Im Wahlkampf wollte er seine Botschaften loswerden und nicht mit Fragen behelligt werden. An diesem Nachmittag ließ er sich von der positiven Stimmung mitreißen und gestattete drei Fragen. Die erste betraf die hohen Zahlungen Deutschlands an Brüssel. Die zweite den Ökolandbau. Beide Fragen waren nach seinem Geschmack, erneute Sticheleien gegen die EU und die Weltverbesserer der Ökofraktion. Die dritte Frage lautete: „Weshalb ist so wenig über Uwe Steins Kindheit und Jugend bekannt? Hat die Partei diese Informationen bewusst zurückgehalten?"

Entsetzt starrte er die Fragestellerin an, sie war deutlich jünger als der Durchschnitt. Hilfesuchend nahm er Augenkontakt mit Wagner auf, der ebenso überrascht war.

„Jeder Mensch hat Anspruch auf eine Privatsphäre, auch Politiker. Herr Stein hat für sich dieses Recht reklamiert, die Parteiführung hat das respektiert."

Die Frau ließ nicht locker: „Hat das damit zu tun, dass er seit über 20 Jahren keinen Kontakt zu seinen Eltern gehabt hat?"

„Dazu kann ich nichts sagen. Oder wollen Sie zur Sippenhaft zurückkehren und einen Politiker nur deshalb verurteilen, weil er Probleme im Elternhaus hatte? Wenn jeder von uns über ein schwarzes Schaf in seiner Familie reden würde, dann säßen wir noch in einer Woche hier."

Gut pariert, lobte Wagner seinen Chef in Gedanken. Zustimmendes Lachen und Feixen, die Leute im Saal waren auf Bitters Seite. Er drehte sich schon vom Rednerpult weg, als sich die Frau ein weiteres Mal meldete.

„Wie erklären Sie die Gerüchte, dass der Fall Uwe Stein Parallelen zum Fall Uwe Barschel aufweist? Halten Sie es für denkbar, dass auch Herr Stein in illegale Geschäfte verwickelt war?"

Bitters Gesichtsfarbe wechselte von blass zu puterrot. Im Saal kam Unruhe auf. Erneut wanderte sein Blick zu Wagner, der regungslos auf seinem Stuhl saß, registrierte wie Bitter nach Luft schnappte und dann Maß nahm:

„Nun ist aber Schluss, meine Dame. Aus der Luft gegriffene Unterstellungen gegen einen Menschen, der sich nicht wehren kann. Wollen Sie das Andenken an Uwe Stein besudeln? Kommen Sie aus Kreisen, wo man üble Nachrede cool findet? In meiner Welt sind dafür Anwälte zuständig."

Die Frau blieb ruhig, es war nicht zu fassen:

„Ich habe nichts unterstellt, sondern Fragen gestellt."

„Werden Sie nicht scheinheilig!", fauchte Bitter. „Unser Spitzenkandi... unser früherer Spitzenkandidat war niemals in illegale Geschäfte verwickelt. Um welche illegalen Geschäfte sollte es sich denn überhaupt handeln? Wir sind hier nicht in einem Kriminalfilm, auch nicht in Sizilien oder St. Petersburg. Wir sind in Niedersachsen, mitten in Europa. Wir leben in einem Land, in dem Demokratie und Rechtsstaatlichkeit garantiert werden. In Niedersachsen funktionieren die Justizbehörden noch, meine Dame! Und ich kandidiere für das Regierungsamt, mir ist es ernst um unser schönes Niedersachsen. Ich danke Ihnen für Ihr Kommen."

Der Applaus war verhaltener als bei seinem Einzug vor einer Stunde. Jetzt, wo alles zu spät war, kam endlich Bewegung in Wagner. Er ging zu der Frau und sprach mit ihr.

„Was war das eben, verdammt noch mal?", fragte Bitter wenig später entnervt.

„Eine Redakteurin eines unbedeutenden Lokalblattes, Emsnachrichten, sie heißt Annegret Winkler."

„Das Blatt gehört doch Günther Maurer? Einer von uns, oder?"

Wagner nickte. „Gut so, komm, lass uns nach Hause fahren." Wenn Albi aufgeregt war, verfiel er ins Du.

Sie hatten Meppen noch nicht hinter sich gelassen, als Bitter schon mit dem Verlagsleiter, der in Personalunion Chefredakteur war, telefonierte. Ein langjähriges Parteimitglied, im elektronischen Verzeichnis gespeichert. Er hörte sich Bitters aufgebrachten Bericht an und versprach, umgehend mit der jungen Kollegin zu sprechen.

Zehn Minuten später rief er zurück, nannte sie „übereifrig" und „unerfahren" und sagte: „Ich habe sie ins Gebet genommen. Sie wird künftig vorsichtiger sein."

„Was hat sie über ihre Quelle gesagt?", fragte Bitter. „Wer hat ihr den Stuss mit den illegalen Geschäften gesteckt? Und welche sollen das überhaupt sein? Immobilien? Oder gar Waffen?"

Der Chefredakteur war offenbar abgelenkt. „Jetzt nicht, Frau Höhne", sagte er zu jemandem in seiner Nähe. „Kommen Sie in zehn Minuten wieder."

Dann wandte er sich wieder Bitter zu. „Halten Sie sich fest. Frau Winkler hat mit Steins Mutter gesprochen, die wohnt in Papenburg im Altersheim. Angeblich war es die Mutter, die Andeutungen gemacht hat. Sie würde ihrem Sohn alles Mögliche zutrauen, auch die Verstrickung in illegale Geschäfte und deshalb sei er – so soll die alte Dame gemutmaßt haben – umgebracht worden."

„Das ist alles? Weil eine senile Frau eine unhaltbare Vermutung von sich gibt, stört Ihre Redakteurin meine Veranstaltung mit ihren Unterstellungen! Das ist Sabotage! Die muss weg! Raus mit der!"

„Ganz ruhig, Herr Bitter. Noch ist ja nichts weiter passiert. Wenn wir jetzt überreagieren, machen wir alles nur noch schlimmer. Sie wird zum Arbeitsgericht laufen und es gibt einen Riesenaufstand. Mit interessierten Medien! Das wollen Sie bestimmt nicht. Frau Winkler als Heilige und Gralshüterin der Pressefreiheit, die Partei in der Rolle des Bösewichtes."

„Okay, die Botschaft ist angekommen."

„Ich kann Sie beruhigen. Nichts davon wird morgen in der Zeitung stehen. Sie können sich auf einen positiven Bericht über Ihren Auftritt freuen. Was den Mord betrifft, habe ich veranlasst, ab sofort jeden Bericht vorgelegt zu bekommen. Vorab!"

Bitter entspannte sich, lehnte sich zurück. Der Chefredakteur erkundigte sich nach dem Stand der Ermittlungen und gab Bitter Gelegenheit, sich abzureagieren: „Ich sitze dem Innenminister ständig im Nacken. Aber Sie kennen ihn ja. Er hat die Ruhe weg. Ich frage mich, ob diese Frau Hauser die Ermittlungen richtig leitet. Sie soll eine der Erfolgreichsten ihres Faches sein, hat seinerzeit die Staatskanzleimorde aufgeklärt. Fritz schwört auf sie und den Direktor des LKA. Den will er sogar in sein Ministerium holen. Ende des Jahres wird die Stelle des Leiters der Polizeiabteilung vakant. Aber das behalten Sie für sich. Jedenfalls meint dieser Herr Ritter, dass die Hauser sein bestes Pferd im Stall ist."

Dann sagte der Chefredakteur etwas, was Bitters Blut erneut in Wallung brachte: „Ich muss doch noch mal damit anfangen, weil mir der Gedanke keine Ruhe lässt. Vielleicht ist ja etwas dran an dem Verdacht. Natürlich ist Steins Mutter nicht mehr die Frischeste, aber ich halte viel vom Instinkt alter Leute. Niemand kann in einen anderen Menschen hineinsehen, auch Sie nicht. Niemand kann ausschließen, dass Stein in Geschäfte verstrickt war, die außerhalb der Legalität lagen. Der Mann war viele Jahre Anwalt und Treuhänder, er war mit den unterschiedlichsten Leuten und Milieus in Kontakt gekommen. Manchmal kommt die Verführung direkt auf einen zu."

„Vergessen Sie's, Maurer! Ich gebe zu, dass Stein Fehler hatte, mit einigen ist er mir gehörig auf den Senkel gegangen, das dürfen Sie mir glauben. Aber mit Kriminellen zusammenarbeiten – das ist dann doch noch mal was anderes."

Als das Gespräch beendet war, forderte Bitter seinen Mitarbeiter auf, sich in der Journalisten-Szene umzuhören. War das Gerücht von den illegalen Geschäften schon dabei, sich auszubreiten?

„Nun ja", druckste Wagner, „Bianca Fröhlich hat mich auf der Trauerfeier angesprochen. Dass es Parallelen zum Fall Barschel geben könnte."

Bitter schlug mit der Faust auf die Rückenlehne des Vordersitzes, der erschreckte Fahrer verriss den gepanzerten Audi. Der Vorsitzende regte sich auf, weil er erst mit Verzögerung von den atmosphärischen Störungen erfuhr.

„Es sind doch nur Spekulationen", wiegelte Wagner ab. „Journalisten mutmaßen viel, wenn der Tag lang ist."

Erneut griff Bitter zum Telefon und machte sich auf die Suche nach dem Innenminister. Dieser befand sich auf der Innenministerkonferenz in Schwerin, sein Handy war ausgeschaltet, Bitter wurde immer übellauniger. „Ist mir scheißegal, holen Sie ihn gefälligst ans Telefon", brüllte er die Sekretärin an.

Zehn Minuten später hatte er den Minister in der Leitung und informierte ihn über den Vorfall auf der Veranstaltung. Schuld daran seien die schleppenden Ermittlungen. Ohne Fakten würden die Journalisten beginnen, sich Geschichten auszudenken. Der Minister wiegelte ab, berichtete über den geplanten Einsatz der Spürhunde.

Bitter war nicht besänftigt: „Wenn, wenn, wenn. Seit Tagen höre ich nichts anderes von dir. Ich brauche einen Täter, wir alle brauchen einen Täter."

„Mein Gott, Albi, die Aufklärung eines Mordfalles lässt sich nicht kalkulieren. Du hast doch selbst vor einigen Tagen über Steins kriminelle Geschäfte spekuliert."

„Ja, aber doch nur unter uns. Und ich habe auch gesagt, dass das niemand erfahren darf, wenn es zutrifft, weil es die Partei zerreißen würde. Dann wird dieser verdammte Mord eben nicht aufgeklärt. Wäre ja nicht der erste."

„Es ist nicht irgendein Mord, es geht um einen prominenten Mann. War schon schwierig genug, die Prügeleien und das Gift zu vertuschen. Einen Mord kann ich nicht vertuschen."

„Das hatten wir schon und du hast versprochen, eine Lösung zu finden. Mit den Drahtziehern in Kontakt zu treten, einen Deal zu machen und nur den Auftragsmörder selbst zu hängen."

„Wenn es ein Auftragsmord war, werden wir eine Lösung finden, das verspreche ich dir. Aber wir sind noch nicht so weit. Was die Journalisten angeht, denen soll Wagner mit einer Klage wegen übler Nachrede drohen."

„Die Journalisten übernehmen wir, Fritz. Kümmere du dich um dein lahmarschiges LKA und diese transusige Hauser. Die soll tüchtig sein? Da muss ich aber lachen."

„Bis Mitte der Woche gebe ich ihr noch. Dann wird sie abgelöst, ist mit Ritter schon besprochen", versprach der Minister.

48

Das Telefon klingelte ununterbrochen, doch nie brachte es eine hoffnungsvolle Neuigkeit. Ein Kollege nach dem anderen erschien, um Zwischenberichte abzugeben oder sich Frust von der Seele zu reden. Der erste Anruf war morgens von Petra Schramm gekommen, Magen-Darm-Virus. Jetzt also auch sie. Großartig, Verena würde sich jetzt auch noch um den Kleinkram kümmern müssen.

Es gab noch einen zweiten Totalausfall: Stollmanns Freundin hatte am Wochenende mit ihm Schluss gemacht und den Kommissar gegen einen Jüngeren ausgetauscht. Zwar war er zur Arbeit erschienen, aber seine Stimmung wechselte im Minutentakt zwischen hektischer, wenn auch uneffektiver Betriebsamkeit und Trauer über den Verlust. Selbst der Sieg von Hannover 96 konnte ihn, den begeisterten Fußballfan, nicht aufmuntern. Zwischendurch wurde er zornig und erging sich in philosophisch-melancholischen Betrachtungen über Männer und Frauen und die Unmöglichkeit, miteinander befreundet zu sein. Eine Stunde war das recht amüsant, weil unfreiwillig komisch. Dann wurde Stollmann anstrengend. Mal hieß es „Jetzt erst recht!“, um sich fünf Minuten später über das restliche Leben ohne Frauen und Sex zu verbreiten.

Am liebsten hätte Verena ihn nach Hause geschickt, doch wäre ihm dort die Decke auf den Kopf gefallen. Sie telefonierte Hübner und Sonja Schreiber hinterher. Mittags erreichte sie Hübners Frau, die ihr berichtete, dass ihr Mann zu einer Katheteruntersuchung gegangen sei und erst abends zurückkommen werde. Sie war nicht begeistert von der Vorstellung, dass ein Schäferhund morgen früh vorbeikommen würde, um den Geruch ihres Mannes zu erschnüffeln.

Sonja Schreiber war weiterhin nicht erreichbar. Zwar hatte sie ihren Führerschein bereits vor Wochen abgeben müssen, aber das würde sie nicht daran hindern, abzutauchen. Verena setzte auf die Antriebslosigkeit der Alkoholikerin, verschob den Anruf auf später.

Den jammernden Stollmann ertrug sie bis 17 Uhr und lud ihn dann zum Abendessen ein. Sie wollte ihn in seinem erbärmlichen Zustand nicht allein lassen. Als sie damals von Franz abserviert worden war, hatte Stollmann ihr auch beigestanden. Er hatte sie zu sich nach Hause eingeladen und angeboten, Franz zu verprügeln. Freundschaft vor Pflichtbewusstsein – Verena Hauser verließ eine Abteilung, in der fast alle Schreibtische noch besetzt waren.

Bis zehn Uhr hatte Hübner alle Zeitschriften im Wartebereich gelesen. In jeder standen Lobeshymnen auf Uwe Stein, sogar in Magazinen, die sonst wenig bis gar nichts über Politik berichteten. Über Tote nur Gutes – die Texte lasen sich, als würde Steins Heiligsprechung unmittelbar bevorstehen. Die Spekulationen über den Täter bewegten sich in den bekannten Bahnen: Stalkerin, kriminelle Jugendliche, Besoffskis oder ein politischer Hintergrund, auch wenn sich die zuständigen Politiker in Schweigen hüllten.

Endlich gab sich der Chefarzt der Kardiologie die Ehre. Der Mann wirkte gestresst, die Untersuchung war schmerzhaft. Es gab Probleme mit der Einführung des Katheters. Der Mediziner schüttelte den Kopf, sprach von schlechten Gefäßen und verschlossenen Zuführungen, die die Durchblutung des Herzkammersystems beeinträchtigten. Er hörte sich vorwurfsvoll an, als würde Hübner die Schuld daran tragen. Fazit: Hübner benötigte zwei, besser drei Bypässe, umgehend. Am besten sollte er gleich hierbleiben. Sie einigten sich auf den kommenden Donnerstag als Operationstermin, der Professor würde den Eingriff selbst vornehmen.

Eine Bypassoperation war keine Kleinigkeit, sie konnte zum Tode führen. Dennoch war Hübner auf der Heimfahrt ruhig und gelassen. Es berührte ihn nicht wirklich, dass er in Gefahr schwebte. Er entdeckte eine merkwürdige Distanz zu sich und seinem Leben. Was würde schon passieren, wenn er nicht mehr aufwachte? Seine Frau wäre traurig, natürlich, aber nur kurz. Nach 30 Jahren Ehe hatte man sich auseinandergelebt. Axel, sein Freund, wäre traurig. Sie kannten sich seit der Schulzeit. Seine Skatbrüder wären vermutlich auch betrübt. Und einige Kollegen bei der Tawes AG würden ihn vermissen, er kam auf drei Namen. Drei Namen nach über 30 Jahren Betriebszugehörigkeit. Und trotzdem: Eigentlich war er glücklich dran, er fürchtete sich nicht vor der Operation. Sollte es vorbei sein, wäre es in Ordnung. Er war 59 und hatte ein gutes Leben gehabt. Seinen Beruf hatte er geliebt, seine Frau auch, das Gute überwog bei Weitem. Wenn er abtreten sollte, wäre es keine Katastrophe.

Und wenn es anders käme und sein Herz würde weiterschlagen – was dann? Dann würde er darum kämpfen, wieder gesund zu werden und ein Jahr lang die Welt bereisen. Hansen, sein intriganter Stellvertreter und der russische Investor, sie konnten ihm alle den Buckel herunterrutschen. Und was den Mordfall anging, der interessierte ihn nicht die Bohne. Außerdem hatte er ein komisches Gefühl im Bauch. Das sagte ihm, dass der Mord unter der Rubrik unaufgeklärte Fälle abgelegt werden würde. Die Sache stank gewaltig, mehr als Gülle im Oldenburger Land. Er war sich sicher: Da hatte jemand seine Finger im Spiel. Vertuschung, nicht Aufklärung war angesagt. Ihm konnte es egal sein, er hatte mit allem abgeschlossen.

49

Schon wieder das Telefon, zum elften oder zwölften Mal. Sonja Schreiber erschrak auch diesmal, aber die Unruhe ließ nach. Sie war nicht mehr daran gewöhnt, Anrufe zu erhalten. Bis vor fünf Monaten hatte Uwe angerufen, zuletzt immer seltener, aber doch regelmäßig hatte er das Telefon zum Klingeln gebracht. Genau wie die Kollegin aus der Anwaltskanzlei Schrader und Partner, mit der sie sich damals gut verstanden hatte und sich gelegentlich im GOP oder Theater am Küchengarten verabredet hatte. Sie waren beide Kabarettfreaks gewesen. Nach ihrem Rausschmiss war der Kontakt abgerissen, ihr Interesse am Kabarett oder Theater schon davor. Im Grunde genommen gab es nichts, was sie noch interessierte. Außer Anna, aber die hatte man ihr auch genommen.

Anfang dreißig und allein. Niemand, der auf ihre Gesellschaft Wert legte, niemand, der sich um sie kümmerte. Vielleicht war alles von Anfang an vorbestimmt gewesen. Es gab Menschen, die hatten Glück und es gab Menschen, die wurden vom Pech verfolgt. Sie gehörte zu Letzteren. Das hatte sie schon als Kleinkind begriffen. Ihre Mutter hatte es oft genug gesagt. „Das Glück macht um uns einen großen Bogen" oder „Wir sind vom Pech verfolgt" waren ihre häufigsten Sätze gewesen. Der Vater war anders gewesen, aber dann hatte er seinen Job verloren, und auch er war resigniert. Dann, als Sonja gerade 19 geworden war, ein schwerer Autounfall. Ihre Mutter war auf der Stelle tot, ihr Vater hatte noch einige Stunden gelebt, bevor auch er gestorben war. Egon aus der Nachbarschaft hatte damals zu ihr gestanden, sie getröstet und aufgerichtet, ihr alle Belastungen abgenommen. Ein Jahr später hatten sie geheiratet. Von ihrer Seite war es keine Liebe gewesen. Eher Bequemlichkeit, vielleicht auch Dankbarkeit. Egon gab ihrem Leben Halt und Beständigkeit. Er war zehn Jahre älter als sie, ernst, gewissenhaft, pflichtbewusst und zuverlässig. Eigenschaften, die sie damals zu ihm hingezogen hatten. Später hatten sie sie gelangweilt. Sie war Anfang zwanzig und wäre gerne ausgegangen, in die Disco, auf eine Party, sie wollte neue Bekannte kennenlernen und zu sich einladen. Egon wollte davon nichts wissen. Er war ein Familienmensch, er hatte eine ungewöhnlich enge Beziehung zu seinen Eltern. Später waren sie zu dritt. Nachdem sie Anna zur Welt gebracht hatte, wurde auch der Sex mit ihm langweilig, eine lästige Pflichtübung, nicht mehr und nicht weniger. Seine Familie und sein Beruf als Bauingenieur füllten ihn aus. Mehr verlangte er nicht vom Leben und Sonja sollte es genauso halten. Ihre einzige Freundin war mit Anfang zwanzig nach Nürnberg gezogen. Der Kontakt war im Lauf der Jahre eingeschlafen, neue Freundinnen lernte sie nicht kennen. Als sie einmal eine Kollegin zum Kaffeeklatsch einlud und Egon an diesem Nachmittag früher nach Hause gekommen war, war er wütend geworden und hatte ihr Vertrauensmissbrauch vorgeworfen. Danach hatte sie nie wieder jemanden nach Hause eingeladen und sich damit abgefunden, dass Egon keinen Freundeskreis wollte.

Kein Wunder, dass sie mit fliegenden Fahnen zu Uwe übergelaufen war, als er Interesse an ihr gezeigt hatte. Jeder halbwegs attraktive Mann hätte bei ihr eine Chance gehabt, Uwe nahm sie im Sturm. Mit ihm kam Tempo und Würze in ihr Leben. Wenigstens für eine kurze Zeit hatte sie das Leben in hellen Farben gesehen. Und dafür war sie ihm dankbar, trotz allem, was er ihr angetan hatte. Uwe zum alleinigen Sündenbock zu machen, war nicht richtig. Auch ihre eigene Rolle in dem Geschehen war alles andere als rühmlich. Sie hatte alles mit sich machen lassen: erst als Ehefrau, später als Geliebte. Sie hatte nicht einmal den Versuch unternommen, ihr Leben selbst in die Hand zu nehmen. Und niemand hatte sie gezwungen, das Saufen anzufangen.

Auch andere Frauen wurden sitzen gelassen und bekamen das irgendwie auf die Reihe. Sie nicht. Sie hätte kämpfen können, in eine Suchtklinik gehen und sich den Mühen eines Entzuges unterziehen können. Aber ihr fehlte die Kraft dazu. Sie war keine Kämpferin. Nicht einmal um ihre Tochter hatte sie gekämpft. Sie hatte selbst Anna kampflos aufgegeben. Und jetzt war es zu spät. Ihre Mutter hatte von Anfang an recht gehabt. Das Leben hatte für sie nur Kummer parat. Glück, Liebe, Freundschaft waren für andere reserviert, um sie machten sie einen großen Bogen.

Vor ihrem Ende, das unausweichlich war, hätte Sonja gerne erfahren, wer die Person war, die Uwe erschlagen hatte. Mit einem Golfschläger! Uwe hatte Feinde gehabt, mächtige Feinde. Sie hatte einen Verdacht, doch den würde sie mit ins Grab nehmen. Ihr Plan hätte anders ausgesehen. Rufmord und das Ende der politischen Karriere wären für Uwe genauso schlimm gewesen wie der Tod. Nicht einmal zur Rache hatte sie sich aufraffen können. Sogar da hatte sie versagt.

Ihre Augen wurden schwer. Die Wirkung der Schlaftabletten setzte ein. Bevor sie sich aufs Bett legte, nahm sie das Foto vom Nachttisch und streichelte das Kindergesicht. „Mach's gut, Anna. Irgendwann sehen wir uns wieder, dann werde ich dir alles erklären."

50

Russischer Geschäftsmann überfallen

In der Nacht auf Montag wurde in der Nähe der Berliner Oper der russische Geschäftsmann Oleg S. brutal zusammengeschlagen. Die Täter konnten entkommen.

Das Opfer wurde gegen ein Uhr nachts von einem Jugendlichen, der sich auf dem Nachhauseweg befand, in der Behrenstraße in einer Toreinfahrt schwer verletzt aufgefunden. Der sofort herbei gerufene Notarzt konnte nur noch den Tod des Schweizer Staatsbürgers russischer Herkunft feststellen. Da Brieftasche und Handy des Getöteten gestohlen wurden, geht die Polizei von einem Raubmord aus. Nach einer Umfrage in Berliner Hotels konnte die Identität des Opfers ermittelt werden. Oleg S. war regelmäßiger Gast im Hotel Adlon und hatte an diesem Abend die Oper besucht. Der Hotelmanager erklärte, Oleg S. sei beim Personal wegen seines freundlichen und großzügigen Wesens sehr beliebt gewesen. Der innenpolitische Sprecher der Oppositionspartei im Berliner Senat warf der Regierung die Verharmlosung der wachsenden Kriminalität in der Bundeshauptstadt vor.

Der Innensenator wies die Vorwürfe als haltlose Unterstellung zurück. Die Polizeipräsenz sei in seiner Amtszeit erhöht worden, die Zahl der Gewaltdelikte in letzter Zeit sogar gesunken. Demgegenüber erklärte der Vorsitzende der Polizeigewerkschaft, dass Berlin sich in den letzten Jahren zu einem Dreh- und Angelpunkt der organisierten Kriminalität in Europa entwickelt habe. Insbesondere hochrangige Vertreter der Russenmafia, zunehmend aber auch der Albanermafia und kriminelle Clans aus dem Libanon nutzten die deutsche Bundeshauptstadt als Ausgangsbasis für ihre kriminellen Geschäfte in der Europäischen Union. Der Berliner Innensenator sprach in diesem Zusammenhang von „populistischer Schwarzmalerei, die die Bevölkerung unnötig verunsichere".

Berliner Allgemeine,
10. September 2011

Den größten Teil der Nacht hatte Isabel schlaflos verbracht. Seit halb acht saß sie neben dem Telefon und wartete auf den Anruf. Im Verlauf des gestrigen Abends musste Marion aus Liechtenstein zurückgekehrt sein. Vielleicht war es spät geworden, sehr spät, und sie musste sich die Anstrengungen der langen Autofahrt aus dem Körper schlafen.

Katharina tappte auf nackten Füßen in die Küche. Die Haare zerzaust, noch nicht ganz wach, quengelte sie herum, weil sie nicht verstand, warum sie nicht in die Schule durfte. Dabei war sie gar nicht krank. Sie verstand auch nicht, dass sie sich trotz des schönen Wetters nur noch im Haus aufhalten durfte, weil Isabel kein Risiko eingehen wollte. Das Foto aus dem Zoo ließ Isabel nicht los. Die Bedrohung konnte vor dem Haus lauern. Sie waren nirgendwo mehr sicher. Katharina hatte versucht, von der Mama eine halbe Stunde im Garten zu erbetteln, aber die ließ nicht mit sich handeln. Fernsehen war erlaubt, sogar am Computer durfte sie sitzen. Und das stundenlang, was sonst verboten war. Das war besser als nichts, doch weniger als frische Luft.

Isabel war gern mit dem Mädchen zusammen, aber über ihnen schwebte die Bedrohung. Und da sie unsichtbar war, waren die Gedanken frei, sich das Schlimmste vorzustellen. Katharina begann plötzlich zu weinen. „Wo ist Papi? Ich will zu Papi. Er soll Zeit für mich haben."

Isabel bot alle Leckereien auf, die sich im Haus befanden, auch die, die praktisch nur aus Zucker bestanden. Wenn das alles vorbei war, würde sie Katharina aus der Schule abmelden und mit ihr in die Sonne fahren. An die Algarve oder nach Madeira, baden, am Strand liegen, auf andere Gedanken kommen. Hoffentlich hatte diese Frau Hauser endlich Erfolg und schnappte Uwes Mörder. Dann konnte sie unbelastet in die Sonne fliegen.

Katharina durfte sich allein anziehen und konnte es gar nicht glauben. Ja, auch den Rock mit den Spitzen. Ja, auch die weißen Schuhe. Ja, auch die Tasche mit den Strasssteinen. Sogar Mamas Lippenstift durfte sie benutzen. Eitel und glücklich bewunderte sich die kleine Prinzessin im Spiegel.

Um neun der ersehnte Anruf, endlich. Alles habe geklappt, das Geld befinde sich in einem Schließfach. Wenn Subkow sich melde, könne sie sofort losfahren und das Geld holen, bot Marion ihr an.

Isabel wollte mehr wissen, aber sie spürte an Marions Reaktion, dass sie am Telefon nicht mehr sagen würde. Sie verabredeten, dass sich Isabel über die Handynummer, die Marion ihr genannt hatte, melden würde. Jetzt begann für Isabel das Warten auf Subkow.

Katharina stolzierte ins Wohnzimmer, ganz in Weiß und Pink, mit viel Lippenstift. Aber wo hatte sie den Lidschatten aufgetrieben? Woher wusste sie, wo Isabels Schminkkoffer versteckt war? Warum waren kleine Mädchen schon kleine Frauen? Sie nahm das Kind in die Arme und las aus Katharinas entsetztem Gesicht, dass der Lippenstift nun auch auf ihrer Bluse klebte.

Als es kurz darauf an der Haustür klingelte, hoffte Isabel auf Marion Klaßen. Stattdessen stand die Kriminalbeamtin vor ihr. Sie kam ungelegen, aber sie würde sich nicht abspeisen lassen. Also ließ Isabel sie notgedrungen herein.

„Ich würde gerne noch einmal mit Ihnen über Ihren Mann sprechen, leider haben wir noch immer keine konkrete Spur, wir ermitteln deshalb in verschiedenen Richtungen."

Isabel führte sie ins Wohnzimmer. Katharina war über den Besuch erfreut. Verena lobte ihre Schminkkünste. „Ich darf nicht mehr nach draußen, Mama hat es mir verboten", platzte es aus der Kleinen heraus.

„Katharina, sei so lieb und geh auf dein Zimmer, ich komme bald nach."

Die Kleine verzog ihr Gesicht, fügte sich aber.

„Muss Ihre Tochter nicht in die Schule?"

„Es geht ihr nicht gut, deshalb habe ich ihr verboten, nach draußen zu gehen.“

Verena wunderte sich, die Kleine hatte einen putzmunteren Eindruck auf sie gemacht.

„Hat Ihr Mann jemals einen Klienten aus den ehemaligen GUS-Staaten erwähnt?“

Für einen kurzen Moment machte sich ein entsetzter Gesichtsausdruck auf Isabels Gesicht breit. Dann fing sie sich.

„Er hat mit mir nicht über seine Klienten gesprochen. Da müssen Sie schon Rechtsanwalt Hackmann fragen.“

„Das habe ich, deshalb bin ich hier. Denken Sie bitte nach.“

Isabel reagierte gereizt. „Ich weiß nicht, was Sie von mir wollen. Ich weiß nichts über seine Geschäftskontakte, warum glauben Sie mir nicht.“

Weil du lügst, dachte Verena.

„Ich frage mich, ob es zwischen dem Brief, den Ihr Mann bei seinem Anwalt für sie hinterlegt hat und dem Mord einen Zusammenhang gibt. Eine berechtigte Frage, finden Sie nicht. Wenn Sie mich den Brief lesen lassen, könnten wir sie aufklären.“

Das abweisende Gesicht der Angesprochenen war Antwort genug.

„Herr Hackmann hat mir erzählt, dass vor einigen Jahren ein Mann aus den ehemaligen GUS-Staaten Kontakt zur Kanzlei gesucht hat. Offenbar wollte er Geld in Deutschland waschen. Hackmann hat den Mann abgewiesen. Es könnte doch sein, dass Ihr Mann sich darüber hinweggesetzt hat. Wenn es so wäre und er in illegale Finanztransaktionen verwickelt war, dann ..."

„Was erlauben Sie sich", fiel Isabel der Polizeibeamtin aufgeregt ins Wort. „Das sind ungeheuerliche Anschuldigungen. Haben Sie Beweise?"

„Aha, keine Beweise, also nichts als Spekulationen. Mein Mann hatte seine Fehler, er hat mich geschlagen. Das tun viele Männer in diesem Land, lassen ihren Frust an ihren Ehefrauen aus. Aber solche haarsträubenden Verdächtigungen muss ich mir nicht anhören. Verlassen Sie sofort mein Haus."

Vor die Tür gesetzt, war sich Verena sicher, auf der richtigen Fährte zu sein. Wenn es noch eines Beweises bedurft hatte, dass der angeblich rein private Brief hochbrisante Informationen enthielt, hatte sie den soeben bekommen.

50

Der Mann an Tisch vier aß heute wenig. Josephine, die im Stadtparkhotel im Zooviertel der Landeshauptstadt ihr Betriebspraktikum absolvierte, musste mit dem gefüllten Rührei-Teller wieder abziehen. Dabei hatte man ihr eingeschärft, die Vorlieben der Gäste herauszufinden und sie am nächsten Morgen zu überraschen. Die Vier brummte und sah nicht einmal auf. Sonst hatte er neben dem Rührei auch Speck und mehrere Brötchen vertilgt. Heute aß er, als wäre sein Magen verstimmt: Toast mit Honig, schwarzer Tee, ungesüßt.

„Kann ich Ihnen noch was bringen?“, fragte Josephine schüchtern. Sie sprach betont langsam, der Mann sprach nur gebrochen deutsch.

Die Vier blickte sie mürrisch an. Er brummte und schüttelte den Kopf. Dann stand er auf und verließ grußlos den Frühstücksraum. Boris war unzufrieden. Seit Tagen war der Kontakt zu seinem Chef abgebrochen. Boris war ein geduldiger Mann. Wenn es sein musste, wartete er wochenlang, wenn der Auftrag es verlangte. Aber er hatte stets gewusst, woran er war. Ein schweigender Oleg, das war noch nie vorgekommen. Der letzte Kontakt war am Sonntagnachmittag gewesen. Oleg wollte in die Oper, er liebte Opern, Wagneropern ganz besonders. Montag früh wollte er sich wieder melden. Der Anruf war nie gekommen. Auch Boris erreichte den Mann nicht, für den er seit fast 20 Jahren arbeitete. Natürlich hatte das nichts Gutes zu bedeuten. Boris konnte auch mit Ungewissheit leben, aber Oleg … Boris kannte keinen professionelleren und disziplinierteren Mann. Er bewunderte seinen Chef. Dieser war gebildet, sprach fließend deutsch und englisch und war kulturbeflissen. Für die Museumsinsel in Berlin hatte er 50.000 Euro springen lassen. Einfach so. So war er, der Oleg Subkow.

Der andere Oleg war der Geschäftsmann, mit allen Wassern gewaschen, seit 17 Jahren im internationalen Waffenhandel tätig. Er kannte jeden, der in der Szene wichtig war. Er hatte 48 Staaten bereist und in den meisten gute Geschäfte gemacht. Kalaschnikows in den Kongo und nach Afghanistan, Boden-Boden-Raketen in den Irak und den Iran, Minen in den Mittleren Osten. So viele Menschen fühlten sich bedroht oder hatten das Bedürfnis, andere zu bedrohen. Allen konnte Oleg helfen, solange ein anständiger Preis gezahlt wurde. Viele der Waffen wurden von der EU und Deutschland finanziert, aus Steuermitteln über Hilfsfonds, die nur selten zweckgerichtet verwendet und noch seltener kontrolliert wurden. Oleg machte sich darüber lustig, wenn er sich über die Deutschen ausließ. Er hatte vier Jahre in der DDR verbracht, dort die Sprache, die Menschen und die Kultur kennengelernt.

„In diesem Paradies der Freizügigkeit kann man sich ungehindert bewegen wie in keinem anderen Land der Welt. Solange man keinen Sprengstoffgürtel über der Jacke trägt, stellt niemand Fragen. In jedem anderen Land muss man an der Hotelrezeption den Ausweis vorzeigen, in Deutschland nicht. Von den Zollbehörden will ich erst gar nicht reden."

Und dann fügte Oleg meistens hinzu: „Die Deutschen sind ein sympathisches Volk: vertrauensselig, freundlich und sehr naiv. So naiv, dass sie nicht einmal merken, wie ihnen ihr aufgeräumtes und sauberes Land weggenommen wird. Hier fühlen sich alle wohl: die italienische Mafia, die Russenmafia und die Kollegen aus Bulgarien und Albanien. Islamisten schöpfen hier neue Kräfte, Familienclans aus Ostanatolien verteilen Drogen, Albaner und Bulgaren handeln mit Menschen, und die Politik schaut zu, debattiert gerne in Talkshows darüber, was sich ändern müsste. Aber es ändert sich nichts, seit 20 Jahren nicht. Deutschland, lieber Boris, Deutschland ist ein einziger großer Marktplatz und an den Marktständen herrscht reger Betrieb."

Oleg verdiente gut. Auf seinen Konten lagen 5 Millionen Schweizer Franken und Aktien im Wert von 14 Millionen, Tendenz steil steigend. Er hätte auf die 1,2 Millionen verzichten können, die Stein ihm schuldete. Aber Stein hatte ihn betrügen wollen, das konnte Oleg nicht auf sich sitzen lassen. Einen Oleg Subkow prellte man nicht. Sein Ruf war sein Kapital. Ein beschädigter Ruf wäre wie eine Ader, aus der unablässig Blut heraustropft. Deshalb war Boris jetzt hier, in diesem lausigen Hotel in dieser lausigen Stadt mit der dicklichen Kellnerin.

Natürlich täte es ihm um die Kleine leid. Aber sie war eine von sieben Milliarden – das rückte die Verhältnisse an ihren Platz. Boris war nun mal ein harter Hund. Und Hunde bringen ihrem Herrchen die Beute.

Oleg und Boris kannten sich aus ihrer Zeit beim russischen Militär. Als die GUS-Staaten ihren Geist aufgegeben hatten, war aus Oleg ein Waffenhändler geworden und Boris sein Leibwächter. Damals war die Luft in St. Petersburg bleihaltig, ohne Leibwächter hätte man sich genauso gut selbst entleiben können. Inzwischen hatte Putin Stützpfeiler eingezogen und den Leibwächtern ein ruhigeres Leben verschafft. Oleg hatte seinen besten Mann trotzdem behalten, als Fahrer und für die Arbeiten, die erledigt werden müssen, auch wenn man dafür keinen Kulturpreis erhält. Boris hatte letzte Woche in Hannover sein Quartier im Stadtparkhotel aufgeschlagen. Boris würde das Geld beschaffen, mit oder ohne Entführung. Es lag allein am Verhalten der Witwe, wie appetitlich das Spiel gespielt werden würde.

Boris würde sich Zeit lassen, aber nicht zu viel Zeit. Er kannte die Mitte zwischen Hektik und Lahmarschigkeit.

Aus purer Langeweile war er zu dem Haus in der Walderseestraße gefahren. Die Mutter verschanzte sich mit dem Kind von morgens bis abends im Haus. Alle Rollläden waren heruntergezogen. Selbst im Garten waren sie nicht aufgetaucht. Wahrscheinlich glaubten sie, sich in Sicherheit zu befinden. Sie irrten sich. Boris brauchte 30 Sekunden, um ein Haus zu betreten. Wenn ein Amateur es verrammelt hatte, brauchte er über eine Minute, aber nicht viel mehr. Sie waren nicht in Sicherheit, er konnte das Kind holen, wenn ihm danach war. Brenzlig werden konnte es nur, wenn die Mutter die Polizei eingeschaltet hatte. Dann würde sie von Spezialisten beschützt werden. Boris hatte Respekt vor Profis, selbst vor den Deutschen, selbst wenn Oleg sie allesamt für Weicheier hielt.

Erneut wählte er die Nummer, nichts. Oleg hatte angedeutet, dass die Entführung Mittwoch stattfinden sollte, falls bis dahin kein Geld geflossen war. Boris sollte das Geld in Empfang nehmen. Aber den Marschbefehl hatte er noch nicht erhalten und Boris war nicht der Typ, der auf eigene Faust handelte. Er war es nicht gewohnt, eigenständig Entscheidungen zu treffen, wollte das auch gar nicht. Sein Chef war wie ein Vater für ihn. Er dachte für Boris und Boris führte aus. Beide taten das, was sie am besten beherrschten. Boris starrte aus dem Fenster und wartete.

52

Die Angestellte Andrea Sänger, langjährige Leiterin des Frauenhauses in Hannover, wird mit sofortiger Wirkung die Leitung der Projektgruppe „Gleichstellung von Frauen im Erwerbsleben" in der Frauenabteilung übernehmen. Die Stelle ist mit der Gehaltsgruppe A 15 dotiert.
Mit der Einrichtung der neuen Projektgruppe, der außer Frau Sänger noch eine Sachbearbeiterin des mittleren Dienstes angehört, möchte die Landesregierung die Gleichstellung von Frauen im Erwerbsleben voranbringen. Derzeit sind Frauen im mittleren und oberen Management sowohl in der Verwaltung als auch in der Wirtschaft weit unterdurchschnittlich vertreten. Nur knapp 5 Prozent der oberen Führungspositionen in Großunternehmen werden mit Frauen besetzt. In den meisten EU-Mitgliedstaaten sind die Zahlen deutlich höher. Darüber hinaus verdienen Frauen für vergleichbare Tätigkeiten 26 Prozent weniger als ihre männlichen Kollegen. Damit steht Deutschland fast am Ende des Länderrankings in der EU.
Das Ministerium erhofft sich durch die neue Projektgruppe wichtige Anstöße, um die Lage der Frauen im Erwerbsleben nachhaltig zu verbessern. Frau Sänger wird ihre neue Aufgabe am 1. Oktober aufnehmen.

Auszug aus der wöchentlichen Hausmitteilung
des Niedersächsischen Sozialministeriums
Ziffer 3 der Personalnachrichten

In Verena Hauser hatte der klügere, rationale Teil den Kürzeren gezogen. Zwei Tage lang hatte sie mit sich gekämpft, Jürgen abgeschrieben und dann doch wieder nach Entschuldigungen für sein Verhalten gesucht. Er konnte gar nicht anders, sagte sie sich, er war Behördenleiter, er hatte sie nur schützen wollen. Und was hätte es gebracht, wenn der versuchte Giftmord vor Gericht verhandelt worden wäre? Die Frau war jahrelang misshandelt worden. Ein Jahr auf Bewährung oder zwei? Am Ende überwogen die Argumente für Jürgen und sie gestand sich ein, dass ihre Gefühle für ihn keineswegs erloschen waren. Sie war immer noch in ihn verliebt und sie wollte ihn haben, als Geliebten und als Freund. Vielleicht würde sich mehr daraus entwickeln.

Sie sprach Stollmann auf ihre Vermutung an, dass Stein in illegale Geschäfte mit einem Wirtschaftskriminellen aus den ehemaligen GUS-Staaten verwickelt war. Hackmanns Andeutungen, der Brief, um den ein solches Geheimnis gemacht wurde und die Überreaktion der Witwe. Stollmann fand ihre Theorie interessant.

„Es ist aber nichts als graue Theorie. Wir haben kein einziges Beweisstück, du bewegst dich im Bereich der Spekulationen, unsere Vorturner werden uns was husten, wenn wir denen mit der Sache kommen."

„Wir müssen die Hinweise aus der Bevölkerung darauf abklopfen, ob jemand mitbekommen hat, dass Stein sich mit einem russischen Geschäftsmann getroffen hat. Vielleicht hat ihn jemand gesehen, ein Hotelangestellter, ein Kellner, ein Taxifahrer."

„Mein Gott, Verena. Es gibt mehr als 1000 Hinweise aus der Bevölkerung, und was glaubst du, was unser Team den ganzen Tag macht. Wenn es einen belastbaren Hinweis in dieser Richtung gäbe, wären wir im Bilde. Übrigens, hat Hackmann nicht einen Litauer erwähnt?"

„Ja, ja, aber ist doch egal, welcher Nationalität der Mann angehört. Entscheidend ist, dass er illegale Gelder in Deutschland waschen wollte."

„Das vermutet Hackmann. Beweisen können wir …"

Die Bürotür wurde aufgerissen und Hirschmann stürmte herein.

„Ich möchte alleine mit Frau Hauser sprechen." Stollmann verdrehte die Augen, bevor er, die Tür laut hinter sich zuknallend, verschwand.

Hirschmann war auf hundertachtzig. Der Innenminister höchstpersönlich hatte sich beschwert.

Das LKA möge die Witwe endlich in Ruhe lassen und sich auf die Tätersuche konzentrieren. Wie sie überhaupt dazu käme, hinter seinem Rücken abstruse Anschuldigungen zu verbreiten. „Das ist ungeheuerlich. Sie bringen meine Abteilung in Verruf!", schrie er sie an.

Verenas Bemühungen, ihren Vorgesetzten herunterzuholen, scheiterten kläglich. Hirschmann war auf Krawall gebürstet und für ihre Argumente nicht zugänglich. Er verlangte eine umgehende schriftliche Entschuldigung bei der Witwe, mit Kopie an den Herrn Innenminister. „Falls sie mit dem Unsinn nicht sofort aufhören, entziehe ich Ihnen die Leitung der Soko und dann wird der Direktor Ihnen auch nicht helfen können und wenn Sie ihm noch so schöne Augen machen."

Das ging zu weit, fand Verena und beschwerte sich nun ihrerseits lautstark. Das ging eine ganze Weile so. Die Fetzen flogen, ein Wort gab das andere. Frau Schramm beendete den Disput, ein eiliges Fax, das keinen Aufschub duldete. Ihre erschrockenen Augen wanderten zwischen den beiden Streithähnen hin und her. Es war unschwer zu erkennen, wem ihre Sympathien gehörten.

Mit den Worten „In einer Stunde liegt das Schreiben auf meinem Schreibtisch" verließ Hirschmann Verenas Büro, nicht ohne Frau Schramm ein wohlwollendes Lächeln zuzuwerfen.

53

Als Verena am siebten Tag nach dem Mord in die Planckstraße, von der die kleine Stichstraße abging, die zu Sonja Schreibers Wohnung führte, einbog, hatte sie ein ungutes Gefühl. Sonja Schreiber hatte auf keinen ihrer zahlreichen Anrufe reagiert. Was war da los? Dieses Mal fand sie direkt vor dem Haus einen Parkplatz. Als sie auf das Haus zuging, wurde ein Fenster im Parterre geöffnet. Eine betagte Dame mit ondulierten wachsblonden Locken schaute heraus.

„Wollen Sie zu Frau Schreiber?“, fragte sie neugierig.

„Ja, ich bin Polizistin und habe einige Fragen.“

„Ich habe Sie letzte Woche hier gesehen. Hängt bestimmt mit dem Mord zusammen. Der Herr Stein hat Frau Schreiber öfter besucht. Nur in den letzten Monaten nicht mehr.“

„Vielleicht können Sie mir die Tür öffnen. Frau Schreiber geht nicht ans Telefon.“

Das Fenster wurde geschlossen, die Haustür wurde geöffnet.

Die mitteilsame Dame sagte: „Sie muss zu Hause sein. Gestern Nachmittag habe ich noch Geräusche aus der Wohnung gehört und danach ist sie nicht mehr weggegangen. Das hätte ich mitbekommen. Nicht dass ich neugierig bin, aber die Treppe knarrt. Das ganze Haus ist hellhörig. Wir können uns nicht beklagen, mein Mann und ich. Frau Schreiber ist eine ruhige Mieterin. Der Vormieter war die Hölle, jeden Abend Besucher, wenn sie nachts gegangen sind, hast du geglaubt, jetzt reißen sie das Haus ab."

Verena stieg die Treppe hinauf, an der Wohnungstür klingelte sie anhaltend. In der Wohnung war es still. Sie ging nach unten, die alte Frau öffnete, bevor Verena klingeln konnte.

„Haben Sie vielleicht einen Schlüssel zu Frau Schreibers Wohnung? Sie öffnet nicht."

Die Frau nickte eifrig. „Als Hausbesitzer steht uns das zu." Sie verschwand und kehrte mit einem Schlüsselbund zurück. Mühsam, von Pausen unterbrochen, stieg sie vor der Polizistin die Treppe hinauf. Als die Wohnungstür aufschwang, wusste Verena Bescheid. Erschrocken hielt sich die Hausbesitzerin ihre Nase zu. Sie folgte Verena nicht und blieb im Flur zurück.

Sonja Schreiber lag angezogen auf dem Bett, ihre Hand war eisig kalt und steif. Die Gelenkstarre hatte bereits eingesetzt.

Verena rief den Notarzt an, danach Stollmann. Er versprach, sofort ein Team der Kriminaltechnik zu schicken. Verena bat um einen Spürhund, er sollte den Geruch der Toten aufnehmen und am Tatort Spuren von ihr erschnüffeln. Obwohl sie erst Zweifel gehabt hatte, war sie jetzt überzeugt, dass Steins Mörderin vor ihr lag. Sie hatte erst ihm und dann ihrem eigenen Leben ein Ende gesetzt.

Verena ging durch die Wohnung und suchte nach einem Abschiedsbrief. Überall standen leere Flaschen herum, es roch noch schlimmer als vor einigen Tagen. Verena fiel die alte Dame ein, die mit verängstigten Augen im Flur wartete. „Gehen Sie lieber in Ihre Wohnung. Hier wird gleich die Hölle los sein. Sonja Schreiber ist tot."

„Oh Gott. Etwa auch umgebracht wie dieser Politiker?"

„Nein, nein. Kein Mord, wahrscheinlich Selbstmord. Meine Kollegen werden später zu Ihnen kommen und Sie nach den Geräuschen fragen, von denen Sie vorhin erzählt haben."

Die Frau hielt sich die Hand vor den Mund, ihre Stimme klang schockiert.

„Das ist ja furchtbar, die arme Frau. Und ausgerechnet heute, wo mein Mann nicht da ist. Er ist für drei Tage an die Nordsee gefahren, er trifft sich dort mit Freunden zu einer Fahrradtour."

Sie sagte das in einem Ton, als ob ihr Mann an der Situation etwas ändern könnte. Aber vermutlich war sie nur wie viele ältere Frauen total auf ihren Mann fixiert.

Fünf Minuten später erschienen drei Mitarbeiter vom Dezernat für Kriminaltechnik. Auch der Notarzt und der Gerichtsmediziner waren erstaunlich schnell zur Stelle. Dann erschien noch ein Hundeführer mit einem Schäferhund namens Alex, ein schönes Tier mit glänzendem Fell und klugen Augen. Der Beamte verabschiedete sich bald wieder und kündigte an, mit dem Hund zum Tatort zu fahren. Verena wollte ebenfalls gehen. In der kleinen Wohnung stand sie den Leuten der Kriminaltechnik nur im Weg. Bevor sie ging, bat sie die Leute der Spurensicherung, nach dem Abschiedsbrief und der Tatwaffe, dem Golfschläger, zu suchen.

In allen Büros herrschte Erleichterung. Es bestand Einigkeit, selbst zwischen Stollmann und Hirschmann, der wieder genesen war: Der Selbstmord kam einem Schuldeingeständnis gleich. Stollmann gab damit an, von Anfang an den richtigen Riecher gehabt zu haben. Bei der Ausführung der Tat müsse Sonja Schreiber ausnahmsweise nüchtern gewesen sein, anders seien solche effektiv gesetzten Schläge nicht zu erklären. Erleichterung auch bei Verenas Vorgesetztem, der den Mord für aufgeklärt hielt. Niemand äußerte Zweifel an Sonja Schreibers Schuld. Hirschmann zeigte sich befriedigt darüber, dass nun ein aufwendiges Gerichtsverfahren überflüssig geworden sei. „Nichts ist angenehmer als ein toter Mörder. Keine aufwendigen Gerichtsverfahren, kein aufgeregter Staatsanwalt, keine Zeugen", sagte er.

Der Innenminister erreichte den Landesvorsitzenden, begleitet vom Wahlkampfmanager, auf dem Weg nach Göttingen. Für Bitter war das die Fahrt in die Diaspora, denn in Göttingen kam seine Partei seit vielen Jahren nicht auf einen grünen Zweig. Der Anruf verbesserte seine Laune schlagartig. Sonja war die perfekte Mörderin: eine Beziehungstat ohne Berührungspunkte mit Politik und Partei. Mit seinem Wahlkampfmanager feilte er an Ort und Stelle an mitfühlenden Bemerkungen zu Uwe Steins Schicksal. Dass die langjährige Liebesbeziehung bekannt werden würde, war kein Drama. Das gehörte heute bei den Spitzenpolitikern fast dazu, riss niemanden mehr vom Hocker, meinte Bitter. Wagner gab ihm recht und dachte daran, wie Monika wohl reagieren würde, wenn er sich eine Geliebte nähme. Natürlich kam das nicht infrage, er war noch nicht einmal ein Jahr verheiratet und er glaubte, seine Frau zu lieben, auch wenn sie in letzter Zeit immer zickiger geworden war.

Die Beamten der Sonderkommission ließen den Griffel fallen. Eine Woche voller Belastungen, Überstunden und nervtötender Kleinarbeit hatte ihren versöhnlichen Abschluss gefunden. Schlagartig gab es nichts mehr zu tun – man musste nur noch das Ergebnis des Spezialhundes abwarten. Man setzte sich in Gruppen zusammen, trank Kaffee, tratschte ein wenig und wartete auf den Anruf des Hundeführers. Kriminaldirektor Hirschmann zeigte sich von seiner generösen Seite, jetzt wo der Mordfall gelöst sei, werde er den unerfreulichen Vorfall von gestern ad acta legen. Das Entschuldigungsschreiben an die Witwe sei unterwegs, den Direktor habe er übrigens nicht informiert, ließ er Verena wissen.

Für die Minderheitenmeinung war traditionell ein älterer, miesepetriger Beamter zuständig. Aber in der allgemeinen Euphorie ging seine skeptische Stimme unter. Sonja Schreiber besaß ein Motiv, hatte kein überzeugendes Alibi, sie konnte mit dem Golfschläger umgehen und hatte Selbstmord begangen. Hinsichtlich dieser Sachlage könnten die Ermittler sogar auf einen Abschiedsbrief mit dem Geständnis verzichten. Was die Tatwaffe betraf, waren die Beamten optimistisch. Und selbst, wenn der Golfschläger nicht auftauchen sollte, die Fakten sprachen für sich. Schäferhund Alex würde die Beweiskette schließen. Seit vielen Tagen hatte nicht mehr so eine gelöste Atmosphäre geherrscht. In Verena nagten leise Zweifel,

Stollmann lenkte sie ab, erzählte von seinem bevorstehenden Campingurlaub auf Juist mit seinen Kindern.

Der Fall Uwe Stein war gelöst, bis der Hundeführer anrief. Alex hatte keine Spuren von Sonja Schreiber am Tatort gefunden. Ein zweiter Hundeführer mit einem zweiten Tier habe die Prozedur wiederholt. Mit dem gleichen Ergebnis. Damit war so gut wie ausgeschlossen, dass Sonja Schreiber jemals am Tatort gewesen war. Und ein Auftragsmord war unwahrscheinlich, woher sollte Sonja Schreiber das Geld haben und woher die Kontakte? Und welcher Profikiller würde für eine Säuferin einen Auftragsmord durchführen – und dann noch mit einem Golfschläger? Verena Hauser war schockiert, Stollmann begann zu fluchen und hörte lange nicht mehr damit auf. Ein Scheißfall sei das, mit dem man ihn jagen könne. Politiker seien die Pest, selbst als Leichen würden sie einem nichts als Ärger bereiten. Irgendwo im Hintergrund würde jemand ein ganz großes Rad drehen. Wenn Stollmann bei Verschwörungstheorien angelangt war, wusste Verena, wie schlimm es um ihn stehen musste.

Kriminaldirektor Hirschmanns zuversichtliches Gesicht verfiel, Verena sollte ihn zum Direktor des LKA begleiten. Schlechte Nachrichten überbrachte er nicht gerne allein.

Auch Ritters Gesicht war versteinert. Er griff sofort zum Telefonhörer und verlangte den Innenminister. Der rief kurz darauf zurück, auch er zunächst frohgemut, dann jedoch schockiert von der Vollbremsung. Er tobte am Telefon, beschimpfte Ritter und seine Leute als Versager und hörte lange nicht mehr damit auf. Ritter verdrehte die Augen und hielt den Hörer in Verenas Richtung.

Als der Minister erschöpft verstummte, sagte Ritter: „Auch wir haben gehofft, dass wir den Täter endlich haben. Wir ermitteln weiter. Es gibt andere aussichtsreiche Spuren. Der Betriebsratsvorsitzende der Tawes …"

Verena schüttelte den Kopf, sie war noch nicht dazu gekommen, Ritter vom Ergebnis der Mantrailer zu informieren. Auch Hübner hatte sich nicht am Tatort aufgehalten. Ritter deutete ihre Mimik richtig und fuhr fort: „Wie gesagt, Herr Minister, die Ermittlungen gehen wei…"

„Setzen Sie endlich die Hauser ab!", brüllte Krause. „Hirschmann soll ab sofort die Ermittlungen leiten." Alles so laut, dass Verena jedes Wort mitbekam. Das hatten wir doch schon mal, dachte sie. Ritter verdrehte erneut die Augen. Die Staatskanzleimorde und das Theater drum herum waren auch ihm noch gegenwärtig.

„Selbstverständlich, Herr Minister. Herr Hirschmann leitet ab sofort die Soko Stein. Ich werde das veranlassen."

Der Minister beendete das Telefonat ohne weiteren Kommentar.

„Tut mir leid, Frau Hauser", sagte Ritter, „Sie sollten die Wut des Ministers nicht überbewerten, der regt sich auch wieder ab. Sie kennen das ja schon. Und intern müssen wir nichts ändern."

Hirschmann beeilte sich, dem Direktor beizupflichten. Nichts wünschte er weniger, als an der Front agieren zu müssen. Sein Job war es, die Abteilung zu koordinieren und die Arbeit auf die Dezernate zu verteilen. Darin, nicht in der Ermittlungstätigkeit, war er gut, alle Kollegen wussten das.

Im Hinausgehen klopfte Hirschmann Verena auf die Schulter.

„Nicht verzagen, Kollegin. Noch sind die Hinweise aus der Bevölkerung nicht vollständig ausgewertet."

Und die Sache mit Steins Brief und dem russischen Geschäftsmann ist für mich nicht erledigt, auch wenn du dich wie ein Wahnsinniger gebärdest, ich leite die Ermittlungen, beschloss Verena im Stillen.

Im Büro wartete Inga Schulz, sie hatte mehrere Briefumschläge bei sich.

„Hier, das haben meine Leute in der Schreiber-Wohnung gefunden. Könnte wichtig sein."

„Abschiedsbriefe?"

„Nein, die Briefe sind von Egon Schreiber. Einen Golfschläger haben meine Leute übrigens auch nicht gefunden."

Als Verena nicht gleich schaltete, fügte sie hinzu: „Der Ex."

Nach wenigen Zeilen blickte Verena zu ihrer Kollegin auf.

„Er droht seiner Frau. Und Stein droht er auch."

„Das ist es ja, was mich alarmiert hat. Selbst wenn man bedenkt, dass die Briefe vor längerer Zeit geschrieben wurden. Der letzte vor fünf Monaten."

Verena kam eine vage Erinnerung an ihr Gespräch mit Sonja Schreiber. Etwas, was Sonja damals gesagt hatte. Gedankenverloren verließ sie ihr Büro. Nebenan hockte der Kriminalinspektor Kleinsorge vor dem Bildschirm, den er sofort von Verena wegdrehte.

„Ich brauche die Listen mit den Golfmitgliedern aus der Region."

Er blickte sich suchend um und zeigte auf seinen Aktenbock. „Irgendwo in dem Stapel müssen sie sein."

„Wie schön. Suchen Sie sie heraus und bringen Sie sie mir. Sofort."

Der Beamte lief rot an, wollte etwas erwidern, ließ es aber bleiben. Gut für ihn, dachte Verena. Sie konnte gerade jetzt keine renitenten Mitarbeiter gebrauchen, deren Arbeitsmoral zu wünschen übrig ließ.

Gemeinsam mit Inga wartete sie. Die Kolleginnen lenkten sich von ihrer Ungeduld ab, indem sie über neutrale Themen plauderten: Urlaub, Wetter, Stollmanns Pech mit Frauen.

Es war Inga, die auf die Briefe zurückkam: „Glaubst du, wir haben da was in der Hand?"

„Nach den Rückschlägen in den letzten Tagen ist mir jeglicher Glaube abhanden gekommen. Aber der Ton der Briefe ist ja eindeutig, das sind handfeste Drohungen, über einen längeren Zeitraum. Als ich mit Frau Schreiber sprach, hat sie sie nicht erwähnt."

Der Inspektor brachte die Listen. Egon Schreiber war Mitglied im Burgdorfer Golfklub. Die Kriminalrätin erinnerte sich, vor Jahren dort gespielt zu haben. Ein flacher Platz mit extrem langen Bahnen, kurz vor Celle, viel Wald und Heide, ein nettes Klubhaus, sehr gute Küche.

„Stopp!", rief sie dem Beamten hinterher, der ihr Büro verlassen wollte. „Ich möchte, dass Sie alles über Egon Schreiber herausfinden, wo er wohnt und arbeitet, was er beruflich macht und so weiter und so fort. Noch heute."

Der Kollege blickte demonstrativ auf seine Armbanduhr.

„Um fünf muss ich aber gehen, ich habe eine Verabredung."

„Mögen Sie Ihren Beruf eigentlich?"

Er war überrascht: „Doch, finde ich gut."

„Und Sie würden gern auch im nächsten Monat in unserer Mitte arbeiten? Und in zwei Monaten auch?"

Er ließ die Schultern hängen, wirkte aber noch bockig.

„Sagen Sie die Verabredung ab", forderte Verena ihn auf. „Wir stecken in den Ermittlungen in einem Mordfall. Sie sind Mitglied der Soko und vertreten momentan Frau Schramm. Ich brauche Sie hier, auch nach 17 Uhr. Wenn sie das nicht kapiert, ist sie die falsche Freundin für einen Polizisten. Oder Sie sind kein Polizist."

„Nein, nein, ist gut. Es geht nicht um eine Frau, ich habe mich mit meiner Tante verabredet. Meine Freundin …" Er lief rot an. Ach ja, die Schramm, dachte Verena.

„Klar bleibe ich", beeilte er sich zu sagen. Seine Beflissenheit wirkte nicht echt.

„Ist doch wahr", murmelte Verena, als sie Ingas Lächeln sah. „Was glaubst du, was der Innenminister mir vorhin alles an den Kopf geworfen hat?"

„Wie ich unseren Direktor kenne, hat er dich bestimmt mannhaft verteidigt."

Schön wär's, dachte Verena, sagte aber nichts.

54

Alfred Bitter stellt sein Hundert-Tage-Programm vor

Knapp drei Wochen vor der Landtagswahl hat der Spitzenkandidat der Bürgerpartei und designierte Ministerpräsident sein Regierungsprogramm für die ersten hundert Tage vorgestellt. Den aktuellen Umfragen zufolge wird Alfred Bitter zwar weniger Prozentpunkte einfahren als der frühere Spitzenkandidat Uwe Stein, die Regierungsmehrheit aber verteidigen können. Bitter setzt Schwerpunkte in der Handwerks- und Landwirtschaftspolitik. Vorgesehen ist außerdem eine Neuausrichtung der Wirtschaftsförderprogramme des Landes und die Einführung von Mittelstandslotsen, die den Unternehmen bei behördlichen Fragen zur Seite stehen. Künftig sollen auch mehr Mittel in die Förderung von kleinen und mittleren Unternehmen fließen und die Ausgaben für den Straßenbau zurückgefahren werden. Gerüchte, dass die Regierung nach der Wahl das dem Land gehörende Gelände der Kleingartenkolonie in Ricklingen an den Großinvestor Baumgart verkaufen will, verwies Bitter in das Reich der Fabeln. Ein weiterer Schwerpunkt werde der Ausbau der Polizeiarbeit sein. Die Präsenz der Polizei in den Städten und Gemeinden soll verstärkt werden, um dem wachsenden Sicherheitsbedürfnis der Menschen gerecht zu werden, erklärte der Spitzenkandidat. Zunächst sollen 500 neue Stellen im Polizeidienst geschaffen werden. Anders als von Stein geplant, ist die Einrichtung eines eigenständigen Frauenministeriums nicht mehr vorgesehen. In Parteikreisen hat dies für Unmut gesorgt, die Frauenorganisation unter der Leitung der Abgeordneten Peters besteht weiterhin auf einem Ministerium für Frauenbelange. Vertrauliche Quellen sprachen von einem drohenden Wahlboykott der Frauenorganisation. Zur Personalpolitik wollte Bitter keine näheren Angaben machen. Aus gut informierten Kreisen war zu erfahren, dass grundlegende personelle Veränderungen unter einer Regierung Bitters nicht zu erwarten sind. Vermutlich werden vorerst bis auf die Verkehrsministerin und den amtierenden Kultusminister, die aus Altersgründen ausscheiden, alle Minister im Amt bleiben. Erst im Lauf der Legislaturperiode ist eine Verjüngung des Kabinetts vorgesehen. Als neuer Kultusminister ist Bernd Schneider im Gespräch.

Was den Mord an Uwe Stein betrifft, wirft der Selbstmord von Sonja Schreiber ein neues Licht auf den Fall. Sonja Schreiber wird ein Verhältnis mit Uwe Stein nachgesagt. Sie soll zu dem engeren Kreis von Verdächtigen gehören. Wie das LKA auf Anfrage mitteilte, konnte der Verdacht nicht erhärtet werden. Die von der Polizei eingesetzten Mantrailer fanden keine Spuren von Frau Schreiber am Tatort. Zehn

Tage nach dem schrecklichen Mord scheint die Polizei noch immer im Dunkeln zu tappen.

Allgemeine Niedersachsenzeitung, 11. September 2011

Als Boris gegen neun Uhr frühstückte, hatte er eine Entscheidung getroffen. Heute war der Tag, an dem das Geld fließen oder er die Kleine holen sollte. Oleg hatte sich noch immer nicht gemeldet und war über sein Handy nicht zu erreichen. Obwohl Oleg ihm befohlen hatte, die Kontaktaufnahme ausschließlich übers Handy zu vollziehen, rief Boris im Hotel Adlon an. Die Dame an der Rezeption fiel aus allen Wolken. Oleg Subkow, den könne er nicht sprechen. Weshalb nicht? Weil er tot sei. Sonntagnacht überfallen worden, die Zeitungen hätten berichtet. Verdammt noch mal, dachte Boris. Wenn ich doch bloß lesen könnte.

„Sind Sie ein Bekannter von Herrn Subkow? Dann sollten Sie dringend mit der Polizei sprechen. Sie sucht nach Leuten, die Herrn Subkow kannten. Die Täter sind bislang nicht gefasst."

Boris legte auf. „Was soll jetzt bloß aus mir werden?", war sein erster Gedanke. „Verdammte Scheiße, Oleg ist tot und seine Mörder laufen frei rum", war sein zweiter Gedanke. Vermutlich hatten die Albaner zugeschlagen. Oleg hatte oft genug über sie geschimpft, wie sie Straße für Straße in Berlin eroberten, alles kontrollieren wollten. „Wäre schön, wenn die Polizei ein einziges Mal eingreifen würde", hatte er sich gewünscht. „Aber sie hält sich zurück, wie man das nicht anders in diesem Land kennt."

Scheiße, was sollte er tun? Ein Leben ohne Oleg war außerhalb seiner Vorstellungswelt. Wie sollte er alleine klarkommen? In Zürich würde er nicht bleiben. Er hatte sich dort nie wohl gefühlt. Dann dachte er: Ich gehe zurück nach Moskau. Freunde hatte er dort auch nicht, aber zumindest konnte er sich verständlich machen, er war dort zu Hause. Doch vorher musste er nach Zürich, den Stahlschrank öffnen. Die Geheimnummer des Tresors kannte er. Er hatte oft genug für seinen Chef den Laufburschen gespielt. Zuletzt waren eine halbe Million Schweizer Franken und mindestens 50.000 Euro im Tresor gewesen. Für Oleg nicht viel, für Boris schon. Und dann nichts wie weg. Sollte sich Olegs blasierte Nichte um alles andere kümmern. Genug erben würde sie ja, auch ohne den Tresor.

Für einen kurzen Moment überlegte er, sich doch noch die Kleine zu holen. 1,2 Millionen Euro waren nicht zu verachten. Dann verwarf er den Gedanken. Es war zu gefährlich, ohne Oleg im Hintergrund allemal. Das Geld im Tresor als Startkapital musste reichen.

Die Frau am Empfang lächelte, wollte wissen, ob es ihm gefallen hatte. Statt einer Antwort knurrte Boris. Drei Stunden später saß er im Flieger von Frankfurt nach Zürich. Ade Deutschland, dachte er.

Isabel Stein prallte zurück, alles in ihrem Gesicht drückte Widerwillen aus. „Ich nehme kein schmutziges Geld! Ich könnte meinem Kind nicht mehr ins Gesicht schauen."

Marion Klaßen versuchte es so herum und anders herum, aber es war nichts zu machen. Uwes Witwe wollte mit der ihr zugedachten Hälfte des Geldes nichts zu tun haben. Immer wieder betonte sie, dass sie nicht bedürftig sei. Sie wolle das Haus in Hannover verkaufen und damit eine Eigentumswohnung in München finanzieren. Ihre Ersparnisse würden sie über die ersten Monate bringen, bis sie einen Job gefunden hätte. Albi hatte versprochen, ein gutes Wort bei der Bayerischen Staatsregierung für sie einzulegen. Er hatte Wort gehalten, für nächste Woche war ein Vorstellungsgespräch in der dortigen Staatskanzlei vereinbart. Nein, sie brauchte das Geld nicht.

Einen Moment hatte Marion mit dem Gedanken gespielt, Isabel in die Einzelheiten einzuweihen. Jetzt war sie froh, dass sie den Mund gehalten hatte. Panik wäre die Folge gewesen, möglicherweise wäre Isabel sogar zur Polizei gelaufen. Dass Subkow ihre Tochter bedroht hatte, dass es letztlich irgendwie und bei großzügiger Auslegung Notwehr gewesen war, hätte sie nicht gelten lassen. Isabel gehörte zu den Gutmenschen dieses Landes, die die verschlungenen Wege des Kapitals, das sich längst Zutritt zu Amtsstuben in Justizbehörden und Parteienkassen verschafft hatte, nicht zur Kenntnis nehmen wollten. Und was hieß schon schmutziges Geld? Geld war Geld! Wer fragte in diesem Land schon danach, wo es herkam!

Marion hatte erwähnt, dass Oleg Subkow das Geld nicht mehr wollte, nachdem Marion mit ihm gesprochen hatte. Isabel hatte keine Fragen gestellt und Marion nannte so wenige Einzelheiten wie möglich. Sie wollte sich nicht in ihren Lügen verstricken. Wie leicht würde eine unheilvolle Dynamik in Gang kommen, an deren

Ende das Lügengebäude krachend zusammenstürzen könnte. Man sah Isabel an, dass sie ihr nicht glaubte, aber sie drang nicht in sie, wollte die Wahrheit gar nicht wissen. Ihr ging es einzig und allein darum, dass Oleg Subkow ihre Tochter und sie in Ruhe ließ.

Eine Stunde rangen sie noch miteinander. Marion wartete auf den Moment, in dem sich die Witwe danach erkundigen würde, was jetzt mit dem herrenlosen Geld geschehen würde. Der Moment kam nicht. Aber es kam auch kein Dankeschön.

In Celle traf sich Marion mit Pino und bot ihm Isabels Anteil an. Ein schlechtes Gewissen wegen Subkow hatte sie nicht. Der Mann war Waffenhändler und für unzählige Scharmützel und Bürgerkriege in Afrika und im Nahen Osten verantwortlich. Und sie brauchte das Geld, jetzt wo ihr Förderer nicht mehr da war und sie ihre Karriere allein in die Hand nehmen musste. Er war dicker geworden und älter. In einer Mischung aus Großspurigkeit und etwas zu glatter Höflichkeit lehnte er es ab, auch nur einen einzigen Euro anzunehmen. Er habe einer guten Freundin einen Gefallen getan und die Freundin sei ihm dafür dankbar. Damit sei er reich beschenkt. Sie schaffte es nicht, ihm das Geld aufzudrängen. Hätte er es genommen, hätte sie die Cosa Nostra für den Auftragsmord bezahlt, wäre die Affäre ausgestanden gewesen und ihre Schuld beglichen. Nun lief die Uhr gegen Marion. Sie war ab heute eine „gute Freundin" der Cosa Nostra. Eines Tages würde Pino auf sie zukommen und von ihr einen Freundschaftsdienst einfordern, einen Gefallen, der in den Augen der Mafia 600.000 Euro wert war. Man rechnete also mit ihrem politischen Aufstieg, sonst hätte man sich das Geld nicht durch die Lappen gehen lassen.

Marion war sich nicht sicher, ob sie sich darüber freuen sollte, dass selbst die Cosa Nostra so fest an ihre politische Zukunft glaubte. Naheliegend war es, sie war jung und talentiert. Uwes Geld würde ihren Aufstieg beschleunigen. Wenn es dann soweit war, würden sie vor ihrer Tür stehen und ihre Bezahlung einfordern. Wann das wäre, vermochte niemand zu sagen: in fünf Jahren, in zehn oder vielleicht schon nächstes Jahr. Der Gedanke hätte viele in Panik versetzt, Marion jedoch nicht. In dieser Hinsicht war sie wie Uwe, auch er war mutig gewesen. Und bislang war sie mit allen Herausforderungen fertig geworden, sie würde auch diese meistern. Sie hatte keine Angst vor Pino und seiner Familie.

Und vielleicht waren die Gegenleistungen, die ihr abverlangt werden würden, kein wirkliches Drama. Eine Genehmigung für ein lukratives Großprojekt, eine begehrte Immobilie in Top-Lage, ein Deal mit den Justizbehörden für einen verurteilten Boss, Gefälligkeiten, die sie unbemerkt von der Öffentlichkeit hinter den Kulissen regeln würde. Warum sich jetzt den Kopf darüber zerbrechen?

55

Verena fand in dieser Nacht keinen Schlaf. Seit der Schlappe mit Sonja Schreiber ließ sie der Gedanke nicht los, dass der Mordfall Uwe Stein ungelöst in den Archiven des LKA landen würde. Sie hatte das Gefühl, nicht mehr Herrin des Geschehens zu sein. Sie dachte an die Interventionen des Innenministers und des Parteivorsitzenden: Beschränkten sie sich nur auf den Giftmordanschlag oder wurde längst auch auf die Ermittlungen im Mordfall selbst Einfluss genommen? Die ungewöhnlich harsche Reaktion auf ihre berechtigten Fragen nach dem geheimnisvollen Brief und dem russischen Geschäftsmann sprachen dafür. Gab es hinter verschlossenen Türen getroffene Absprachen, die die Aufklärung des Mordfalles behinderten, weil das Ergebnis nicht in die politische Landschaft passte? Spielten die Herren Jo-Jo mit ihr? Was hatte Stolli neulich noch gesagt: „Im Fall Uwe Barschel gab es starke Kräfte, die die Aufklärung des Mordfalles verhindert haben, hätte der Staatsanwalt behauptet.“ War es jetzt genauso? Möglich wäre es.

Sie nahm sich vor, die Leitung der Soko abzugeben, falls auch die Ermittlungen gegen Egon Schreiber ins Leere laufen sollten.

Jetzt saß sie in ihrem schäbigen Büro Stollmann gegenüber.

„Du bist auf dem falschen Dampfer“, murmelte Stollmann und atmete genüsslich den Duft seines Kaffees ein.

„Riecht wie zu Hause“, sagte er verzückt. „Ich kann mich kaum noch daran erinnern, wie meine Ex-Gattin aussah. Aber wie es in der Wohnung roch, werde ich nie vergessen.“

„Das war Sauberkeit“, entgegnete Verena. „Das ist dieser Geruch, den du schon lange nicht mehr gerochen hast. Kann es sein, dass deine blutjunge Gespielin von dir in doppelter Hinsicht die Nase voll hatte?“

Stollmann bestimmte selbst, wann er sich provozieren ließ. Sein Erscheinungsbild war zum Davonlaufen, aber er hing nicht mehr so durch, er hatte die Affäre mit seiner blutjungen Geliebten weggesteckt. Vor allem stand er wieder als ernsthafter Gesprächspartner zur Verfügung.

„Es gibt mehrere Faktoren, die gegen Schreiber sprechen“, versuchte Verena es von Neuem. „Er hat schriftlich angekündigt, es Stein heimzuzahlen. Der Ton seiner Drohbriefe ließ an Deutlichkeit nichts zu wünschen übrig. Als verlassener Ehemann hatte er ein Motiv. Verletzte Eitelkeit, Hass, Rache, nenne es, wie du willst. Außerdem spielt er Golf. Und er hatte das jammervolle Bild seiner früheren Frau vor Augen. Er konnte sich einreden, dass Stein sie zu einem Häufchen Elend gemacht hat.“

„Hat er ja auch“, sagte Stollmann. „Aber Schreiber hat nicht mit Stein telefoniert, weder übers Festnetz noch übers Handy, jedenfalls nicht in den letzten sechs Monaten. Auch in seinen E-Mails haben wir nichts gefunden. Wie soll er sich mit Stein verabredet haben? Über Brieftauben?“

„Da ist noch der bislang nicht identifizierte Anrufer, der Stein kurz vor seinem Tod von einer Telefonzelle aus angerufen hat. Das muss mit dem Mord nichts zu tun haben, ich weiß. Könnte es, aber es könnte auch anders gewesen sein."

Stollmann blickte sie erwartungsvoll an. In solchen Momenten mochte sie ihren Kollegen besonders. Er hatte keine Vorbehalte gegen Frauen und war ehrlich bemüht, ihre Gedankengänge nachzuvollziehen. Dabei hatte Verena es ihm in der Vergangenheit nicht immer leicht gemacht.

„Stein hat Wahlkampf geführt und hatte jeden Tag mehrere Auftritte in der Öffentlichkeit. Ich denke, Schreiber hat bei so einer Gelegenheit mit ihm Kontakt aufgenommen."

„Ist nicht auszuschließen. Aber dass sich ein vorsichtiger Mann wie Stein am späten Abend im dunklen Wald mit einem Unbekannten … Also ich weiß nicht."

„Es ist auch nicht auszuschließen, dass Schreiber ihm verraten hat, über wen sie miteinander verbunden sind."

„Stimmt. Das wäre allerdings noch ein Grund, sich nicht mit dem Kerl zu treffen. Stein muss ja gar nicht um sein Leben gefürchtet haben. Ein blaues Auge oder eine dicke Lippe machen sich im Wahlkampf auch nicht gut."

„Wir werden Schreiber fragen. Vorher will ich noch mit Wagner sprechen. Er hat nebenbei eine Begebenheit erwähnt. Dass ein Bürger Stein auf einer Veranstaltung angesprochen hat und mit ihm in Streit geraten ist."

Verena griff zum Telefon. Frau Stigler aus der Parteizentrale erwartete gegen zwölf Uhr Wagners Rückkehr von einer Veranstaltung in Wolfsburg. Verena kündigte sich für 12 Uhr 30 an und erfuhr, dass Wagner um diese Zeit zu Tisch zu gehen pflegte. Dann wurde der Hörer aufgeknallt.

„Diese zickige Person kostet die Partei ein Prozent der Stimmen", murmelte Verena. „Schade, dass sie so gut aussieht. Man traut sich gar nicht, etwas gegen sie zu sagen, weil es einem als Stutenbissigkeit ausgelegt wird."

Auf dem Weg zur Parteizentrale geriet Verena in einen Stau, eine Baustelle auf der Hildesheimer Straße. Sie ließ einem Fahrer aus einer Nebenstraße die Vorfahrt, damit er sich einreihen konnte. Kein Dankeschön, stattdessen bot er ihr ein übellauniges Gesicht dar. Wenn Eigenschaften Geburtsorte hätten, wäre Hannover die Geburtsstadt der Unfreundlichkeit, dachte sie. Dann löste sich der Stau auf und sie erwischte Wagner vor der Parteizentrale, als er zum Essen gehen wollte. Eine Essenspause hätte ihm gut getan, seit den Staatskanzleimorden hatte er mächtig zugelegt. Und auch damals war er das Gegenteil von einem Hungerleider gewesen. Er erkannte Schreiber auf Anhieb. „Kein Zweifel", sagte er und tippte eifrig auf die Kopie des Personalausweises von Egon Schreiber. „Das war der Mann, der mit Stein in Streit geraten ist." Er schien erleichtert zu sein. Was hatte er wirklich über Stein gewusst, fragte sich Verena und verkniff sich nur mit Mühe die Frage, ob er von Kontakten seines früheren Chefs zu einem russischen Geschäftsmann wusste.

Auf dem Flur der Parteizentrale lief Verena dem Parteivorsitzenden in die Arme. „Na, haben Sie sich ein Beitrittsformular geholt?“, knurrte Bitter.

Verena lächelte krampfhaft, immerhin stand der künftige Ministerpräsident vor ihr.

„Ich gehe einer aussichtsreichen neuen Spur nach“, sagte sie, „deshalb musste ich mit Herrn Wagner sprechen.“

„Ach nee, mit Wagner. Was hat der denn damit zu tun? Wehe, Sie ermitteln gegen unser bestes Pferd im Stall.“ Bitter drohte ihr schelmisch mit dem Zeigefinger und tat vergnügter, als er sich fühlte.

„Es geht um jemanden, der sich mit Herrn Stein gestritten hat, was Herr Wagner zufällig beobachtet hat.“

„Und wer ist der Lebensmüde, der sich mit Stein anlegen wollte?“

„Dazu möchte ich momentan nichts sagen. Es ist einstweilen ein Verdacht, mehr nicht.“

„Na gut. Leitet nicht Hirschmann seit Neuestem die Soko?“

„Das tut er. Aber er kann nicht allen Hinweisen persönlich nachgehen. Wir gehen ihm zur Hand.“ Lange würde Verena ihre freundliche Miene nicht mehr durchhalten.

Bitter lächelte jovial.

„Ich hoffe sehr, dass das LKA endlich Ergebnisse vorlegt. Zu viele faule Säcke in dem Haufen. Bestellen Sie Hirschmann, dass meine Geduld am Ende ist. Er soll endlich den Mörder präsentieren.“

56

Egon Schreiber arbeitete in einer Statikfirma, die auf Brückenbau spezialisiert war. Mittwochs verließ er seinen Arbeitsplatz schon gegen Mittag. Eine ausgesprochen freundliche Frauenstimme aus seinem Büro teilte der Kriminalrätin mit, dass er auf dem Weg nach Ehlershausen sei, wo er Golf spielen würde. Jeden Mittwoch um 14 Uhr, falls nicht etwas ganz Dringendes anlag.

Gegen Viertel vor zwei bog Verena bei herrlichem Sonnenschein in die schmale Einfahrt zum Burgdorfer Golfklub ein. Die in Ehlershausen in einem Waldgebiet gelegene Anlage erinnerte sie an ihren letzten Schwedenurlaub, Tannen und Fichten soweit ihr Auge reichte. Auch das rot gestrichene Klubhaus und die anderen Gebäude waren im Schwedenstil gehalten. Ideales Golfwetter, dachte sie. Wie gerne wäre sie auf eine Runde gegangen, frische Luft, Bewegung und den Kopf frei. Auf dem Putting Green neben der Auffahrt lochten Männer Bälle ein. Der von hohen Laubbäumen umsäumte Parkplatz war gut gefüllt.

Sie entdeckte Schreiber am Ende der Driving Range, wo er Bälle schlug. Er war ganz bei der Sache, sein Gesicht hoch konzentriert. Kein hässlicher Mann, aber kein Vergleich mit Uwe Stein. Eher das Gegenteil: Gedrungene Gestalt, dunkle, fast schwarze Augen, eine sehr breite Nase. Verena erkannte, dass seine Bälle einen starken Linksdrall besaßen. Keine gute Voraussetzung auf einem Waldplatz.

Selbst als sie dicht bei ihm stand, beachtete er sie nicht.

„Herr Schreiber, ich muss Sie sprechen. Ich bin Verena Hauser, LKA Niedersachsen."

Jetzt hatte sie seine Aufmerksamkeit, aber überrascht wirkte er nicht. Da war etwas in seinem Blick, das sie stutzig machte.

„Es geht um den Mordfall Stein."

Der Mann, der vor Schreiber stand und ebenfalls angestrengt Bälle schlug, riss den Kopf hoch und starrte seinen Golfkameraden entgeistert an.

Ohne ein Wort zu sagen, legte Schreiber seinen Driver aus der Hand, zeigte auf eine schattige Bank neben dem Geräteschuppen und ging voraus.

Als sie saßen, wandte er Verena sein Gesicht zu. Die Lippen schmal, die Augen leer.

„Muss das jetzt sein? In einer Viertelstunde habe ich Abschlagszeit. Wir spielen vorgabewirksam."

Sie schaute auf seine Schuhe. FootJoy, Größe 42 konnte hinkommen.

„Es muss sein, Herr Schreiber. Wir haben in der Wohnung Ihrer Ex-Frau Briefe von Ihnen gefunden. Sie haben Ihre Frau beschworen, zu Ihnen zurückzukommen. Später haben Sie ihr und Herrn Stein damit gedroht, es ihnen heimzuzahlen. Weiter haben Sie angekündigt, der Beziehung ein Ende zu setzen. Was genau haben Sie damit gemeint?"

Der Mann schwieg.

„Wir können das Gespräch auch bei mir im Büro führen. In diesem Fall werde ich ein Streifenfahrzeug anfordern, das Sie dorthin bringt."

Noch immer keine Reaktion. Verena dachte: Das wird ein schwerer Brocken.

„Herr Schreiber, Sie müssen reden. Die Briefe liegen uns vor, wir haben sie in der Wohnung Ihrer Ex-Frau gefunden. Dass sie Selbstmord begangen hat, werden Sie inzwischen erfahren haben."

Er nickte stumm. In seinen Augen schimmerte es verdächtig. Verena griff nach ihrem Handy, um einen Wagen anzufordern, als er plötzlich zu reden begann: „Dieses Schwein hat mein Leben ruiniert, meine Ehe zerstört, meiner Tochter die Mutter genommen."

Das hatte Verena anders gehört. Hatte er nicht eine Verfügung erwirkt, laut der Sonja ihre Tochter nicht mehr sehen durfte, weil sie wegen ihres Alkoholkonsums nicht in der Lage sei, das Kind zu beaufsichtigen?

„Ich habe sie angefleht, bei mir zu bleiben, auch Anna zuliebe. Meinetwegen nur Anna zuliebe. Sie war besessen von Uwe, sie hat uns verlassen, ohne zu zögern. Würden Sie das einfach so hinnehmen? Gut möglich, dass ich ihr Briefe geschrieben habe. Das ist lange her."

„So lange nun auch wieder nicht. Der letzte ist fünf Monate alt. Hat Ihre Frau auf die Briefe reagiert? Sie angerufen und zur Rede gestellt?"

Schreiber blinzelte, dann fuhr er mit stockender Stimme fort.

„Hat sie nicht." Er wischte sich mit einem Taschentuch übers Gesicht. „Zwischen uns, das war etwas ganz Besonderes. Freunde, Bekannte, Partys, Vereine, den ganzen Schnickschnack haben wir nicht gebraucht. Wir hatten uns, das genügte uns. Meine Mutter, Sonja und später noch Anna. Mehr wollten wir nicht vom Leben."

Du nicht, sie offenbar wohl. Das klingt verdächtig nach Spießertum und Langeweile, dachte Verena.

„Mensch Egon, was ist denn los? In fünf Minuten haben wir Abschlagszeit auf Bahn 10. Setz dich in Bewegung. Flirten kannst du auch hinterher", sprach ein älterer Herr ihn an.

„Heute nicht", entgegnete Schreiber, „geht ohne mich los."

Der Mann musterte das Paar auf der Bank und ging kopfschüttelnd davon.

„Ich wollte, dass Sonja nach der Geburt aufhört zu arbeiten. Hätte ich mich durchgesetzt, wäre alles nicht passiert. Sie hat diesen Stein über die Arbeit kennengelernt. Dabei hatte sie es nicht nötig, in das Anwaltsbüro zu gehen, ich habe genug für uns beide verdient."

Je länger Verena ihm zuhörte, umso besser konnte sie Sonja verstehen: der klassische Ausbruch aus einer eintönigen Beziehung an der Seite eines Langweilers.

„Haben Sie auch an Stein geschrieben?"

„Nein, niemals. Was hätte das bringen sollen? Solche Leute lesen keine Briefe, so eingenommen wie die von sich sind. Man hat ja gesehen, wie er am Ende mit Sonja umgesprungen ist."

„Aber Sie haben ihn nach einer Wahlveranstaltung angesprochen."

„Der Kerl war hochnäsig. Er hat mich wie einen dummen Jungen abserviert."

„Trotzdem war er bereit, sich mit Ihnen gegen 22 Uhr am Wolfsgraben im Stadtwald zu treffen."

Auf Schreibers Gesicht erschien ein gequältes Lächeln.

„Weil ich ihm gedroht habe, in die Öffentlichkeit zu gehen und den Menschen klarzumachen, was für ein mieses Schwein er war. Dass er eine Familie zerstört und seine Geliebte in die Sucht getrieben hat."

„Das lassen wir mal dahingestellt. Alkoholerkrankungen haben fast immer mehrere Gründe, nicht nur einen. Aber: Warum hat er ausgerechnet den Wolfsgraben als Treffpunkt vorgeschlagen?"

„Hat er nicht. Er wollte, dass wir uns an der Ecke Eilenriede und Spinozastraße treffen. Ich habe keinen blassen Schimmer, weshalb dort. Vielleicht hatte er einen Anschlusstermin, vielleicht eine neue Geliebte, die in der Nähe wohnte. Wer weiß. In der Öffentlichkeit wollte er sich ganz bestimmt nicht mit mir sehen lassen. Und es war niemand dort. Wir sind dann einige Schritte gegangen. Ich habe das vorgeschlagen, ich wollte ihm eine Lektion erteilen, ihm nur einen Schlag verpassen. Es sollte wehtun, mehr nicht. Mir hätte es gefallen, wenn er mitten im Wahlkampf ausgefallen wäre. Das war ja das Einzige, womit du ihn treffen konntest: wenn du ihm seine geliebte Politik wegnimmst."

Die Driving Range hatte sich geleert, außer Vogelgezwitscher war nichts mehr zu hören. Der Himmel war strahlend blau, die tief stehende Sonne tauchte die Blätter in rote, gelbe und kupferne Farben. Eine heile Welt und neben ihr ein Mörder. Und dann auch noch einer, der mit Vorsatz gehandelt hatte.

„Ich habe mein Eisen 5 mitgenommen, unter meinem Mantel verborgen. Es fiel gar nicht auf. Ich habe versucht, mit ihm zu reden, ich habe es wirklich versucht. Aber es war nichts zu machen. Er war nur gekommen, um sich über mich lustig zu machen. Höhnische Bemerkungen hat er gemacht. Der Mann konnte sehr verletzend sein, auch gegen Sonja, besonders gegen Sonja. Er wollte zur Spinozastraße zurück und ich habe ihn von hinten geschlagen. Er fiel hin, er blutete, ich war in Panik. Ich habe noch einmal zugeschlagen. Dann nicht mehr. Ich habe das nicht meinetwegen getan. Nur wegen Sonja."

„Haben Sie zufällig Fleißige Lieschen in Ihrem Garten?"

Ein überraschter Blick traf sie.

„Ja, ich bin Hobbygärtner."

Dann fing er an zu weinen, lautlos. Verena bestellte einen Streifenwagen.

Sie wurde erwartet, Jürgen Ritter stand vor ihrer Wohnungstür, er schenkte ihr ein strahlendes Lächeln und gratulierte zur Lösung des Mordfalles Stein. Beiden war klar, dass er mehr wollte. Im Wohnzimmer platzte er mit der Neuigkeit heraus. Der Innenminister habe ihn angerufen, er solle nach der Wahl ins Ministerium wechseln und die Leitung der Polizeiabteilung übernehmen.

„Das ändert alles zwischen uns", sagte er. „Wir müssen unsere Beziehung nicht mehr verheimlichen."

„Welche Beziehung? Die, die du erst vor wenigen Tagen beendet hast?"

Sie erschrak bei jedem Wort.

„Mein Gott, Verena, das habe ich doch auch zu deinem Schutz gemacht. Du weißt doch, was sonst los gewesen wäre. Mit meinen Gefühlen zu dir hatte das absolut nichts zu tun. Ich mag dich, du weißt das."

„Das hast du aber gut kaschiert neulich."

„Hätte ich gewusst, dass ich ins Innenministerium wechsle, hätte das Gespräch nicht stattgefunden."

Sie dachte: Vermutlich hat er recht. Aber so leicht will ich es ihm nicht machen. Er soll leiden, so wie ich gelitten habe.

„Ich möchte allein sein", sagte sie. „Ich bin todmüde und möchte ins Bett." Er starrte sie an.

„Allein", fügte sie hinzu.

Auf seinem Gesicht machte sich ein enttäuschter Ausdruck breit. Dann zuckte er die Schultern, wandte sich ab.

„Vielleicht nächste Woche", sagte sie und noch während sie die Wohnungstür hinter ihm schloss, bedauerte sie ihre Worte. Sie sehnte sich danach, von ihm berührt zu werden, jetzt sofort, nicht erst in einer Woche.

57

Hübners Operation war komplikationslos verlaufen. Der Oberarzt gab sich optimistisch. Drei Bypässe und ein Herzschrittmacher würden ihn zu einem neuen Menschen machen, mit der Japserei und der Atemnot sei es vorbei. Drei Tage musste er noch in der Medizinischen Hochschule bleiben, dann ging es in die Reha nach Bad Bevensen.

Hübners Zimmer war voller Blumen. Fleurop hatte von seiner OP profitiert. Der größte Strauß kam von Hansen. Aber auch viele andere, der Arbeitsdirektor, seine Sekretärin, die Frauenbeauftragte hatten an ihn gedacht. Der Betriebsrat hatte gesammelt und einen Gutschein für einen Hometrainer geschickt. Sie hatten ihn nicht vergessen. Die Aufmerksamkeiten versöhnten Hübner mit seinem letzten Arbeitstag. An seinem Entschluss würden sie aber nichts ändern. Er würde nicht zur Tawes AG zurückkehren. Sollten die Russen das Unternehmen schlucken, ihm war es egal. Er hatte genug gekämpft in seinem Leben. Den Lauf der Zeit konnte er ohnehin nicht aufhalten. Das hochgepriesene Wirtschaftsmodell der sozialen Marktwirtschaft würde dem wachsenden Druck aus den Schwellenländern China, Indien und Brasilien ebenso wenig standhalten können wie dem schmutzigen Kapital, das mit Macht und ungehindert nach Deutschland drängte.

Nach der Reha würde er mit den Reisevorbereitungen beginnen. Seine Frau würde nicht mitkommen. Ein Trennungsjahr würde ihrer Ehe guttun.

Tanja kam an sein Bett, prüfte den Blutdruck. Er war ein Glückspilz, die schönste Schwester auf der Station, vermutlich in der gesamten Klinik, betreute ihn.

„Haben Sie schon gehört, Herr Hübner, der Mordfall Stein ist aufgeklärt."

„Nein, habe ich nicht. Woher auch. Ein Radio habe ich nicht, Fernsehen schaue ich nicht und die Zeitung zu lesen, hat mir der Doktor verboten. Ich soll mich nicht aufregen. Wer war's denn?"

„Der Ex-Mann der Geliebten."

„Tatsächlich? Armes Schwein." Die schöne Schwester hatte offenbar eine andere Antwort erwartet. Überraschte braune Kulleraugen starrten ihn an.

Hübner zog die Bettdecke bis an seine Ohren. „Ich bin müde", sagte er, bevor er zufrieden einschlief.

58

Das LKA Niedersachsen präsentierte den Namen des Täters auf einer Pressekonferenz, Fernsehen und Radio gingen auf Sendung und breiteten im weiteren Verlauf des Tages genüsslich die heimliche Beziehung des verheirateten Uwe Stein zu einer verheirateten Frau aus. Die Affäre enthielt alle Zutaten, nach denen der Boulevard verlangt: Heimlichkeit, Sex, Seitensprünge, Karriere, Eifersucht, Gewalt. Kein Kommentator verurteilte Steins Affäre. Der Konsens, dass eine außereheliche Beziehung Privatsache ist, hielt trotz greller Schlagzeilen. Selbst konservative Kreise spielten die Gralshüter der Privatsphäre.

In vielen Stellungnahmen überwog die Erleichterung, dass sich Vermutungen, es könne einen zweiten Fall Uwe Barschel geben, in Wohlgefallen aufgelöst hatten. Daran wäre die Bürgerpartei zerbrochen; der Glaube an die Funktionsfähigkeit und Legitimität des demokratischen Rechtsstaates hätte weitere hässliche Kratzer erlitten. Dem geschickten Taktiker Bitter und seinem kleinen Kreis von Eingeweihten war es gelungen, Uwe Steins psychopathische Persönlichkeit unter der Decke zu halten.

Und Marion Klaßen hatte nicht nur sich selbst einen Dienst erwiesen, sondern auch ihrem Idol und Förderer. Dass Stein als Treuhänder jahrelang Geld aus kriminellen Geschäften gewaschen und zuletzt unterschlagen hatte, würde niemals bekannt werden. Auch Steins Witwe würde schweigen – aus Angst um ihre Tochter und weil sie ein neues Leben in einer anderen Stadt beginnen wollte.

Durch ihr umsichtiges Verhalten hatte Marion dazu beigetragen, dass man sich weiter der Hoffnung hingeben konnte, der Rechtsstaat und die soziale Marktwirtschaft funktionierten noch genauso gut wie in den Gründer- und Aufbaujahren der Bundesrepublik, bei mancher Kritik im Detail. Der unbequemen Wahrheit, dass immer mehr kriminelle Organisationen Deutschland als Heimspiel betrachteten, bei dem die Politik tatenlos zusah oder sogar ein Teil des neuen Systems wurde, musste man sich nicht stellen.

Alfred Bitter legte die Zeitungen beiseite. „Auf zum Endspurt!", sagte er kernig. Er war gut gelaunt wie lange nicht mehr. Besser hatte es für ihn nicht kommen können. Den verhassten Konkurrenten war er los, ohne einen Finger dafür zu rühren, die Chancen standen mehr als gut, dass er in wenigen Wochen eines der größten deutschen Bundesländer mit über 8 Millionen Bewohnern regieren würde. Die neue Werbekampagne lief großartig. Baumgart hatte sich nicht lumpen lassen und noch einmal 200.000 Euro springen lassen.

Bernd Wagner brummte Zustimmung, in Gedanken war er noch bei dem morgendlichen Streit mit Monika. Er musste sich dringend um sein Privatleben kümmern. Erst die Pflicht, die Wahl gewinnen, danach die Kür und mit Monika ins Lot kommen. Und abnehmen, unbedingt abnehmen. Er mochte sich selbst nicht mehr. So wie jetzt konnte es nicht weitergehen.

„Sie sehen nicht begeistert aus, Wagner. Der Stress der letzten Wochen hat Ihnen zugesetzt. Es ging mir auch nicht anders. Warum machen Sie nicht für heute Schluss und gehen nach Hause? Die Veranstaltung nachher kriege ich alleine hin, außerdem ist das Juniorteam dabei.“

Frau Stigler steckte ihren attraktiven Kopf durch die Tür. Ausnahmsweise lächelte sie. Bei dieser Frau sah man immer gerne hin. „Frau Klaßen ist jetzt hier.“

Wagner stand auf, Marion Klaßen betrat den Raum. Sofort ging es Wagner besser. Das blaue Strickkleid stand ihr vorzüglich, betonte ihre Rundungen. Ihr Lächeln wirkte nicht aufgesetzt. Sie war durch und durch authentisch, bestimmt aß sie auch gern. Zumindest würde sie ihrem Mann das Leben nicht mit abstrusen Ernährungsvorschriften zur Hölle machen. Er mochte sie. Sehr sogar. Wenn er nicht verheiratet wäre, wer weiß, vielleicht …

Sie begrüßte die Männer mit einem Lächeln, das in Wagners Augen unwiderstehlich war. Dann sagte sie an Wagner gerichtet: „Wir sollten uns bald mal treffen, unsere Verabredung von neulich nachholen.“

Als Wagner ging, war er gut gelaunt und der Zoff mit Monika vergessen.

Dann war Marion mit dem Vorsitzenden allein. Er kam, wie es seine Art war, sofort zur Sache: „Ich möchte mit Ihnen über die Zeit nach der Landtagswahl sprechen. So wie es aussieht, werden wir die Nase vorn haben. Vielleicht schaffen wir nicht die absolute Mehrheit, aber das wir gewinnen werden, ist klar.“

„Ganz bestimmt", pflichtete Marion ihm bei.

„Schneider wird neuer Kultusminister. Er hat mir mitgeteilt, dass er Sie als Staatssekretärin haben möchte."

Marion blickte ihn erwartungsvoll an. Jetzt kommt es. Er will mich nicht. Ich bin ihm zu modern, zu selbstbewusst und obendrein noch eine Frau.

„Ich will offen reden, Kollegin. Begeistert war ich nicht. Sie wissen, dass mein Verhältnis zu Stein nicht das beste war. Er ist mir in den Rücken gefallen. Er hat es immer verstanden, sich auf Kosten anderer grandios zu inszenieren. Dass ich zu den anderen gehörte, gefiel mir ganz und gar nicht. Und Sie waren seine engste Vertraute. Wir gehen schweren Zeiten entgegen, die Haushaltskrise wird noch manches Opfer fordern. Ich muss mich auf mein Kabinett verlassen können."

„Ich werde loyal sein, Herr Bitter. Es gibt Themen, bei denen ich anderer Meinung bin als Sie. Aber das ändert nichts daran, dass ich meine Funktion realistisch einschätze. Parteidisziplin ist für mich kein Fremdwort, Kabinettsdisziplin schon gar nicht."

Bitter war erleichtert. Das hatte er sich schwieriger vorgestellt. Eigentlich eine patente Person, ganz anders als diese schreckliche Quoten-Peters und ihre blaustrümpfigen Schwestern, die immer gleich schrill wurden.

„Mir ist bekannt, dass Sie als Fachfrau für Bildungsfragen einen exzellenten Ruf genießen. Und nun mal ganz unter uns: Schneider wird nächstes Jahr sechzig. Länger als eine Legislaturperiode wird er nicht bleiben. Vielleicht gibt es hier eine Perspektive für Sie. Bei der nächsten Wahl in fünf Jahren werden Sie noch lange keine vierzig sein.“

Marion nickte. Sie hatte ihre Fühler längst nach Berlin ausgestreckt. Wenn alles in ihrem Sinn lief, würde sie nächstes Jahr einen Ministerposten in der Bundeshauptstadt ergattern. Der neue Medienberater verlangte ein horrendes Honorar, aber er war sein Geld wert. Ihr Coach ebenso. Fürs Erste ein Staatssekretärsposten in Hannover war nicht zu verachten. Der Wechsel von der Leine an die Spree war vor ihr schon vielen gelungen und würde sich hoffentlich bald ergeben. Ihre Berater leisteten ganze Arbeit und Subkows Geld war gut investiert. Die erhoffte Rendite würde nicht lange auf sich warten lassen.

Sie redeten noch einige Minuten miteinander, auch über den Mord und ihre Erleichterung, dass er endlich aufgeklärt worden war und was noch wichtiger war, dass die Partei keinen Schaden genommen hatte.

Nach der Wahl würde es allerdings Ärger wegen Baumgart geben. Eine Kleingartenkolonie mit über hundert Pächtern dem Erdboden gleichzumachen, war der Stoff, an dem sich die Gemüter erhitzten. Erst gestern hatte die Partei erneut bekräftigt, dass ein Verkauf nicht geplant sei. Die Menschen reagierten auf Wahllügen zunehmend empfindlich. Die Zeiten hatten sich geändert. Aber vielleicht hatten sie Glück und ein Erdbeben oder ein Tsunami würden die Medien vom Deal mit Baumgart ablenken. Was ist schon ein Kleingarten im Vergleich zu einer Naturkatastrophe? Trotzdem, wohl war Bitter bei dem Gedanken an den Verrat der Kleingärtner nicht. Seine Sympathie galt ihnen, doch auch der Vorsitzende war ein Gefangener der Parteiräson.

Als Marion gegangen war, zündete sich Bitter eine verbotene Zigarette an. Verzeih mir, dachte er mit pflichtgemäßen Gedanken an seine besorgte Frau. Nicht nur Schneider würde aufhören. Bitter hatte sich vorgenommen, in fünf Jahren aus der Politik auszusteigen. Die Tage häuften sich, an denen Bitter sich fragte, welchen Sinn das Ganze überhaupt noch machte. Sein ganzes bisheriges Leben hatte er dem Primat der Politik untergeordnet. Seine Familie, seine Freunde, seine Privatinteressen, alles hatte stets hinter der Partei zurückstehen müssen. Freundschaften, deren Fundament nicht auf Vorteilserwägungen und politischem Kalkül, sondern auf echte Zuneigung baute, Leidenschaft, Zärtlichkeit, einfach mal in den Tag hinein leben, nichts davon hatte in seinem Leben Platz. Aber noch war es nicht zu spät, noch hatte er einige Jahre vor sich. Und obwohl die Wahl noch nicht einmal gewonnen war, erschien ihm mit einem Mal der Gedanke verlockend, in der Mitte der neuen Legislaturperiode alles hinzuschmeißen. Vorerst würde er das für sich behalten, er kannte seine ehrgeizigen Pappenheimer. Wenn es soweit war, würde er die Gremien informieren und gleich seinen Nachfolger präsentieren. Wagner war ein famoser Kerl, aber nicht ehrgeizig genug, ihm fehlte der unbedingte und rücksichtslose Wille zur Macht. Marion Klaßen schätzte er anders ein. Ein wenig erinnerte sie ihn an Uwe Stein. Als er zum ersten Mal bei Bitter gewesen war, hatte er auf demselben Sessel gesessen wie sie. Bitter gratulierte sich zu seiner Menschenkenntnis. Er freute sich schon auf die Gesichter der Parteifrauen, wenn er eine junge Frau als seine Nachfolgerin vorschlagen würde. Sie würde, anders als Stein, nicht den Brutus geben. Irgendwann wäre Stein gestürzt und sein Absturz wäre genauso spektakulär verlaufen wie sein kometenhafter Aufstieg. Eigentlich jammerschade, dass er das nun nicht mehr erleben würde.

59

Bürgerpartei gewinnt die Landtagswahl in Niedersachsen, absolute Mehrheit erreicht

Mit einem amtlichen Endergebnis von 45,2 Prozent der abgegebenen Stimmen hat die Bürgerpartei erstmals in Niedersachsen die absolute Mehrheit erreicht. Der designierte Ministerpräsident und Parteivorsitzende Alfred Bitter kann künftig ohne den kleineren Koalitionspartner regieren. Für seine Partei bedeutet das zwei zusätzliche Ministersessel. Es wird damit gerechnet, dass auch die beiden Staatssekretäre, die bislang vom Koalitionspartner gestellt wurden, künftig der Bürgerpartei angehören. Damit ist die Mehrheit im Bundesrat für die Bundesregierung vorerst gesichert. Entsprechend erleichtert zeigte sich der Bundeskanzler.

Was viele dem Politiker, der dem konservativen Flügel seiner Partei angehört, nicht zugetraut hatten, ist Bitter gelungen: Er hat die Lücke, die der vor vier Wochen ermordete charismatische Spitzenkandidat Uwe Stein hinterlassen hat, nicht nur gefüllt, sondern für seine Partei die hohen Zustimmungswerte in der Bevölkerung halten können. Ersten Wahlanalysen zufolge hat die Partei zwar in den Großstädten und bei berufstätigen Frauen Einbußen hinnehmen müs-

sen, dafür aber an den rechten Rändern und in den ländlichen Regionen deutliche Zuwächse erzielt.
Das neue Kabinett wird wenig Überraschungen bringen. Bis auf das Kultusressort und das Verkehrsministerium werden keine Veränderungen an der Spitze erwartet. Das Kultusministerium wird künftig vom Braunschweiger Landtagsabgeordneten Bernd Schneider geleitet, als neue Staatssekretärin ist die erst 32 Jahre alte Marion Klaßen, Abgeordnete aus Celle, im Gespräch. Sie wird dem Vernehmen nach allerdings auch für das Verkehrsministerium gehandelt. Auch Ambitionen nach Berlin werden der aufstrebenden, attraktiven Politikerin nachgesagt. Der Wahlkampfmanager Bernd Wagner, der zuvor Regierungssprecher in der Staatskanzlei war, wird mit einem Ministerposten belohnt. Er soll künftig das neu geschaffene Europaministerium in Niedersachsen leiten. Neu besetzt wird im Zuge der Regierungsumbildung auch die Polizeiabteilung im Innenministerium. Nachfolger des aus Altersgründen ausscheidenden bisherigen Abteilungsleiters soll Jürgen Ritter werden, zurzeit noch Direktor des LKA Niedersachsen. Als sein Nachfolger wird der derzeitige Leiter der Abteilung für Einsatz- und Ermittlungsunterstützung im LKA Niedersachsen, Kriminaldirektor Hirschmann gehandelt. In seiner Abteilung wurden nicht nur der Mordfall Uwe Stein, sondern auch die sogenannten Staatskanzleimorde aufgeklärt, die die Landeshauptstadt Ende letzten Jahres wochenlang in Atem gehalten hatten.

Der Prozess gegen den geständigen Mörder Uwe Steins, Egon S. wird im nächsten Monat vor der dritten Strafkammer des Landgerichts Hannover verhandelt werden. Die Verteidigung von Egon S. wird der prominente Strafverteidiger Janssen übernehmen. Er teilte mit, dass er für seinen Mandanten verminderte Schuldfähigkeit geltend machen wird.

Weltjournal, 30. September 2011

Isabel Stein legte den Bericht beiseite. Ihr Blick wanderte aus dem Fenster. Die Bäume im Innenhof des Staatsministeriums in Bayern boten ein farbenfrohes Bild. Sie würde heute Nachmittag mit Katharina einen langen Spaziergang entlang der Isar machen. Sie mochte München. Obwohl sie erst eine Woche hier lebte, fühlte sie sich wie zu Hause. Ihr neuer Chef, der Staatsminister, und ihre Kolleginnen waren freundlich zu ihr, und gestern hatte ihre neue Nachbarin sie und Katharina zum Kaffee eingeladen. Der Neuanfang war die richtige Entscheidung gewesen. Für einen kurzen Moment ging ihr Marion Klaßen durch den Kopf. Sie hatte nie wissen wollen, was mit diesem Subkow tatsächlich passiert war, wollte es auch heute nicht wissen. Marion Klaßen würde ihren Weg gehen, sie war wie Uwe: selbstbewusst, mutig, begabt, aber auch knallhart und rücksichtslos. Eines Tages würde sie ein hohes Amt in Berlin bekleiden, vielleicht wäre dann der richtige Zeitpunkt, sie zu fragen, was damals wirklich geschehen war.